KB097066

해바라기와 구두

이창국 수필선집

해바라기와 구두

아모르문디

해바라기와 구두

개정판 펴낸 날 2020년 3월 10일
초판 펴낸 날 2012년 12월 20일

지은이 | 이창국
펴낸이 | 김삼수
펴낸곳 | 아모르문디
편 집 | 김소라
등 록 | 제313-2005-00087호
주 소 | 서울시 마포구 성미산로13길 87 201호
전 화 | 0505-306-3336 팩 스 | 0505-303-3334
이메일 | amormundi1@daum.net

ⓒ 이창국 2020

ISBN 978-89-92448-94-9 03810

이 도서의 국립중앙도서관 출판예정도서목록(CIP)은 서지정보유통지원시스템 홈페이지
(http://seoji.nl.go.kr)와 국가자료공동목록시스템(http://www.nl.go.kr/kolisnet)에
서 이용하실 수 있습니다. (CIP 제어번호: CIP2020004560)

헌 사

내가 열세 살 때 45세의 젊은 나이로 돌아가시었으나

언제나 나와 우리 형제들의 사랑과 존경 속에 살아 계신 아버지와,

어떻게 살아야 함은 물론 어떻게 죽어야 하는 것까지도 홀로

꿋꿋하게 보여 주시고 91세를 일기로 표표히 이 세상을 떠나신

어머니 앞에 삼가 머리 숙여 이 책을 바칩니다.

또 서문을 쓰게 되었다. 이것이 다섯 번째다. 그동안 쓴 수필 가운데서 나름대로 가장 잘된 것이라고 생각되는 것들만 골라 한데 모아 선집을 내겠다는 생각은 오래전부터 하고 있었지만 그 계획이 이처럼 빨리 실행에 옮겨지리라고는 나도 미처 예상하지 못하였다. 수필집을 한권 더 내서 다섯을 채운 다음 느긋하게 시도하려던 계획이 이렇게 앞당겨진 것은 조바심 때문이다. 아무래도 또 한 권의 수필집을 채울 만한 분량의 글이 쌓이기까지는 너무 많은 시간이 걸릴 것이라는 우려가 나를 조급하게 만들었다. 나이 때문이리라.

시작해 놓고 보니 이 일도 생각했던 것보다는 어려웠다. 자기가 쓴 글 가운데서도 특별히 마음에 드는 것들만 선택한다는 게 막상 착수하고 보니 그리 간단하고 쉽지가 않았다. 못난 자식도 자식이라고 어느것 하나 쉽게 떨쳐 버릴 수가 없었다. 참고하기 위해 몇몇 지인들에게 이 일을 부탁해 보았지만 결과는 마찬가지였다. 이들이 토로하는 고충도 나와 같았다. 하나하나의 글에 그 나름의 특징과 장단점이 있어 선뜻 이것을 버리고 저것을 취하기가 쉽지 않다는 것이었다. 결국 최종 선택은 나의 기호와 자의에 따르는 수밖에 없었다.

지금까지 출판된 수필집은 『다시 강가에 서다』(1997, 종문화사, 35편), 『그때는 아무도 호각을 불지 않았다』(2001, 드림미디어, 36편), 『화살과 노래』(2004, 한국문화사, 30편), 『집으로 돌아와서』(2010, 아모르문디, 35편)로 모두 네 권이며 수록된 작품의 수는 총 136편이다. 처음 계획은 각 수필집에서 열 편 정도를 정선하여 총 40편을 선집에 포함시키는 것이었다.

그런데 문제가 하나 있었다. 내가 쓴 수필 가운데서 지금까지 어떤 수필집에도 수록될 기회를 얻지 못한 채 남아 있는 약 20여 편의 작품들을 어떻게 할 것이냐 하는 문제였다. 다섯 번째 수필집이 나오면 그곳에 실으려고 생각하던 것들인데 이처럼 선집이 먼저 나오게 되었으니 이들의 처지가 애매하게 되었다. 고심 끝에 이것들 가운데서도 10편을 골라 이 선집에 포함시키기로 하였다. 그리고 특별히 이 가운데서 반 고흐 미술 전시회에 다녀온 소감을 다룬 글인 '해바라기와 구두'를 이 선집의 제목으로 내세워 따로 수필집을 내지 못하게 된 섭섭한 마음을 달래기로 하였다. 그러니까 이 선집은 나의 다섯 번째 수필집이기도 하다.

선집의 제목을 '해바라기와 구두'로 정해 놓고 보니 나름대로 괜찮다는 생각이 든다. 내 수필의 성격을 포괄적으로 나타내 주는 것 같기도 하다. 이 제목과 함께 나는 잠시 피천득 스승님의 시문집 『산호와 진주』를 떠올리지 않을 수 없다. 선생님은 자기 글의 이상을 '산호와 진주'에 두었다. 산호와 진주처럼 빛나고, 귀하고 아름답기를 바라는 마음에서였을 것이다. 그러나 나의 글은 아무리 보아도 산호나 진주와는 거리가 멀다. 그렇게 되기에는 너무 평범하고, 거칠고, 때로는 투박하기도 하다. 어쩌면 '해바라기와 구두'가 제격이다. 굳이 나의 글을 옹호하고 변호하자면 세상에는 산호와 진주 같은 글만 있을 수는 없고, 해바라기나 구두 같은 글도 있고 또 필요한 것이라고 말하고 싶다. 해바라기와 구두는 화가 고흐뿐만 아니라 글을 쓰는 나에게도 이상과 현실의 한 상징이다.

이 선집을 준비하면서 나는 수필이라고 하는, 쉽다면 쉽고 어렵다면 어려운 글을 쓰며 보낸 지난 세월을 뒤돌아보는 기회를 가졌다. 무엇보다 나는 나 자신의 끈기에 놀라고 감탄한다. 대단한 글은 못되지만 언제 이 많은 글을 썼으며, 무엇 때문에, 무엇을 위하여, 무슨 정열이 있어서 이처럼 여러 편의 글을 오랜 시간에 걸쳐 지치지도 않고 꾸준히 써 왔는지 나 자신도 도저히 알 수 없는 일이다. 수필은 빈 시간, 한가한 시간, 조용한 시간, 특별히 슬프지도 기쁘지도 않은 시간, 마음이 그런대로 평온한 시간에 태어난 것들이다. 이런 시간을 이처럼 많이 가질 수 있었던 나는 분명 대단히 행복한 사람이다.

어려운 여건 속에서도 순전히 나의 글을 높이 평가하여 이 선집도 선뜻 출판하기로 결정해 준 도서출판 아모르문디 김삼수 사장님께 심심한 사의를 표한다. 그리고 평소에 항상 나의 글을 읽어주고 비판 격려해 줄 뿐만 아니라, 특히 이번 선집에 수록된 작품을 선별하는 어려운 작업에 기꺼이 동참하여 주신 이민세 형, 김정규 안산대학교 교수,

강정희 터방내 커피숍 주인, 송병섭 태그호이어 전무님에게도 마음속에서 우러나오는 감사를 드린다.

2012년 10월

개정판을 펴내며

나의 수필선집 『해바라기와 구두』의 개정판을 내게 되었다. 초판이 나온 것이 2012년이었으니 어언 7년이 넘게 지났다. 나의 이 수필집이 그동안 생명이 다하지 않고 지금까지 살아있다는 사실이 저자로서는 신기하고 고마울 뿐이다. 여기에 이처럼 개정판까지 나오게 되었으니 기쁘고 자랑스럽기도 하다. 모두가 나의 수필에 각별한 애정과 호의를 가진 아모르문디 출판사 김삼수 사장의 너그러운 배려 덕분이다.

개정판이라고 하지만 수록된 작품의 수와 내용에는 하등 변한 것이 없고, 초판에서 발견된 몇 개의 오자와 탈자를 바로잡았다는 사실, 시대의 흐름과 유행에 맞춰 그리고 독자들의 편의를 고려하여 책의 표지를 하드커버에서 소프트로, 그리고 디자인을 새롭게 바꾸었을 뿐이다. 옷만 갈아입은 같은 사람이다.

이 책에 수록된 작품들은 비록 부족한 수준의 수필이지만 내가 쓰고 다듬어 세상에 내놓은 글이기에 나에게는 언제 보아도 함함하고 무엇인가 있어 보인다. 이제 세상에 새 옷 입고 다시 나가 새로운 독자들을 가능하면 한 사람이라도 더 만나고, 사랑도 받고, 가늘더라도 길게, 오래 오래 살아가기를 바랄 뿐이다.

2020년 2월 이창국

차 례

3부 화살과 노래

4부 집으로 돌아와서

5부 해바라기와 구두

다시 강가에 서다

바람

그것은 바람과 함께 시작된다. 눈에 보이지도 않는 바람, 어디서 생겨나 어디로 가는지 알 수 없는 바람, 가만히 서 있는 나무의 잔가지나 잎사귀들이 흔들릴 때나 그 존재가 드러나는 바람. 그러나 어느 사람에게는 일생이 이 보이지 않는 바람과의 싸움일 수도 있다. 당신의 폐속으로 어느 순간 흘러 들어간 어떤 종류의 알 수 없는 한 줌의 바람이 바로 당신의 운명이 될 수도 있다. 무슨 바람이 불어왔는지는 알 수 없으나 어떤 사람은 이때부터 죽음을 무릅쓰고 바다를 건너가 새로운 대륙을 찾아내기도 하고, 북극이나 남극을 찾아가기도 하며, 에베레스트 산의 정상을 정복하고, 달이나 별을 향하여 지구를 떠나기도 한다. 지극히 연약해 보이고 또한 무시해 버릴 수 있는 것처럼 보이는 이 바람에 일단 붙잡히거나 노출되고 나면 그의 일생은 그 바람을 붙잡고 놓아주지 않으려는 싸움이 되거나, 아니면 잡히지 않는 바람을 잡으려 뒤쫓아 가는 노력이 될 수도 있다.

나에게 불어온 바람은 '영어'라는 이름의 바람이었다. 열네 살이 되어 중학교에 입학하여 영어라는 이상한 외국어와 인연을 맺으면서부터 오십이 훨씬 넘은 오늘에 이르기까지 나의 삶은 어쩌면 이 영어와의 길고도 끈질긴 싸움이었다. 무척 고되고 힘든 싸움인 동시에 아주 흥미진진하고 보람 있는 싸움이기도 하였다. 때로는 미소를 지으며 나를 유혹하여 따라오라 손짓하며, 때로는 약을 올리고 괴롭히고, 때로는 덤벼 보라고 얼러 대면서, 영어는 언제나 나의 앞을 달려가는 바람이었다.

나는 이 바람이 애초에 어떻게 불어와 나를 사로잡았는지 지금도 생생하게 기억하고 있다. 그것은 19세기 영국의 여류 시인 크리스티나 로세티가 쓴 '누가 바람을 보았나요?'라는 제목의 조그만 시 한 편으로부터 왔다.

Who Has Seen the Wind?

Christina Rossetti(1830~1894)

Who has seen the wind?

Neither I nor you;

But when the leaves hang trembling,

The wind is passing through.

Who has seen the wind?

Neither you nor I;

But when the trees bow down their heads,

The wind is passing by.

누가 바람을 보았나요?

크리스티나 로세티

누가 바람을 보았나요?
아무도 본 사람이 없지요
그렇지만 나뭇잎들이 흔들릴 때
바람은 분명 그곳을 지나지요.

누가 바람을 보았나요?
아무도 본 사람이 없지요
그렇지만 나무 끝이 구부러질 때
바람은 그곳을 지나갑니다.

중학교 1학년 영어 교과서에 나온 것으로 기억되는 이 시를 나는 누가 시키지도 않았는데 큰 소리를 내어 읽고 또 읽어 외울 수 있게 되었다. 어느 날 나는 선생님의 지시에 따라 학생들 앞에 나와 이 시를 암송하는 영광을 누리게 되었으며, 아마도 그 순간 영어라는 바람이 나의 폐 속으로 깊숙이 침투하여 이때부터 나도 모르는 사이 이것의 포로가 되어 오늘에 이르고 있다. 돌이켜 볼 때 이 조그맣고 단순하기 짝이 없는 노래의 어디에 그런 마력이 숨어 있어 나를 사로잡아 다른 것은 거들떠보지 않게 만들어 버렸는지 알 수가 없다. 그것은 글자 그대로 이 시가 노래하고 있는 바람과 같은 것이었다. 눈으로 볼 수는 없는 것이었으나 분명 그 속에 숨어 있었다. 그것은 지극히 미약해 보이면서도 아주 끈질기고 강력한 것이었다. 나는 그때부터 이 바람의 힘에 날려 때로는 앞으로 끌려가기도 하고 때로는 뒤로 밀리기도 하면서 살아왔다. 이런 과정에서 나는 영어로 이루어진 높고도 찬란한 문학의 궁전을 두루 섭렵하면서 그 속에 살고 있는 수많은 천재들을 만나 보는 영광과 행운을 누리기도 하였다. 모두가 어느 날 소년에게 불어온 바람 덕분이었다.

나는 이 세상 수많은 종류의 바람 가운데서 나에게 불어온 바람에 대하여 마음속으로 깊이 감사하고 싶다. 바람이란 글자 그대로 바람이어서 대부분의 경우 종잡을 수 없는 존재이다. 그것은 우리가 잠들었을 때 찾아오는 꿈처럼 항상 즐겁고 유쾌한 것만도 아니고, 충직한 늙은 하인처럼 언제나 주인 곁을 지켜 주지도 않는다. 어떤 사람은 이 바람을 잡으려 큰 고생도 하고, 어떤 사람은 한번 찾아온 바람의 흔적을 잃어버려 일생 동안 허둥대기도 하며, 어떤 사람은 때 아닌 바람에 날려 자기가 있을 곳이 아닌 낯선 땅에 떨어져 울기도 한다. 축복받은 소수의 사람들만이 한번 불어온 바람을 의지하고 길들여 자기 것으로 만들어 오래오래 간직할 수 있는 것이다.

바람은 어느 날 소년에게 불어와 그의 귀에다 대고 무슨 말을 속삭인다. 바람은 소년에게 야망을 가지라고 일러 준다. 바람은 소년에게 즐거움과 편안함을 멀리하고 힘들고 고된 삶을 살라고 명령한다. 마법에 걸린 사람처럼 소년은 바람의 명령과 충고에 따를 수밖에 없다. 그 순간부터 소년은 갑자기 다른 사람으로 변한다. 밖에 나가 친구들과 놀기에 열중하기보다는 혼자서 책상 앞에 앉아 보내는 시간이 많아진다. 그는 일기장에 무엇을 써 넣고는 아무도 보지 못하도록 서랍 속에 감추고 자물쇠로 꼭꼭 잠가 둔다. 그는 위인전을 읽으면서 위대한 사람들이 남긴 멋진 문구를 적어 벽에 붙여 놓는다. 그는 예전처럼 잘 웃지도 않고 항상 심각한 얼굴을 한다. 그에게는 별다른 이유 없이 자주 주먹을 불끈 쥐는 버릇이 생겨났으며, 졸음과 싸우면서 밤을 새우기도 한다.

바람에 붙잡혀 고된 삶을 사는 사람에게 바람이 가져다주는 보상 가운데 가장 크고 중요한 것에 명성이란 것이 있다. 사람이 불어오는 바람을 어찌할 수 없듯이 따라오는 명성 또한 자기 마음대로 어찌할 수 없다. 명성이 싫어 그것을 피하여 인간 세상을 버리고 산속 깊이 숨어 사는 고승에게도, 명성이란 허망한 것이며 이것에 연연하는 것처럼 어리석은 일은 없다고 설파하는 현자나 성자에게도, 이것은 찾아온다. 산 사람에게만이 아니라 죽은 사람에게도 찾아온다. 이 명성은 바람이 어느 날 전하여 준 말대로 살아온 사람과 안일을 애써 멀리하고 즐겨 고통스러운 삶을 산 사람들에게 바람이 가져다주는 가장 큰 보답이며, 동시에 마음대로 떨쳐 버릴 수 없는 무거운 짐이기도 하다. 인류 역사의 커다란 한 부분은 이 명성을 얻은 사람들이 이루어 놓은 것이기도 하다.

그러나 우리는 그 명성이라는 것이 애초에 바람 때문에, 바람과 함께 시작된 것을 알고 있다. 명성이란 성인들이 가르치는 바와 같이 바람 같은 것이 아니라 바로 바람 그것이다. 허망한 것이라면 허망한 것이고, 쓸데없는 것이라면 쓸데없는 것이지만, 눈에 보이지 않는 바람이 분명 존재하듯이 명성이라는 것도 분명 존재하는 것이고, 그 힘 또한 결코 무시할 수 없는 것이다. 한 가지 분명한 사실은 바람이 세차게 부는 밤이면 당신이 편안한 잠을 잘 수 없듯이 높은 명성의 바람을 타게 되는 한 당신은 결코 조용하고 편안한 삶을 살아가기는 어렵다는 것이다.

[1987년 4월]

험담에 대하여

남에 대한 이야기를 당사자가 없는 곳에서, 그것도 그의 장점이나 그 사람에게 일어난 경사스러운 일이 아니라 주로 단점이나 결점 또는 그 사람이 감추고 싶어 하는 별로 좋지 않은 일에 대하여 은밀하게 서로 나누는 행위는 대단한 범죄까지는 아니더라도 분명 점잖은 사람들이 할 점잖은 일은 못된다. 당신이 진정한 신사라면, 또는 신사로 인정받고 싶은 마음이 있다면, 이런 기회가 오더라도 그것에 빠지고 싶게 만드는 유혹을 완강히 뿌리쳐야만 할 것이다. 그런데 이 일이 말처럼 그리 쉽지 않다는 데 문제가 있다.

처음부터 점잖은 사람이 못되어서인지는 모르겠으나, 나는 거의 본능적으로 험담을 하기도 좋아하고 듣기도 좋아하는 사람이다. 험담 없이는 이 세상을 살아갈 맛을 못 느끼는 사람이 바로 나다. 크게 잘못된 사람임이 분명하다. 그러나 불행하게도 천성을 그렇게 타고났으니 어쩌랴! 사람 됨됨이가 이러하니 내가 좋아하는 사람들은 물론이고 또 나의 주변에 모여드는 사람들 또한 모두가 예외 없이 험담꾼들이다. 그러니 하는 이야기의 주제나 내용이 하나같이 쩨쩨하고, 저질이고, 통속적이다. 남북통일이나 세계 평화, 또는 대기권 내의 오존층 보존과 같이 좀 더 고답적이고 고차원적인 이야기를 들고 오는 경우는 거의 없고, 모 교수의 장남이 이번에 또 대학 입시에 떨어져 삼수에 들어 갔다느니, 아무개네 둘째 딸이 결혼한 지 삼 개월도 못 되어 이혼을 하여 보따리를 싸 가지고 친정으로 돌아왔다느니, 누구는 사업에 실패하여 압구정동에 있던 그 큰 아파트를 날리고 지금은 달동네에서 방 한 칸을 월세로 얻어 살고 있다느니, 인기 절정의 모 여가수가 최근 TV에 얼굴이 보이지 않게 된 것은 간통죄로 구속되었기 때문이라는 등, 참으로 누가 들어도 창피하고 부끄러운 것뿐이다.

그렇다고 해서 이런 험담하기가 남북통일이나 세계 평화에 대해 토론하는 것보다 결코 쉬운 일만도 아니다. 험담이 가능하기 위해서는 험담을 나누는 상대방과 보통 이상의 신뢰감과 유대감이 형성되어 있어야만 한다. 이 일을 하다가 들키거나 발각되는 날에는 같이 망한다는 어떤 긴장감 내지 위기감도 형성되어 있어야만 한다. 떳떳치 못한 일을 하는 사람들 사이에 존재하는 비밀 유지의 의무와 충성심이 절실히 요구되는 것이 바로 이 험담이다. 새로 회사에 입사한 젊은이가 아침마다 당신에게 아주 상냥한 미소와 함께 깍듯한 인사를 건넨다는 사실 하나만 가지고 그 사람과 한잔하는 자리에서 직속상관인 조모 과장이라는 사람은 술만 취하면 집에 돌아가 마누라를 사정없이 두들겨 패는 못된 버릇이 있다는 사실을 누설하였다면 당신은 참으로 경솔한 사람이다. 그 친구는 다음 날 저녁 바로 그 과장님과 만나 한잔 나누면서 당신이 한 말을 그대도 전함으로써 자신의 입지를 강화할 것이다. 그도 그럴 것이 이 과장님으로 말할 것 같으면 이 친구의 대학 선배이며, 그의 추천과 주선으로 바로 이 직장에 오게 된 것이기 때문이다. 더욱 기막힌 사실은, 좀 더 시간이 지나 나중에야 알게 된 것이지만, 이 친구 또한 술만 취하면 아내를 때려 주는 못된 버릇이 있는 사람이라는 것이다.

아주 서툴고 미숙한 사람만이 이 점잖지 못한 이야기를 시작하기 전에 "이것은 우리 둘만의 이야기"라든가, "이 이야기는 절대로 다른 사람에게 전해서는 안 된다"는 등의 서두를 붙이는 법이다. 이런 다짐이 지켜질 리도 만무하려니와, 이와 같이 구차한 약속을 사전에 필요로 할 때는 이미 험담만이 갖는 본질적인 참맛이 부족한 것이다. 이러한 의구심이나 경계심이 약간이라도 존재하는 한 거기에는 진정한 그리고 노련한 험담가들 사이에만 존재하는 필요충분조건인 친근감이나 솔직함 — 자신의 오장육부까지 서슴없이 드러내 보이는 — 같은 것은 없다고 보아야 할 것이다.

험담에 부수되는 이와 같은 위험과 어려움에도 불구하고 나는 어찌 된 노릇인지 이것이 지니고 있는 매력과 유혹을 떨쳐 버릴 수가 없다. 떨쳐 버리지 못할 뿐만 아니고 아주 그것에 이골이 나 있다. 한번 생각해 보자. 우선 누구와 마주 앉아 이야기를 하게 될 때 남의 이야기 말고 또 무슨 이야기를 한단 말인가? 우리의 이야기에서 남의 험담을 빼놓고 나면 과연 남는 것이 무엇인가? 만일 우리 일상생활의 대화 가운데서 험담을 법으로 제외 내지 금지시킨다면 바로 그 순간부터 이 지구는 무덤과 같이 조용해질 것이며, 말하는 데 사용되는 우리의 신체 기관인 입, 혀, 턱 등은 모두 쓰이지 않아 퇴화되어 굳어 버릴 것이며, 우리의 대인 관계는 모두 필요한 사실이나 정보만을 전달하고 확인하는 절차로 전락할 것이며, 폭소가 터지는 친구 간의 화기애애한 대화는 모두 엄숙한 철학적 담론에 그 자리를 내주어야 할 것이다. 이 세상에 진정한 친구나 우정 같은 것은 모두 없어지고 오로지 지면이나 면식의 관계만이 생겨날 것이다. 진정한 우정은 험담 없이는 불가능하다.

험담하는 일이 꼭 해로운 것만은 아니다. 이 일도 잘만 하면 우리의 도덕적 수양에 도움이 될 수도 있다. 남의 말을 하다 보면 우리는 자연히 특정인의 결점이나 약점을 들추어내 이야기하게 되는데, 그 결점이나 약점이라는 것은 비단 그 한 사람에게만 국한된 것이 아니고 인간이라면 누구나 ― 험담을 하고 있는 당신을 포함해서 ― 공통적으로 가지고 있고 동시에 저지르고 있는 인간적 약점 또는 허점, 즉 우리 모두가 다소의 차이는 있으나 필연적으로 소유하고 있는 욕심, 허영심, 자만심, 무지, 무식, 뻔뻔스러움, 탐욕, 비굴함, 치사함, 옹졸함, 교활함, 엉큼함, 나태함, 고집, 아집, 독단, 잔인함, 몰인정함, 무능함 등등 모든 도덕적 그리고 윤리적 결점이나 결함을 총망라한다. 남의 이런 모자라고 잘못된 점을 들추어 신나게 이야기하다 보면 당신이 도덕적으로나 지적으로 아주 무디고 뒤떨어진 사람이 아닌 이상 당신 자신도 이런 약점이나 결점에서 완전히 해방된 사람이 결코 아니라는 사실도 동시에 깨닫게 될 것이며, 험담의 와중에 자신을 뒤돌아보고 자성과 반성의 기회도 갖게 되는 것이다.

험담하기 좋아하는 사람이 꼭 명심하고 지켜야 할 행동 규범이 하나 있다. 그것은 당신이 남의 이야기를 그 사람 모르게 하기를 좋아하는 것처럼, 남들도 당신이 없는 곳에서 당신이 알지 못하게 당신의 결점이나 감추고 싶어 하는 것에 대하여 신나게 입방아를 찧고 있다는 사실도 미리 인정하고, 그와 같은 사실을 알게 되더라도 화를 내거나 불쾌하게 생각하지 말아야 한다는 것이다. 분개하거나 부끄러워하는 대신 당신이 한 단계 우수한 그리고 세련된 험담가라는 사실을 험담의 수준과 질을 한 차원 높임으로써 증명해야 할 것이다. 구체적으로 말해서 당신이 다루는 험담의 소재는 보다 사실에 기초를 둔 것이며, 옳고 그름의 판단에 있어서 도덕적으로나 윤리적으로 보다 공평무사하다는 데 자부심을 가질 수 있어야만 한다.

이 험담의 뜻을 보다 정확하게 그리고 잘 나타내 주는 말에 '가십'(gossip)이 있다. '험담'이라는 우리말이 그렇듯이 '가십'이라는 영어 단어도 결코 고상하거나 점잖게 쓰이는 말은 아니다. 그런데 이 말의 어원을 찾아 올라가면 아주 흥미로운 사실을 발견하게 된다. 'gossip'은 본시 고대와 중세 영어의 합성어 'God-sibb'에서 유래한 어휘로서 중세 시대에는 기독교 교회에서 행하는 세례 예식에 참여하는 '대부' 또는 '대모'라는 뜻으로 쓰이다가, 세월이 지나면서 차츰 그 뜻이 확대되어 셰익스피어의 작품에서는 '친척', '보호자' 또는 '후견인'의 뜻으로 쓰였고, 이어서 19세기 초반까지만 해도 친구 가운데서도 아주 가깝고 허물없이 지내는 '친구'라는 뜻으로 자주 쓰였다.

이처럼 우리가 '험담'이라고 주저하고 경계하는 '가십'이라는 것은 그 어원이 밝혀 주는 바와 같이 본래는 아주 좋은 의미로서 우리의 신뢰와 사랑에 기초를 둔 지극히 인간적인 관계를 뜻하는 것이며, 인간 본성으로부터 떼려야 떼어 놓을 수 없는 성질을 말하는 것이다. 이것을 비신사적이라고 해서 배격하거나 비난한다는 것은 불가능한 일일 뿐만 아니라, 타고난 인간 본성에도 반하는 어리석은 시도인 것이다. 결국 험담을 하기 위해서는 진실로 믿을 수 있는 친구가 있어야만 하겠는데, 요사이처럼 진실로 믿을 수 있는 친구가 흔하지 않을 때 우리가 할 수 있는 일은 가능한 한 험담이라는 것을 진정한 친구가 생길 때까지 보류하거나 또는 삼가는 것이 아닐까 한다.

[1985년 3월]

매서광(買書狂)

서점에 들르기만 하면 주머니에 있는 돈을 모두 털어 책을 사는 친구가 있다. 돈이 없을 때는 외상으로도 산다. 이 친구는 이미 수백 권이 넘는 책을 — 그것도 모두 영어로 된 전공에 관련된 서적을 — 개인적으로 소유하고 있음에도 계속해서 책을 사고 있다. 이 정도의 분량이라면 이 친구가 지금부터 다른 일은 다 그만두고 죽는 날까지 책 읽기에만 몰두한다 하여도 다 읽을 수 없는 충분한 양이다. 그런데도 이 친구는 새로 나온 책만 보면 기어이 사고야 만다. 이미 사 모은 책이 서가에 넘쳐 서재로 사용하는 방의 구석구석은 물론 그렇지 않아도 비좁은 집 안의 빈 공간을 온통 다 차지하고 있다는 사실도 나는 알고 있다. 내가 볼 때 이 친구가 정작 사야 할 물건은 책이 아니고 새 구두 한 켤레나 양복바지 한 벌이다. 구두는 뒤축이 다 닳았고 입고 있는 바지는 너무나 오래되어 옆에서 보기에 민망할 정도로 초라한 모양새다. 그러나 그는 이런 데는 조금도 개의치 않고 오직 책 사는 일에만 열중한다. 책은 읽지 않으면서 자꾸만 사서 무얼 하겠느냐고 충고 반 핀잔 반 해 보아도 막무가내다. 화도 내지 않고 그저 빙긋이 웃고 만다. 이 친구에게 있어서 책을 사는 행위는 이제 하나의 굳은 습관이요 고칠 수 없는 고질병이 되어 버렸다. 그는 스스로를 매서광(買書狂)이라고 스스럼없이 일컬으면서 좋아한다.

이 세상에서 아무리 많이 사도 비난받지 않는 것이 책이다. 비난은 커녕 오히려 칭찬이나 존경을 받는다. 당신이 만일 값비싼 옷이나 모자, 또는 구두를 사는 데 돈을 많이 쓰면 당장 주변 사람들로부터 눈총을 받게 된다. 돈이 많은 사람은 사치스럽다고 비난을 받고, 없는 사람이 그런 짓을 했다가는 당장 '미친 놈'이란 낙인이 찍힐 것이다. 그러나 책이란 것은 참으로 신기한 물건이어서 아무도 책을 사는 행위를 놓고 왈가왈부하지 못한다. 내가 만약 퇴근하여 집에 돌아가는 길에 마음에 드는 물건을 사 들고 간다면 집에 들어서는 순간부터 그 물건의 품질이나 가격 또는 용도에 대하여 아내와 가족들로부터 심문과 비난을 받게 된다. 결국 나는 쓸데없는 물건을 비싼 값에 사 들고 들어온 바보가 되고 마는 경우가 십중팔구이다. 그러나 내가 책을 한 꾸러미 — 그것도 영어로 된 책을 — 집에 사 들고 가 마루 위에 놓으면 아무도 감히 나의 이 고귀한 매입 행위에 대해서 입을 열지 못한다. 나의 아내를 위시하여 모든 가족들은 그 물건이 다른 것이 아니고 책이라는 사실을 인지하는 순간 존경과 감탄의 표정을 지으며 묵묵히 바라볼 뿐이다. 그 책의 가격이 얼마인지, 어디서 그런 돈이 생겼는지 등의 질문도 아예 없다.

책을 훔치고도 벌을 받지 않는 경우가 가끔 있다. 얼마 전 신문에 난 이야기인데, 어느 가난한 대학원생이 서점에서 자기 분야의 전공 서적을 두세 권 훔치다가 현장에서 점원에게 발각되었다. 그런데 서점 주인은 이 학생의 향학열을 높이 사 경찰에 넘기는 대신 훔친 책을 모두 그 학생에게 거저 주고 앞으로 열심히 공부하여 훌륭한 학자가 되라는 격려까지 해 주었다는 것이다. 만일 이 학생이 배가 고파 빵을 훔쳤다든가 입을 것이 없어 옷을 훔쳤다면 그 결과는 아주 달랐을 것이다. 책은 이래저래 퍽 이상스러운 물건이다.

부자는 책을 사도 가난한 사람이 책을 살 때 보이는 그런 자부심과 즐거움이 없다. 부자가 가난한 사람 앞에서 기가 죽는 경우가 바로 이 책이라는 물건 앞에서이다. 가난한 사람은 없는 돈을 털어 부자 앞에서 여봐란듯이 의기양양하게 책을 산다. 반면에 부자는 책을 살 때만은 주위를 살펴야만 한다. 조금만 잘못하면 그냥 실내 장식용으로 책을 산다는 비난을 감수해야 하기 때문이다. 가난한 사람은 책을 사다가 읽지 않고 내버려두거나 쌓아 두어도 말이 없으나 부자가 그랬다가는 야단난다. 그렇다고 해서 차곡차곡 쌓아 놓거나 서가에 예쁘게 잘 정리해 놓아도 비난은 마찬가지이다. 부자에게는 어차피 책이란 것이 실내 장식용이란 낙인이 찍혀 있기 때문이다. 책은 자고로 가난한 사람들의 소유물이요, 휴식처요, 위안물이다.

책이 실내 장식에 쓰이는 것은 인류 문명 발달의 역사에서 볼 때 아주 오래된 일이요 또한 아주 타당한 일이다. 책은 내용은 물론 외모에서도 다양함이 여느 물건에 비할 수 없는 물건이다. 크기, 색깔, 디자인, 두께 등이 서로 다른 이 물건은 책장이나 서가에 일렬로 잘 늘어놓으면 실내의 어떤 고급 가구 못지않게 아름답고 우아하며, 그 방을 아늑하고 품위 있고 세련되어 보이게 만드는 데는 책을 당할 것이 없다. 부자가 된 사람이 주변의 눈총을 받아 가면서까지 고급 이태리 가구와 함께 대영 백과사전 한 질을 구태여 주문하는 이유는 바로 여기에 있는 것이다.

책을 실내 장식용으로 사용하는 사람은 나처럼 이것을 가지고 남을 위협하는 데 쓰는 사람보다는 아주 양심적인 사람이다. 나는 비록 많다고는 할 수 없으나 그래도 그동안 모아 온 책을 — 주로 영어로 쓰인 — 나의 학교 사무실에 모두 진열해 놓고 있다. 학기 말 시험 성적에 불만이 있는 학생이 따지기 위하여 나의 사무실 안에 들어오는 순간 이 학생은 책으로 장식된 나의 사무실 분위기에 완전히 압도되고 만다. 그는 그 많은 낯선 외국 서적에 당장 경외감을 느끼게 되고, 그 경외감은 그 책을 소유하고 있는 나에 대한 존경심으로 바뀌어 들어올 때의 성난 산돼지 같았던 표정은 모두 어딘가로 사라지고 나의 방을 나설 때는 털 깎인 양처럼 변하여 부당한 성적에 대한 항의 같은 것은 까맣게 잊어버린 채 공손히 인사만 하고는 뺑소니를 놓아 버리는 것이다. 이런 면에서 책은 나를 보호해 주는 수호신에 다름 아니다.

아닌 게 아니라 책은 사람을 보호해 주고 지켜 주는 방패 역할도 한다. 사람은 책 뒤에 언제나 안전하게 숨을 수가 있다. 당신은 산처럼 쌓인 책 뒤에 당신의 게으름, 약점, 무식함, 그리고 어리석음 같은 것을 숨길 수가 있다. 당신이 어떤 바보 같은, 동시에 알아들을 수 없는 말을 중얼거린다 하더라도 그 행위가 만 권 서적이 등 뒤에 늘어서 버티고 있는 서재에서 이루어지기만 한다면 아무도 감히 당신의 지능은 물론 당신의 상식에 대해서도 의문을 품지 않을 것이다. 우리나라에서 어느 분야의 저명인사가 텔레비전 인터뷰를 한다거나 하면 으레 그 장소를 서재로 택하는 이유도 바로 여기에 있다.

나는 누구처럼 '매서광'까지는 못되지만 그래도 그런대로 지금까지 꾸준히 책을 사 모으고 있는 사람이다. 그 이유나 동기를 따져 보면 분명하게 드러나는 것은 없다. 한 가지 분명한 사실은 이 책들이 그동안 나에게는 실내 장식용으로서, 우표 수집이나 성냥갑 수집처럼 하나의 취미로서, 순진한 학생들을 겁주어 쫓아 버리는 일종의 '보디가드'로서, 그리고 심리적 안정제로서 보다 많이 나를 위하여 일해 왔다는 사실이다. 왜냐하면 산 책들 가운데 이제 와 따져 보니 끝까지 읽은 것은 몇 권 없고 대부분이 처음 몇 페이지 읽다가 말았거나 아예 처음부터 읽을 생각도 하지 않은 것들이기 때문이다. 이제껏 책을 사는 나의 행위에는 적든 크든 어떤 형태나 종류의 허영과 위선이 동반하였음을 부인할 길은 없다. 참으로 부끄러운 일이다.

그러나 꼭 부끄러워 할 일만도 아닌 것 같다. 따지고 보면 지금까지 내가 해 온 일은 크든 작든 간에 처음부터 그렇게 그 동기가 순수하거나 분명한 것은 거의 없었던 것이 사실이다. 더군다나 그 일이 지적인 탐구이거나 예술적인 욕구일 때는 처음부터 그 동기가 그다지 고상하고 순수할 수만은 없는 것 같다. 읽어서 이해하고 그 속에서 지식을 습득하고 현명해지기 위하여서만 책을 샀다면 나는 아마 지금까지 몇 십 권, 아니 불과 몇 권의 책을 사는 것으로 만족해야 했을 것이다. 남에게 잘 보이기 위하여, 또 남에게 자랑하기 위하여 나는 더 많은 책을 샀으며 그러는 동안에 나는 나도 모르는 사이에 책이라는 것을 좋아하게 되었고 결과적으로 한 권이라도 더 읽게 된 것이다. 나에게 이와 같은 허영심이나 고상한 체하거나 아는 체하는 속물근성이 없었던들 나는 아마도 지금까지 단 한 번도 미술관이나 박물관에서 열리는 특별전람회나 전시회에 가 보지 않았을 것이며, 서울에 온 런던 로열 발레단이나 베를린 필하모닉 오케스트라의 관람권을 끔찍하게 비싼 돈을 주고 구입하지도 않았을 것이다. 그랬다면 이들의 아름답고 화려한 세계는 끝내 나와는 관계가 없는 영역이 되어 버렸을 것이다. 내가 항상 이젠 책일랑 그만 사라고 충고도 하고 핀잔을 주면서도 나의 '매서광' 친구를 좋아하여 꾸준히 만나는 이유도 바로 여기에 있다.

[1992년 3월]

학생들이여 대망을 품지 말라!

　직업이 대학교수이다 보니 원하든 원치 않든 간에 학생들이 개인적인 문제나 고민을 가지고 찾아오는 경우가 가끔 있다. 그때마다 나는 나름대로 그럴듯한 해결책이나 충고를 주어야만 하는 처지에 놓이게 된다. 그 문제라는 것들도 지나고 보면 젊은이들이 대학에 들어와 누구나 한 번쯤 겪고 넘어가야 하는 지극히 상식적인 것이 대부분이다. 공부가 기대한 만큼 잘되지 않거나 재미가 없다든가, 어느 여학생을 무척 좋아하는데 일이 뜻대로 되지 않아 죽고 싶다든가, 대학을 마치고 군대에 가는 것이 좋을지 아니면 먼저 군대에 갔다 와서 학업을 끝마치는 것이 취직을 하는 데 유리할지, 외국 유학은 꼭 필요한 것인지 등등의 일들이다. 다행스러운 것은 이런 문제를 가지고 나를 찾아오는 학생들은 극소수이며, 대다수의 학생들은 나의 충고나 도움이 없이도 자신의 문제를 조용히 해결하여 졸업도 하고 취직도 하고 결혼도 하여 아들딸 낳아 행복하게 잘 살아간다는 사실이다.

그런데 불행한 일은 모두가 하나같이 다 그렇지는 않다는 것이다. 고등학교를 졸업하고 어렵게 대학까지 들어와서는 대학이라는 새로운 환경에 적응하는 데 남다른 어려움을 겪는 학생들도 의외로 많다. 흥미로운 일은 이런 부류에 속하는 학생들은 예외 없이 머리가 우수하고, 세상의 옳고 그름에 남달리 민감하며, 그리고 대망(大望)을 품고 있다는 사실이다. 이들은 중간고사나 학기 말 시험을 잘 쳐서 좋은 학점을 얻는 데 연연하지 않고 좀 더 차원 높은 일에 관심이 있기 때문에, 강의실에는 가끔 얼굴을 내밀 뿐이다. 그러다 보면 무슨 이유에서인지는 정확히 알 수 없으나 이런 학생은 졸업장을 손에 쥐기도 전에 교실에서는 물론 학교에서 영영 사라져 버린다. 무슨 큰일을 하다가 경찰서에 잡혀 갔다는 소리도 있고, 미국으로 유학인지 이민인지 가 버렸다는 소문도 들린다. 분명한 사실은 이런 학생들로부터는 지금까지 크리스마스카드 한 장 받아 본 적이 없다는 것이다. 특별히 눈에 띄어 지금도 기억에 생생한 얼굴도 몇몇 있으나 죽었는지 살았는지 도무지 아는 사람이 없다. 혹시나 길을 걷다가 우연히 이들 가운데 한 사람이라도 만나게 되면 근처에 있는 다방에라도 끌고 들어가 학교를 떠난 후 지금까지 있었던 이야기를 듣고 싶다. 불행하게도 지금까지 이런 학생들이 여봐란듯이 잘되었다는 소식은 듣지 못하였다.

이제 3월이다. 또 새봄의 시작과 함께 희망과 기대, 그리고 야망으로 가득 찬 새로운 젊은 얼굴들이 파도처럼 몰려올 때다. 물론 그 빛나는 얼굴 아래 보이지 않는 어딘가에는 앞으로 닥쳐올 생활에 대한 불안과 공포가 도사리고 있다는 것도 나는 잘 알고 있다. 그리고 이들 가운데 얼마는 또 머지않은 장래에 무거운 표정을 지으며 나의 사무실 문을 노크할 것이다. 그러면 또 나는 지금까지 써 오던 직업적인 처방전에 의하여 환자의 종류와 증상에 따라 알맞은 처방을 내릴 것이다.

그런데 지난 10여 년 동안 나를 찾아온 학생들이 내놓는 문제나 고민, 그리고 거기에 대한 내 해답이나 충고가 거의 동일한 것의 반복이라는 엄연한 사실에 나는 그만 지치고 말았다. 그래서 이번 학기부터는 새로운 작전을 세우기로 마음먹었다. 교내에서 발행되는 대학 신문에다 학생들에게 들려줄 만한 충고나 훈계를 미리 발표한 다음, 그 기사를 여러 장 복사해 두었다가 찾아오는 학생들에게 한 장씩 나누어 주고 여러 말 하지 말고 집에 돌아가 자세히 읽어 보라고 하는 것이다. 물론 나도 일종의 직업인이기에 아무리 어린 학생들을 위한 좋은 일이라 하더라도 직업상의 비밀 내지 비결을 한꺼번에 몽땅 털어놓을 수는 없는 일이다. 모든 장사가 그렇듯이 이런 장사에도 밑천이 떨어지면 안 되는 법이다. 장사하는 사람들이 손님이 끊어질 만할 때가 되면 새로운 물건을 진열해 놓듯이, 나도 충고 메뉴를 알맞게 바꿀 작정이다. 그러니 이번에는 처음 몇 가지만 공개하기로 한다.

우선 주어진 자유에 익숙해지도록 하라. 학생들이여, 자유란 목마른 사람에게는 물과 같은 것이요, 때로는 숨 쉬는 데 절대적으로 필요한 공기같이 중요한 것이기는 하지만, 주어진 자유에 익숙하지 못한 사람에게는 난처하고 부담스러운 짐이 될 수도 있다. 자유란 그것을 사용할 줄 알고 즐길 줄 아는 사람에게 비로소 지상에서 최상의 가치를 지니는 선물이다. 대학에 들어와 갑자기 주어진 자유에 익숙해지도록 노력하

라. 아니, 노력할 필요도 없다. 이미 학생들은 자유에 깊숙이 빠져 이제는 헤어 나오려야 나올 수도 없는 처지가 되었다. 새로 시작한 대학 생활이 어쩌니 저쩌니 해도 다시 그 지겨운 고등학교 생활로 돌아가고 싶은 학생은 없을 것이다. 있다고? 너 정말 이상한 애 아니냐?

유난 떨지 말고 남들이 하는 대로 하라. 남들이 숙제를 제출할 때는 그 속에 끼워서 함께 제출하라. 그렇게 많은 숙제를 일일이 자세히 읽는 교수는 없다. 그저 대강대강 훑어보고는 적당히 점수를 매길 것이다. 중요한 것은 지정된 기일 내에 제출하느냐 않느냐이다. 너무 잘해 가려는 고귀한 의도에서 시간을 끌다가 제출 기일을 넘기는 것은 아주 어리석은 일이다. 며칠 밤을 꼬박 새우다시피 하여 완성된 페이퍼를 가지고 뒤늦게 개인적으로 교수의 사무실을 노크해 보라. 점심을 한 후 문을 잠그고 소파에 누워 한잠 주무시려는 교수님의 노여움을 살 확률이 점수를 더 받을 확률보다 훨씬 높다. 단잠을 망친 교수님은 당신이 뒤늦게 제출한 페이퍼에서 중대한 오류와 결점을 지적함으로써 무례한 행동에 보복할 것이다. 남들이 놀 때는 놀고, 숙제 낼 때는 내고, 시험 볼 때 시험 보라. 혼자서는 힘들고 외롭다.

강의를 빼먹지 말라. 강의가 재미없어서, 지루해서, 배울 것이 없어서 빼먹기 시작하면 결국 모든 강의를 빼먹는 심히 곤란한 처지에 놓이게 될지도 모른다. 대학의 강의란 거의 모두가 재미없고, 지루하고, 알맹이가 별로 없는 것이 사실이기 때문이다. 그렇다고 해서 빼먹으면 안 된다. 꼭 들어가 출석을 부를 때 꼬박 대답을 하도록 하여라. 게을러서 또는 너무 자존심이 강하여 출석조차 부르지 않는 교수의 강의도 일단 돈 내고 학교에 다니는 한 빼먹지 말도록 하여라. 결석은 그 자체가 심리적인 부담을 준다. 제아무리 배울 것 없는 교수의 강의라 하더라도 계속해서 결석을 하면 불안해지고 나중에는 두려워지기까지 한다. 마음의 평정을 위해서도 출석은 하여라. 지루한 강의에 열중하려고 애쓸 필요는 없다. 교실 뒤쪽에 느긋이 자리 잡고 앉아 졸아도 좋고, 스포츠 신문을 읽어도 좋다. 교수들이란 대부분 나이가 든 분들이라 어느 학생이 뒤에 앉아 무슨 짓을 하는지 크게 관심을 두지 않는다. 이것이 바로 대학교수와 고등학교 교사간의 차이다. 다만 조는 것까지는 좋으나 코를 골면서 자는 것은 좀 곤란하다.

대학에서 만나게 될 교수님들에 대하여 너무 큰 기대를 하지 말라. 세상만사 너무 큰 기대는 금물이다. 차라리 기대 없이 출발하는 것이 더 좋다. 교수들이란 교사와 다름없이 자기들이 습득한 지식을 팔아서 처자식을 먹여 살리는 지식인들이다. 차이가 있다면 교수들은 교사들보다 이 장사를 좀 더 그럴듯하고 거창하게 더 비싼 대가를 받고 하는 사람들이라는 것뿐이다. 교수들은 고등학교에서 겪었던 그 옹졸하고 쩨쩨하고 때로는 치사한 교사들과 커다란 차이가 있을 것이라는 기대와 전망은 아주 크게 잘못된 것이다. 선생님이란 대학에서 가르치든 고등학교에서 가르치든 그저 선생님일 뿐이다. 알았나?

오늘은 이 정도로 끝낼까 한다. 결론적으로 한마디 더 보탠다면, 대학 생활에 실망할 것이라는 마음의 준비를 하는 것이 상책이다. 그것도 빨리 실망하면 할수록 좋다. 멍청이처럼 대학 4년 다 다니고 나서 '실망이다'라고 고백한다면 그 사람은 정말 대단한 멍청이다. 우리나라의 대학 치고 고등학교 졸업생의 그 왕성하고 목마른, 그리고 막연히 넓고 큰 지적 욕망을 채워 줄 준비가 되어 있는 곳은 없다. 그렇다고 대학을 중도에 그만두지는 말라. 그냥 한번 들어갔으면 끈질기게 붙어 있어라. 기대가 점점 무너지다보면 어느새 당신의 기대치는 영이 되어 더 내려갈 수도 없는 맨 밑바닥에 도달할 것이다. 거기서부터 새로 출발하는 것이다. 그러니 그곳에 먼저 도달하는 사람이 바로 똑똑한 사람이다. 처음부터 아예 실망을 모르는 사람도 있잖아요? 있지. 그러나 그 사람은 천재이거나 바보, 둘 중에 하나겠지.

이왕 좋은 일 하려고 나선 김에 한 가지 가장 중요한 충고를 더하고 끝내겠다. 정말 마지막 충고다. 대학에 들어온 궁극적인 목적은 졸업장을 손에 쥐는 것이라는 사실을 깊이 마음에 새겨 두어라. 졸업장이야말로 대학 입학의 알파요 오메가다. 이것보다 더 중요한 것은 없다. 인격 도야나 진리 탐구는 그다음이고, 이런 것은 대학에 들어오지 않아도, 또 대학을 졸업한 후에도 얼마든지 할 수 있으며 또 계속되는 것이다. 대학은 학생들의 영구한 정착지나 안식처가 아니다. 수도 없이 들어오고 나가는 짧은 기항지일 뿐이다. 이 짧은 시간과 좁은 공간 속에서 확실하게 이루거나 끝마칠 수 있는 것은 아무것도 없다. 그러나 졸업장만은 확실한 것이다. 이것을 손에 쥐지 못하고 입학한 대학을 중도에 떠나는 것은 절대적으로 처음부터 아예 대학에 발을 들여놓지 않는 것만 못하다. 대학 졸업장이 없으면 사회적 또는 경제적인 성공 여부와 관계없이 심리적인 부담이 일생동안 그 사람을 힘들게 만든다. 그러니 짧은 한세상 마음 편하게 살려는 지극히 평범한 사람들로서는 대학 다니면서 무슨 짓을 하여도 좋으나 어떤 고상하고 성스러운 이념이나 이상, 또 그 밖의 이유가 있다 하더라도 그것이 졸업장을 얻는 기회를 박탈하도록 해서는 안 될 것이다.

대학 4년 다녀 졸업장을 손에 쥔 사람이 대학을 다니지 않은 사람보다 유리한 점이 있다면, 결국 심리적인 것이다. 심리적인 것이라고 해서 결코 과소평가해서는 안 된다. 대학이란 교육이라기보다는 오히려 경험이다. 물론 그 속에서 교육도 이루어지지만 그것은 커다란 파이의 한 조각일 뿐이다. 그러나 대학에서 이루어지는 경험은 대학에만 국한되고 또 그 속에서 생활한 사람만의 경험이어서, 단순한 설명만으로는 그 생활을 해 보지 않은 다른 사람에게는 전달되지 않는다. 총명한 사람은 프랑스 파리에 가 보지 않고도 책을 통하여 그 도시에 대하여 많은 지식을 축적할 수 있다. 그러나 관광객으로 직접 파리를 다녀온 사람은 비록 그 도시에 대하여 아는 것이 별로 없다 하더라도 파리라는 도시에 관한 한 심리적으로 편안하며 주변 사람들로부터도 인정을 받는다. 대학 다니는 일도 이와 같다고 하겠다. 대학 다니면서 공부는 별로 하지 않고 빈둥빈둥 놀다가 졸업장만 가지고 졸업한 사람이라 하더라도, 그는 대학을 다닌 경험이 있기에 그렇지 않은 사람들이 흔히 그렇듯 대학의 가치를 불필요하게 높이 잡아 숭배하는 태도를 취한다든가 반대로 아주 무시하거나 경멸하지는 않는다. 그는 대학 이야기가 나오면 그냥 벙긋이 웃어넘긴다.

[1984년 2월]

거절의 미학

남이 베푸는 친절을 거절하는 것은 별로 좋아 보이는 일도 아니고 그리 쉬운 일도 아니다. 친구가 권하는 담배 한 대, 커피 한 잔, 점심 초대, 술자리 등 어느 것 하나 거절하기 어렵고 또 거절할 이유도 없다.

나의 친한 동료 교수 가운데 항상 바빠서 죽겠다면서 허둥대며 불만을 터뜨리는 친구가 있다. 담당하는 강의 시간도 많은 데다가 주위 사람들이 자기를 좀처럼 편안히 내버려 두지 않는다는 것이다. 강연을 해 달라, 원고를 써 달라, 시험 문제 출제를 해 달라, 주례를 서 달라, 눈코 뜰 사이를 주지 않는다는 푸념이다. 거절을 하면 되지 않느냐 했더니 남이 정성스럽게 부탁하는 것을 어찌 야박하게 거절할 수 있겠냐고 정색을 하며 자기는 천성이 거절을 못하는 사람이라는 것이다. 참으로 좋은 사람이라는 생각이 든다.

그런데 세상에는 항상 예외가 있는 법이다. 도저히 거절할 수 없는 것을 태연하게 거절해 버리는 사람도 있으니 말이다.

오늘날에 와서는 그 권위와 영광이 많이 약화되었다고 하겠으나, 지금부터 약 2백 년 전 영국에서 계관 시인으로 추대된다는 것은 시인으로서는 더할 나위 없는 영예였다. 1757년 영국 왕실은 토머스 그레이라는 시인을 계관 시인으로 선정 발표하였다. 그러나 그는 무슨 이유에서인지는 알 수 없으나 국왕이 하사(下賜)하는 이 명예로운 칭호와 그것에 따라오는 혜택을 받기를 거절함으로써 왕실과 귀족, 그리고 온 영국 국민들을 경악시켰다. 당시 영국 땅에서 국왕이 주는 것을, 그것도 모든 사람들이 탐내는 이런 명예를 거절할 수 있는 사람이 있으리라고 생각한 사람은 토머스 그레이 이외에는 아무도 없었을 것이다.

노벨 문학상이 싫다고 거절해 버린 사람도 있다. 프랑스의 소설가이자 철학자인 사르트르는 스웨덴 한림원에 의하여 1964년도 노벨 문학상 수상자로 선정되어 공식적으로 발표되었으나 수상을 거절해 버렸다. 그가 어째서 세계적인 명성과 엄청난 액수의 상금이 따라오는 이 상을 굳이 받지 않겠다고 했는지에 대해서는 본인 외에는 아무도 알 길이 없다. 다만 여러 가지 추측 가운데 하나는 자기보다 여덟 살이나 아래였던 카뮈가 7년 전 자기보다 먼저 이 상을 받았다는 사실에 기분이 몹시 상했기 때문이었다는 것이다. 이것이 사실이라면 진실로 자존심이 대단한 사람에게는 노벨상을 주는 데도 꽤 조심해야 하나 보다.

대학교수를 해 주십사 하는 간청을 거절해 버린 사람도 있다. 네덜란드 태생의 철학자 스피노자는 1673년 당시 독일 군주로부터 하이델베르크 대학에 철학 교수로 와 달라는 정중한 요청을 받았으나, 그 자리가 자기 사상과 사고의 완전한 자유와 독립성을 보장할 리 없고, 자기가 필요로 하는 마음의 평정을 위태롭게 할 위험이 있다는 이유로 초청에 응하지 않았다. 당시 스피노자는 암스테르담에 살면서 유리를 갈아 렌즈를 만드는 일로 간신히 생계를 유지할 정도로 경제적으로 곤궁한 처지에 있었음을 감안하여 볼 때, 교수 자리가 날아갈까 봐 별의별 수모를 겪고 있는 나로서는 그저 벌어진 입이 다물어지지 않을 뿐이다.

친구의 점심이나 저녁 초대 정도는 당신도 때로는 이런저런 이유로 거절할 수 있을 것이다. 그러나 그 초대가 다른 곳이 아니고 청와대로부터 왔다고 가정했을 때, 당신은 과연 거절할 수 있겠는가? 아마 거절하지 못할 것이다. 아니, 안 할 것이다. 평소 현직 대통령에 대하여 삐딱하게 말해 오던 사람일지라도 집에 돌아가 아내에게 양복 다리고 새 넥타이 준비하라고 성화부터 할 것이다. 초청장을 사진틀에 끼워 벽에 걸어 놓고 찾아오는 사람들에게 두고두고 자랑도 할 것이다.

1962년 미국의 케네디 대통령은 생존해 있는 미국인 노벨상 수상자들을 모두 백악관으로 초대하였다. 노벨상 수상자 윌리엄 포크너는 점심 한번 먹으러 가기에는 백악관이 너무 멀다는 이유로 초대에 응하지 않았다.

'상대성 원리'라는 물리학상의 이론으로 우리에게 잘 알려진 아인슈타인 박사에게는 1922년 노벨 물리학상이 수여되었다.(또 거절이냐고요? 아닙니다. 안심하십시오. 이번에는 기꺼이 받았으니까요.) 그런데 정작 이 사람이 거절한 것이야말로 우리 보통 사람들을 경악시키기에 충분한 것이었다. 그가 거절해 버린 것은 바로 대통령 자리였다. 2차 세계 대전이 끝난 후 1948년 세계 여러 곳에 흩어져 살던 유대인들이 다시 모여 지금의 이스라엘을 건국하자, 이스라엘 국회는 만장일치로 아인슈타인에게 이스라엘 초대 대통령직을 맡기기로 결정하여 그에게 통보하였으나, 그는 물리학자답게 24시간 생각해 본 뒤 거절의 회신을 보냈다. 자기는 아무래도 대통령 노릇보다는 물리학을 더 잘할 수 있다는 이유에서였다.

나는 이런 사람들의 이런 행동 앞에서 그저 멍할 따름이다. 이 사람들 어디가 좀 잘못된 것이 아닐까? 아니, 그런 명예와 부를, 거기에 따른 특권을 헌신짝같이 버리다니, 혹시 바보나 천치가 아닌가?

아니다. 천치도, 바보도, 정신이 나간 사람도 물론 아니다. 이 사람들이야말로 남들이 모두 '예스'라고 해야 하는 것으로 알고 있을 때 전혀 예기치 못하였던 '노'를 할 수 있었던 특권과 사치, 그리고 스릴을 맛보았던 이들이다. 이 사람들이야말로 거절이라는 것을 제때 알맞게 할 줄 알았던 축복받은 극소수의 사람들이다. 누군가에게 상이나 관직이나 명예가 주어지는 것은 그 개인에게는 참으로 좋고 기쁜 일이다. 그것을 받아들이는 것은 당연한 권리이다. 그러나 우리에게는 그것을 거절할 수 있는 특권이 주어져 있음도 알아야 한다. 거절은 오랜 시간이 흐르는 동안 겉만 번지르르하고 속으로는 위선이나 허영으로 가득 차 있는 막강한 권위의 가면을 간단하면서도 속 시원하게 벗겨 버릴 수 있는 미약해 보이지만 실제로는 강력한 수단이 될 수도 있다. 여기에서 한 걸음 더 나아가 거절은 새로운 차원의 용기와 아름다움을 보여 주는 미학의 경지로까지 승화될 수도 있다.

나는 슬프다. 거절을 하지 못하니 슬프다. 친구가 권하는 담배도, 커피도, 술도, 몸에 해롭다는 것을 번연히 알면서도 거절을 하지 못하니 슬프다. 글도 잘 쓰지 못하면서 누가 써 달라고만 하면 가리지 않고 이처럼 쭈그리고 앉아 억지 춘향 노릇을 하고 있으니 슬프다. 또한 나는 우리나라의 정치나 사회, 문화 예술, 학문 등 여러 분야에서 지도자급인 많은 저명인사들이 자신에게 이 거절의 특권이 주어져 있다는 사실조차 인식하지 못하고 있는 것을 볼 때, 그리고 그 축복받은 특권을 써야 할 때와 써야 할 곳에 쓰지 못하는 것을 볼 때 더욱 슬프다.

[1980년 3월]

나의 '레테라 32'여!

　사람이 한세상 살다 보면 여러 사람들을 만나게 되고, 이곳저곳으로 옮겨 다니기도 하며, 이런저런 물건들도 손에 들어오게 마련이다. 이런 수많은 물건들이나 사람들, 그리고 장소들 가운데서 정작 우리와 오래오래 함께하는 것들은 따지고 보면 손가락으로 셀 수 있을 정도로 극소수이며, 이처럼 오랜 시간을 같이하여 정이 든 몇 안 되는 것들과도 때가 오면 차례차례 헤어져야만 하는 것이 우리의 운명이기도 하다. 그럴 때 우리는 경우에 따라 뜨거운 눈물을 흘리기도 하고, 거기까지는 이르지 않는다 하더라도 가슴속으로 커다란 슬픔이나 서운함을 느끼게 마련이다. 나는 지금 눈물을 흘리지는 않고 있으나, 아주 망설여지는 아쉬운 작별을 고해야 하는 처지에 놓여 있다. 미국 유학 시절 없는 돈을 긁어모아 구입하여 지금까지 수족처럼 사용해 온 이태리제 '올리베티 언더우드 레테라 32'라는 타자기와 헤어질 때가 되었기 때문이다.

현재 나와 같은 처지에 놓여 있지 않은 사람은 어째서 내가 쇠붙이에 불과한 타자기 하나를 놓고 이처럼 서운해 하는지 이해하지 못할 것이다. 나는 이 간단한 기계에 대단한 신세를 진 사람이다. 내가 오늘날 이만큼 사회적으로 출세하고 성공한 데는 여러 가지 요소들이 이바지하였겠지만 이 타자기의 역할 또한 가히 절대적이었다고 아니할 수 없다. 우선 나는 이것과 더불어 25년을 살아왔다. 나는 영문학을 공부하는 젊은 학생으로 출발하여 이제는 영문학을 가르치는 늙은 교수가 되었다. 내가 미국 펜실베이니아 주에 있는 빌라노바 대학 영문과를 졸업하여 석사 학위를 받을 때까지 필요하였던 모든 논문이나 숙제들은 이 '레테라 32' 타자기를 사용하여 작성하였으며, 그 후 귀국하여 지금에 이르기까지 영자 신문 『코리아 타임스』에 발표한 백여 편에 이르는 영문으로 된 글들도 모두 이 타자기로 썼다.

이 타자기에다가 백지를 끼워 놓고 앉아서 나는 한없이 자유로운, 때에 따라서는 대단히 고통스러운 시간들을 수없이 보냈으며, 동시에 나의 삶에서 가장 보람되고 스릴 넘치는 경험도 하였다. 무엇보다도 나는 건드리지 않으면 무한정으로 조용히 기다리는 이 수동 타자기를 앞에 놓고 앉아 있으면 마음이 편안했다. 이 타자기와 인연이 없었더라면 나의 인생은 지금과는 아주 다른 모습을 하고 있을 것이다. 나의 아내처럼 이 기계도 어느덧 나와 함께 늙어 버렸다.

이 '레테라 32' 타이프라이터는 처음 만질 때부터 나의 마음에 꼭 들었다. 너무 크지도 작지도 않은 타자기의 규모와 예쁘장한 생김새뿐만 아니고 글자의 크기와 모양도 마음에 쏙 들었다. 무게 또한 너무 무겁지도 가볍지도 않아 아주 이상적이었다. 이것을 운반하기 위하여 들어 올릴 때마다 두 손에 느껴지는 묵직한 무게감은 마치 장전되어 언제라도 발사될 준비가 갖추어진 권총을 손에 잡았을 때의 그것과도 같이 약간 무거운 듯하면서도 기분 좋은 것이었다. 거기에는 엄청난 에너지가 숨어 있는 것 같기도 하였고, 무릅쓰고 겪어 보고 싶은 어떤 위험이 도사리고 있는 듯도 하였으며, 나를 보호해 주고 위로해 주는 든든함과 다정함도 깃들어 있는 것 같았다. 이 '레테라 32' 말고도 나의 손을 거쳐 간 더 크고 성능이 좋으며 편리한 자동 타이프라이터들도 물론 여러 종류가 있었다. 그러나 머릿속에 좋은 아이디어가 떠올라 글로 만들기 위하여 무한한 인내와 집중, 그리고 정적이 필요할 때면 언제고 나는 이 더디고 이제는 아주 구식이 되어 버린 수동 타자기 '레테라 32'로 어김없이 돌아가곤 하였다.

그런데 이제는 아무래도 이 정든 물건과도 헤어져야 할 때가 온 것 같다. 약 한 달 전부터 나의 사무실 책상 위에는 컴퓨터라는 지금까지 없었던 새로운 기계가 자리를 잡게 되었다. 내가 돈을 주고 사지도 않았고, 하나 가지려고 의식적으로 노력하지도 않았는데도 어느 날 거기에 놓이게 된 것이다. 밤새 바닷가에 파도에 밀려온 난파선과도 같이 이것도 시대의 조류에 밀려 이곳에 도착한 것이다. 돈 없다고 항상 엄살을 떨어 온 학교 당국이 무슨 바람이 불었는지 거금을 풀어 컴퓨터 수십 대를 구입하여 교수들에게 분배하였는데 그 가운데 하나가 우연히도 나의 차지가 된 것이다. 몇 살 더 먹은 나이 덕분이다.

'피시'(PC)니 '컴퓨터'니 '워드 프로세서'니 하는 낯설고 생소한 말들이 처음 귀에 들려오기 시작하였을 때만 하더라도 나는 그런 것 없이도 얼마든지 잘해 나갈 수 있다고 아주 가볍게 생각하였다. 그것의 이름이 어떻고, 하는 일이 무엇이건 간에 어차피 글 쓰는 데 도움을 주는 기계라면 나는 지금까지 해 온 대로 우리글일 때는 만년필과 원고지만 있으면 되었고, 영문인 경우라면 '레테라 32' 타자기로 충분했다. 새로 부임하는 젊은 동료 교수들은 하나같이 이 컴퓨터라는 새로운 무기로 단단히 훈련되고 무장된 사람들이라는 사실에 약간 겁이 나기도 하였지만, 글 쓰는 일에 관한 한 나는 눈곱만 한 불편함도 없이 아직도 충실하게 그리고 고집스럽게 타자기를 사용하고 있다는 사실에 은근히 자부심조차 느끼고 있었다.

나의 사무실 앞을 지나다가 타자 치는 소리를 듣고는 신기한 나머지 사실을 확인하기 위하여 들르는 동료들도 있다. 이들은 실제로 타자기를 앞에 놓고 심각한 표정을 짓고 있는 나를 발견하고는 마치 석기 시대의 원시인 하나가 돌로 된 절구와 공이를 가지고 곡식을 찧고 있는 모습이라도 발견한 표정을 짓는다. 어색한 순간을 넘겨 보려는 의도에서인지 아니면 나를 위로해 주려는 배려에서인지, 아직도 우리 주변에서 옛날에나 볼 수 있었던 악기로 귀에 익은 음악이 연주되는 것을 들을 수 있다니 참으로 감개무량하다는 말을 하는 사람도 있었다.

지금까지 나는 이런 사람들에게 이 컴퓨터의 시대에 어째서 구태여 수동 타자기에 집착하고 있는가 하는 이유를 설명하고 정당화하는 데 많은 노력을 기울여 왔다. 나는 오늘날처럼 만사에 속도와 능률이 요구되고 편의를 위주로 하는 시대에 컴퓨터와 같은 기계의 필요성을 솔직하게 인정하면서도, 나처럼 오래 생각하고 정신을 집중하여야 하는 일, 양보다는 질이 중요시되는 일을 하는 사람, 다시 말해서 특별히 우수하지는 못하지만 그 이상만은 대단히 높은 문학적인 글을 쓰고자 하는 사람에게는 오히려 타자기가 더 적당한 기계라고 진지하게 말하였다. 이와 같은 주장에 이들도 동의를 표시하였다. 그러나 나도 바보가 아닌 이상 이들이 그저 건성으로 고개를 끄덕이고 있다는 사실을 본능적으로 감지할 수 있었다. 나는 이들의 얼굴 표정에서 분명 내가 모르는 어떤 새로운 세계를 알고 있음을 읽을 수 있었다. 비 오는 날 우산을 받쳐 들고 붐비는 보도 위를 걷고 있는 나를 승용차 안에 편안하게 앉아 차창을 통하여 바라보듯 이들은 안됐다는 표정으로 나를 바라보았다.

이런 처지에 있는 나에게 결정적으로 이 정든 '레테라 32'와 작별을 재촉하는 놀라운 사건이 최근에 발생하였다. 타자기의 리본이 하도 오래되어 글자가 잘 보이지 않아 새로 살까 하여 오래전에 들렀던 상점을 찾아갔다가 크게 망신을 당한 것이다. 지금이 어느 때인데 타자기에 쓰는 리본 같은 것을 팔고 앉아 있겠느냐는 대답 아닌 핀잔을 상점 주인으로부터 들은 것이다. 아닌 게 아니라 지난번에 들렀을 때만 하더라도 사무 용품을 전문적으로 판매하는 이 상점의 진열장을 가득 채우고 있었던 수많은 종류의 타자기들은 어느덧 씻은 듯 자취를 감추었고, 그 자리에는 텔레비전과 같이 스크린이 달린 기계들이 죽 들어서 있었다. 이런 경험은 이번이 두 번째였다. 작년인가 카메라 필름을 사기 위하여 상점에 들러 무심코 흑백 필름을 한 통 달라고 했을 때였다. 상점 주인은 처음에는 농담을 하는 것으로 간주하더니 나의 태도가 무척 진지한 것을 보고는 그것을 구하려면 특별히 주문을 해야 하는데 그 가격이 엄청나게 비싸며 얼마 동안 기다려야 한다고 말하는 것이었다. 머쓱해서 상점 문을 나서는 나를 바라보고 거기 있던 사람들은 실없는 사람이라고 웃어 댔을 것이다. 나는 꼭 한국판 립 밴 윙클(Rip Van Winkle)이 된 기분이었다.

나의 책상 위에 자리 잡은 새 물건은 이제 보니 지금까지 함께 살아온 옛것과는 사뭇 다른 존재이다. 나의 오랜 친구처럼 가만히 앉아 내가 다가갈 때까지 조용히 기다려 주는 그런 타입이 아니다. 삐익삐익하는 이상한 소리도 내고 번쩍번쩍하는 불빛도 내면서 알 수 없는 암호 문자들과 신기한 그림들을 가지고 나에게 말을 걸기도 하고 명령을 내리기도 한다. 나를 노려보는 것 같기도 하고, 윙크를 하며 자기에게 다가와 자기를 사랑하라고 유혹도 하고 졸라도 댄다. 나의 '레테라 32'가 맥주 맛과 같은 것이라면 이것은 독한 위스키나 코냑의 맛이다. 언제나 말없이 집에 있는 나이 든 아내와 같은 것이 나의 '레테라 32' 타자기라면, 아마 모르긴 몰라도 몰래 사귀어 감추어 둔 젊은 여자와 같은 것이 이 컴퓨터라고 하겠다. 아무래도 나는 머지않아 이 새로운 물건의 매력과 마력에 꼼짝없이 포로가 될 것이 불을 보듯이 뻔하다. 이 영리한 기계도 어느새 나의 이와 같은 심중을 알아차리고는 회심의 미소를 짓고 있는 것이 분명하다. 더 늦기 전에 작별 인사라도 차분히 해 놓는 것이 상책이라고 생각된다.

정든 나의 '레테라 32'여, 태어나 자란 정든 고향을 마음 내키지 않지만 떠나야만 하는 소년과도 같이 나 이제 그대에게 작별을 고하노라. 내 비록 그대에게 다시 돌아오지 못한다 하더라도 내가 살아 있는 한, 그리고 나의 삶에서 글 쓰는 일이 계속되는 한, 그대는 내 이미 오래전에 떠난 강가의 고향 마을과 아직도 그곳에 살고 있는 그리운 사람들의 얼굴과도 같이 영원히 가슴에 그리고 기억 속에 살아 있을 것이다. 잘 있어라, 나의 정다운 '레테라 32'여!

[1996년 2월]

우산 이야기

텔레비전이나 라디오에서 일기 예보를 담당하고 있는 사람들은 아주 뻔뻔한 사람들이다. 틀린 일기 예보를 해 놓고도 사과할 줄을 모른다. 그들은 자기들이 아무렇지도 않게 저지르는 실수 때문에 나와 같은 순진한 사람들이 겪어야만 하는 고통과 손해를 전혀 이해하지 못하고 있다. 그들은 이상스럽게 보이는 지도와 숫자, 그리고 자기들끼리만 알아듣고 이해하는 수상한 술어들을 사용하여 나로 하여금 아침 출근 시 우산이라는 거추장스러운 짐을 하나 더 들고 나가도록 설득하는 데 성공한다. 그러나 나는 그들의 예보와는 달리 햇빛 쩽쩽한 하루를 보내고는 가벼운 마음과 가벼운 몸으로 저녁 늦게 집에 돌아온다. 빈손이다. 또 어디에다 가지고 나간 우산을 놓고 그냥 돌아온 것이다. 순간 가슴이 철렁한다. 나의 머리는 재빨리 움직여 그 거추장스러운 물건을 손에 들고 돌아다닌 길과 장소 — 사무실, 시계를 수리하러 들렀던 시계포, 커피숍 — 를 찾아 나선다. 그러나 분명하게 기억나는 사실은, 그 우산은 내가 집에 돌아오는 97번 버스에 오를 때까지 분명 내 손에 있었다는 비극적인 결론이다. 또 혈압이 오름을 느낀다.

문제는 무책임하기 짝이 없는 일기 예보라 하더라도 그것을 전적으로 무시해 버릴 수 없다는 데 있다. 어떤 때는 일기 예보가 아주 신통하게 들어맞을 때도 있으니 말이다. 그날 아침은 유난히도 맑았다. 그런데 일기 예보를 담당하는 사람은 그 낯익은 얼굴과 목소리로 새파란 하늘에다 대고는 불길한 주문을 외우고 있었다. 비가 올 것이니 우산을 준비하라는 충고였다. 나는 이 충고를 무시하고 가벼운 마음과 몸으로 집을 나섰다. 그런데 놀라운 일이 아닌가! 일기 예보가 들어맞은 것이다. 오후 세 시게부터 하늘에 검은 구름이 모여들기 시작하더니 천둥과 번개까지 치기 시작하였다. 나는 그날의 소낙비를 사무실에서 버스 정류장까지 걸어가는 사이에 만났다. 버스에 올랐을 때는 이미 속옷과 양말까지 흠뻑 젖은 뒤였다. 축 젖은 양복을 입고 버스에 앉아 나는 이 문제에 대하여 심사숙고하지 않을 수 없었다. 이런 희비극을 끝도 없이 반복할 수는 없는 것이다. 버스에서 내릴 때쯤 되어서 나는 일생일대의 중요한 결정에 도달하였다. 일기 예보를 존중하며 살아가기로 한 것이다. 비록 과학적인 예보가 틀리는 경우가 있다고는 하여도 그것을 믿고 사는 것이 나의 본능적 판단에 의지하는 것보다는 나을 것이 분명하였고, 아무래도 문명사회의 일원이 되려면 일기 예보를 존중해야 한다는 생각이 들었다. 이제 남은 문제는 들고 나온 우산을 어떻게 하면 잃어버리지 않느냐 하는 것뿐이었다. 비가 오는 날 손에

든 우산을 잃어버릴 확률은 극히 적다. 문제는 일기 예보를 믿고 청명한 날 들고 나온 우산을 집에 돌아갈 때까지 무사히 간수하는 일이다. 이것은 나의 건망증과의 싸움인데 이 싸움에서 내가 승자가 될 가능성은 극히 희박하다. 드디어 나는 이 건망증을 퇴치하기 위한 체계적이고도 조직적인 전략을 수립하였다. 우선 커피숍에서는 우산을 바닥에 내려놓거나 의자 등받이에 걸어 놓을 것이 아니라 아예 깔고 앉기로 작정하였다. 물론 좀 거북스럽기는 하지만 지금까지 이렇게 우산을 무지막지하게 다루지 않고 신사적으로 다루다가 당한 손해를 상기하여 볼 때 이 정도의 불편함은 마땅히 지불해야 할 대가라고 생각되었다. 공중전화를 사용할 때는 다른 방법은 없고 우산의 구부러진 손잡이를 목에 걸고 통화하기로 하였다. 이것도 남 보기에 좀 점잖지 못하지만 그래도 수많은 시행착오를 겪은 후 찾아낸 해답이다.

집에 돌아오는 버스 안에서의 안전 대책이야말로 가장 중요하다. 여기서 실패하는 날에는 지금까지의 승리와 성공이 모두 수포로 돌아가기 때문이다. 최고도의 준비성과 경각심이 요구되는 곳이 바로 버스 안이다. 나는 주머니 속에 준비한 고무줄을 꺼내어 한쪽 끝은 우산 손잡이에 붙잡아 매고 다른 한쪽 끝은 혁대에 고정한다. 이런 모습도 자세히 관찰하는 사람에게는 수상하고 우습게 보이겠지만 이런 수고 덕분에 나는 안심하고 자리에 앉아 신문도 읽을 수 있고 깊은 명상에도 잠길 수 있는 것이다. 집 근처 버스 정류장에 도착하여 갑자기 벌떡 일어나 허둥지둥 내려도 고무줄에 매어 있는 우산은 무사히 나를 따라 함께 내릴 수 있는 것이다. 이런 단호한 결심과 빈틈없는 조치로 나는 그동안 상당히 오랜 기간 나를 괴롭혀 온 인생의 아주 까다로운 문제

하나를 완전무결하게 해결하였으며, 이제 우산 문제에 관한 한 아무런 불편 없이 영원히 행복하게 살 수 있게 되었다고 확신하게 되었다. 그런데 그게 아니었다. 바로 어제 또 다른 문제가 발생하여 또다시 나를 고민 속에 몰아넣은 것이다.

나는 그날 아침 일기 예보를 존중하여 맑은 아침인데도 그 귀찮은 우산을 충실하게 손에 들고 출근하였다. 퇴근을 하고 집에 가기 위해 버스 정류장으로 걸어가면서 나는 나 혼자 우산을 들고 있다는 사실에 당황하였다. 아침의 일기 예보를 간단하게 무시해 버린 용감한 사람들 가운데서 바보가 된 느낌이었다. 그런데 참으로 신나는 일이 벌어졌다. 일기 예보가 적중하여 비가 오기 시작한 것이다. 처음에는 후드득 후드득 빗방울이 떨어지기 시작하더니 곧이어 장대비로 변하여 퍼붓기 시작하였다. 지금까지 나를 비웃었던 용감한 사람들이 놀란 병아리들처럼 흩어져 아무 곳에서나 비를 피하려고 허둥대는 모습이 나의 상처받은 자존심을 크게 회복시켜 주었다. 그런 때아닌 소동을 미소 지으며 바라볼 수 있다는 사실은 분명 하나의 특권이었다. 조금 전까지만 하더라도 그렇게 거추장스럽고 꼴사나워 보이던 우산이 이렇게 예쁘고 귀중하고 아름다울 수 있단 말인가! 나는 비로 씻겨 깨끗해진 보도를 걸어가면서 비를 피하여 남의 가게 안이나 처마 밑에서 비가 그치기만을 기다리고 서 있는 사람들 옆을 지나며 그동안의 억울함이 송두리째 눈 녹듯 사라지는 쾌감을 맛보았다. 나는 이들이 우산을 가진 나를 무척 부러운 눈으로 바라보고 있다고 느끼며 발걸음을 더욱 늦추어 천천히 위엄 있게 걸었다. 나의 수고와 인내력 그리고 과학적인 생활 태도와 철학이 달콤한 열매를 맺는 순간이었다.

바로 그때, 행복에 가득 찬 나의 행진은 "우산 좀 함께 씁시다"라는 무뚝뚝한 목소리와 함께 우산 속으로 뛰어든 낯선 침입자 때문에 여지없이 깨어지고 말았다. 내가 어떤 반응을 보이기도 전에 그는 이미 나의 우산 밑에 들어와 있었다. 그는 다른 사람들처럼 처마 밑에서 비가 그칠 때까지 기다릴 여유가 없었던 모양이었다. 미안하다는 듯 그는 내가 든 우산을 자기가 들겠다고 제안하더니 어느새 나의 손에서 우산을 빼앗아 가 버렸다. 순간 우산의 주인은 다른 사람이 되어 버렸다. 우산은 다 자란 두 어른을 감당하기에는 너무 작았고 나의 몸 절반은 비에 젖고 있었다. 나는 더 이상 이 고귀한 물건의 주인이 아니었다.

거기에다 이 친구 다리가 나보다 훨씬 길어 걸음걸이가 여간 빠른 것이 아니었다. 그는 다리가 짧아 빨리 걷는 데 어려움이 있는 나의 사정을 알아주려는 기색은 조금도 없었다. 그렇다고 분명한 목표를 가지고 부지런히 목적지를 향하여 걷고 있는 이 사람에게 좀 천천히 걷자고 말할 용기도 나에게는 없었다. 어미를 놓칠 세라 부지런히 따라가는 어린 송아지처럼 나는 이 사람과 보조를 맞추느라 여념이 없었다. 나는 분하고 원통하였으나 이 뻔뻔스러운 무뢰한을 차마 빗속으로 내쫓을 만큼 잔인하고 몰인정하게 굴 수도 없었다. 조금 전까지 내가 누리던 그 영광과 행복은 이 우산 속 침입자 때문에 순식간에 사라져 버리고 그 자리에는 분노와 비참함만이 가득 차 버렸다. 이 낯선 사람과 버스 정류장까지 동행하는 동안 나는 꼼짝없이 모든 분노와 분통을 삼켜야만 하였다. 거기까지 가는 데 몇 년이 걸린 것만 같았다. 함께 걷는 동안 나는 단 한마디도 말을 건네지 않았다. 그 사람은 "되게 깐깐한 놈도 있네" 하고 생각했을 것이다.

비가 오는 날 우산을 함께 쓴다는 것은 누가 보아도 아름다운 일이다. 나도 그 같은 일에 대찬성이다. 그럴 마음의 준비도 되어 있다. 실제로 비를 맞는 사람에게 우산을 함께 쓰고 가자고 먼저 제안한 경우도 아주 없는 바도 아니다. 어제 나의 우산 속으로 피신하여 들어온 낯선 사람에게 나도 모르게 불쾌한 마음을 가지게 된 것은 아마도 좋은 일을 하도록 강요당하였기 때문일 것이다. 비 오는 날 낯선 사람과 우산을 함께 받는 일은 만원 버스에서 공들여 얻은 좌석을 노인이나 병약자에게 양보하는 행위와 같이 하나의 자선 행위이다. 그런데 이와 같은 모든 자선 행위는 그것이 큰 것이든 작은 것이든 당신의 우산 위에 떨어지는 빗방울과 같이 누구의 강요도 없이 스스로 이루어져야 한다. 이 세상에 선행을 강요당하는 것처럼 기분 나쁜 일도 드물다.

[1989년 6월]

에스키모인들로부터 온 선물

서울 주재 캐나다 대사관의 협조로 10월 1일부터 18일까지 서울 신세계백화점 화랑에서 개최된 한국 최초의 '에스키모 미술 전시회'는 분명 보기 드문 행사였으며, 미술을 사랑하는 사람들로서는 크게 기뻐하고 오래오래 기억할 만한 전시회였다. 전시된 작품들은 '이누이트족' ― 우리에게는 보통 '에스키모인'으로 보다 잘 알려진 캐나다 북쪽 극지방 사람들 ― 의 작품이다.

우리가 막연히 알고 있는 에스키모인들이란 그린란드나 알래스카, 캐나다 북쪽, 그리고 시베리아의 일부 등 상상을 초월하는 혹독한 추위 속에서 사는 사람들로서, 얼음으로 집을 짓고 물개나 물고기를 사냥하여 삶을 영위하는 원시적인 사람들 정도일 것이다. 상식적으로 판단해 볼 때 이런 환경 속에서 고되고 거친 삶을 영위하는 이들로부터 어떤 세련되고 승화된 예술 작품을 기대하기는 어렵다고 말할 수 있겠다. 쉽게 말해서 하루하루 살아가기도 힘들 터인데 그 속에서 언제 그림을 그리고 있겠는가?

그러나 이 전시장에 발을 들여놓는 순간 우리는 이와 같은 생각이 전적으로 잘못된 것임을 인정하지 않을 수 없으며, 동시에 우리가 꽤나 무식한 사람들이라는 사실도 인정하게 된다. 이곳에 전시된 작품들은 인류 최초의 미술가는 동굴인이었고 최초의 캔버스는 동굴을 이루고 있던 투박하기 그지없는 암벽이었다는 사실을 새삼스럽게 상기시켜 줌으로써, 진정한 예술 작품의 탄생을 가능하게 하는 것은 어떤 종류의 것이건 간에 그것을 만들어 내는 예술가의 정열과 재능이지 결코 주변 환경의 좋고 나쁨이 아님을 다시 한 번 확인시켜 준다. 이번에 선보인 그림과 조각품들, 그리고 자수품들은 비록 그 크기나 양에서 우리를 압도하지는 않지만 이 지구 상 가장 추운 곳에 살고 있는 사람들로부터 온 가장 따뜻한 선물임에 틀림없다.

에스키모인들이 보내 준 예술적 선물들의 가장 두드러진 점은 그렇게 멀리 떨어진 생소한 곳에서 온 것들이 첫눈에 조금도 낯설지 않고 아주 친숙하게 느껴진다는 것이다. 이 선물 앞에서 우리는 마냥 즐겁기만 하다. 이들을 감상하기 위해서는 구태여 전문가의 의견을 필요로 하지 않는다. 마치 다정한 친구에게 사서 보내 주고 싶은 예쁘고 소박하고 사랑스러운 커다란 크리스마스카드 앞에 서 있는 것 같은 느낌을 갖게 만드는 그림들이다. 흔히 우리를 당황하게 만들고 정신을 혼동시키는 현대적 예술 작품들과는 달리, 얼핏 보아 지극히 간단하고 단순해 보이는 주제와 기교로 이루어진 이 에스키모인들의 예술품들은 우선 보는 이들을 편안하게 만들어 주며, 우리의 예술적 판단 기준과 감상 능력에 이상이 없음을 확인시켜 줌으로써 우리 모두를 안심하게 해 준다. 이곳에 전시된 작품들은 루벤스나 렘브란트, 또는 미켈란젤로나 로댕의 위대한 작품들과 비교할 성질의 것들은 물론 아니다. 이들은 분명 그들과는 전혀 다른 환경과 시대에 살고 있는 다른 종류의 예술가들에 의하여 만들어진 작품들이다. 반드시 '위대한' 사람들만이 이 세상에 꼭 필요하고 존재해야 하는 것이 아닌 것처럼, 모든 예술 작품들이 하나같이 위대할 필요는 없다.

에스키모인들의 그림은 그 제작 방법이 우리가 알고 있는 보통의 것들과 다르다는 점에서 흥미롭다. 이들은 캔버스, 즉 화포나 종이 위에 직접 그림을 그리는 것이 아니라, 돌이나 목판 위에 새기는 판화 형식을 취하고 있다. 그러니까 여기에 전시된 그림들은 모두가 일종의 '프린트', 즉 탁본인 셈이다. 이처럼 그림을 도장 새기듯이 일일이 힘들여 새기는 방법이 생겨난 데는 이들만의 특별한 사정이 있을 것이다. 그 중 하나는 아마도 누구나 모든 것을 스스로 손수 만들어 써야 하는 엄연한 필요성 때문이었을 것이다. 실제로 40세가 넘은 에스키모인들은 모두가 정도의 차이는 있으나 조각가나 다름없는 손재주를 가지고 있다고 한다. 세계적으로 유명한 영국의 조각가 헨리 무어는 우연한 기회에 관광 상품으로 만들어진 어느 에스키모인의 수공예품을 보고는 그것이 자기의 작품이라면 좋겠다는 의견을 솔직하게 피력한 적이 있다고 한다.

이처럼 에스키모인들의 그림은 필요한 경우 원하는 만큼 같은 그림을 여러 장 복사할 수도 있으며, 그 사실은 동시에 그림의 가격이 상대적으로 저렴할 수 있다는 뜻도 된다. 아닌 게 아니라 진열된 작품에 붙어 있는 가격은 누구나 마음만 먹으면 하나 장만할 만한 현실적인 가격이었다. 말이 났으니 말이지 미술품의 가격처럼 터무니없이 높은 것이 세상에 또 있을까?

그림 속에 나타난 에스키모인들의 세계는 아주 이상적인 세계이다. 비록 이들의 생활이 전적으로 단조로운 자연 환경에 얽매어 있지만 거기에 지루함 같은 것은 없다. 오히려 그 반대이다. 화면을 구성하고 있는 소재와 주제들 — 새, 물고기, 개, 눈, 얼음, 바다, 물개, 곰, 순록, 물고기를 잡거나 사냥을 하는 남자들, 아기를 돌보거나 신발이나 옷을 꿰매고 있는 여인들, 놀이에 열중하는 아이들 — 은 모두 보는 이로 하여금 우리가 보낸 가난했지만 행복하였던 어린 시절로 되돌아가게 만든다. 혹독한 추위와 열악한 생활 환경은 어디에서도 감지되지 않는다. 고통도 죽음도 없다. 있는 것은 모두 살아 있고, 움직이고, 성장하고 있다. 북극의 눈과 얼음은 이들이 영위하는 목가적인 삶의 배경을 이루고 있으며, 힘든 일도 즐겁고 생명력이 넘치는 놀이로 변해 있다. 단단한 얼음 덩어리도 따뜻하고 부드럽게만 보이고, 사나운 짐승들은 모두 잘 길들여진 가축처럼 유순하기만 하다. 죽이는 일도 결코 유혈의 폭력이 아니라 자비심에서 나온 일종의 시혜 행위로 보인다. 이들의 예술 세계에서 '생존 경쟁'이나 '적자생존'과 같은 다윈의 법칙은 결코 냉혹한 자연주의적인 이론이 아니고, 따스한 그리고 아주 자연스러운 삶의 방식일 뿐이다.

전시된 작품들이 하나같이 에스키모인들의 삶의 양상이 현대 문명이 가져온 과학이나 기술에 의하여 복잡해지거나 물든 흔적을 조금도 보여 주지 않는다는 사실은 참으로 놀라운 일이다. 이들의 생활은 마치 이 지구 상에 총이나 전기, 자동차나 비행기, 전화나 텔레비전 같은 물건들이 나타나기 이전의 것처럼 보이며, 이런 문명의 이기들이 없었던 시간과 공간 속에 영원히 정지하여 버린 듯하다. 그림만 보아서는 이들은 아직도 고기를 날로 먹고(에스키모란 말 자체가 '날고기를 먹는 사람들'이란 뜻이다), '이글루'라고 불리는 둥근 얼음집에서 살며, 지구상의 다른 사람들과는 완전히 격리된 상태에서 별난 생활을 하고 있는 것으로 착각하기 쉽다. 그러나 사실은 그렇지 않다. 이들도 지금은 우리가 누리는 모든 문명의 혜택을 누리고 있으며, 동시에 기계 문명이 가져온 모든 골치 아픈 사회 문제에 시달리고 있다. 다만 이 작품들을 만들어 낸 극소수의 에스키모 예술가들만이 신기하게도 꾸준하게 그리고 끈질기게 외부에서 들어오는 모든 이질적인 요소들을 그들의 작품 세계에서 의도적으로 배격하거나 배제하고 있다.

결국 이 작품들이 보여 주는 세계는 오늘날의 에스키모인들이 살고 있는 현실의 세계가 아니라 그들의 의식 저 깊숙한 곳에 자리 잡고 있는 잠재의식 속의 세계이다. 그 세계는 에스키모인들뿐만 아니라 인간이면 누구나 동경하고 돌아가고 싶어 하는 동심의 세계로서, 실제로는 이미 파괴되어 없어져 버렸거나, 시간이 문제이지 어느 순간이고 파괴될 운명에 놓여 있는 연약한 세계이기도 하다. 하지만 그것은 또한 너무나 값지고 풍요로운 것으로서 현재를 살고 있는 에스키모 예술가들의 뇌리에서 결코 지워지지도 않고 지워질 수도 없는 강력한 것이기도 하다. 비록 그들의 손은 약하고 섬세하지만 예술가들은 때로는 밀려오는 기계 문명이나 이질적인 외국 문화에 대항하여 싸우는 가장 용맹스럽고 끈질긴 전사이기도 하다. 동시에 그들은 사라져 가는 전통과 가치를 보존하고 보호하는 수호자들이다.

예술이란 우리의 거칠고 무질서한 현실과 경험을 정제 또는 정련하여 보다 희귀하고, 섬세하고, 영구한 것으로 만드는 작업이라는 뜻에서 일종의 연금술이며, 이런 면에서 모든 예술가는 연금술사이다. 에스키모 예술가들 또한 무질서하고, 보기 흉하고, 단조롭고, 수시로 변화하여 종잡을 수 없는 현실의 요소들 속에서 소박하면서도 아름다운 여러 모양의 형태를 뽑아냈다. 이 잘 만들어진 예술품들은 제각기 다른 모습이지만 우리의 눈을 즐겁게 해 주고 마음을 흔들기도 하며, 때로는 우리의 가슴을 아프게도 만들고 눈물이 고이게도 한다. 그리고 모두 하나같이 영원히 끝나지 않는 길고 긴 추운 나라의 이야기를 들려주고 있다.

[1991년 9월]

유에프오(UFO)

그 모양이 일반적으로 접시 모양을 하고 있다고 해서 '비행접시'라고도 불리는 '정체불명의 비행 물체'(Unidentified Flying Object), 즉 UFO를 목격하였다는 사람들이 전 세계에 걸쳐 여기저기서 나타나고 있다. 최근에는 서울 하늘에도 그것이 나타났다는 신문과 텔레비전의 보도도 있었다. UFO에 관한 이야기는 이미 책으로도 여러 권 나와 있고 영화나 텔레비전의 프로그램으로도 만들어져 많은 사람들의 흥미와 관심 대상이 된 지도 이미 오래다. 그 존재를 믿건 믿지 않건 간에, 넓고 넓은 우주 공간을 마음대로 거침없이 날아다니는 이 확인되지 않은 물체는 지구라는 제한된 땅 위에서 복닥거리며 살고 있는 우리 인간들의 상상력 속으로 깊이 침투하였으며, 이제 '유에프오'라는 말도 그리 낯설지 않은 일상용어 가운데 하나가 되어 버렸다.

문제는 이처럼 신기하고 기막힌 물체를 두 눈으로 똑똑히 목격하였다는 사람들의 주장에도 불구하고, 이 세상에는 아직도 나처럼 그런 것을 목격하지 못하였을 뿐만 아니라 그것의 존재에 대하여 크게 신경을 쓰지 않는 사람들이 대다수라는 사실이다. 유령을 직접 만났다는 사람이 제아무리 피를 얼어붙게 만들고 심장 박동을 멈추게 만들기에 충분한 공포와 전율의 순간을 이야기해도, 그런 경험이 없는 사람은 그저 재미있어 하거나, 아니면 "세상에는 참 별 이상한 이야기를 하는 사람도 있군" 하면서 무시해 버리는 경우와 같다고 하겠다.

UFO의 탄생은 우리가 살고 있는 이 지구 이외의 다른 천체에도 인간과 같은, 아니 인간보다 훨씬 우수한 지능을 갖춘 생물이 살고 있으리라는 간단하면서도 강력한 인간의 믿음에 그 근거를 두고 있다. 밤하늘에 무수히 떠 있는 별들을 바라보면서 그 가운데 어느 한 곳에 우리 인간과 같은 생물이 살고 있으리라는 상상은 구태여 천문학자가 아니더라도 누구에게나 가능한 일이며, 또 그렇게 믿고 싶은 것도 사실이다. 가까이 있는 달만 하더라도 이왕이면 토끼라도 살아 추석이 되면 우리처럼 떡방아를 찧는다면 얼마나 신나는 일이겠는가. 1969년 미국의 우주선 아폴로 11호가 달에 착륙하여 우주인 닐 암스트롱이 인류 최초로 달의 표면을 밟고 나서, 달은 토끼는 물론 어떤 종류의 생명체도 없는 황량한 바위 덩어리라는 사실이 밝혀졌을 때 나는 크게 실망했다. 그 아름다워 보이는 달에 풀 한 포기도 없다니.

현재까지 밝혀진 바에 의하면 달만 그런 것이 아니고 태양계 내의 다른 어떤 행성에도 인간과 같은 존재는 물론, 어떤 종류의 생명체도 살고 있다는 증거는 없다. 그렇다면 우리는 UFO의 발착기지를 찾아 우리의 시선을 태양계를 넘어 더 멀리 있는 천체들의 집단인 은하계로 돌려야만 하겠다. 그런데 문제는 현재 우리 인간의 기술 수준으로는 그곳에 도달할 수도 없고 어떤 종류의 의사소통도 불가능한 반면, 그곳으로부터 날아오는 것으로 추정되는 UFO는 자유자재로 그 먼 거리를 여행할 수 있을 뿐만 아니라 지구에 사는 우리 인간들과도 말이 통한다는 사실이다. 다시 말해서 UFO를 타고 오는 사람인지 짐승인지 확실히 알 수 없는 생물은 이 지구라는 행성에 일찌감치 자리 잡고 살아온 우리 인간들보다 지능 면에서 훨씬 우수할 뿐 아니라, 그들이 현재 가지고 있는 기술의 수준도 우리를 크게 앞지르고 있음이 분명하다는 것이다. 우리는 이런 존재들의 출현 앞에서 집단적으로 무력할 수밖에 없으며 속수무책인 것이다.

이처럼 지능으로나 기술로나 인간을 압도하는 것이 분명한 외계인들이 UFO를 타고 우리를 찾아오는 이유나 목적이 궁극적으로 우리가 살고 있는 지구를 정복하여 인간을 그들의 노예로 만드는 데 있다고 한다면 이것은 분명 예사로운 일이 아니다. 우리도 우리가 가지고 있는 가공할 만한 위력의 신무기들을 모두 동원하여 이들의 침략에 대항하여 싸우게 되겠지만 결과는 보나마나 우리 지구인들의 패배이다. 상대가 누구인지, 무엇인지, 어디서 날아오는 존재인지 도대체 그 정체를 확인할 길이 없는 유령 같은 이들을 과연 누가 어떻게 대적할 수 있단 말인가.

이미 UFO의 피해자들이 있다는 보고도 있다. 나타난 비행 물체를 추적하다가 목숨을 잃은 공군 소속의 전투기 조종사들도 있고, 이 외계인들에게 납치되어 UFO 속으로 끌려가 돌아오지 않은 사람들도 있다고 한다. 잡혀간 사람들은 모종의 과학적 인체 실험의 대상이 되었다고도 한다. 이렇게 되면 대단히 창피하고 자존심이 상하는 일이지만 이 외계인들 앞에서는 만물의 영장으로 자부하고 있는 우리 인간들도 실험실의 토끼나 모르모트의 신세에 지나지 않는다.

그렇다고 해서 그 먼 거리를 날아 지구에 도달하는 UFO의 출현을 꼭 나쁘게만 생각하여 걱정과 근심에 빠질 필요는 없다. 좋은 일일 수도 있으니 말이다. 전쟁이 끊이지 않고 계속되는 이 지구의 평화를 위하여 이들이 온다고 가정하여 보자. 이 외계인들은 우리가 상상할 수도 없는 먼 곳에 있으면서도 그들의 발달된 기술을 가지고 지구에서 일어나고 있는 일들을 손바닥 들여다보듯이 환히 알고 있다. 특히 지구의 사람들이 서로 반목질시하여 머지않아 핵전쟁에 의하여 멸망의 길로 갈 것이라는 사실도 알고 있다. 지구 곳곳에 쌓여 있는 핵무기의 숫자는 물론 그 엄청난 파괴력도 그들은 잘 알고 있다. 이들은 지능이나 과학 기술 면에서만 우리 지구인들을 능가하고 있는 것이 아니라, 신기하게도 동정심이나 자비심에서도 우리를 능가한다. 화약을 들고 불 속으로 들어가는 인간들의 미친 짓을 그냥 멀리서 재미있다고 바라만 보기에는 이들의 마음씨가 너무나 착하다. 그들은 마침내 우리들을 멸망으로부터 구출해 내기 위하여 특사를 파견하기로 결정한다.

자고로 평화를 위한 특사나 중재자의 역할과 임무, 그리고 기본 전략은 대동소이하다. 별나라 사람들이라고 해서 별다른 것이 있을 수 없다. 우선 분쟁을 일으키고 있는 당사자들을 만나 그들이 제각기 자기 이익만을 고집할 때 궁극적으로 모두에게 닥쳐올 엄청난 재앙을 경고 내지 예고해 주는 일이다. 그러고는 서로 조금씩 양보하고 타협하도록 설득하는 일이다. 다만 지구 상의 중재자와는 달리 이 별나라에서 온 특사들은 평화 중재에 실패하였을 때 나 몰라라 하고 떠나 버리는 것이 아니라 그들의 더욱 막강하고 가공할 만한 무력을 가지고 말을 듣지 않는 편을 인류의 생존을 위하여 대신 무찔러 버리겠다고 위협한다. 이렇게 되면 지구 상에서 제아무리 우수한 성능을 가진 무기를 보유한 고집불통의 오만한 독재자라 하더라도 이들의 위협 앞에서는 꼼짝없이 손을 들지 않을 수 없다.

외계인들과 지구인들 사이에 일어날 수 있는 전면전을 가상해 보는 것도 흥미로운 일이다. 외계인들이 우수한 무기를 가지고 지구를 공격하여 점령하려는 경우 말이다. 이런 일이 일어난다 하더라도 너무 걱정할 필요는 없을 것 같다. 오히려 좋은 결과를 가져올 수도 있으니 말이다. 왜냐하면 사람들은 인류 역사상 처음으로 국경과 인종, 종교나 인습을 초월, 일치단결하여 이 인류 공동의 적을 격퇴하는 데 나설 것이기 때문이다. 회교도와 기독교인들도 한데 뭉쳐 지구 수비대에 편입될 것이며, 남한과 북한의 무기들도 그 총구를 모두 하늘로 향하게 될 것이다. 결국 더 큰 재앙 앞에 서야만 비로소 인류는 하나가 되고 전쟁도 중단하게 된다는 뜻이니 커다란 아이러니가 아닐 수 없다.

UFO가 있다고 믿어서 손해 볼 일은 하나도 없다. 그 존재에 대한 믿음은 상상력의 한계를 넓혀 주며, 어찌 보면 무미건조하고 기계적으로 돌아가고 있는 것처럼 보이는 이 우주에 신비스러운 경이감을 불어넣어 준다. 넓고 먼 하늘에서 찬란하게 빛나는 그 수많은 별들이 풀 한 포기 없는 메마른 모래와 바위 덩어리로만 이루어져 있다고 생각하는 것 자체가 얼마나 따분하고 지루한 일이란 말인가? UFO에 대한 믿음은 비록 우리가 인공위성을 쏘아 올리고 인간을 달에 착륙시키는 과학과 기술의 시대에 살고 있다고는 하여도 여전히 자연과 우주, 그리고 우리 자신에 대하여 별로 아는 것이 없는 미지의 미궁 속에 살고 있음을 상기시켜 주는 하나의 지표이다. 우리 인간의 하늘 높은 줄 모르는 오만함은 인간의 힘으로는 확인조차 불가능한 물체가 우리 주변에 있다는 간단한 사실 하나 앞에서 허물어지지 않을 수 없다.

UFO는 20세기 기계 문명 시대를 살아가고 있는 우리들에게 가장 적합하고 합리적이며, 동시에 꼭 필요한 신화이기도 하다. 시대에 알맞은 신호를 만들어 내는 재능이야말로 인간이 타고난 천부의 혜택이요 축복이다. 사람에게는 이 재능이 있기에 견디기 어려운 딱딱하고 재미없는 현실을 살아 나갈 수 있는 것이다. 달에 떡방아 찧는 토끼가 없다는 사실이 밝혀지듯이 머지않아 이 UFO의 정체도 밝혀지게 될 것이다. 그러나 우주에는 또 다른 '미확인 비행물체'가 나타날 것이다. 정 없으면 만들어 내기라도 할 것이다. 인간은 그런 것을 꼭 필요로 하는 존재이기 때문이다.

[1990년 8월]

다시 강가에 서다

　나이가 들어 감에 따라 나도 모르게 마음속으로 내가 태어나 어린 시절을 보낸 강가의 마을로 돌아가고 있는 나 자신을 자주 발견한다. 서울 청량리역에서 중앙선을 타고 한 시간 정도 가면 도착하게 되는 양평이란 곳은 그때도 이미 군청 소재지로 후미진 산골은 아니었다. 서울을 오가는 기차들이 꼭 한 차례 정거하는 교통의 요지였을 뿐만 아니라, 전기도 들어왔고 꽤 큰 기와집들도 더러 있었다. 그러나 수돗물이 무엇인지 몰랐고 너나 할 것 없이 초가집에서 살았던 그때 그곳은 고층 아파트가 즐비하게 들어선 지금의 기준으로 보면 두메산골은 아니었다 하더라도 분명 작고 조용한 시골 마을임에 틀림없었다. 남한강이 그 한가운데를 유유히 흘러가는 평화로운 이곳은 지금은 시간이 많이 흘러 옛 모습을 찾아보기 힘들게 되었으나, 그래도 찾아가 보면 아직도 구석구석 어린 시절 나의 손과 발이 닿고 눈길이 머물던 곳을 발견할 수 있고, 그때 그곳에서 있었던 일들을 떠올리며 회상에 잠기는 즐거움도 맛볼 수 있다. 기억나는 것들 중에는 고통스럽고 가슴 아픈 일들도 적지 않지만 그동안 생겨난 시간적, 공간적 거리는 모든 것을 즐겁고 아름다운 추억으로 만들어 버린다.

강가의 언덕 위에 집이 있어 사시사철 강과 더불어 살았던 나에게 어린 시절의 추억이란 거의 모두가 이 강과 연관된 것이고, 강을 빼고 나면 별로 의미도 흥미도 없어지는 것들이다. 흔히 강이라고 하면 부드럽고 조용한 모습을 떠올리지만 어린 시절의 나에겐 결코 그렇지만은 않았다. 바다를 보지 못했던 나에게 강은 우선 너무나 크고 광대한 것이었다. 신비스럽기 한량없고 무섭고 두려운 존재이기도 하였다. 가까운 것 같으면서도 멀고 먼 것 같으면서도 언제나 가까이 느껴지는 것이 강이었다. 항상 같은 모습을 하고 있는 것 같으나 순간순간 그 모양이 변하는 변덕을 부리기도 하였다. 물에 빠져 죽을까 봐 염려하는 부모님들의 성화에도 아랑곳하지 않고 언제나 강은 나를 불러냈다. 불러내서는 나의 용기와 담력을 시험하기도 하였다. 마음속으로뿐만이 아니라 실제로 바쁜 와중에도 시간을 내어 내가 이곳을 찾아가는 이유 가운데 하나는 아직도 그곳에 변치 않고 흐르고 있는 강의 부름 때문이다. 강이 없는 곳에서 유난히 답답해하는 것도 필시 나의 몸에 배어 있는 강에 대한 무한한 동경 때문이리라.

나는 강가를 따라 걷기를 좋아하였다. 특히 여름철에 그랬다. 이럴 때면 나는 신발을 벗어 손에 드는 경우가 많았다. 발밑에서 부서지는 부드럽고 고운 모래의 촉감이 좋아서였다. 돌들이 펼쳐져 있는 돌밭을 지날 때는 다시 신발을 신어야 했다. 맨발로 디뎠다가는 발을 델 만큼 돌이 불볕에 달구어져 있었기 때문이다. 나로 하여금 계속해서 강가를 걷게 만든 것은 물결에 쓸려 고운 모래 위에 바싹 마른 사람의 갈비뼈 모양으로 새겨진 조개가 지나간 흔적이었다. 조개가 지나가면서 낸 길만 봐도 조개의 크기를 단번에 알 수 있었다. 굵은 자국을 볼 때마다 나의 가슴은 뛰었다. 그 길 끝에는 어김없이 주먹만 한 시커먼 강조개가 모래 속에 반쯤 몸을 파묻고 숨어 있었다. 다리가 기다란 징거미라는 대짜 강새우가 어디에 숨어 있는지도 나는 알고 있었다. 물속에 버려진 녹슨 깡통 속이나 나뭇가지 밑, 넓적한 돌 밑이 그 은신처였다. 나는 이것들을 하나하나 뒤집어 보거나 두 손을 넣어 뒤졌다. 나에게 붙잡힌 징거미들은 내 손을 벗어나려고 맹렬한 저항을 시도하였다. 별로 잘 발달하지도 않은 집게로 효과 없는 공격도 해 왔다. 징거미들은 불에 굽거나 물에 넣고 끓이면 빨갛게 색이 변했다.

이런 재미에 정신이 팔려 어느 날 나는 너무 멀리 갔다. "아차, 내가 너무 멀리 왔구나!" 하고 뒤늦게 깨달았을 때는 긴긴 여름의 하루해가 뉘엿뉘엿 서산을 넘어가고 있었다. 서쪽 하늘과 강물은 새빨간 핏빛으로 물들어 있었다. 나는 겁이 더럭 났다. 무엇보다도 배가 고팠다. 점심 같은 것은 까맣게 잊고 있었다. 집에 돌아갈 일이 아득하게 느껴졌다. 해는 곧 질 것이며, 집에 도착하기 훨씬 전에 날이 저물어 버릴 것이 분명했다. 강변을 따라 내려온 길을 거꾸로 거슬러 올라가면 되는 노릇이었지만 끝이 보이지 않았다. 무엇보다도 그 유명한 고목 느티나무를 지나왔다는 사실에 나는 당황하지 않을 수 없었다. 갑자기 무서워졌다. 울음이 터지려는 것을 간신히 참았다.

강가에 서 있는 이 아름드리 느티나무는 여름철이 되면 무성한 잎사귀들을 가지고 짙은 그늘을 만들어 사람들에게 쉼터를 제공해주었다. 이 나무는 봄이 되어 나뭇가지에 잎이 돋아나기 전까지는 죽었는지 살았는지 알 수가 없었다. 어른의 두 팔로 세 아름이 훨씬 넘는 나무둥치에는 커다란 구멍이 나 있었고 속이 텅 비어 내 또래 어린아이 서너 명이 함께 들어갈 수도 있었다. 이 나무에는 귀신이 붙어 밤늦게 혼자 지나가는 사람을 잡아간다는 소문도 있었다. 강물에 빠져 죽은 원통한 사람들의 혼령이 모여 사는 나무라고 해서 나는 물론 내 또래 어린아이들은 대낮에도 근처에 가기를 두려워하였다. 집에서 꽤 먼 거리에 있는 이 느티나무를 혼자서 지나온 것은 나도 그때가 처음이었다. 그날따라 유난히 많이 잡히는 조개에 온통 정신이 팔려 있었기 때문이다.

그날 내가 어떻게 집에 돌아왔는지 시간이 많이 흐른 지금은 잘 기억나지 않는다. 특히 그 유령이 나온다는 고목 느티나무를 어두운 밤에 혼자서 어떻게 지나왔는지 알 수가 없다. 내가 지금 기억하고 있는 것은 강에 나가 밤늦게까지 돌아오지 않는 아들을 찾아 나선 아버지를 만나 품에 안겨 울음을 터뜨렸다는 사실이다. 강변을 따라 내려오시던 아버지는 나를 만나자마자 화부터 내시면서 내가 그날 잡은 소중한 조개와 징거미가 들어 있는 바구니를 낚아채시더니 통째로 강물 한가운데로 멀리 던져 버렸다. 집에 도착한 나는 목침 위에 올라선 채로 종아리에 회초리를 맞고 나서 서럽게 오래오래 울었다. 매가 아파서라기보다는 강물에 던져 버린 그 바구니가 너무나 아까워서였다.

그곳을 떠나 삼십여 년이 지나는 동안 언제나 변함없던 그 강에도 많은 변화가 생겼다. 이 같은 변화는 내가 그곳을 떠나기 전부터 서서히 일어나기 시작했다. 우선 바람을 타고 어디선가 흘러오고 어디론가 흘러가던 그 크고 아름다운 돛단배들이 보이지 않게 되었다. 강의 수심이 얕아졌기 때문이다. 황포 돛대에 석양을 받으면서 강 위를 둥실둥실 떠가는 돛단배들의 모습은 어린 나의 눈에도 특별히 아름답다고 느껴졌다. 이어서 강원도 산골 어느 곳에서 출발하여 서울까지 간다는 거대한 뗏목들도 사라져 버렸다. 뗏목이 없어지니 그 위에서 먹고 자며 함께 흘러가는 사람들의 구성진 뱃노래 소리도 동시에 그쳐 버렸다.

강 위를 가로질러 거대하고 튼튼한 현대식 다리가 놓이자 오랜 세월 이곳 사람들에게 필수 불가결한 교통수단이었던 정든 나룻배가 하루 아침에 무용지물이 되었고, 내가 잘 아는 힘세고 성격 쾌활한 뱃사공도 그만 직업을 잃고 말았다. 채 서른이 되지 않은 이 사공은 아버지도 사공이었고 할아버지도 사공이었다. 잘생긴 얼굴과 건장한 체격, 그리고 친절한 마음씨와 걸쭉한 농담으로 이 사공은 읍내에 장 보러 나오는 시골 아낙네들 사이에 특히 인기가 높았다. 한여름이 되면 우리는 떼를 지어 이 사공이 젓는 나룻배의 뒤를 따라 강 한가운데까지 헤엄쳐 나가서는 기운이 달리면 모두들 뱃전에 매달려 쉬었다. 사공은 힘이 더 드니 야단이었다. 우리는 자주 벌거벗은 채로 배 위로 기어 올라가 숨을 돌리고는 다시 물속으로 텀벙텀벙 뛰어 내리기도 하였다. 다리가 완공되고 많은 사람들이 모여 준공식을 하던 날 이 사공은 표창장을 받고는 눈물을 흘렸다고 한다. 이제 그 유서 깊은 나루터는 사라져 보이지 않고, 눈에 잘 띄지 않는 곳에 옛날 이곳이 나루터였다는 사실을 알려 주는 조그만 팻말이 하나 서 있을 뿐이다.

내가 어렸을 때 강에서 얻었던 즐거움과 모험은 이제 거의 완전히 사라져 버렸다. 여름철이 되어도 강에서 헤엄을 치거나 고기를 잡는 아이들은 거의 없고, 겨울이 되어 강물이 꽁꽁 얼어붙어도 그 위에서 썰매를 타거나 스케이트를 지치지 않는다. 이제는 모두들 돈을 내고 수영장에 가거나 안전한 곳에 특별히 마련된 스케이트장에 간다. 쑥 삐져나온 바위에서 강물 속으로 거꾸로 뛰어드는 다이빙 놀이도 이제는 아무도 하지 않는다. 위험하기도 하지만 물이 더러워진 탓이다. 강하류에 수력 발전을 위한 댐이 건설되자 빠르게 흐르던 물살이 느려지면서 강은 어느덧 호수 비슷하게 되어 버렸다. 그 맑은 물속에서 반짝거리던 피라미들도 물이 더러워지고 흐름이 느려지면서 모두 어디론가 사라져 버렸다. 피라미 대신 붕어가 잡힌다고 들었다.

지난겨울, 1월의 몹시 추운 어느 날 오후, 나는 참으로 오랜만에 다시 옛날처럼 강가에 섰다. 바람은 거세게 불었고 날씨는 음산했다. 나는 이번에는 혼자가 아니었다. 강에 별로 흥미를 보이지 않는 일곱 살 먹은 나의 아이와 함께였다. 아이는 춥다고 계속 불평을 하면서 빨리 집으로 돌아가자고 졸라 댔다. 나는 아이의 불평을 무시한 채 이제는 진흙으로 뒤덮인 강변을 따라 옛날처럼 걷기 시작했다. 겨울바람을 맞으며 아직도 서 있는 그 고목 느티나무를 지나면서 내가 지은 미소의 뜻을 아이는 아마도 이해하지 못하였을 것이다. 나무는 그때 그 나무임에 틀림없었으나 너무나 작아 보여서 믿어지지 않았고 별다른 점도 없어 보였다. 강가를 핥는 물소리만 옛날에 듣던 그대로였다. 바싹 마른 키 큰 갈대들도 바람에 흔들리면서 귀에 익은 소리를 내고 있었다.

저 멀리 강 위에는 새까만 점들이 무수히 찍혀 있었다. 겨울을 나기 위하여 찾아온 청둥오리 떼가 분명했다. 서쪽 하늘은 핏빛으로 장엄하게 물들고 있었다. 아이는 내 팔을 잡아끌면서 빨리 돌아가자고 칭얼댔다. 날씨도 추웠고 다가오는 어둠도 무서웠을 것이다. 나는 돌아서서 무심히 아이를 바라보았다. 순간 나는 아이에게서 변하지 않고 살아 있는 어린 내 모습을 발견하고는 섬뜩함을 느꼈다. 그 얼굴 속에서 나는 나의 삶과 죽음을 동시에 보았다. 그동안 많은 시간이 흘렀다. 아니다. 시간은 흐르지 않고 정지한 채로 있었다.

[1995년 1월]

2

그때는 아무도
호각을 불지 않았다

여름

여름은 다루기가 퍽 어려운 계절이다. 같은 길이의 겨울보다는 분명 더 많은 문제를 가지고 우리를 괴롭힌다. 우선 너무 길다. 달력대로라면 네 계절 모두 공평하게 석 달씩 배정받고 있다. 그러나 3월부터라는 봄은 실제로는 5월이나 되어 뒤뜰 화단에 작약이 만발해서야 비로소 봄이 왔다고 안심할 수 있다. 쌀쌀하고 바람 불고 때로는 눈까지 내리는 3월은 차라리 겨울이라고 부르는 것이 옳다. 가을만 해도 그렇다. 미국 사람들이 '인디언 서머'라고 부르는 9월의 늦더위는 분명 여름의 연장이며, 있는 둥 없는 둥한 11월은 겨울에다 편입하여도 크게 잘못된 일은 아니다. 엄격한 의미에서는 가을도 하늘이 바다처럼 푸르고 포플러 잎사귀가 모두 노랗게 물들며, 들판엔 잘 익은 벼가 시원한 가을바람에 황금빛 파도를 일으키는 10월 한 달뿐이다. 결국 우리나라의 계절은 이 두 달을 빼고는 겨울과 여름이 절반씩 나누어 차지한다고 해도 크게 잘못된 말은 아니다.

그런데 겨울은 여러모로 여름보다는 다루기가 쉽다. 알고 보면 겨울은 퍽 간단한 계절이다. 추위 하나만 잘 다스리면 된다. 겨울이 여름보다 어거하기에 유리한 것은 눈이라는 효과적인 심리적 안정제가 있기 때문이다. 영하의 기온과 함께 이 눈은 모든 것을 ― 특히 우리의 욕망과 기억들을 ― 하얀 담요 밑에 묻어 버린다. 이 차디찬 담요 밑에서 우리는 따뜻한 망각의 잠을 겨울 내내 잘 수 있다. 두툼한 오버코트만 하나 있으면 족하다. 이 속에다 우리의 몸과 마음을 둘둘 말아 버리면 된다. 거기다 따뜻한 난로 하나만 있으면 더 바랄 것이 없다. 겨울에는 사람들의 욕망도 줄어든다.

여름은 겨울이 가지고 있는 그 욕망의 진정제나 완화제 같은 것이 없다. 있는 것은 온통 자극제뿐이다. 끝을 모르고 치솟는 온도계의 빨간 수은주, 귀에 앵앵거리는 모기 소리, 파도의 부르는 소리, 등줄기를 타고 흘러내리는 땀, 어디서나 볼 수 있는 벌거벗은 육체들, 어느 것 하나 차분하고 가라앉은 것이 없다. 여름이 가질 수 있는 유일한 진정제요 안정제라면 비가 되겠는데, 이것에도 문제가 있다. 곱게, 조용히, 차분히, 조록조록 내리는 경우는 드물다. 한번 왔다 하면 장대 같은 소낙비다.

여름에 가장 문제가 되는 것은 밤에 잠드는 일이다. 잠자리에 들어가 눈을 감고 조금만 기다리면 잠이란 것이 스르르 찾아와 준다면 얼마나 좋겠냐마는 그 일이 다른 계절에는 몰라도 이 여름에는 그렇지가 않다. 목을 타고 솔솔 솟아나 흘러내리는 땀방울 때문이다. 이런 상황에서도 편안히 쉽게 잠들 수 있는 사람이 있다면 그 사람은 지극히 위대한 인물이거나 아니면 지독하게 신경이 무딘 사람일 것이다. 또 한 가지 잠자리에 들기 전에 꼭 해 두어야만 하는 필수적인 일이 있다. 모기의 공격에 대한 모종의 조치 내지 대비책 말이다. 모기장을 치거나 모기향을 피우는 등 어떤 대책을 강구하지 않고 설마 하고 잠자리에 들었다가는 큰 죄를 짓고 낙원에서 쫓겨난 인간에게 하느님이 내린 영원한 형벌의 하나인 모기와 어둠 속에서 밤새도록 사투를 벌여야만 한다.

성능 좋은 선풍기에다가 에어컨까지 널리 보급되는 실정이고 기막히게 성능이 좋다는 모기 퇴치를 위한 각종 기계 장치와 화학 약품들이 나날이 새롭게 등장하고 있기에 우리는 머지않아 이 여름밤이 가져오는 고통에서도 완전히 해방되는 날을 볼 것이다. 아니 이미 와 있는지도 모른다. 그러나 아직도 나에게 여름밤은 어차피 괴롭고 고생스러운 시간이다.

내가 지금까지 오랜 경험으로 찾아낸 최선의 방법은 아예 일찍 잠자리에 들 생각을 하지 말고 무슨 방법으로든 시간을 끌다가는 피곤함과 졸음에 견디지 못하여 그 자리에 쓰러져 잠들어 버리는 것이다. 그러나 이 방법에는 여러 가지 부작용이 따르는 결점이 있는데, 그것들 가운데 가장 큰 것은 수면 부족 현상이 가져오는 예의의 문제다. 절대적으로 부족한 수면 시간을 낮에 보충하다 보니 시간과 장소를 가리지 않고 입을 하마처럼 벌려 하품을 하고 꾸벅꾸벅 졸거나, 심지어는 코를 골면서 잠들기도 한다. 사무실 의자에 앉아서도, 달리는 버스에서도……

여름은 우리들로 하여금 순간순간 중대한 결정을 내리도록 강요한다. 이와 같은 압력은 아침에 눈을 뜨는 순간부터 시작해서 저녁에 잠들 때까지 계속된다. 넥타이를 매고 출근할 것인가 아닌가를 결정하는 일도 결코 만만한 일이 아니다. 점심시간이 가까워오면 우리는 또 한 차례의 중대한 의사 결정 과정을 겪게 된다. 어디 가서 무엇을 먹을 것인가? 찬 것을 먹을 것인가, 더운 것을 먹을 것인가? 이것도 문제다. 오늘처럼 식욕이 없는데도 꼭 점심이라는 것을 먹어야만 하는 것인가? 우리는 과연 먹기 위하여 사는 것인가, 아니면 살기 위하여 먹는 것인가? 이와 같은 지극히 실용적인 동시에 철학적인 질문들은 즉각적인 해답을 요구하며, 결정된 해답은 두 주먹을 불끈 쥐고 어금니를 꽉 깨물고 실행에 옮겨야만 한다. 다른 계절에는 아무렇지도 않게 수월하게 이루어지는 일도 여름에는 이처럼 대단한 각오와 의식적인 노력이 필요하다.

이래저래 다루기 힘든 계절인 여름을 살아남는 최선의 방법은 두 손 번쩍 들어 여름이라는 폭군 앞에 일찌감치 항복해 버리는 것이다. 처음부터 여름에 대항하여 이길 수 있는 어떤 뾰족한 수가 있을 것이라고 믿었던 것 자체가 큰 잘못이었다는 사실을 뒤늦게나마 깨닫고 여름이라는 이름의 대왕 앞에 무릎을 꿇는 것이다. 여름이란 계절은 휴식이나 안락함과는 아예 거리가 멀다는 사실을 인정하고 들어가는 것이다. 밤에 편안하게 잠드는 일조차 허락하기를 거부하는 계절로부터 더 바랄 것이 뭐 있겠는가?

그러니 여름이 시키는 대로 따라가자. 집보다 더 좋고 편안한 곳이 없다는 만고불변의 진리가 있지만 여름이 명하는 대로 돈 쓰고 고생

사서 하는 바캉스라도 떠나자. 땀이 가슴이나 등에서 솟아나 소매 끝으로 흘러내리거든 흘러내리게 내버려 두어라. 졸음이 오거든 부끄러워하거나 주저하지 말고 언제고 어디서고 눈을 감고 잠들어 버려라. 그래도 정 견디기 어렵거든 땅에 엎드려 살려 달라고 두 손 모아 빌어라.

이 순간 그 막강하고 무자비하게만 보이던 여름은 잠시 분노의 얼굴을 누그러뜨리고 열린 창문을 통하여 지금까지 느껴 보지 못한 시원한 바람을 한 자락 보내 주면서 짓궂은 미소를 지을 것이다. 그러고는 고개를 들어 창밖을 보라고 명령할 것이다. 그의 명령대로 그대가 창밖으로 시선을 돌리는 순간, 창 너머 그곳에 귀 따갑게 울어 대는 매미 소리와 함께 어느덧 성큼 찾아와 빙긋이 웃고 있는 가을의 모습을 발견하게 될 것이다.

[1995년 8월]

얼굴

　텔레비전이 우리에게 가져다주는 여러 가지 즐거움 가운데 꼭 집어서 하나를 말한다면, 바로 사람들의 얼굴을 보다 쉽게 볼 수 있다는 점일 것이다. 우리는 안방에 앉아서 우리나라 사람들의 얼굴은 물론 인종이 다른 세계 각국 사람들의 얼굴도 볼 수 있다. 옛날 같으면 어림도 없는 일이다. 텔레비전은 청와대에 있는 우리 대통령은 말할 것도 없고, 바다 건너 백악관에 있는 미국 대통령조차도 마치 이웃에 사는 아저씨처럼 자주 볼 수 있게 만들어 버렸다. 대통령의 얼굴은 물론 장관이나 국회의원을 비롯한 사회 각층의 유명 인사들, 스포츠나 연예계의 스타들, 세상을 떠들썩하게 만드는 범죄자나 살인자들의 얼굴까지도 우리는 매일같이 보면서 살게 되었다. 모두가 텔레비전 덕분이다. 보는 데 그치는 것이 아니라 그들의 얼굴 모양과 표정의 변화를 통하여 그 사람의 인격이나 심성, 그리고 심리 상태까지 순간적으로 읽어 내고, 동시에 그들에 대한 평가도 나름대로 내려 버린다. 텔레비전이 나오기 전에는 신문이나 잡지가 이런 일을 담당하였지만 그 범위나 효과에서 텔레비전과 비교가 되지 않는다.

텔레비전은 물론 신문, 잡지조차 없었던 아주 옛날부터 사람의 얼굴은 신체의 어느 부분보다 그 사람의 인품과 됨됨이를 평가하는 중요한 기준이 되어 왔다. 사람의 얼굴을 보고 그의 성품이나 성격을 읽어 냈을 뿐만 아니라, 여기에서 그치지 않고 그 사람의 장래 운수까지 예언하는 관상술도 생겨났다. 이것은 사람의 얼굴이 바로 그 사람이 타고난 운명이란 전제에서 시작된다.

관상술의 허실을 떠나서 우리는 얼굴이 신체의 다른 부분보다 돋보이는 부분이란 사실은 부인할 수 없다. 사람이 크게 성공하여 신문이나 텔레비전에 나왔을 때 제일 먼저 뭇사람들의 주목을 끄는 것도 얼굴이요, 어떤 죄를 저질렀거나 부끄러운 일을 하다가 들켜서 경찰서에 끌려와 심문을 받게 되었을 때 제일 먼저 감추려고 애쓰는 부분도 얼굴이다. 세상에 어떻게 해서든지 드러내고 싶어 하는 것도 얼굴이요, 어떻게 해서든지 감추려고 안간힘을 쓰는 부분도 바로 얼굴이다. 사람들이 필사적으로 살려 보려고 애쓰는 것은 목숨만이 아니다. 사람에게는 소위 체면을 지키는 일 또한 목숨만큼이나, 아니 때로는 그 이상으로 중요하다.

사람은 입으로 말하게 되어 있지만 알고 보면 얼굴로 더 많은 말을 더 효과적으로 할 수 있다. 아무런 연락 없이 밤늦게 집에 돌아온 딸을 기다리는 아버지는 아무런 말도 하지 않지만 영리한 딸은 아버지의 얼굴을 보고는 단번에 아버지의 심정은 물론 집안 식구들의 분위기까지 읽어 낼 수 있다. 이처럼 노여움뿐만 아니고 인간의 모든 희로애락은 신체의 다른 부분으로는 불가능하고 오직 얼굴로만 그 표현이 가능하다. 얼굴의 정직함은 그 얼굴의 소유자도 어쩔 수 없다. 얼굴은 거짓말을 못한다. 소위 '포커페이스'란 말도 있지만 그런 얼굴을 하는 데는 엄청난 노력이 필요할 것이다. 왜냐하면 그것은 분명 인간의 천성에 어긋나는 행동이기 때문이다. 혹시라도 그런 얼굴을 아무런 고통 없이 오랫동안 유지할 수 있는 사람이 있다면 심성이 아주 고약한 사람이거나, 아니면 정서적으로 아주 둔하거나 무미건조한 성품의 사람일 것이다. 행복하면 미소 짓고, 재미있는 일을 보면 큰 소리로 웃고, 화가 나거나 부끄러우면 얼굴이 붉어지고, 놀라면 창백해지고, 슬프면 우는 동물이 사람인 것이다. 얼굴은 인간성의 지표이다.

우리가 누군가를 처음 만났을 때 눈에 제일 먼저 들어오는 것도 바로 상대방의 얼굴이다. 그 외의 다른 부분은 다음 차례이다. 그러니 사람은 누구나 상대방에게 좋은 인상을 주는 얼굴, 아름다운 얼굴을 갖기를 소망한다. 잘생긴 얼굴을 가지고 이 세상에 태어난다는 것은 이런 의미에서 하나의 축복이요, 인생살이에서 적지 않게 유리한 점이기도 하다. 벽에 걸린 아름다운 풍경화와도 같이 아름다운 얼굴은 사람들의 사랑을 받는다. 그냥 바라만 보아도 즐거움을 주기 때문이다. 요사이 젊은이들이, 특히 젊은 여성들이 적지 않은 돈을 들여가며 위험을 무릅쓰고서라도 얼굴 성형 수술을 받는다는 사실은 결코 이상한 일도 비난받을 일도 아니다.

그런데 이와 같은 인위적인 또는 인공적인 얼굴의 변경은 얼굴이란 것이 한번 만들어진 그대로 있는 것이 아니고, 수시로 그리고 항상 우리의 노력이나 의사와 관계없이 변화한다는 사실 앞에서는 그 의미나 가치가 크게 감소한다. 달의 모습이 그렇듯이 얼굴은 항상 그리고 수시로 변화한다. 외과의사의 칼날 밑에서 낮은 코가 오뚝해지고, 작은 눈이 커지고, 없던 쌍꺼풀이 생겨날 수는 있으나, 그 칼은 결코 인간의 얼굴이 걸어가야만 하는 자연적이고 필연적인 변화의 행진을 중단시키지는 못한다. 우리가 살고 있는 지구의 표면과도 같이 인간의 얼굴은 사랑과 미움의 열기도 참고 견뎌 내야 하고 슬픔과 죽음의 눈도 맞아야 하며, 성공과 승리의 햇볕도, 실패와 절망의 바람도, 탐욕에 따른 근심과 걱정의 눈도, 분노와 질투의 폭풍우도 쐬고, 맞고, 견뎌 내야만 한다. 천재와는 달리 얼굴은 타고나는 것이 아니다. 북극성처럼 얼굴은 한 곳에 고정될 수도 없다. 얼굴은 인생이란 대장간에서 끊임없이 다듬어지고, 만들어지고, 형성되는 쇳덩이와도 같은 것이다. 그것은 끊임없는 과정이요 진행이다. 제아무리 훌륭한 외과의사의 작품이라 하더라도 그것은 일순간의 그리고 부분적인 성공에 불과하다.

최근에 와서 나는 예전보다 훨씬 더 사람들의 얼굴에 흥미와 관심을 느끼게 되었다. 그런데 놀라운 사실 가운데 하나는 그 얼굴이 크건 작건, 둥글건 네모졌건, 못생겼건 잘생겼건, 어느 것 하나 흥미롭지 않은 얼굴은 없다는 것이다. 눈, 코, 입, 귀, 눈썹, 머리카락, 이와 같이 불과 여섯 개 정도의 구성물이 둥그런 평면 위에 만들어 내는 얼굴은 지구상에 살고 있는 50억이 넘는다는 사람들 가운데 어느 하나와도 정확하게 일치하지 않는다는 엄연한 사실 앞에서 나는 자못 심각해지지 않을 수 없다. 수학의 순열과 조합의 법칙도 거부하는 얼굴의 무한하고 미세한 유사성과 차이점은 신비롭다 못하여 두렵기조차 하다. '쌍둥이처럼 똑같다'고들 말하지만 이 세상에 똑같은 쌍둥이는 없다. 그리고 보라, 사람의 얼굴에서 ― 갓 태어난 아기의 얼굴에서조차 ― 분출되는 신비한 에너지와 무한한 가능성을! 사람의 얼굴에서, 나는 신의 모습을 본다.

　한때 나는 젊고 아름다운 여성의 얼굴에 특별한 매력을 느꼈고, 특별히 잘생긴 남자들의 얼굴을 보고 말없이 감탄하거나 부러움을 느낀 적도 있었다. 그런데 나이가 어지간히 든 지금에 와서는 사정이 달라졌다. 이제 나는 모든 사람의 얼굴을 좀 더 깊은 애정과 관심을 가지고 바라보게 되었으며, 오히려 예쁘고 잘생긴 젊은 사람의 얼굴보다는 젊음의 베일에 가려졌던 아름다움이 일단 사라지고 난 자리에 들어선 ― 마치 세월이 지나면서 오래된 유화의 페인트가 떨어져 나간 자리에 그동안 감추어져 보이지 않던 밑그림이 드러나듯 ― 그 사람의 힘들고 고통스러운, 그러나 꿋꿋하고 당당한 역사가 쓰이고 새겨진 그런 주름진 얼굴을 더욱더 사랑하게 되었다. 이런 얼굴을 바라보는 일은 마치 그 사람에 관한 한 권의 책을 읽는 것만 같고, 완성된 하나의 예술품을 감상하는 일과도 같다.

　텔레비전에 매일같이 수도 없이 나타나고 사라지는 사람들의 얼굴을 바라보면서 나는 나의 얼굴이 다른 사람들의 눈에 과연 어떻게 비칠 것인가를 생각해 보았다. 따지고 보면 나도 나 자신의 얼굴이 어떻게 생겼는지 정확하게는 모른다. 거울 속에 비친 나의 얼굴이나 사진 속에 나타난 나의 얼굴은 서로 비슷하게 보이기는 하지만, 때에 따라 그리고 나의 마음 상태에 따라 항상 다르게 나타나고 있으니 말이다.

그러나 나의 얼굴은 나를 잘 알고 있는 나의 가족들과 친척들, 그리고 친구들의 망막에는 이미 정확하고도 분명하게 새겨져 있을 것이며, 이처럼 한번 새겨진 나의 영상에 대하여 이제 와서 내가 할 수 있는 일은 아무것도 없는 것처럼 생각된다.

그런데 최근에 와서 내가 발견한 또 하나 놀라운 일은 우리의 얼굴이란 마치 훌륭한 건축물과도 같아서, 짓는 데는 그처럼 오랜 시간이 걸리고 노력이 들지만, 어떤 불행이나 불운 또는 예기치 않은 재앙 앞에서는 견고한 건축물이 지진에 힘없이 무너지듯 순식간에 형편없이 결딴나고 만다는 사실이다. 어제까지 정부의 고위 관리였던 사람이 오늘 아침 수갑을 차고 감옥으로 끌려가면서 보여 주는 초라하고 초췌한 얼굴은 바로 어제의 그 당당하고 자신감에 가득 차 있던 잘생긴 사람의 얼굴이 아니었다. 나는 이미 만들어진 나의 얼굴을 더 보기 흉한 모습으로 망가뜨리는 그런 불행이나 재앙이 앞으로 일어나지 않기만 간절하게 바랄 뿐이다.

[1997년 7월]

귀신 이야기

　　매주 토요일 밤 10시만 되면 나의 안방에는 어김없이 귀신들이 찾아온다. '토요 미스터리 극장,' '이야기 속으로' 등과 같은 TV 프로그램에서는 시청자들의 제보 형식으로 여러 가지 현대판 귀신 이야기를 보여주는데, 나는 별일이 없는 한 이 프로그램을 빼놓지 않고 보고 있다. TV에서 보여 주는 귀신들은 텔레비전 특유의 강렬한 시각적 효과 때문에 그 공포감이 어쩌나 고조되는지, 이미 나이가 58세에 달했고 대한민국 예비역 육군 중위요 월남전까지 다녀온 나와 같은 인생 백전노장도 볼 때마다 온몸에 소름이 돋고, 전등을 환하게 밝힌 방에서도 조금 컴컴한 곳으로는 감히 눈도 돌리지 못하며, 때때로 나도 모르게 등 뒤로 아장아장 걸어와 덥석 등에 매달리는 두 살 된 손녀의 보드라운 손길에 놀라 그만 펄쩍 비명을 지르기도 한다.

텔레비전 정규 프로그램에 귀신들이 본격적으로 등장하기 얼마 전까지만 하여도 나는 어렸을 때 어른들로부터 듣고서 무서워 집에서 조금 떨어진 변소에도 못 가고 때로는 앉은 자리에서 오줌까지 싸게 만들었던 무서운 귀신들이 모두 어떻게 되었는지, 어디로 사라졌는지 궁금하게 생각하였다. 아마도 전깃불이 들어와 세상이 환해지면서 모두들 도망가고 없어진 것으로 알았다.

내가 어렸을 때는 분명 세상이 지금보다 더 어두웠고, 그 어둠 속에는 각종 귀신들이 득시글거렸다. 공동묘지는 말할 것도 없고 변소에도, 장독대에도, 헛간에도, 뒤꼍에 있는 고목에도, 다리 밑에도, 상엿집에도, 산에도, 강에도 없는 곳이 없었다. 집에서 고사를 지내는 날이면 어머니는 그 귀한 고사떡을 우리가 먹기 전에 이들에게 먼저 바치기도 하였다. 우리 인간들이 잠자게 되어 있는 어둠의 시간과 세계는 분명 이들의 신성한 영토였다. 새벽닭이 울면서 이들이 모두 철수하고 난 다음 해가 하늘에 떠서 온 세상을 밝게 비추어 줄 때만 인간은 이 세상의 주인이었다.

그런데 욕심 많고 일하기 좋아하고 호기심 많은 인간들은 주어진 밝은 세상에 만족하지 않고 등잔불, 촛불, 횃불, 램프와 같은 것들을 만들어 야금야금 귀신들의 영토인 어둠을 침범하기 시작하더니, 마침내는 전기를 발명하고 전등을 만들어 내 이 귀신들의 신성한 영토를 완전히 정복하여 버렸고 이곳의 주인들을 어디론가 몰아내 버렸다. 어둠이 사라지면서 그동안 수천 년 아니 수만 년 우리와 함께 살아왔던 어둠 속의 주인들도 사라졌다. 귀신들은 살 곳을 잃게 된 것이다. 인간들이 만들어 낸 그 막강하고 시도 때도 없이 존재하는 인공 햇빛, 즉 전깃불 앞에서 이들이 모두 죽었을 것이라고 생각하니 나는 한편 섭섭하기도 하였고 안심이 되기도 하였다.

그런데 알고 보니 그게 아니었다. 귀신들은 모두 멀쩡하게 살아 있었고 그동안 일대 반격을 준비하고 있었던 것이다. 지독하게 강한 화학 약품으로 만들어진 살충제 속에서 살아남아 더 강해지고 흉악해진 벌레나 곤충과도 같이, 알고 보니 이들은 전깃불을 이겨내고 살아남았을 뿐만 아니라 전기보다 한층 막강한 전자에 대한 면역까지 갖추게 되었으며, 이제 여봐란듯이, 그동안 억눌려 살았던 한을 풀어 보겠다는 듯이, 마치 누구에게 복수라도 하겠다는 듯이 되돌아온 것이 분명했다. TV에 나오는 귀신들은 옛날 내가 어렸을 때 누구에게서 듣거나 책에서 읽었던 그 전통적인 귀신들보다 훨씬 더 으스스하고 아이큐도 높았다. 이들은 우리 시대의 발전된 과학의 장점을 역이용하여 현대 문명의 총아요 모든 전자 기계 가운데서 한시라도 없어서는 안 될 텔레비전이라는 기계의 안테나를 타고 나의 안방까지 침범하였으니 말이다. 굴뚝을 타고 다닌다는 옛날의 굴뚝귀신과는 그 종류가 다르다. 나는 이 귀신들의 끈질긴 생명력에 그저 감탄할 뿐이다.

그런데 아무리 생각해 보아도 알 수 없는 일은 어째서 어린아이들은 물론 어른들까지도 이 귀신이라는 존재 앞에서는 무서워서 벌벌 떠느냐 하는 것이다. 실제로 귀신을 보았다는 사람에게나, 텔레비전에 나와 귀신을 목격하였다고 증언하는 사람에게나, 나처럼 귀신 이야기를 듣고 읽기를 즐기는 사람에게나, 예외 없이 귀신은 분명 설명하기 어려운 공포심을 유발한다. 평소 남달리 타고난 강심장을 자랑하고, 귀신같은 것이 이 개명 천지에 어디 있느냐고 큰소리 뻥뻥치는 사람도 정작 귀신과 맞닥뜨리면 피가 얼어붙는 듯한 두려움을 느낀다는 것이다. 귀신만을 직업적으로 그리고 과학적으로 연구한다는 사람들이나, 무당 또는 영매 등과 같이 죽은 사람의 영혼, 즉 귀신을 만나고 다루는 일이 이상할 것이 없는 사람들도 이 삶의 경계선을 넘어선 존재들과의 만남은 결코 평범한 경험이 아님을 고백하고 있다. 옛날이야기에서는 물론 최근 TV에 방영된 귀신 이야기에서도 귀신을 만나는 순간 무섭고 놀란 나머지 심장이 멎어 그 자리에서 죽어 버리는 사람들도 자주 나타난다.

귀신 이야기에는 대부분 공통적으로 아주 강력한 도덕적 메시지가 담겨져 있으니 그것은 '살인하지 말라!'라는 것이다. 대부분의 귀신 이야기는 어느 억울하고 부당하게 죽임을 당한 사람의 영혼이 자기에게 해를 끼친 사람을 찾아내어 원수를 갚는다는 일종의 복수극이다. 그래서 대부분의 귀신 이야기에서는 살인 사건이 발생하며, 그것이 제아무리 은밀한 곳에서 완전무결하게 이루어졌다 하더라도 결국 원혼의 제보에 의하여 사건이 백일하에 드러나고 결국 살인자는 체포되어 합당한 벌을 받아 정의가 실현됨으로써 끝을 맺는다.

이런 관점에서 볼 때 귀신 이야기는 우리 인간의 도덕적 감수성을 고양하고 교육하는 데 적지 않게 공헌해 왔음이 분명하다. 인간들이 지금과는 비교가 될 수 없는 상태의 암흑과 야만, 무식과 무지 속에 살았을 때, 그리고 사법 제도나 경찰 조직이 전무하였거나 있다고 해도 그 기능이 아주 원시적인 발전 단계에 있었을 때, 얼마나 많은 사람들이 억울하게 죽임을 당하였겠으며, 동시에 얼마나 많은 살인자들이 아무런 처벌도 받지 않은 채로 뻔뻔스럽게 거리를 활보하였겠는가 상상해 보라. 이런 때 귀신 이야기보다, 그리고 귀신 이야기 외에, 사람을 죽이는 가장 흉악하고 도덕적으로 비난받아 마땅한 범죄를 예방하는 데 그 어떤 효과적인 설교나 제재 수단이 있었겠는가? 귀신 이야기야말로 이 지구 상에 공자님이나 예수님이 오시기 훨씬 전부터 지금에 이르기까지 우리 인류의 교화에 공헌한 바가 참으로 지대하다고 하겠다.

귀신 이야기와 연관되어 강조되고 그 중요성이 부각되는 또 하나의 부수적인 윤리 문제 가운데 하나는 사람의 시체에 관한 것이다. 다시 말해서 죽은 사람에 대한 알맞은 장례의 중요성이다. 편안하게 잠들지 못하고 허공을 떠돌면서 살아 있는 사람들 앞에 나타나는 소위 유령이란 것들은 대개 정식으로 장례 절차를 거친 사람들의 것이 아니고 아무렇게나 버려진 시신에서 나온다. 이 유령들의 시신은 살인자들에 의하여 또는 어떤 피치 못할 이유에서 편안히 잠들 수 없는 곳에 몰래 버려졌거나 아무렇게나 방치된 것이다. 비록 몸을 떠난 혼령이지만 이들은 자기들의 몸이 어디에 있는지를 생전에 자기를 사랑하여 준 가족들이 알기를 바라고, 비록 혼은 떠났지만 자기의 혼이 깃들었던 그 몸이 알맞고 합당한 예우를 받기를 원한다. 이것은 마치 우리가 비록 고향을 떠나 살면서도 항상 자기가 살던 고향의 옛집이 잘 보존되기를 바라는 마음과 같은 것이리라.

나쁜 일은 애써 피하고 좋은 일이라면 작은 일이라도 마다하지 않는 부끄럼 없는 도덕적 양심을 가지고 사는 사람에게 귀신이 존재하느냐 않느냐 하는 것은 별 문제가 되지 않는다. 우리가 죽은 후에 천당이나 지옥이 있느냐는 문제와도 같이 그것은 각 개인의 믿음과 견해에 달려 있다. 그리고 종교적이건 세속적이건 이 세상에 존재하는 모든 유익한 믿음과도 같이 그것이 있음으로 해서 우리가 좀 더 진실하고 착하고 아름다운 삶을 살아가도록 도와주는 한 그것이 있다고 믿고 산다고 해서 해로울 것은 조금도 없다. 귀신은 다른 것이 아니고 우리의 양심이다. 귀신은 결국 우리 인간이 만들어 낸 것이다.

오늘날처럼 전깃불이 밤을 대낮같이 밝히고, 인공위성이 지구를 돌고, 인간이 달에 발을 디딘 지도 이미 오래된 이 시점에서 귀신 이야기가 이처럼 끈질기게 우리 앞에 나타나 우리를 사로잡는 이유는 바로 우리 인간의 본성에서 찾아야만 할 것이다. 그것은 우리 인간이 결코 명확한 사실만으로는 만족할 수 없는 존재이기 때문이다. 그 이야기가 재미있고 유익할 때에는 그 내용이 제아무리 황당무계하여 사실성을 도저히 믿을 수 없다 할지라도 그것은 언제나 잘 속고 동시에 즐겨 속고 싶어 하는 우리의 본성과 아무런 충돌이나 갈등을 일으키지 않는다. 귀신이 없는, 그래서 귀신 이야기도 없는 세상을 상상해 보라. 얼마나 재미없고 무미건조한 세상인가! 그것은 마치 산타클로스가 없는 크리스마스처럼 썰렁한 세상이다. 해가 뜨지 않는 세상이고 UFO가 없는 우주이다. 태양은 한곳에 고정되어 있고 지구가 태양 주변을 돈다는 엄연한 과학적 사실 앞에서 엄격한 의미에서는 뜨는 해도, 지는 해도 없다. 그러나 그렇다고 해서 정월 초하루 아침 동해안으로, 경주 토함산으로, 제주도 성산 일출봉으로, 떠오르는 아침 해의 그 아름답고 웅장하고 거룩한 모습을 보기 위하여 새벽잠을 설치고 달려가는 수많은 사람들을 우리는 어리석다고 조롱할 것인가? 새롭게 떠오르는 아침 해가 변함없이 우리에게 가져다주는 그 아름답고 유익한 축복을 부정하고 덤덤한 과학적 사실만으로 만족할 것인가?

귀신 이야기를 비롯한 이와 유사한 모든 초자연적 현상들은 인간이 향유할 수 있는 유한한 시간적 그리고 공간적 관점에서 보면 결국 인간적인 경험이요, 믿음이요, 염원이요, 욕망이다. 하지만 우리의 이성이나 이해력의 범위를 넘어 또는 그 위에 존재하는 이 모든 불합리하고 불가해한 것들을 바로 그런 이유 때문에 부정만 한다는 것은 타고난 우리 인간성의 중요한 일부분을 동시에 무시하고 부인하는 어리석음을 범하는 일이기도 하다. 만사에 적당히 속아 주는 것이 정신 건강에도 좋다.

[1998년 12월]

다시 자연으로 돌아갈 수 없다

지난해 이맘때 나는 혼자서 아무런 준비 없이 등산을 갔다가 길을 잃고 몇 시간이 넘도록 헤매다가 허기와 피로에 지친 나머지 산속에서 하룻밤을 억지로 새워야만 하는 사고를 만난 적이 있다. 나의 무지와 부주의, 그리고 오만이 가져온 사고였다. 비록 하룻밤이었지만 나에게는 영원이나 다름없는 긴 시간이었다. 나는 꼭 죽는 줄 알았다. 시간이 많이 지난 오늘에 와서도 그때 생각을 하면 아주 아찔하다.

그렇다고 내가 올라간 산이 대단한 것도 아니었다. 서울 근교에 있는 누구나 찾는 산이었고 나 자신 이미 친구들과 함께 두서너 번 다녀온 곳으로서 설마하니 그 산에서 길을 잃고 헤매게 되리라고는 꿈에도 생각하지 않았었다. 평소에 나에게 그렇게 포근하고 온화하고 아름답게만 느껴졌고 피곤한 나의 몸과 마음에 변함없이 위안과 휴식을 주었던 인자하기 그지없는 산이란 것이, 조금 유식하게 말해서 자연이란 것이, 그처럼 음흉하고 믿을 수 없고 두렵고 무서운 것으로 변할 줄은 참으로 예전엔 몰랐었다. 어둠 속에서 혼자 경험해 본 산속은 완전히 딴 세상이었다.

이 사고가 있기 전에 나는 어쩌다 깜깜한 밤에 혼자서 산에 가 보고 싶은 충동을 여러 번 느꼈다. 밤이 찾아와 어둠이 깔림과 동시에 나의 아파트에서 멀지 않은 곳에 있는 산의 모습과 그 속에 있는 나무와 바위들이 어둠 속으로 사라지면서 다른 모습으로 변해 버리는 데 적지 않게 흥미를 느꼈던 것이다. 어둠 속의 나무들은 낮에 볼 수 있는 눈에 익은 모습과는 전혀 다르게 보였으며, 그 속을 남몰래 엿본다는 것은 마치 마녀들의 세계를 엿보는 일만큼이나 두렵고 스릴 있는 모험으로 생각되었다. 대낮에도 인적이 없는 깊은 산속, 나무가 무성하게 자란 숲 가운데 혼자 있게 되면 평상시 도시 생활에서 경험하는 세계와는 전혀 다른 느낌의 세계를 경험하게 되는데, 하물며 어둠에 완전히 묻힌 숲 속의 세계는 과연 어떤 모습일까 대단히 궁금하였다.

그런데 정작 깜깜한 밤중에 산속에 들어가 빽빽이 들어선 나무 밑에서 하룻밤을 새워 보니 그것은 지금까지의 그 낭만적인 호기심의 세계와는 거리가 아주 먼 딴 세상이었다. 두렵고 무서운 혼돈의 세계였다. 그곳은 우리에게 마음의 평화와 위안과 쉼터를 제공하는 그런 세계가 아니었다. 우선 조용하지가 않았다. 비록 어둠과 고요함이 완전히 지배하고 있었지만, 들리지 않는 소리, 보이지 않는 존재들로 가득 찬 나름대로는 아주 시끄러운 세계였다.

나는 순간 커다란 잘못을 저질렀다고 느꼈다. 나는 그만 실수로 엉

겹결에 괴물과 도깨비, 요정과 선녀들만이 살고 있는 영토에 잘못 발을 들여놓았으며, 이들은 뜻하지 않은 불청객의 침입에 직면하여 대단히 불안해하고 불만스러워하면서 자신들의 세계를 엿보는 한 인간의 존재에 잔뜩 성이 나 있는 듯이 느껴졌다. 분명 나는 이들의 성지에 침입한 무뢰한이었다. 어쩌면 이들은 나에게 해를 끼치려고 어떤 음모를 꾸미고 있는지도 모를 일이었다. 나를 그처럼 두렵고 무섭게 만든 것은 호랑이나 늑대와 같은 무서운 짐승에 대한 두려움이 아니었다. 나이에 걸맞지 않게 옛날이야기나 서양 동화에서 산속에 혼자 버려져 길을 잃고 헤매는 어린 소년이나 소녀와 같이 나는 그저 무섭고 두렵고 외로워 하마터면 울음을 터뜨릴 뻔하였다. 아마 하루나 이틀만 더 이런 상태로 있었더라면 나는 분명 그 속에서 미쳐 버렸을 것이다.

다행스럽게도 나는 그 악몽의 산속에서 안전하게 살아 나왔으며, 다시 이처럼 밝은 빛 속에 살게 된 것에 대하여 무한히 감사하고 행복하다고 느낀다. 비록 하루였지만 그날 밤 내가 경험한 황량한 자연은 분명 지옥이나 다름없었고, 이제 그 지옥으로부터 멀리 떨어져 있게 되어 크게 안심이다. 누가 감언이설로 아무리 유혹을 하여도 다시는 그 속에 들어가지 않을 것이다.

그런데 알고 보면 우리 인간은 상당히 오랜 기간 누구나 할 것 없이 산이나 숲과 아주 긴밀한 관계에서 살아야만 했었다. 아직도 아프리카의 정글이나 남아메리카의 열대 우림 속에 남아서 살고 있는 소수 원주민들처럼, 한때 사람은 누구나 숲 속에서 살았고 또 살아야만 했다. 꼭 숲 속이 아니더라도 숲 근처에서 숲 속에 살고 있는 존재들과 더불어 살아야만 하였다. 숲은 오늘날 우리가 휴식을 취하기 위하여 찾아가는 그런 안식처가 아니었다. 숲이 바로 생활의 터전이었고 생활의 중심이었다. 아담과 이브가 살았다는 에덴동산이 다름 아닌 바로 숲이 었다.

그런데 이 숲이란 것은 에덴동산처럼 우리 인간이 오래 머물러 살 곳이 아니란 것을 나는 산속에서 하룻밤 조난을 당해 보고는 확연히 깨달았다. 나는 우리의 조상이 일찌감치 하느님의 명을 어겨서 낙원에서 쫓겨난 것은 아주 잘된 일이라고 생각한다. 쫓겨나지 않았더라면 아마 그곳에서 스스로 걸어 나왔을 것이다. 아담과 이브가 낙원에서 쫓겨나 떼어 놓은 그 첫 발자국은 그야말로 인류 전체를 위해서는 크고 거대한 것이었다. 그것은 어둠에서 나와 빛으로 향한 발걸음이었고, 혼돈과 무질서에서 법과 규율로, 야만에서 문명으로, 광기에서 이성으로 향한 첫 발걸음이었다.

인류 문명의 역사는 인간이 호랑이나 토끼들이 사는 숲에서 나와, 숲을 제거하고 그 속으로 길을 내며 숲을 길들이는 과정이기도 하다. 원시림의 제거는 그 속에 있는 인간에게 해를 끼칠 수 있는 여러 가지 물리적 요소들을 제거함과 동시에, 그 빈터에 햇빛이 들게 하여 그곳에 사는 인간의 시야를 넓혀 주고 생활 속에서 혼돈을 추방해 주었다. 처음부터 숲이 우리 인간에게 아름다움과 마음의 평화와 위안을 가져다주는 존재는 아니었다. 거기에 도달하게 되기까지 상당히 오랜 기간 숲은 인간에게 공포와 고통, 그리고 투쟁의 대상이기도 하였다.

그러나 인간은 스스로 애써 버리고 떠나온 자연에 대하여 크고 강력한 애착과 향수를 느끼고 있는 것도 사실이다. 비록 그 존재의 의미나 영향력이 많이 줄어들고 약화되었다고는 하나 인간은 산이나 숲, 하늘, 바다, 바위, 강과 같이 가까이서 오래 함께 살아온 자연에 대하여 무한한 애정을 느낀다. 그것은 마치 고향에 남겨 두고 온 어린 시절의 다정한 친구들이나 인자한 어머니와도 같이 우리에게 다시 돌아오라고 손짓한다. 돌아와 휴식과 위안, 마음의 평화와 행복을 구하라고 끊임없이 부른다. 그리고 이 자연이 부르는 소리는 우리가 뒤엉킨 삶의 숲에서 길을 잃고 방황하게 되었을 때 더 크게 들린다.

그러나 집이란, 고향이란, 한번 떠나고 나면 다시 돌아가도 우리가 생각하고 기억하는 예전의 집이, 고향이 아니다. 우리는 언제까지나 어머니의 품속에서 살 수 없다. 우리는 그것이 아무리 아름답고 귀중하다 해도 어린 시절로 다시 돌아갈 수 없다. 마찬가지로 자연은 이제 다시 돌아가기엔 우리가 걸어온 길이 너무 멀다.

얼마 전 미국에서 '유나바머'라는 별칭으로 세상을 떠들썩하게 만든 시어도어 카진스키라는 사람에 관한 이야기는 우리 모두를 어리둥절하게 만들기에 충분할 뿐만 아니라, 인간과 자연이라는 관점에서 시사하는 바 또한 적지 않다고 하겠다. 현재 3명을 살해하고 23명에게 부상을 입힌 죄명으로 체포된 이 사람은 한때 하버드 대학을 우수한 성적으로 졸업한 후 25살이라는 젊은 나이에 버클리 소재 캘리포니아 대학 조교수로 취임할 정도로 전도가 양양한 수학 교수였다. 그런데 이 사람은 무슨 이유에서인지 그 명예롭고 얻기 어려운 교수직을 불과 2년 하고는 어디론가 아무도 모르게(가족들을 포함하여) 사라져 버렸다. 나중에 밝혀진 사실이지만 그는 교수직을 그만두고는 곧바로 몬태나 주에 있는 산속으로 들어가 그곳에 손수 토굴 비슷한 오두막을 짓고는 무려 25년간 혼자서(아무와도 사귀거나 만나지 않으면서) 콩을 심고 토끼도 사냥해서 먹고살면서 인류를 멸망에서 구해 낼 거창한 계획을 세웠다. 그 결과 실행에 옮긴 것이 폭탄을 몰래 제조하여 인류 문명에 해가 되고 불필요하다고 생각되는 사람들에게 우편물 폭탄을 보내 살해하는 것이었다.

이 사람이 인간 사회와 완전히 인연을 끊고, 인간 사회를 등지고 산속으로 들어가 혼자 살아 보겠다는 결정을 내린 그 순간 이미 그는 제정신이 아니었다고 말할 수 있다. 그러나 한편 생각해 볼 때 이 카진스키라는 사람과 같이 마음의 평온을 잃었거나 삶의 방향을 순간적으로 상실한 사람이 그 대안으로 자연으로 돌아가 그 속에서 삶의 의미와 방향, 그리고 마음의 평화와 위안을 찾으려 했다는 것도 이해할 만한 일이다. 그러나 내가 그날 산속에서 조난하여 하룻밤을 새우면서 경험한 것은 결코 자연은 그와 같은 도움과 위안을 주는 존재만은 아니라는 엄연한 사실이다. 자연은 분명 우리에게 위안과 평화도 주지만, 그것만으로는 지루하고, 두렵고, 황량하고, 정신을 혼동시키며, 인간성을 퇴화시키는 점도 있다.

자연 자체는 분명 문명보다는 야만에 더 가깝다. 자연은 인간성을 악화 내지 약화시킬 수도 있다. 19세기 미국의 사상가이며 문인이었던 헨리 데이비드 소로는 누구보다 자연을 사랑하였고 숭배하였던 사람이었다. 이 사람도 어느 날 카진스키처럼 자연으로 돌아가 살기로 작정하고는 보스턴에서 멀리 떨어져 있는 '월든'이라는 연못가 숲 속에 들어가 손수 오두막을 짓고 혼자 살기 시작하였다. 그런데 무슨 이유에서인지 그는 불과 2년을 숲 속에서 살고 나서는 보따리를 꾸려 다시 보스턴 시내로 들어와 세금도 내고 신문도 읽으면서 살다 죽었으며,

숲 속의 생활과 경험을 기록하여 미국 문학사에 빛나는 『월든』이라는 제목의 자연 예찬 문학의 고전을 남겼다. 참으로 다행스럽고도 현명한 결정이었다고 생각한다. 그가 만약 그 숲 속에서 호수만 바라보고 새소리만 들으면서 카진스키처럼 25년을 살았더라면 살인범까지야 되지 않았겠지만 『월든』과 같은 훌륭한 작품은 남기지 못하였을 것이 분명하기 때문이다.

[1996년 9월]

그때는 아무도 호각을 불지 않았다

　그날도 나는 오후 4시쯤 해서 아파트를 나와 약 30분 거리에 위치한 과천 서울대공원을 향하여 걷기 시작하였다. 별일이 없으면 매주 거르지 않고 한 번씩 하는 운동 겸 산보를 하기 위함이었다. 섣달 그믐날이었기 때문에 공원에는 사람들이 별로 눈에 띄지 않았다. 그 크고 넓은 주차장은 텅 비어 있었으며, 주차되어 있는 몇 대의 차들은 주인들이 놓아둔 채 고향에 내려가 버린 듯했다. 날씨는 대단히 추워서 털 점퍼에 털모자, 그리고 두툼한 가죽 장갑으로 몸을 감싸고 20분 이상이나 빠른 걸음으로 걸었지만 평소처럼 땀이 난다거나 몸 전체로 덥다는 기분을 느낄 수가 없었다.

　그래도 공원 정문 근처에 도착하였을 때는 언제나 그랬듯이 기분이 상쾌하고 좋았다. 찾는 사람들이 없어서인지 공원 매표소는 일찌감치

문을 닫은 듯하였다. 하기야 섣달 그믐날 이 늦은 시각에 이런 곳을 찾아올 사람이 어디에 있겠는가. 나는 평소에 하던 대로 공원 정문을 지나 사람들이 자유롭게 통행할 수 있도록 허용된 공원의 외곽을 한 바퀴 돌기로 마음먹고 부지런히 걷기 시작하여 어느새 대공원의 넓고 큰 호수를 둘러싸고 있는 둑 위를 걷게 되었다. 호수는 며칠 동안 지속된 강추위로 꽁꽁 얼어붙어 있었고, 그 위에는 사람 발자국 하나 나지 않은 하얀 눈이 곱게 덮여 있었다. 그것은 마치 아무도 발을 들여놓은 적 없는 원시림과도 같이 나에게는 하나의 유혹이며 도전이었다. 나는 별안간 그 눈을 밟으며 얼음 위를 걷고 싶은 강렬한 충동에 사로잡혔다.

그러나 그것은 금지된 일이었다. 호수 근처 여기저기에는 호수에는 접근조차 말라는 경고문이 적힌 팻말이 세워져 있었다. 호수는 사람이 빠지면 죽기에 충분할 만큼 깊어 보였다. 둑 위를 걷는 일조차도 사실은 규칙 위반이었다. 나는 지난여름 이미 두 번이나 이곳을 걷다가 공원 경비원에게 제지를 당한 적이 있었다. 내가 뻔히 알면서도 둑 위를 걸었던 것은 그 위에 잘 자란 풀을 밟는 느낌이 좋아서였다. 기계로 잘 깎아 놓은 풀이 운동화 밑에서 밟히는 그 촉감과 소리를 나는 특별히 좋아하였다. 그런데 오늘 나는 나도 모르는 사이에 둑 위를 걷는 데 만족하지 않고 어느덧 둑 밑으로 내려와 호숫가에 서서는 한 다리로 얼음이 어느 정도 두껍고 단단한가를 확인해 보고 있는 자신을 발견하고는 놀랐다.

그리고는 곧바로 얼음 위로 올라섰다. 이어서 조심스럽게 호수 가장자리를 따라 한 걸음 옮겨 놓기 시작하였다. 몇 걸음 옮겨 놓은 후 얼음이 몸무게를 지탱하여 줄 만큼 충분히 두껍고 단단하게 얼었다는 사실을 확인하고 나서는 좀 더 마음 놓고 얼음 위를 뚜벅뚜벅 걷기 시작하였다. 순간 지금까지 까맣게 잊고 지냈지만 나의 몸속 어느 구석 깊숙이 어린 시절의 체험으로 숨겨져 있었던 그 스릴 넘치는 즐거움이 참으로 오랜만에 파도처럼 밀려왔다. 이 흥분과 스릴은 얼음 밑에 도사리고 있는 위험 때문에 한층 더 증가되고 강화되었다. 얼음은 언제고 깨어질 수 있었고, 그렇게 되면 나는 영락없이 차가운 물속에 빠져버릴 수밖에 없었다. 물에 빠져 죽을 수도 있었다. 그러나 나는 두려움보다는 어느 때보다도 강렬한 모험심으로 가득 차 있는 나 자신을 느끼며, 참으로 오랜만에 그저 살아 있다는 것만으로 충분한 생생한 활력을 느낄 수 있었다.

주위에 사람이라고는 찾아볼 수 없었다. 가끔씩 바람이 일어 눈 위를 스쳐 지나가는 소리 외에는 사방은 쥐 죽은 듯 고요하였다. 그 큰 공원을 나 혼자서 소유하고 있다는 생각도 들었다. 눈앞에 펼쳐져 있는 아무도 디딘 흔적이 없는 하얀 눈에 홀려서, 뒤로 점점 길어지고 있는 나의 발자국에 취하여, 무엇보다도 공원 경비원들이 불어 대는 그 호각 소리가 들리지 않는다는 사실에 크게 고무되어 나는 나도 모르게 좀 더 대담해졌다. 더 크고 위험한 사냥감을 찾아서 더 험하고 깊은 산속으로 들어가는 사냥꾼과도 같이 나는 이제 호수 가장자리를 따라 살금살금 걷는 모험에서 진행 방향을 호수 한가운데로 돌렸다. 역사상 극지 탐험가로 유명한 노르웨이의 아문센이나 영국의 스콧이라도 된 기분으로 나는 아예 호수를 가로질러 건너가 보기로 마음먹었다.

얼마쯤 부지런히 걸었을 때 나는 먼 곳으로부터 들려오는 어떤 소리를 들었다. 처음에는 애써 못 들은 체하였으나 곧 그 소리가 이 공원에서 누군가가 좀 위험하거나 수상한 짓을 하였을 때 언제 어디서고 공원 경비원들이 불어 대는 그 귀에 익은 호각 소리라는 사실을 나는 싫지만 인정하지 않을 수 없었다. 나는 우선 뒤를 돌아보았다. 이미 너무 멀리 나와 있음을 알았다. 앞에 남아 있는 거리가 이미 지나온 거리보다 짧아 보였다. 이제 와서 되돌아가기는 틀렸다는 생각이 들었다. 호각 소리는 걸음을 멈추지 않는 나를 향하여 계속해서 더 크게 신경질적으로 울려왔다. 나는 다급해졌다. 나는 막연하나마 호각 소리가 나는 방향 반대쪽으로, 이제는 걷는 것이 아니고 아예 전속력으로 뛰기 시작했다. 이 어리석고 무모한 얼음 위에서의 도주를 감행하는 동안 나는 아무것도 보지도 듣지도 못하였다.

마침내 나의 두 다리가 육지를 다시 밟았을 때, 나는 한 손에 무선호출기를 들고 목에는 반짝거리는 호각을 늘어뜨린 제복을 입은 공원 근무자에 의하여 사태에 알맞은 영접을 받았다. 그는 잔뜩 성이 나 있었다. 그의 얼굴과 목은 분기와 추위로 온통 주홍빛으로 변해 있었다. 당장이라도 나를 때려죽이기라도 할 듯한 표정이요 태도였다. 그러나 정작 그의 분노의 대상인 이 무법자가 귀밑머리가 허옇게 센 중년이 훨씬 넘은 남자라는 사실에 이 공원 경비원은 약간 놀라면서 당황하고 동시에 실망하는 눈치였다. 그는 순간 자신의 불편한 심기를 쏟아 놓을 알맞은 말을 잃어버리고 잠시 나를 노려보기만 하였다. 그 후 나는 약 30분 동안 나의 자식뻘쯤 되어 보이는 젊은이로부터 쏟아지는 질문과 질책, 그리고 강의와 설교의 집중포화를 한마디 변명이나 대꾸를 할 사이도 없이 받아야만 하였다. 약간 정도가 지나친 고약하고 짓궂은 장난을 하다가 발각되어 무서운 담임 선생님 앞에 서게 된 어린 학생처럼 나는 그저 잘못했노라고 거듭거듭 사과하였다. 손이 발이 되게 싹싹 빌면서 다시는 이런 장난을 하지 않겠노라고 약속하고 맹세까지 하고 나서 나는 간신히 심문에서 풀려났다. 그는 내가 자살을 하려는 사람으로 생각했다는 말도 하였다.

　풀이 죽어 터덜터덜 집으로 걸어오면서 나는 무언지 괜히 억울하고 분하다는 생각이 들었다. 나의 충동적인 행동을 눈곱만치도 이해하지 못하고 아예 이해하려 들지도 않은 그 젊은이가 괘씸하기도 했고 원망스럽기도 하였다. 무엇보다도 창피하여 죽을 지경이었다. 그리고 내가 얼음판 위에서 벌인 행동을 그 젊은이에게 당당하게 변호하거나 변명하지도 못하고 무슨 죽을죄라도 지은 듯이 무조건 잘못했노라고 싹싹 빌기만 하였던 것에 스스로 짜증이 났다. 그러나 그렇게 설명해 보았댔자 결과는 뻔한 일이었다. 그날 나를 체포한 젊은이의 마음은 이미 그 호수의 얼음처럼 단단하게 얼어붙어 있었고, 그는 오직 공원 근무자로서의 의무와 책임감으로 충만해 있었기 때문에 다른 설명이 헤집고 들어갈 여지가 없었다. 차라리 아무 항변도 아니했으니 망정이지 뭐라고 변명을 시도하기라도 했다면 그 젊은이의 얼굴은 더 붉어졌을 것이고, 그의 혈압은 더욱 상승하였을 것이며, 아마도 나의 정신 상태가 지극히 위험한 수준에까지 도달하였다는 확신만 갖게 만들었을 것이다. 만약 불행하게도 호수의 얼음이 깨어져 내가 물에 빠져 죽기라도 했다면 나의 죽음은 단순히 나와 내 가족의 불행으로 끝나지는 않았을 것이다. 이 열심히 일하는 선량한 젊은이는 어김없이 직장 상사로부터 엄중한 책임 추궁을 받을 것이며, 재수가 없으면 귀중한 직책과 직장이 날아갈 수도 있다. 나의 가족들조차도 가만있지 않을 것이다. 공원 당국이 어떻게 시설물을 관리하였기에 사람이 빠져 죽게 만들었냐고 아우성을 칠 것이며, 변호사를 사서 엄청난 액수의 손해 배상도 받아 내려 들 것이다. 젊은이가 그 정도로 나에게 화를 낸 것은 당연한 일이었다.

그렇다손 치더라도 나의 가슴속에 생겨난 그 분하고 억울한 마음은 쉽게 사그라지지 않았다. 한참 그 재미있고 스릴에 넘치는 놀이를 신나게 벌이고 있는 터에 난데없이 끼어든 호각 소리가 나는 한없이 원망스러웠으며, 원하지도 않는데 구태여 나의 안전에 대하여 책임지고 나의 목숨까지 보호해 주겠다고 나서는 그 낮도깨비 같은 젊은이의 어른스러운 태도와 언행이 본능적으로 싫었다. 무엇보다도 이제는 어디를 가더라도 찾아볼 수 없는 옛날의 그 진정한 자유와 재미가 사라져 버렸다는 사실에 한없이 서운함을 느꼈다. 이제 나는 나도 모르는 사이에 새장에 갇혀 있는 새가 되어 있었다. 새장 속의 새처럼 안전하기는 하지만 자유롭지 못하다. 공중을 나는 새처럼 언제 어느 때고 어느 곳이고 날아가고 싶을 때 날아가고, 내려앉고 싶을 때 원하는 곳에 내려앉을 수 있었던 그런 때가 한없이 그리워졌다. 어린 시절 나와 함께 놀았던 고향 동무 가운데 하나는 어느 여름 강에서 놀다가 빠져 죽었고, 나 자신도 그해 겨울 바로 그 강 위에서 썰매를 타다가 얼음이 깨어져 천만다행으로 죽지는 않았지만 그 차고 무서운 물속에 두 번이나 빠진 적이 있었다. 그래도 나는 강에 나가지 않고는 못 배겼다. 그 속에 숨어 도사리고 있는 그 즐거움과 스릴을 빼앗길 수는 없었다. 그리고 무엇보다도 그때는 아무도 우리에게 호각을 불지 않았다. 나를 마치 아무것도 모르는 어린아이 취급을 한 그 경비원이 옳았다. 그 추운 날 오후 늦게 혼자서 꽁꽁 얼어붙은 호수 위에 발을 올려놓던 바로 그 순간 나는 다시 어린 소년이 되어 있었다.

[1998년 2월]

나는 고백한다

금년 들어 나이 61세로 환갑을 맞게 되었으며 서울에 위치한 한 대학의 영문학 교수인 나에게는 최근에 와서 누구에게 고백하고 싶은 일이 한 가지 있다. 그런데 이 세상 모든 '고백'이 다 그렇듯이 이 행위의 내용은 항상 어느 정도의 죄의식과 부끄러움을 수반하기 때문에 아무데서나 함부로 털어놓을 수는 없는 일이어서 지금까지 차일피일 미루어 왔다. 내가 가톨릭 신자라도 된다면 어느 날 성당에 나가 신부님에게 남모르게 고해성사라도 하면 되겠지만 신자가 아니니 그럴 수도 없다. 문제는 이런 양심에 가책되는 일을 어떤 식으로든지 깨끗이 털어 놓지 않고 무한정 가슴속에 묻어 둔다면 나의 정신 건강, 나아가서 육체에도 해로우면 해로웠지 이로울 것은 없다는 데 있다. 언제까지 무한정 묻어 둘 수도 없는 일이기에 할 수 없이 오늘 이 글을 통하여 온 세상에 털어놓기로 한다.

　나는 이제 책을 사지 않는다. 다시 말해서 나는 책 사기를 중지하였다. 나이가 들면서 나의 정신과 육체에는 소리 없이 여러 가지 변화들이 찾아왔다. 처음에는 당혹스럽게 느껴지기도 하였고, 때로는 억울하고 믿어지지 않고 분한 생각도 들어 얼마 동안 순순히 받아들이기를 거부하기도 하였지만, 결국에는 그런대로 이들을 수용하고 길들이며 지금까지 무난히 살아오는 중이다. 그런데 최근에 와서 나는 책에 대한 나의 애정이 현저하게 쇠퇴하였다는 또 하나의 새로운 사실을 뒤늦게 발견하고는 적지 않게 놀랐다. 그러고 보니 지난 몇 년 동안 나는 외국에서 도착한 신간 서적의 카탈로그를 가지고 자주 나의 사무실에 들르던 낯익은 서적상으로부터 단 한 권의 책도 사지 않았다. 서울 시내 한복판에 위치한 양서를 파는 서점에 들러 서가를 둘러본 지도 꽤나 오래되었다. 도대체 언제부터 이와 같이 내가 책에 대하여 무관심하게 되어 버렸는지는 정확하게 기억해 낼 수 없으나, 나는 이 부정할 수 없는 사실 앞에 새삼 놀라고 부끄러워하며, 마음이 편하지가 않다.

　직업이 책과는 떼려야 뗄 수 없는 불가분의 관계로 얽매여 있는 나와 같은 사람에게 이러한 공공연한 고백은 부끄러울 뿐만 아니라 나의 자리를 위태롭게 만드는 대단히 위험한 일이다. 이것은 마치 결혼하지 않은 젊은이가 자신은 성 불구자라고 누구에게 털어놓는 일이나, 목사가 설교 중에 자기는 이제 성경을 읽지 않는다고 말하는 일이나, 판사가 자기도 뇌물을 받은 적이 있다고 고백하는 일처럼 어리석다고 하면 어리석고, 경솔하다면 크게 경솔한 언행으로서 해당자를 사회에서 매장시키기에 충분한 일이다. 다시 말해서 나는 이제 엄격한 의미에서 대학교수가 아니요 하는 선언이나 다름없다. 대학교수가, 소위 학자라는 사람이 책을 사지 않는다면 그는 과연 무엇인가? 최신의 지식을 제공하여 주는 최신의 책이 없이 어떻게 그는 학생들을 가르치겠다는 것인가? 교수로부터 책을 빼놓았을 때 그의 존재 이유는 과연 무엇인가? 그런 사람은 당장 사표를 써야만 하는 것이 아니겠는가?

나에게도 이처럼 책에 대한 정열이 식을 때가 찾아오리라고는 지금까지 꿈에도 생각해 본 적이 없었다. 서점이나 새로 수입한 서적의 목록에서 나의 전공과 관련된 새로운 책을 발견할 때마다 나의 가슴은 뛰었다. 또 그런 책은 수도 없이 많았다. 나는 사고 또 샀다. 당장 읽기 위하여서도 샀지만, 그보다는 나중에 두었다 읽기 위하여 더 많이 샀다. 현금으로도 샀지만, 그보다는 외상이나 월부로 더 많이 샀다. 새로 산 책의 책장을 넘기거나, 만지거나, 냄새를 맡는다는 것은 짜릿한 즐거움이었다. 그것을 서가에 알맞은 자리에 가지런히 늘어놓고 바라보는 것만도 커다란 기쁨이었다. 이들은 모두 내가 쓰다듬어 주고 싶은, 그리고 쓰다듬어 주기를 바라고 있는 애인처럼 느껴졌다. 나와 같은 길을 가는 동료들보다 이 방면에 필요한 귀중한 책을 내가 한 권이라도 더 많이 소유하고 있다는 사실은 커다란 자랑이요 위안이었다. 이들은 마치 한 벌의 좋은 갑옷과도 같이 나를 완전하게 보호해 주는 듯도 하였다. 지금까지 책은 나의 애인이요 동시에 보호자이기도 하였다.

이제 와서 돌이켜 보니 그동안 나중에 읽으려고 부지런히 사 모은 책들은 대부분 읽지도 못하고 손도 대지 않은 채로 나와 함께 늙어 버렸다. 끔찍한 현실은 이런 책들이 가까운 장래에 나에 의하여 읽혀질 가능성이 거의 없다는 것이다. 작년까지만 하여도 나는 무슨 배짱에서

인지 이 막연히 미루어 온 일에 대하여 느긋하고 낙관적이었다. 그러나 금년 들어 날개 달린 시간의 수레가 서둘러 내 뒤에 달려오는 소리를 듣게 되면서 나는 갑자기 바빠지고 조급함을 느끼게 되었다. 지금까지 미루어 오고 지연시킨 이 일은 생명이 끝나는 날까지 계속될 것이 분명하다는 자각에 나는 또 별안간 슬퍼졌다. 새로 나온 전공에 관한 책을 더 사고 소유하고자 하는 욕망이 이처럼 식어 버렸다는 사실은 나와 책과의 로맨스가 이제 끝장이 났음을 분명히 보여 주는 하나의 지표이기도 하였다.

알고 보니 책 사기만을 중단한 것이 아니다. 이미 사 모아 책장에 빼곡히 차 있는 책들에 대하여서 나는 싫증도 나고 짜증도 났다. 아무리 보아도 이제 책은 나의 연인도 보호자도 아니다. 이제 이것들은 나의 사라진 젊음과, 이루지 못한 꿈과, 하늘 높은 줄 모르고 날뛰었던 헛된 야망을 상기시켜 주는 공허하고 슬픈 기념품일 뿐이다. 이들을 바라보고 앉아 있노라면, 마치 전장에서 패한 병사들처럼 불쌍하고 볼썽사납게 보이기도 하고, 때로는 표변하여 나를 놀리기도 하고, 어디 한번 덤빌 테면 덤벼 보라고 도전해 오는 오만한 적군으로도 변한다. 이제 나는 더 이상 이들 위에 군림하는 군주가 아니다. 나는 오히려 이들 앞에서 무기력을 실감한다. 책들이 무섭다. 바라보고 있노라면 분통이 터지기도 한다.

지난 주 어느 날, 나는 화가 난 나머지 아주 극단적인 조치를 취하기로 결심하였다. 앞으로 나의 직업에 절대적으로 필요하고 중요하다고 판단되는 책들만 남기고, 앞으로 읽혀질 가능성이 전혀 없는 것으로 판단되는 책들을 과감하게 처분하기로 결정한 것이다. 가지고 있는 책의 숫자를 십분의 일 내지 그 이하로 과감하게 줄여 버림으로써 나는 지금까지 항상 바라볼 때마다 나에게 죄의식을 느끼게 만든 읽지 않은 책들의 무겁고 거추장스러운 짐에서 홀가분하게 벗어나기로 결심하였다. 그리고 앞으로는 좀 더 인생을 가볍게 그리고 자유롭게 살기로 하였다.

그런데 이 필요하지 않은 책들을 제거해 버리는 일이 생각했던 것보다 훨씬 어렵다는 사실을 알고는 나는 또 한 번 놀랐다. 나는 서가에 꽂혀 있는 수많은 책들 가운데서 지금까지 단 한 번도 손을 댄 적이 없었다고 여겨지는 책 한 권을 아주 가벼운 마음으로 뽑아 들었다. 이것을 준비한 빈 상자 속에 던져 버리려다가 나는 무심히 책을 펴서 여기저기 한두 페이지를 넘겨보았다. 그런데 놀랍게도 한 곳에 붉은 볼펜으로 서너 줄 밑줄이 그어져 있는 것이 아닌가. 언제 그어졌는지는 모르겠으나 분명히 내가 그어 놓은 밑줄이었다. 나는 그 부분을 읽어 보지 않을 수 없었다. 너무나 좋은 문구였다. 나는 책을 다시 있던 자리에 꽂아 놓았다. 그리고는 다른 책을 뽑았다. 그러나 이번에도 또 다른 센티멘털한 이유로 나는 이 책의 생명을 종결시키는 데 실패하였다. 나는 계속 이 책 저 책을 뽑았지만 모두 일일이 열거할 수 없는 수많은 이유와 사연 때문에 번번이 내버리는 데 실패하였다. 결국 나는 그날의 그 거창한 계획을 온전하게 실행하지 못한 채 오래된 잡지 몇 권 버리는 것으로 만족해야만 했다. 책 한 권을 샀던 그 순간 나와 책 사이에 말없이 성립된 그 인연이 이처럼 끈질기고 강력한 것일 줄은 몰랐다. 비록 읽지도 않고 책장 속에 처박아 두었지만, 이런 책들은 그 오랜 시간을 나와 함께 말없이 지내 오는 동안 애인에서 아주 조용한 친구로 변해 있었다.

　나는 앞으로 책에 대한 정열의 불꽃을 다시 살려 낼 수 없다는 것을 잘 알고 있다. 나도 이제는 늙었다. 책에 대한 젊은 시절의 환상은 이제 떠나 버렸다. 강물이 줄어드는 것을 인간의 힘으로 어찌할 수 없듯이, 나는 나의 시간과 에너지가 점점 줄어드는 것을 억지로 중지시킬 수 없다. 파티는 끝났고, 이제 텐트를 거둘 때다. 모두에게 다행스러운 일은 나도 이제 사무실을 지키고 앉아 있을 날이 얼마 남지 않았다는 사실이다. 농부가 땅에 떨어진 이삭을 주어 포대에 담고, 과수원 주인이 땅에 떨어진 과실이나마 버리지 않고 정성스레 주워 모으듯이, 비록 그것이 대단한 결실이 아님을 잘 알고 있지만 나도 이제 남아 있는 동안 지금까지 벌어 놓은 일의 뒷손질이나 착실히 해야겠다. 젊은 날 나에게 들려온 그 목소리를 듣고 정신없이 따라나섰듯이, 이제 나는 저녁에 들려오는 이 목소리에도 아무런 유감없이 귀를 기울이고 따르련다.

[2000년 1월]

단테의 집 앞에서

발걸음이 유별나게 빠른 젊은 가이드를 따라 이탈리아 피렌체 시에 있는 두오모 대성당, 우피치 미술관, 미켈란젤로 광장, 메디치 궁을 차례로 둘러본 열여덟 명으로 구성된 우리 유럽 관광단 일행은 크고 웅장하고 아름다운 것들을 제한된 시간 내에 한꺼번에 너무 많이 둘러보고는 모두 놀라고 지쳐 버렸다. 그러나 무거운 다리와 피곤한 마음을 잠시 쉴 틈도 없이 우리는 또 다음 장소로 이동하여야만 하였다. 천 년이 넘었다는 돌로 포장된 좁은 골목길을 이리저리 걸어서 마침내 단테가 태어나고 살았다는 조그맣고 평범하게 보이는 돌집 앞에 도착하자, 우리는 모두 이곳이 스케줄상 오늘의 마지막 장소라는 사실에 등에서 무거운 짐이라도 벗어 놓은 듯 몸과 마음이 가벼워짐을 느꼈다. 그의 집도 명성과는 달리 그저 작고 평범한 여느 집과 다름없었다. 우리는 제각기 집 앞에 놓여 있는 단테의 푸른색 흉상을 배경으로 부지런히 사진을 몇 장씩 찍은 후 한국에서 건축 공부를 하러 왔다는 유학생 가이드의 설명을 듣기 위하여(아니, 체면을 세워주기 위하여) 주변에 둥그렇게 모여 열심히 귀를 기울이는 척하였다. 볼 것도 별로 없는 이 장소에 대하여 우리들이 보인 뜨뜻미지근한 반응을 감지한 가이드는 이탈리아가 배출한 세계적인 시인 단테보다는 오히려 그의 첫사랑 이야기에 열을 올렸다. 그런데 놀랍게도 우리 일행은 나를 포함하여 대부분이 60세가 넘은 노틀들과 할미들이었음에도 불구하고, 이 단테의 첫사랑 이야기는 흥미를 돋우는 데 크게 성공하였다.

우리 일행 대부분은 단테라는 사람과 그가 쓴 『신곡』에 대해서(비록 읽지는 않았지만) 최소한 제목은 알고 있는 듯하였다. 그리고 언제 어디서 얻어들었는지 베아트리체도 알고 있었다. 시인 단테보다는 오히려 단테의 첫사랑 여인 베아트리체가 사람들에게는 더 유명하고 또 더 많이 알려져 있는 것 같았다. 이와 같은 분위기를 재빨리 포착하고 용기를 얻은 가이드는 지금부터 약 750년 전 바로 우리가 서 있는 그곳에서 일어났던 이야기를 마치 자기가 단테의 이웃에 살아 그때 일어난 일들을 자기 눈으로 똑똑히 보기라도 한 듯이 신나게 그리고 아주 그럴듯하게 따가운 여름 오후 뙤약볕 아래에서 들려주었다.

단테가 처음 그 소녀를 본 것은 아홉 살 무렵 아버지를 따라 당시 피렌체의 이름난 부호였던 소녀의 아버지 집을 방문했을 때였다. 그날은 매년 있는 오월 축제의 잔칫날이었다. 거기서 빨간 옷을 입은 자기 또래의 소녀를 처음 본 단테는 그 순간 난생처음 가슴이 이상하게 떨리는 것을 느꼈으며, 혼자 다음과 같이 중얼거렸다. "보라 저 천사를, 나를 지배하러 온 저 천사를!" 이때부터 단테가 죽는 그 순간까지 그의 영혼을 지배하였던 이 강하고 힘센 천사의 이름은 다름 아닌 베아트리체였다. 그 후 단테는 소녀의 모습을 은밀히 보기 위하여 소녀가 나타날 만한 곳이면 어디든 어떤 구실을 만들어서라도 찾아갔다. 그의 눈에 비친 소녀의 모습은 그 자체가 하나의 기쁨이요 놀라움이었다. 눈앞에 나타난 천국이요, 성신의 구현이었다. 사람의 모양을 하고 땅을 걸어 다니는 천사였다. 베아트리체가 단테를 길에서 만나 처음으로 그를 알아보고 인사말을 건넨 것은 단테가 18세 되던 때였다. 단테는 그 순간 "말할 수 없이 크나큰 축복과 천상의 환희를 느꼈다"고 후에 적었다. 그런 후 얼마 되지 않아 단테에 대한 좋지 않은 이야기를 들은 베아트리체는 그를 만나도 냉담하였고 인사조차 하지 않았다. 이때 그는 사랑이란 것이 환희만 가져다주는 것이 아니고 고통과 괴로움으로 통하는 길이란 것도 알게 되었다. 베아트리체에 대한 단테의 사랑은 아주 "순수한" 것으로서 결혼이나 어떤 소유의 욕심 같은 것과는 거리가 먼 것이었다. 그래서 그런지는 몰라도 베아트리체는 21세가 되던 해 피렌체의 부유한 은행가와 결혼을 하였으며, 이 사실에 대하여 단테는 어떤 슬픔이나 질투, 또는 불만도 표시한 흔적이 없다. 베아트리체는 결혼한 지 3년 후 스물세 살의 나이로 죽었다.

가이드가 들려준 단테와 베아트리체의 사랑 이야기는 대충 이 정도에서 끝이 났다. 그때까지 열심히 듣고 있던 청중들은 ― 나처럼 손자나 손녀를 둔 할아버지 할머니들을 포함하여 ― 그동안의 피곤함이나 배고픔도 잊은 채 모두들 가이드의 이야기에 몰입해 있는 듯했다. 그리고 저마다 가슴속 깊이 숨어 있던 첫사랑의 추억을 떠올리는 자신들을 발견하고는 놀라는 눈치였다. 비록 시간이 많이 흘러서 희미해졌지만, 그간의 행복한 결혼 생활과 하루하루 정신없이 계속되는 일상의 분주함 속에 묻혀 완전히 망각된 줄로만 알고 살아왔는데 이제 보니 그게 아니었다. 나는 새삼 이 낯선 고장 어울리지 않는 시간에, 마치 다 타고 난 불씨가 차디찬 재 속에 살아 있듯 보이지 않는 가슴 한구석에 완전히 없어지지 않고 남아 있는 그것의 존재를 확인하고는 혼자 얼굴을 붉혔다. 나는 얼른 주위를 살펴보았다. 다행스럽게도 나의 아내는 다른 관광객과 무슨 이야기를 하면서 행복하게 웃고 있었다.

나도 알고 보면 아주 어린 나이에 사랑을 경험하였으며, 그에 필연적으로 수반되는 환희와 고통도 맛보았다. 나 역시 그 여자를 볼 때마다 가슴이 뛰었고, 단지 그 여자를 생각만 하여도 심장의 고동이 멈추거나 건너뛰는 것 같이 느꼈었다. 그러나 단테와는 달리 나의 사랑은 그렇게 순수하지도 순결하지도 않았다. 나는 분명 그 여자를 소유하고 싶어 했으며, 결혼을 해서 함께 살기를 바랐다. 그러니 결과적으로 나는 그 여자가 나의 사랑에 알맞은 반응을 보이지 않을 때 질투로, 슬픔으로, 불안과 불만으로 고통 받아야만 했고, 드디어 그 여자가 나 아닌 다른 남자와 결혼한다는 소식을 듣고 가슴이 찢어지는 듯했다. 나는 울기도 하였고(남몰래), 그 여자가 죽기를 바라기도 하였다. 그 여자의 결혼이 불행해지기를 바랐다. 그 여자를 죽이고 나도 죽어 버릴까 하는 생각도 해 보았다.

사람이 한평생 살아가다 보면 여러 가지 감정을 느끼고 경험하게 된다. 그중에서 첫사랑은 아마도 가장 강력하고 신비스러운 것이 아닐까 한다. 인생의 한 시기에 이것은 그 사람이 원하든 원치 않든 그의 의지에 관계없이 슬며시 찾아오며, 일단 이것의 방문을 받은 사람은 자기가 어제까지의 자기가 아니라는 사실을 발견하고는 크게 놀란다. 현실에 대한 감각이나 느낌이 지금까지 그가 알고 있었던 것과는 전혀 다른 차원으로 변하였음을 느끼고 당황하기도 한다. 첫사랑은 독한 위스키나 향기로운 코냑처럼 사람을 취하게 만든다. 지독한 열병과도 같이 우리의 피를 흥분시키기도 하고 정신을 잃게도 만든다. 그것은 우리 마음속 아주 깊은 곳에까지 침투하여 그곳에 지워지지 않는 흔적을 새겨 놓기도 한다. 그것은 자제할 줄도 모르고, 앞을 내다보지도 못한다. 그토록 많은 첫사랑들이 결혼에 이르지 못하고 실패하는 이유도 바로 여기에 있다.

첫사랑은 결혼에 이르지 못한 최초의 사랑이다. 첫사랑의 상대와 결혼한 사람에게는 첫사랑이 없다. 첫사랑은 둘이 함께 간직할 수도 있고, 한쪽만이 간직할 수도 있다. 많은 사람들은 첫사랑과 결혼을 하고도 불행해질 수 있고, 반면에 첫사랑을 잃고 다른 사람과 결혼하여 행복하게 잘 살 수도 있다. 더 많은 사람들이 이 부류에 속한다. 첫사랑은 행복한 결혼 생활을 보장하지는 않는다. 그러나 첫사랑은 달콤한 꿈처럼 사랑의 이상으로, 강력하고 신비스러운 정서적 경험으로 앞으로도 영구히 계속될 것이다. 그것은 결혼한 부부들의 사랑과는 별개의 다른 존재이다.

그날의 예정된 관광을 마치고 호텔로 돌아오는 버스 속에서 옆에 앉은 아내가 물었다.

"그 후 단테는 어찌 됐수? 다른 여자와 결혼을 했나, 아니면 혼자 독신으로 살았나?"

"한번 맞혀 보시지." 내가 말했다.

"당신 같은 사람이라면 그럴 리 없겠지만, 단테 같은 사람이야 혼자 살았겠지. 그 여자만을 생각하며, 그 여자의 죽음을 슬퍼하며, 시를 쓰면서." 아내는 꿈을 꾸듯 중얼거렸다.

"틀렸네."

"틀려요? 그럼?"

"단테는 베아트리체가 죽은 뒤 7년 후 서른두 살 때 당시 피렌체에서 유명한 귀족 가문 출신의 젬마라는 여자와 결혼을 했고, 그 사이에 아들 셋, 딸 하나를 두었어. 딸 이름은 베아트리체라고 지었지. 그는 군인(장교)으로 전쟁에 참가하여 용감하게 싸웠고, 정치에도 뛰어들어 피렌체 시의원에도 당선되었어. 후에는 당파 싸움에 휘말려 재직 시 공금 유용과 부정, 사기 등의 죄목으로 반대파에게 고발되어 재판에서 유죄 판결을 받고 피렌체에서 추방되었고, 그 후 약 20년간을 이탈리아 전역을 이리저리 떠돌아다니다가 56세에 고향 피렌체가 아닌 라벤나라는 곳에서 생을 마쳤지. 이 방랑의 20년 동안 그는 세계 문학사에 길이 남는 불후의 명작 『신곡』의 집필을 끝냈고, 이 작품의 끝 부분에서 단테는 베아트리체를 다시 만나 그 여자의 손에 이끌려 연옥을 지나 천국으로 들어간 것으로 되어 있지."

[2000년 12월]

베니스의 상인

대학에서 영문학을 강의하는 나는 셰익스피어가 쓴 『베니스의 상인』을 학생들에게 지금까지 서너 번 가르친 경험이 있다. 나는 새 학기에 이것을 다시 한 번 가르칠 예정이다. 마지막으로 이 작품을 가르친 지도 어느덧 3년이 더 지난 것 같다. 지금까지 셰익스피어의 이 유명한 희곡을 교실에서 학생들과 함께 읽은 경험은 아주 유쾌하고 즐거운 것이었기에, 이번에 이 작품을 다시 가르치게 되었다고 해서 내가 특별히 수선을 떨거나 걱정할 이유는 없다. 같은 작품에 같은 학생들, 그리고 같은 선생이니 말이다. 그런데 사실은 그동안에 한 가지 변화가 있었다. 선생으로서 은근히 뽐내고 과거에 비하여 좀 더 권위를 부릴 그런 이유가 하나 생겼다. 『베니스의 상인』을 가르치게 된 선생, 즉 바로 내가 지난여름 난생 처음으로 베니스에 다녀왔기 때문이다.

지금까지 나는 베니스를 직접 가 보지 않고도『베니스의 상인』을 읽
거나 가르치는 데(좀 유식하게 말해서 작품을 해석하고 감상하고 비평
하는 데) 어떤 문제가 있다거나 특별한 어려움이 있다고는 생각해 본
적이 없었다. 그런데 이번에 그곳에 가 내 눈으로 직접 베니스를 보고
나서, 나는 나의 생각이 크게 틀리지는 않았지만 적잖이 모자랐다는
사실을 깨닫게 되었다. 다시 말해서 나는 지금까지『베니스의 상인』을
좀 더 잘 이해하고 설명하고 감상하는 데 큰 도움이 될 수 있는 중요한
역사적 사실과 작품이 쓰인 당시 베니스의 사회 분위기를 모르고 있었
다. 한마디로 나는 그동안 내가 꽤나 무식했다는 사실을 새삼스럽게
알게 되었다. 미국의 저명한 철학자요 문필가인 에머슨은 "해외여행이
란 것은 바보들의 천국"이라고 비꼬았지만 나에게 지난여름 돈과 시간
을 들이고 무척 고생까지 해 가면서 하였던 베니스 관광 여행은 그만
한 가치가 있었다. 위대한 사람은 집에 앉아서도 모든 것을 안다. 그러
나 평범한 사람은 집을 떠나야 무엇을 배운다.

　　우선 무엇보다도 나는 이번 여행을 통하여『베니스의 상인』의 무대
가 되는 베니스가 상상이 아니고 현실이라는 사실을 알게 되었다. 나
에게 베니스는 항상 꿈속에서 보는 세계처럼 비현실적이고 초현실적
인 것이었다. 베니스라는 도시가 분명 지도 위에 있다는 사실을 알고
있었고 그림이나 사진으로 자주 보아 왔지만, 그것은 항상 너무나 먼
곳에 있고 너무나 아름답고 또 환상적으로 바다 위에 둥실 떠 있어서,
보통 사람들이 살고 있는 일반 도시 같아 보이지는 않았다. 동화 속의
요술 궁전이나, 옛날 유럽의 어느 왕이 가족들과 함께 사는 거대한 별
장처럼 여겨졌다. 그런데 나는 이번에 베니스에 가서 어째서 셰익스피

어가 이처럼 아름다운 수중 도시를 배경으로 하는 낭만적인 작품에 『베니스의 상인』이라는 지극히 사실적일 뿐만 아니라 살벌하게 들리기조차 하는 제목을 사용하였는지 분명히 알게 되었다.

부끄러운 일이지만 나는 지금까지 학생들에게 이 작품을 가르쳐 오면서 단 한 번도 작품의 제목에 관심을 가져 본 적이 없었고, 그것에 특별한 의미를 부여하지도 않았다. 셰익스피어가 그렇게 썼으면 그만이지 거기에 어떤 의문이 있을 수 있겠는가? 다행하게도 나의 학생 중에서도 이 작품의 제목에 관하여 문제를 제기하여 나를 곤경에 빠뜨리는 학생도 없었다. "선생님, 이 작품의 제목이 어째서 꼭 '베니스의 상인'이어야만 합니까? '베니스의 재판'이나 '베니스의 사랑'이 더 좋지 않겠습니까?"라고 했더라면 나는 별수 없이 얼굴이 붉어지고 꼼짝없이 손을 들어야 했을 것이다. 그러나 그런 학생도 없었을 뿐더러, 그런 똑똑한 질문을 한 학생이 있었다면 그 학생은 오히려 나를 비롯하여 명청하고 공부하지 않는 동료 학생들의 웃음거리가 되었을 것이다. 나는 나의 학생들의 무지와 명청함에 감사하지 않을 수 없다. 그 선생에 그 제자라.

독자들은 『베니스의 상인』을 읽으며 극중 인물인 기독교도 안토니오와 바사니오가 상인이자 무역선의 주인들이라는 사실을 알게 된다. 그러나 우리는 이들에게는 그다지 관심을 보이지 않고, 오히려 기독교인을 지독하게 미워하는 유대인 고리대금업자 샤일록이 안토니오로부터 계약서대로 가슴에 있는 살 한 파운드를 떼어 낼 수 있을 것인지에 관심을 집중한다. 이 희곡을 읽거나 감상하는 한국의 독자들은 비록 그 요구가 비이성적이고 비인간적이라 하더라도 기독교도들 틈에서 미움과 무시를 받으며 살고 있는 유대인 샤일록에게 어느 정도 동정심을 느끼게 된다. 그러나 유대인에 대하여 강한 인종적 편견을 가졌던 셰익스피어 시대의 영국 관객들은 샤일록이 재판에서 저 재산을 몰수당하고 큰 수모를 겪는 것을 보고는 무척이나 고소해하고 즐거워했을 것이다.

『베니스의 상인』을 가르치면서 나에게도 막연하나마 의문이 전혀 없었던 것은 아니다. 기독교도가 절대적으로 많이 살고 있던 베니스에서 유대인 샤일록은 어떻게 그 많은 재산을 소유하고 안전하게 고리대금업도 할 수 있었단 말인가? 그런 환경에서 그는 어떻게 공정한 재판을 기대하였으며, 법정에서, 그것도 처음부터 기독교인으로서 유대인에게 편견을 가지고 있는 포셔 판사가 주관하는 법정에서 자기의 법적인 권리를 그렇게 당당하게 주장할 수 있었단 말인가?

나는 베니스에 가서야 비로소 이 질문에 대한 답을 발견할 수 있었다. 그것은 바로 『베니스의 상인』이라는 작품 제목 속에 숨겨져 있었다. 대부분의 베니스 사람들은 상인이었다. 그들은 지중해 연안을 따라 이탈리아 반도는 물론 유럽, 아프리카, 발칸 반도, 터키에 이르는 광대한 지역에 상권을 가지고 있었다. 이 지역에서 당시 베니스 상인들과 거래를 하지 않는 나라는 없었으며, 베니스 상인들의 손을 거치지 않는 상품도 없었다. 이 베니스 상인들은 돈을 버는 데 너무나 뛰어났고, 인정사정없고 수단 방법을 가리지 않았기 때문에 "베니스 놈들은 돈만 생긴다면 악마하고도 거래하는 놈들"이라는 악명을 얻을 정도였다. 악마하고도 거래를 할 정도라면 유대인이 문제될 리가 없었다. 베니스의 이 악명 높은 상인들은 결과적으로 엄청난 부를 축적하였으며, 오늘날 우리가 베니스에 찾아가 볼 수 있는 바다 위에 세워진 그 엄청난 규모의 돌로 이루어진 궁전, 교회, 광장, 그리고 예술품들은 아이러니하게도 바로 이 악명 높은 베니스 상인들이 축적한 부가 있었기에 가능하였다. '개처럼 벌어 정승처럼 쓴다'는 우리 속담이 바로 베니스의 상인들에 의하여 실천에 옮겨진 것이다. 민주주의가 국민을 위한, 국민에 의한, 국민의 정부라면, 베니스는 상인을 위한, 상인에 의한, 상인의 나라였다.

상인들이 베니스를 부강하게 만들었다면 베니스는 그 대가로 상인들을 철저하게 보호하였다. 당시 베니스는 유럽 최강의 해군을 유지하였으며, 세계 최대의 조선소를 가지고 있었다. 그러나 정작 베니스의 상인들과 시민들을 보호한 것은 베니스의 법률이었다. 국제 무역과 상업이 발전하면서 베니스는 현재의 미국같이 부강한 나라가 되었을 뿐만 아니라, 필연적으로 세계 각국의 인종들이 모여 사는 일종의 국제도시가 되었으며, 동시에 비록 기독교가 주를 이루고는 있었지만 인종이나 종교적 차이가 인정되는 아주 개방적인 도시 국가였다. 이런 다양성에도 불구하고 베니스가 평화와 번영 그리고 자유를 유지할 수 있었던 것은 바로 진보된 베니스의 법률과 이것의 엄격하고 공정한 집행이 있었기 때문이다. 샤일록이 그렇게 법정에서 오만하게 큰소리칠 수 있었던 것도 바로 이런 이유에서였다. 베니스가 지중해의 지배자로서, 유럽인들의 시기와 선망의 대상으로서, 지구 상에서 "가장 평온한 공화국"으로서 천오백 년을 군림할 수 있었던 것은 상업으로 벌어들인 재화와 공정한 법질서라는 두 개의 든든한 주춧돌이 그 밑을 떠받치고 있었기 때문이었다. 미국의 헌법을 만든 사람들이 바로 이 베니스의 법률을 검토하고 연구하였다는 역사적 사실은 결코 우연한 일이 아니었다.

지난주부터 나는 새 학기 준비도 할 겸해서 『베니스의 상인』을 처음부터 다시 읽기 시작하였다. 나는 작품 속 등장인물들과 한 줄 한 줄의 대사, 장면들과 거리의 모습이 실제로 내가 본 베니스 사람들의 풍속, 의상, 표정들과 어우러져 새로운 의미와 모습으로 다가옴을 느꼈다. 그렇게 막연하고 먼 곳의 이야기로만 느껴지던 모든 것들이 아주 친근하고 생생하고 지금도 실제로 일어나고 있는 일로 생각되었다. 그동안 나와 『베니스의 상인』 사이에 놓여 있던 시간적 공간적 거리가 아주 좁혀졌으며, 어느덧 작품뿐만이 아니고 이 작품을 쓴 셰익스피어에게도 한 발 더 성큼 가까이 다가선 느낌이 들었다. 알고 보니 셰익스피어가 이 작품을 쓴 시기는 바로 베니스가 독립된 도시 국가로서 유럽 최고의 정치적, 경제적, 군사적 번영을 누리던 시기였다.

그런데 한 가지 걱정거리가 생겼다. 혹시라도 이제부터 『베니스의 상인』 강의가 나도 모르는 사이에 작품 그 자체보다는 베니스라는 도시 이야기에 치중하게 되지나 않을까 하는 점이다. "저 사람 영문학 교수 맞아? 베니스 관광 가이드 아냐?" 학생들의 수군덕거리는 소리가 벌써 들려오는 것만 같다. 솔직히 말해서 나는 지금 이 시간에도 슬쩍 한 번 보고 온 베니스의 모습을 지워 버리려고 노력해 본다. 그러나 아무 소용없는 일이다. 눈을 감는 순간 베니스는 다시 한 번 꿈속의 도시로 변해 버리고, 한 폭의 그림으로 물 위에 둥실 떠 있는 그 모습과 물속에 거꾸로 비친 그 그림자가 안개 속에서 떠올라 나의 망막 위에 아련히 그 모습을 드러내고, 천 년을 넘게 베니스의 돌을 핥는 그 잔잔한 파도 소리가 다시 고막을 두드린다.

[2001년 3월]

노시인의 초상

그는 붓을 놓을 때를 알고 있었다. 어느 날 그는 전과 같은 정열과 집중력과 고뇌 없이 글을 쓰고 있는 자신을 발견하고는 아쉬운 미소를 지으며 영영 붓을 놓았다.

우리는 그것이 결코 쉽지 않은 결정임을 잘 안다. 시인이 그런 결정을 하기까지는 적지 않은 용기와 지혜가 요구되었을 것이기 때문이다. 시인에게 태양 아래 존재하는 어떤 이유를 내세워 그로 하여금 시를 쓰는 것을 중지하도록 설득하여 보라. 실패할 것이다. 시인은 죽는 순간까지 시를 쓰고 싶어 하며 또 대개는 그렇게 한다.

시간을 내어 이 시인의 시를 읽어 보면 우리는 곧 이 시인이 그렇게 결정하였을 때 지은 미소가 결코 아쉬움에서 나온 것만은 아님을 알 수 있을 것이다. 오히려 그것은 그가 지금까지 이룩한, 비록 양에 있어서는 적지만 남이 넘볼 수 없는 업적에 대한 자랑스러움과 만족을 나타내는 미소였다는 사실을 알게 된다.

이 시인은 지금까지 약 60여 편의 시를 썼다. 그러나 그는 결코 수백 편의 시를 쓴 시인들을 부러워하지 않는다. 당연하다. 우리는 예술 작품에서 중요한 것은 그것의 질이지 양이 아님을 잘 안다.

그렇다고 이 시인은 많이 쓰는 시인들을 무조건 낮게 평가하지는 않는다. 이 세상에는 많이 쓰는 동시에 훌륭한 글을 쓸 수 있는 천재들이 무수히 많다는 사실을 그는 기꺼이 인정하며, 이들 앞에는 무조건 무릎을 꿇고 자기로서는 도저히 그들에게 미치지 못함을 자인하고 절망한다. 그의 절망은 곧 그들에 대한 사랑과 존경 그리고 찬탄으로 바뀌며, 이 시인은 이런 천재들의 글을 읽고 이런 사람들의 벗이 될 수 있다는 사실에 무한한 행복을 느끼는 것이다. 그의 말대로 우리는 아무도 진정한 천재 앞에서 시기나 질투를 느낄 여유를 가질 수 없는 것이다.

신기한 일은 이 시인은 다른 시인들과는 달리 그가 태어나 지금까지 살아온 시대를 한탄하거나 저주하는 일이 별로 없다는 사실이다. 그는 열 살이 되기 전에 아버지와 어머니를 모두 잃고 자신의 표현대로 "제 풀대로" 자라났으나, 어린 시절의 슬픔과 고난은 그로 하여금 세상을 어둡고 우울하게 보도록 만들지 않았다. 그에게는 슬퍼하고 비난할 일보다는 기뻐하고 찬양한 일이 항상 더 많았다. 그도 남 못지않게 불의를 증오하지만 그렇다고 그것을 표현하는 데 우리가 다른 시인에게서 흔히 볼 수 있는 그런 끔찍한 어휘를 사용하지는 않는다. 그는 괴물을 퇴치하는 싸움에 휘말려 그 괴물보다 더 흉악한 괴물이 되는 것은 결코 현명한 일이 아님을 잘 알고 있다.

그는 언제나 혼자이나 결코 외롭지 않다. 그에게는 많은 슬픔은 있으나 불만은 없다. 그는 항상 행복할 수는 없으나 언제나 명랑하다. 추운 거울에도 그의 눈은 꽁꽁 얼어붙은 강의 얼음장 위에 머물지 않고 그 밑에 쉴 사이 없이 힘차게 흘러가는 푸른 강물을 본다. 천국에 계신 그의 부모님들도 그들이 돌보아 주지 못한 아들이 혼자 이처럼 훌륭하게 자라나 이렇게 "햇빛 속에 웃는 얼굴"을 보고는 크게 기뻐할 것이다.

그는 깊은 진리를 쉽고 분명한 말로 힘차게 표현할 줄 안다. 이 시인에게는 진리가 항상 어둠 속에 묻혀 있어야만 할 이유는 없다. 그는 우리가 무엇을 좋아하려면 먼저 그것을 잘 이해할 수 있어야만 한다고 생각하나 보다.

이 시인은 자기 일생에 어린이들을 위한 좋은 시 몇 편 남긴 것을 크게 자랑스럽게 생각한다. 그가 누구든 진정한 시인이라면 마땅히 자기 재능의 일부를 어린이를 위하여 바칠 의무가 있다고 그는 말한다. 그는 시인이 자신의 어린 시절을 완전히 잊고 있다면 시인으로서만이 아니고 하나의 인간으로서 이미 죽은 사람이라고 단언한다. 그러고 보니 이 시인은 아직도 여러모로 어린아이 같다. 이미 팔십이 훨씬 넘었지만 여전히 호기심이 많고 장난기가 넘치는 어린아이이다.

그는 대단히 종교적인 사람이긴 하지만 특별히 신봉하는 종교는 없다. 그는 지금까지 살아오면서 한순간도 이 지구 상에 살고 있는 자신의 존재 의미와 모든 생명의 신비 앞에 오만한 적이 없었으며, 이 의미와 신비를 캐내는 노력에 싫증이 난 적이 없었다고 고백한다. 그에게 있어서 신은 아버지와 같은 존재다. 아버지는 누구나 자기 자식들을 끔찍이 사랑하고 도와주려고 하는 존재임에는 틀림없으나 우리의 아버지들이 그러하듯이 그도 비록 해주고는 싶어도 능력이 모자라 못해 주시며 그래서 가슴만 아파하는 존재일 것이라고 말한다. 우리가 할 일은 이런 아버지에게 이것저것 너무 많이 해 달라고 졸라 대어 그를 슬프게 만들지 않는 것이 아니겠느냐는 것이다.

이 시인이 가장 좋아하고 이 시인을 가장 신나게 만드는 일이 있다면 그것은 남과 이야기를 하는 일이다. 그는 어떤 종류의 이야기에도 진지하고 비상한 흥미를 보이며, 그 이야기에 항상 새로운 의견과 통찰력을 보탠다. 그에게 재미없는 소재는 없으며, 그런 것이 있다면 그는 그것을 재미있는 것으로 만드는 방법을 알고 있다. 그에게 침묵은 결코 덕이 될 수 없으며 겸손의 표시도 아니다. 그것은 오히려 경험과 지식의 빈곤, 둔한 머리, 그리고 정서의 고갈을 말해 주는 증거가 된다. 그에게 침묵이 금이 되는 경우는 아주 드물다.

잘 다듬어진 금강석 같은 그의 시들을 꿰뚫고 흐르는 공통된 주제가 있다면 곧 짧은 인생에 대한 깊은 비애이며, 이것은 우리의 사랑도, 아름다움도, 그리고 모든 욕망도 결국에는 헛된 물거품으로 만들어 버리는 피할 수 없는 죽음에 대한 인식에서 기인하며, 이 죽음이 결코 먼 곳에 있는 것이 아니고 바로 우리 앞에 닥쳐 있다는 사실에서 연유한다. 그는 "석양에 불타는 핏빛 단풍"처럼 강렬하게 정열적으로 살고 싶어 하나 그 단풍이 어느덧 "바람에 불려서 떨어지고, 흐르는 물 위에 떨어지는" 것을 보고 슬퍼한다.

그는 21세 되던 해 어느 날 자살을 시도해 본 적이 있었다. 다행히 그는 살아남아 지금의 노년에 이르게 되었다. 지금도 가끔 그는 어리석은 짓이라고도 할 수 있고 비겁한 짓이라고 할 수 있는 그때 그 일을 회상하고는 죽지 않고 살아남아 그동안 5월의 신록을 무려 60번 이상이나 더 바라보게 된 사실에 대하여 무한히 감사하고 있다.

이 시인이 가고, 이 시인을 잘 알고 기억하고 있는 우리 모두가 가버리고 나면 그의 조그만 한 권의 시집만이 남아 깊은 바닷속에 있는 『산호와 진주』처럼 소리 없이 빛을 발하게 될 것이다. 지극히 행운이 있는 극소수 사람들의 손에 이 보석 상자는 들어가게 될 것이며, 그들이 이 상자를 열었을 때 그의 아름다운 시들은 마치 형형색색의 찬란한 보석들처럼 빛날 것이다. 그러나 불행한 일이지만 그들은 결코 이 시인이 쓴 가장 아름다운 시는 볼 수 없을 것이다. 그것은 그 시집 속에는 없다. 이 시인이 쓴 가장 아름다운 시는 바로 시인 자신의 그 눈빛, 그 웃음소리이기 때문이다.

[1990년 9월]

유언

사랑하는 나의 아이들아, 지금까지 이 아버지는 앞으로 다가올 일에 대하여 항상 미리 준비하고 대비하는 것이 누구에게나 중요하다고 틈틈이 너희들에게 일러 왔다. 이제 나도 유언을 남겨 만약의 사태에 대비하고자 한다. 혹시 너희들로서는 아직 때가 너무 이르지 않은가 생각할는지도 모르겠다. 사실은 나도 얼마 전까지만 하여도 그렇게 생각했었단다. 그러나 며칠 전 멀쩡하던 나의 친구 하나가 갑자기 세상을 떠나는 것을 보고 생각을 고쳐먹게 되었다.

사실을 말하자면 나도 이제는 예전의 내가 아니다. 아직 눈이 침침하다거나 정신이 멍하다고까지는 말할 수 없으나, 분명 전처럼 예리하거나 예민하지 못한 것은 사실이다. 음식도 이제는 전처럼 많이 먹지도 못하고 소화도 잘 시키지 못하고 있다. 그 맛있던 음식들이 모두 옛날의 그 맛이 아니다. 소파에 앉을 때마다 나도 모르게 "아이고" 하는 신음 소리를 내고, 일어날 때는 대단한 각오와 노력을 필요로 한다. 계단을 좀 올라가면 숨이 차고, 자주 가까운 사람들의 이름이 생각나지 않아 쩔쩔매기도 한다. 어제는 집 전화번호가 별안간 생각나지 않아 크게 당황하기도 하였다. 이런 것 말고도 또 다른 여러 가지 신체적 정신적 변화와 증상들이 싫어도 나의 나이를 인정하도록 강요하는구나.

그리고 내년이면 내 나이 61세, 즉 인생의 한 고비라는 회갑을 맞이하는 이 마당에 있어서 나는 나 자신의 삶을 되돌아보고, 동시에 나의 재산을 너희들에게 분재하여 줄 공평하고도 현명한 방법을 생각해 볼 수 있는 조용한 시간이 갖고 싶어졌다. 부모로서 자식들에게 자기 재산을 공정하고 공평하게 분재하는 일은 재산을 모으는 일만큼이나 어렵고도 중요한 일이라는 것을 이 아버지는 경험을 통하여 잘 알고 있단다. 그것이 많든 적든 간에 남긴 재산을 어떻게 하라는 분명한 의사 표시 없이 부모가 세상을 떠난 경우, 그 부모의 재산은 살아 있는 형제나 자매 그리고 가족들 사이에 두고두고 커다란 불화의 불씨가 되는 경우를 너무나 자주 보아 왔기에, 나는 나의 정신적 육체적 기능이 누가 보아도 이처럼 믿을 만하고 특히 기억력이 온전하다고 판단되는 이 때 미리 유언을 남기기로 작정하였다. 그리고 이것을 이처럼 여러 사람들이 읽을 수 있도록 여기에 공개하는 이유는 내가 이 세상을 떠나고 없을 때 혹시라도 내가 남겨 놓은 재산을 놓고 어떤 분쟁이 발생하였을 때 이 글의 독자들이 모두 증인이 되어 줄 것을 기대해서이다.

사랑하는 나의 아이들아, 그런데 이런 목적으로 나는 시간을 내어 나의 동산과 부동산을 모두 자세히 조사해 보았는데 참으로 유감스럽고 마음 아프게도 너희들에게 남겨 줄 재산이 거의 없다는 사실을 발견하였다. 그 이유는 두 가지. 하나는 이 아버지가 본래 아주 가난한 집안에 태어나 부모로부터 물려받은 재산이 없었기 때문이고, 또 한 가지 이유는 그동안 모은 재산은 모두 너희들 먹이고 입히고 교육시키고 마지막으로 결혼시키는 데 모두 썼기 때문이란다. 요사이 딸 하나 시집보내는 데 적지 않은 돈이 든다는 사실은 너희들도 잘 알고 있을 것이다. 그런데 알다시피 너희들은 셋이 아니냐.

그렇다고 실망하거나 원망을 할 너희들이 아니라는 것을 이 아버지는 잘 알고 있다. 오히려 이미 부모로부터 받은 것에 대하여 한없이 감사하고 기뻐하는 너희들이란 사실을 잘 알고 있다. 당연한 일이다. 우선 무엇보다도 너희들의 삶을 마음껏 즐기면서 살아갈 튼튼한 몸과 건전한 마음을 타고난 데 대하여 감사해야만 할 것이다. 사물을 보고, 느끼고, 깨우치고, 인식하고, 인지하고, 표현할 수 있는 감각과 지각, 정신적, 신체적 능력을 타고난 데 대하여, 그것도 남보다 더 잘 타고난 데 대하여 무한히 감사해야만 할 것이다. 우선 다른 것들은 다 그만두고라도 변함없이 이루어지는 계절의 변화, 피고 지는 꽃, 노랗고 빨갛게 물드는 가을 단풍, 소리 없이 눈 속에 묻혀 가는 나무숲, 갓난아기의 작고 보드라운 손과 뺨, 근심 걱정 아랑곳없는 아이들의 천진난만한 웃음소리, 각양각색의 신기하고 동시에 신비스럽기 그지없는 사람의 얼굴들, 이런 것들을 보고 듣고 느낄 수 있다는 사실 하나만으로도 우선 너희들은 하느님께 고개 숙여 무한히 감사해야 할 것이다.

사랑하는 나의 아이들아, 그런데 이 아버지에게도 너희들에게 물려줄 재산이 아주 없는 것은 아니다. 오히려 그 반대이다. 정작 이 아버지가 소유하고 있는 재산은 그 양과 가치가 너무나 크고 높아서 아마도 너희들이 이 땅 위에 살아 있는 동안 아무리 많이 쓰고 사용하여도 손을 댄 흔적조차 남지 않을 것이다. 사실을 말하자면 나도 이 재산을 모두 부모로부터 물려받은 것인데, 나의 부모들은 살아 계셨을 때 그 재산의 소재와 종류를 나에게 자세히 알려 주지 않은 채로 돌아가셨기에 지금까지 나는 모르고 있었단다. 최근에 와서 정작 너희들에게 무엇인가 남겨 주려 하는 과정에서 내가 이 막대한 재산의 상속자라는 사실을 알게 된 것이다. 이제부터 그 재산 목록을 하나하나 정확하게 너희들에게 일러 주겠으니 주의 깊게 듣고 잘 기억해 두기 바란다.

우선, 나는 너희들에게 똑같이 그리고 공평하게 자연의 부와 아름다움을 물려주기로 하였다. 여기에는 우리가 현재 살고 있는 땅과 바다, 하늘과 강, 그리고 여기에 속한 모든 부수적인 재산과 재물이 포함된다. 그런데 이 기회를 빌려 나는 너희들에게 한 가지 용서를 빌 일이 있단다. 나는 조상으로 물려받은 이 성스러운 재산을 그렇게 잘 보존하지 못하였으니 말이다. 불과 50여 년 전 나에게 이 재산이 넘겨져 왔을 때 자연은 지금보다 훨씬 더 좋은 상태였지. 그런데 나는 가난해서, 무지몽매하여, 그리고 눈앞의 욕심에 눈이 어두워 이 재산의 상당 부분을 훼손하였고, 남용하였고, 낭비하여 버렸단다. 이 자연의 아름다움과 순결함을 마구 파괴하고 손상한 데 대하여 나는 이 자리를 빌려 너희들에게 가슴 깊이 용서를 비는 바이다. 그러나 내가 굳게 바라고 믿는 바 이 자연은 너희들이 이제부터라도 조금만 정성스럽게 가꾸고 관심을 가지고 돌보아 주기만 한다면 곧 그 본래의 영광과 순결함과 화려함을 되찾게 될 것임은 엄연한 사실이며, 너희들은 이렇게 되찾은 천부의 재산을 때가 오면 자랑스럽게 너희들의 후손에게 고스란히 물려줄 수 있을 것이다. 우리가 이 세상에 태어난 중요한 뜻과 목적 가운데 하나는 좀 더 나은 세상을 후손에게 물려주는 일이다.

다음으로, 이번에는 눈곱만큼의 사과나 용서를 비는 일 없이 이 아버지가 오직 커다란 자신과 자부심을 가지고 너희들에게 물려줄 재산은 예술이다. 나는 너희들에게 공평하고 공정하게 이 지구 상의 위대한 화가들의 그림들과 함께 그들이 남겨 놓은 아름다운 색채와 조형의 세계를 분배하겠다. 위대한 음악가들이 남겨 주고 간 오묘한 소리의 세계를 나누어주겠다. 인간이 겪는 비극적 고통과 인내, 그리고 희망의 세계를 아름답게 보여 주는 위대한 문학 작품들을 나누어주겠다. 사랑하는 나의 아이들아, 이 아버지는 지금까지 이 위대한 예술의 보물들을 힘이 닿는 데까지 찾아내어 마음껏 음미하였지만, 신기하게도 이들의 가치나 분량이 줄어들었다거나 감소된 흔적은 어디에서도 찾아볼 수 없었다. 이 예술 작품들이야말로 영원하고 영구한 즐거움의 샘물로서 이 샘물을 마시기 위하여 찾아오는 어떤 사람도 결코 실망시키거나 거절하거나 배반하는 일은 없을 것이다.

마지막으로 자연과 예술에 첨가하여 한 가지 더 이 아버지가 너희들에게 물려줄 귀중한 재산 목록이 있단다. 따지고 보면 이 재산은 위에 언급한 두 가지보다 훨씬 더 중요하고 동시에 귀중한 것이며, 이것이 없이는 앞에 언급한 두 가지 재산의 가치나 의미도 그 기반을 상실할 수도 있다고 하겠다. 그렇기 때문에 더욱더 주의 깊게 나의 말을 기억해 다오. 나는 너희들에게 공평하게 그리고 공정하게 가정과 사회생활에 따른 권리와 의무를 물려주고자 한다. 여기에 부수하여 사랑과 결혼 생활의 환희와 행복, 부모가 되는 즐거움, 자신의 배우자와 연장자들에 대한 사랑과 존경심, 친구를 갖는 즐거움, 그리고 오래전부터 내려오는 전통과 관습을 지키고 존중하는 마음을 나누어주고자 한다. 부디 아끼고 간직하고 키워 나가기 바란다. 이보다 더 크고 고귀한 재산은 없을 것이다.

사랑하는 나의 아이들아, 이제 나는 할 말을 다 하였다. 이제 너희들은 새삼스레 부모로부터 물려받은 재산이 참으로 크고 많다는 엄연한 사실에 놀랐을 것이다. 이것들은 너희들이 일생 동안 마음껏 쓰고도 남을 양이다. 너희들이 아무리 많이 사용한다 하더라도 결코 어느 하나도 다 소비하지는 못할 것이다. 이 귀중한 재산들은 잘 쓰고 현명하게 보존하기만 하면 은행에 맡겨 놓은 돈이 시간이 가면서 이자와 함께 그 원금도 늘어나듯이 점점 더 불어날 것이다. 부디 행복하게 살아주길 바란다. 그러나 불행한 일이 일어나거든 그때는 용기를 내어 명랑한 마음을 갖도록 노력하여라. 행복하지는 않더라도 사람은 누구나 의지로 명랑하고 낙천적으로 될 수 있는 것이다. 슬플 때는 마음껏 울어라. 그러나 그 슬픔이 제아무리 크고 강력한 것이라 하더라도 결코 너희들의 좋은 능력과 재능, 그리고 무한한 가능성 모두를 송두리째 점령하거나, 지배하거나, 파괴하도록 내버려 두어서는 안 될 것이다. 지상에서의 우리의 삶은, 그것이 누구의 것이고 어떤 종류의 것이라 하더라도, 영원한 침묵의 시간 속에서는 단지 한순간에 지나지 않는다는 진리를 너희들이 깨닫게 되기를 나는 간절히 기도한다.

[1999년 5월]

3

화살과 노래

친구

사람은 누구나 살아가면서 많든 적든 친구를 사귀고 갖게 된다. 부모, 형제자매, 그리고 일가친척 다음으로 우리의 삶 속에 의식적으로 노력하지 않아도 자연스럽게 생겨나는 것이 친구다. 우리는 집 밖에 나가 놀기 시작해서부터 몸이 늙고 쇠약해져서 자리에 눕는 날까지 이런저런 사람들을 만나고, 함께 시간을 보내게 되며, 이러는 사이에 이들 가운데 몇몇 사람과는 특별히 가까워지고 또 각별한 정서적 유대감을 느끼게 된다. 소위 우정이란 것이 생겨난다. 혈연으로 얽힌 가족이나 친척 사이에 필연적으로 존재하는 의무나 위계의 속박으로부터 해방된 이 우정은 마치 들에서 자라는 야생화처럼 자유롭고 끈질기고 아름답게 피어난다.

인생의 어느 단계에서든지 친구가 있다는 것은 여러모로 좋은 일이다. 어렸을 때 함께 놀고 장난치고 재미있는 시간을 갖는 데 친구는 필수 불가결한 존재이다. 학교를 졸업하고 취직을 하고 결혼을 하고 자녀를 갖게 되고 나이 들어 퇴직을 하고 나서 집에서 한가하게 지낼 때도 친구는 계속 필요하다. 몸이 늙어 거동이 자유롭지 못할 때도 소수의 말동무는 필요하다. 집들이를 하는 날에도, 아기 돌잔치에도, 자녀 결혼식에도, 부모의 회갑연과 장례식에도, 당신의 환갑잔치에도 친구들이 구름처럼 몰려와 축하를 해 준다면 당신의 삶은 성공적이라고 말해도 무방하다. 당신이 죽어 장례를 치를 때 장지까지 동행해 주는 친구 몇 명만 있다면 당신의 삶은 결코 헛되지 않았다고 말할 수 있다.

친구는 거저 생기는 것이 아니다. 친구로서 당신이 해야 할 의무도 적지 않다. 귀중한 시간과 정성을 들이고, 때에 따라서는 돈도 써야만 한다. 친구가 어떤 심리적 고통이나 슬픔에 싸여 있을 때는 직접 찾아가거나 전화로라도 위로를 해 주어야만 한다. 친구가 승진을 하였거나 시의원에 당선되었을 때는 축하 전화를 하거나 축전을 보내거나, 경우에 따라서는 손수 화분을 들고 찾아가 축하해 주어야만 한다. 친구가 병원에 입원하였을 때는 문병을 가야만 한다. 친구의 애경사에는 필히 경우에 알맞은 예의를 표시하여야만 한다. 친구가 직장이 없어 놀고 있을 때는 직장을 얻도록 도움을 주어야만 하며, 경제적 어려움에 처해 있을 때는 떼일 위험이 있겠지만 얼마간 돈도 꾸어 주어야만 한다. 당신이 진정한 친구라면(동시에 세상 물정을 모르는 순진한 사람이라면) 한 채뿐인 당신의 아파트를 날릴 위험을 무릅쓰고 친구를 위해 재정 보증도 선뜻 서 주어야만 한다.

그렇기 때문에 자고로 친구 많은 사람이(다시 말해서 친구 좋아하는 사람이) 어렸을 때는 공부를 소홀히 한다거나, 커서는 가정에 소홀하다는 비난에도 일리는 있다. 이런저런 이유로 친구가 많은 사람은 의리 있는 사람, 좋은 사람, 자기보다는 남을 더 생각하는 사람, 통이 큰 사람이라는 칭찬 이외에, 놀기 좋아하는 사람, 실속 없이 항상 바쁜 사람, 바보, 멍청이라는 비난도 받는다. 친구 많은 사람치고 마누라에게 좋은 소리 듣는 사람은 아주 드물다.

친구는 언제 어디서나 사람들이 서로 만나는 곳에서 생겨나기 마련이지만 그래도 우리가 거치게 되는 각급 학교들이 ― 유치원에서 시작하여 대학까지 ― 아마도 이 친구와 우정의 주 생산지가 아닌가 한다. 학교를 졸업하고 나서 서로 뿔뿔이 헤어져 있게 되어도 학교 친구들, 소위 동창생들의 얼굴이나 신체적인 특징, 성격 등은 오래오래 우리의 기억과 마음속에 졸업 사진첩과 함께 남게 된다. 그러나 시간의 흐름과 함께 필연적으로 쇠퇴하는 우리의 기억력과 우정을 계속 유지하고 발전시킴과 동시에, 이 세상을 살아가는 데 필요한 실제적이고 실질적인 목적을 달성하기 위하여 생겨난 것에 동창회란 것이 있다. 우리는 원하든 원치 않든 대부분 어떤 동창회의 일원이며, 일정한 액수의 동창회비를 정기적으로 내고, 수시로 특별한 액수의 기부금을 내도록 독촉받는다.

동창회에서는 일정한 간격으로 동창들의 최근 주소와 전화번호, 그리고 근황을 알려 주는 동창회 수첩이나 회보를 발간하여 배포해 준다. 우리는 일 년에 한 번 내지 두 번 열리는 동창회 모임에 가급적 빠지지 않으려고 노력한다. 해마다 연말이 되면 동창회 주최 망년회가 있게 마련이고, 이때 우리는 서로 만나 반갑게 악수를 교환하고 등도 두드려주면서 안부를 묻는다. 명함을 교환하는 절차 또한 빼놓을 수 없는 중요한 일이다. 우리는 함께 마련된 저녁을 먹고, 술도 마시고, 함께 노래도 부르고 춤도 춘다. 이처럼 우리는 한번 맺어진 우정의 불꽃을 꺼뜨리지 않으려고 지대한 노력을 경주한다.

망년회가 있는 날 저녁 늦게 집에 도착하면 나는 으레 그날 받은 명함들을 책상 위에 털어놓고는 명함의 종류와 용도에 따라 분류하고 정리하는 작업에 몰두한다. 친구의 이름과 얼굴을 다시 확인하고, 이 친구가 누구인지, 현재 어디에 있는지, 또 무슨 일을 하고 있는지를 잘 기억해 둘 필요가 있기 때문이다. 우선 경찰관 친구의 명함이 눈에 띈다. 잘 보관해야만 된다는 생각이 든다. 음주 운전을 하다가 걸리게 되면 이 친구의 도움이 절대적으로 필요하다. 서울 어느 경찰서 무슨 과에 근무하는지 다시 확인한다. 다음으로 중요한 명함은 치과 의사를 하는 친구의 것이다. 현재 어금니 두 개가 썩어 흔들거리고 있는 나의 처지에서 이 친구보다 더 중요한 사람은 없다. 이웃 가까운 곳에도 치과는 있지만 낯모르는 치과 의사에게 무턱대고 찾아갔다가는 바가지 쓸 위험이 다분하다. 동창 치과 의사라도 친구이긴 하지만 돈은 받을 것이다. 그러나 최소한도 생니를 뽑거나 바가지를 씌울 가능성은 적다고 믿어진다. 또 누가 알랴? 치료가 모두 끝나고 나서 돈을 내려고 고집하여도 친구 사이에 무슨 돈이냐, 친구 좋다는 것이 무엇이겠느냐 등의 말과 함께 정말 돈 받기를 거절할지.

이번에는 항공사에 있는 친구의 명함이다. 이번 여름 미국에 잠깐 다녀올 일이 있는 나로서는 이것도 아주 중요하다. 아는 사람들은 알겠지마는 비행기 표라는 것이 여름 휴가철에는 돈을 주고도 사기 어려운 물건이다. 은행 지점장으로 있는 친구의 명함도 잘 챙겨 두어야만 될 것 같다. 이 친구는 미리 만나 점심이라도 한번 사는 게 좋을 것 같다. 아무리 요사이 은행에서 돈 빌리기가 쉽다고 하지만 그래도 가장 값싼 이자로 유리하게 목돈을 빌려야만 할 때는 이 친구의 도움이 절실할 것이다. 항상 거드름을 피우는 대학교수 친구의 명함도 오늘은 특별히 예뻐 보인다. 이번 가을 아들 녀석의 결혼식이 있기 때문이다. 그렇지. 결혼식 주례는 그저 대학교수라는 직함이 제격이지.

서울에서 이름난 종합 병원에 외과 의사로 있는 친구의 명함 또한 각별히 잘 보관할 일이다. 지금 당장은 아니지만 혹시 누구라도 입원을 하게 되는 날에는 이 친구의 도움이 필수적이다. 변호사, 판사, 국회의원 하는 친구들의 명함도 잘 보관하다 보면 쓸 날이 있을 것이다. 이런 영향력 있고 높은 자리에 있는 친구들을 가지고 있다는 사실에 은근히 목에 힘이 들어감을 느낀다. 친구 좋다는 것이 무엇인가? 어려울 때 서로 돕는 것이 우정이 아닌가? 우정이여 영원하여라! 한번 친구는 영원한 친구다. 친구 만세!

아니지. 동창회에 가서 너무 많이 마신 위스키 때문에 순간적이나마 내가 좀 냉정함을 잃었나 보다. 우정은 영원한 것이 아니다. 한번 친구가 영원한 친구가 될 수 없다. 친구는 계절처럼 오고 가는 것이다. 우정은 하늘에 떠 있는 달처럼 늘어나기도 하고 줄어들기도 한다. 술맛처럼 그것은 수시로 마시는 사람의 기분에 따라 변하기도 한다. 벚꽃처럼 화려하게 피어날 때가 있는가 하면, 시들어 바람에 날리고 땅에 떨어져 아주 없어져 버리기도 하는 것이 친구요 우정이다.

우정이 그 강도나 친밀도에 있어서 처음처럼 아무런 변화 없이 오래 계속되는 경우는 오히려 드물다. 우정은 우리가 처하게 되는 예측 불허의 처지나 사정에 따라 수시로 변한다. 시간과 장소에 의하여 오래 그리고 멀리 서로 떨어져 있는 상태는 우정을 불가능하게 만든다고 단정할 수는 없겠으나, 분명히 그런 상황은 우정의 의미를 현실적으로 무의미하게 만든다. 친구란 자주 만날 때 친구다. 우리 삶에 오랫동안 만나지 않은 옛 친구를 아주 오랜 시간이 흐른 후 만났을 때처럼 어색한 일은 없다. 자주 얼굴을 대하지 않으면 마음도 자연히 멀어진다.

친구가 당신을 괴롭히는 귀찮은 존재로, 당신을 난처하게 만드는 아주 창피한 존재로, 당신의 갈 길을 가로막는 방해물이나 경쟁자로, 사기꾼으로, 배반자로, 범죄자로, 그리고 당신의 가장 큰 적으로 변해 버리는 경우도 허다하다. 로마의 영웅 줄리어스 시저는 가장 친한 친구 브루투스의 칼에 찔려 죽었다. 우리나라의 박정희 대통령은 그의 친구이자 충실한 부하였던 김재규의 총에 맞아 죽었다. 항상 견원지간인 전 김영삼 대통령과 현 김대중 대통령도 한때는 서로 돕는 친구였다. 현재 나라를 온통 떠들썩하게 만들고 있는 각종 '게이트'에 연루된 범법자들 대부분은 모두가 같은 고등학교를 졸업한 절친한 고향 친구들이다. 나의 고등학교 친구 하나는 친구의 돈을 빌려가 떼어먹고 해외로 도망갔을 뿐만 아니라 도망갈 때는 친구의 마누라까지 동행했다고 들었다. 며칠 전 나의 사무실에는 나의 초등학교 동창생이라고 우기는 낯선 친구 하나가 50년 만에 예고 없이 방문하여 이미 집에 있다고 말해도 막무가내로 나에게 엄청난 가격의 정수기를 한 대를 떠맡기고 돌아갔다. 이건 친구가 아니다. 동창생도 아니다. 강도다.

[2002년 4월]

148

교수와 연구실

내가 재직하고 있는 대학의 가정과 여교수 한 분이 지난주 암으로 55세에 별세하였다. 정년까지는 10년이나 더 남은 나이다. 이 교수의 사망 소식은 같은 대학에 재직하는 동료 교수 모두에게 커다란 충격을 주었다. 왜냐하면 이분은 자신이 암에 걸렸다는 사실은 물론 방학 중에 수술을 하였다는 사실도 비밀로 하여 아무에게도 알리지 않았으며, 심지어 같은 학과 교수들조차도 사망 소식을 접하고 난 후에야 비로소 그간의 사정을 알게 되었기 때문이다. 우리는 모두 문상을 가 고인의 갑작스러운 죽음을 애도하였다. 이분과 사무실 벽 하나를 사이에 두고 20년이 넘게 거의 매일같이 적어도 하루 한 차례 인사를 나누어 온 나는 남다른 허망함을 느꼈다. 이분의 사무실은 장례식이 치러진 지 약 일주일이 지난 지금까지 아직 아무도 손을 대지 않은 채 생전 그대로의 모습으로 남아 있다.

　며칠 후 어느 날 아침 이 여교수의 사무실을 청소하던 청소부 아주머니는 아주 이상한 표정으로 나를 찾아와 다음과 같은 이야기를 했다. 청소부 아주머니는 항상 하던 대로 그날도 사무실 문을 열고 들어가 주인 없는 사무실이지만 정성스레 바닥에 걸레질을 하기 시작하였다. 그때 뒤쪽에 누군가가 서 있는 듯한 느낌이 들어 고개를 돌리자 거기에는 고인이 된 여교수가 평상시 익숙한 복장과 태도로 서 있다가는 곧 사라졌다는 것이었다. 여교수의 죽음에 대하여 막연하게 알고 있었던 아주머니는 나에게 찾아와 사실을 확인하고는 크게 당황하였다. 나는 여교수의 갑작스러운 죽음이 틀림없이 우리 모두의 마음속에 커다란 충격을 준 것이 틀림없으며, 그런 우리의 마음이 그런 결과를 가져오지 않았겠느냐고 아주머니를 진정시키고 안심시켰다. 아주머니는 믿을 수 없다는 듯이 계속 고개를 갸우뚱거리면서 나의 사무실을 나갔다.

　지금 이 시간 내 마음을 무겁게 만드는 것은 고인의 유령이 아니라 고인이 떠나기 전에 자기 사무실에 남겨 놓은 물건들이다. 고인은 생전에 그처럼 오랜 시간 자기가 아끼고 사랑하던 물건들을 손수 챙길 사이도 없이 떠나 버렸다. 고인 자신도 아마 자신이 그처럼 갑작스레 세상을 떠나게 되리라고는 짐작하지 못하였던 것 같다. 겨울 방학 기간 내에 수술을 하였고 새 학기의 시작과 함께 안식년 휴가에 들어갔으니 그동안 학교에는 나올 필요가 없었다. 이제 곧 언제라도 낯선 사람들이 들이닥쳐 사무실 안에 있는 물건들을 마구 뒤지고 헤치고 쑤셔서 일부는 어디론지 가져갈 것이고 나머지 대부분은 쓰레기로 처분될 것이다. 그분의 혼령이라는 것이 있다면 아마도 자신의 프라이버시가 그처럼 무자비하게 유린되고 파괴되고 침범되는 사실을 가슴 아파하셨을 것이다. 그분이 아직도 그곳을 서성이는 이유가 있다면 아마 그런 이유일 것이다.

대학교수가 되어 보겠다는 꿈을 가진 사람들에게 사무실이 하나 주어진다는 사실은 그들의 야망과 오랜 노력, 그리고 성공의 상징적이며 동시에 현실적인 보상이다. 대학교수가 된다는 것은 매달 그 대학으로부터 꼬박꼬박 월급을 받는다는 사실 이외에 자기만이 자유롭게 사용할 수 있는 사무실(우리나라 대학 사회에서는 언제부터인지는 알 수 없으나 사무실을 '연구실'이라고 높여 부르고 있으며, 또 이제 와서는 크게 거부감 없이 일반적으로 통용되고 있다) 하나를 차지하게 되었다는 의미이기도 하다. 이 조그만 공간은 필요에 따라 조교들과 공동으로 사용하는 경우도 있기는 하지만 어디까지나 사무실의 주인은 교수다. 이 사무실의 임대 기간은 보통 25년에서 35년 사이로서 사회의 다른 직장인들의 임대 기간보다 훨씬 길다.

사람이 이처럼 한 장소에서 오랜 세월을 보내고, 결과적으로 그 장소에 대하여 많은 애정과 애착을 가지게 되면, 그 사람이 죽은 후 최종적인 정착지로 떠나기 전 얼마 동안 남의 눈에 띄든 띄지 않든 간에 그곳에 잠시나마 되돌아와 머뭇거릴 것이라는 가정은 나의 현재 입장으로 보아 쉽게 상상할 수 있는 일이다. 결코 이상한 일도 아니다. 아마 나도 그럴 것이다.

해마다 새 학기가 되면 대학에서는 젊은 교수들이 새로 들어옴과 동시에 몇몇 노교수들은 정년을 맞이하여 은퇴를 하게 된다. 은퇴를 하는 교수들은 당연히 그동안 마음껏 사용하여 온 사무실을 비워 줘야만 한다. 그런데 이 일이 말처럼 쉽게 이루어지지 않는다. 나의 오랜 경험과 관찰에 의하면 교수들은 그 높은 지능과 깊은 학식에도 불구하고 이 사무실 비워 주는 일에 있어서 아주 상식 이하의 행동을 보여 준다. 그도 그럴 것이 교수들은 그동안 하도 오랫동안 이 공간을 무료로 자기 마음대로 사용하여 왔기 때문에 어언간 사무실은 사무실 본연의 의미는 이미 오래전에 사라졌고, 사무실은 그들의 아파트처럼 하나의 사유물이 되어 버렸다. 교수들은 어느 때까지 사무실을 비우라는 학교 당국의 공문서를 앞에 놓고는 갑자기 의기소침해지고, 심사가 사나워지기도 하며, 애꿎게 힘없는 조교들에게 고약한 심통을 부리기도 한다.

　이해가 되지 않는 바도 아니다. 그것이 크건 작건, 초라하건 화려하건, 사무실이란 사람들이 일하는 일터만이 아니다. 사무실은 단순한 일터 이상이다. 그것은 그 할당된 공간을 차지하고 있는 사람의 사회적 신분, 지위, 성공, 권위의 상징이기도 하다. 사람이 세상에서 출세하면 출세한 만큼 그에게는 더 크고 좋은 사무실이 배당된다. 회사에서 중역과 하위직 사원을 구별 짓는 가장 뚜렷한 증거는 그들이 차지하고 있는 사무실의 크기와 위치다. 내가 근무하고 있는 대학의 총장실과 나의 사무실은 그 크기와 웅장함에서 비교가 되지 않는다. 미국 부시 대통령도 그가 일하는 백악관의 집무실이 없이는(대통령의 사무실은 '집무실'이라고 높여 부르는 것이 통례이다) 상상할 수 없는 일이며, 마찬가지로 우리 김대중 대통령도 청와대의 봉황새가 새겨진 사무실의 책상과 걸상이 없다면 그 권위가 반감된다. 사람의 세속적인 성공을 가늠하는 방법이 여럿 있겠지만 그가 차지한 사무실의 크기와 위치, 그 속에 들어간 집기들의 가격과 화려함도 하나의 좋은 척도가 될 수 있다.

교수가 연구실을 잃는다는 사실은 단순히 그의 일터를 잃어버리는 것만이 아니다. 그것은 그가 지금까지 누려 온 모든 특권을 잃는 것이다. 그동안 공짜로 사용하여 온 서재, 도서관, 연락처, 휴식 장소, 그리고 피난처를 잃어버림과 동시에, 그동안 누려 온 교수의 신분도 잃게 되고, 아무것도 아닌 신세가 된다. 그는 이 피할 수 없는 엄숙한 명령 앞에서 주저하고, 원망하고, 슬퍼하고, 가슴 아파하고, 남몰래 울기도 한다.

잘 알 수 없고 분명하지 않은 이유로 교수들은 사무실 비워 주는 일을 차일피일 미루다가 마침내는 대학 사회의 가장 적합한 이사 철인 방학 기간을 그냥 슬쩍 넘겨 버리고 새 학기를 맞이하기도 한다. 이런 사람들은 대개가 아주 고명한 분들로서 그들의 이름이 대학 내에는 물론 일반 사람에게까지도 잘 알려진 분들이다. 이들은 아마도 막연하게나마 자기들은 너무나 귀중한 사람들이고, 그동안 학교에 공헌한 바가 지대하기 때문에 학교 당국에서 자기들만은 예외로 하여 주기를 은근히 바라는 눈치다. 이들은 정년퇴직을 하고 나서도 사무실에는 집착한다.

이런 지연작전은 또 다른 문제를 야기한다. 이런 경우 이사를 들어올 사람은 새로 부임한 신참 교수가 아니라 같은 학과에 있으면서 항상 이 사무실에 자주 들러 커피도 함께 하면서 학문을 논하던 자기 다음으로 고참인 절친한 동료 교수다. 그는 그동안 이 사무실에 자주 놀러 오면서 이곳이 자기 사무실보다 넓고 전망이 좋다는 사실에 오래전부터 눈독을 들여 온 터이다. 이제 드디어 때가 와서 자기가 차지할 차례인데 주인이 선뜻 방을 비워 줄 생각을 하지 않으니 기막힌 노릇이다. 화가 치밀고 당장이라도 방 빼라고 호통을 치고 싶지만 그 또한 점잖은 대학 사회에서 어려운 일이다. 그는 이런저런 방법을 모두 동원하여 압력을 넣어 보지만 번번이 실패한다. 새 학기가 시작되자 드디어 더 이상 참을 수 없어 집에 전화를 건다. 해당 교수는 해외에서 열리는 세미나에 참석차 부인과 여행 중이란다. 사무실 열쇠가 없으니 속수무책이다.

결국 학교 당국이 분쟁 해결에 나서게 된다. 어느 날 갑자기 험악하고 우락부락하게 생긴 장정들이 들이닥쳐 자물쇠를 부수고 들어가(전 주인은 으레 열쇠와 함께 사라진다) 사무실 안에 있는 물건들을 모두 꺼내 복도에 산더미처럼 쌓아 놓는다. 이후 며칠간 이 복도를 오가는 사람들은 뜻하지 않은 쓰레기로 이루어진 보기 흉하고 서글픈 인간의 끝없는 욕망의 잔해로 이루어진 특별 전시회를 감상하게 된다.

나도 지난 20여 년이 넘게 서울에 있는 한 대학에서 조그만 사무실 하나를 점유하여 온 사람이다. 이제 퇴직도 몇 년 남지 않은 시점에서 사무실을 하나 비우는 데는 하루 한나절이면 충분하다는 사실을 나는 잘 알고 있다. 그러나 그동안 나의 일생에서 그처럼 오랜 세월 귀중한 시간들을 함께 보낸 이런 정들고 귀중한 장소를 마치 무서운 물건이나 더러운 물건으로부터 피하여 달아나는 것처럼 어느 날 갑자기 훌쩍 허겁지겁 떠난다는 것은 참으로 마음이 좁고 옹졸하고 못난 사람이나 할 짓이다. 내가 이처럼 일찌감치 사무실을 비우는 일에 열을 올리는 이유는 바로 그 어려운 작별을 우아하고, 아름답고 부드럽게 하기 위하여 충분한 시간을 갖기 위함이다.

그것이 작별이건 이사이건 간에 어떤 일을 한 가지 야무지게 잘하려면 항상 충분한 시간을 가지고 해야만 한다. 벽 하나를 사이에 두고 사무실을 썼던 여교수의 갑작스러운 서거가 나에게 가르쳐 준 하나의 교훈은 언제 어느 때고 일말의 유감이나 후회 없이 사무실을 떠날 준비를 갖추고 있으라는 것이다. 그래서 만약에 갑작스레 무슨 일이 일어나더라도 구태여 다시 사무실에 찾아와 무엇을 확인할 필요도 없고, 그래서 순진한 청소부 아주머니를 또 다시 놀라게 하는 일은 없어야만 할 것이다.

[2002년 7월]

화살과 노래

지난 9월 7일 저녁 나는 서울 쉐라톤 워커힐 호텔에서 개최된 어느 화려한 파티에 초청되는 영광과 기쁨을 누렸다. 이 모임은 내가 한때 근무하였던 창덕여자고등학교 23회 졸업생들이 그들의 졸업 30주년을 기념하기 위하여 마련한 것이었으며, 이 행사에 그들은 자기들을 가르친 옛 은사를 몇 명 초청하였는데 나도 그 가운데 한 사람이었다. 이제 갓 50대에 접어든 2백여 명의 나이든 제자들이 드넓은 홀을 가득 메웠다. 그들은 옛 스승들을 쉽게 알아보았지만 나는 그렇지 못했다. 그도 그럴 것이 이제 이들은 30여 년 전 교복을 입은 10대 소녀들이 아니었다. 이들은 모두 화려한 옷을 마음껏 차려입고 나타난 인생의 절정기에 있는 아름답고 매력이 넘치는 여인들이었다.

시간이 이들에게 가져온 그 엄청난 변화를 보는 순간 나는 나 자신의 눈을 믿을 수 없었다. 이 수많은 여인들 사이에서 처음 얼마간 나는 약간 불안하고 어색함조차 느꼈다. 그러나 약 세 시간 동안 계속된 행사와 식사, 그리고 준비된 여흥이 끝났을 때쯤 되어서는 그간 서로 떨어져 살면서 생겨난 정서적인 거리와 간격은 흔적도 없이 말끔히 사라졌고 우리 늙은 교사들은 어느덧 옛날의 젊은 선생님으로, 이 중년의 여인들은 모두 활기 넘치고 수다스럽고 극성스러운 장난꾸러기 여고생으로 되돌아가 있었다.

행사가 모두 끝난 뒤 나는 내가 담임을 한 반에 속하였거나 꼭 그렇지는 않았더라도 나를 특별히 좋아하였던 몇몇의 학생들, 아니 아줌마들 십여 명에게 붙잡혀 호텔 커피숍으로 갔다. 우리들은 커피 잔을 앞에 놓고 그리움 속에 지난날을 회상하였다. 이들은 그 당시 재미있었고 우스꽝스러웠던 여러 가지 일들을 하나하나 회고하여 나에게 상기시켜 주었다. 이들이 들려주는 에피소드나 사건들 가운데 한두 개는 나도 상기할 수 있었다. 그런데 놀라운 일은 이들이 나에게 생생하게 들려주는 그 이야기나 사건들의 대부분은 완전히 나의 기억으로부터 소멸되어 재생이 불가능하였다는 사실이다. 이런 가운데서도 이들은 나를 난처하게 만들거나 내가 듣고 기분이 나빠할 그런 토픽들은 애써 그리고 현명하게 피하고, 내가 들어서 기쁘고 좋아할 그런 기분 좋은 이야기만 나에게 들려주었다. 나는 다 알면서도 이런 아름답고 현명한 여인들을 한때 가르쳤다는 사실에 행복하였고 또한 자랑스럽게 느꼈다.

그런데 뜻하지 않은 일이 하나 벌어졌다. 지금까지 한구석에 앉아 조용히 얼굴에 미소만 지으며 말 한마디 없이 계속되는 대화를 지켜보고 있던 학생, 아니 여인 하나가 나에게 보여 줄 것이 있다는 말과 함께 느닷없이 핸드백을 열더니 그 속에서 오래된 편지 봉투 하나를 꺼내 테이블 위에 놓았다. 호기심에 가득 찬 다른 여인들의 시선이 순간 이 편지 위에 집중되었다. 봉투에 쓰인 필체로 판단해 볼 때 그것은 내가 쓴 편지가 분명했다. 순간 나는 좀 어색해졌고 나도 모르게 얼굴이 붉어졌다.

내가 기억하는 한 나는 영어 교사로 재직하는 동안 어느 학생에게 개인적으로 편지를 써 보낸 기억은 전혀 없었다. 그리고 교사로서 크게 잘못되었다거나 부끄러운 일을 한 적은 없다고 속으로 자부해 온 사람이다. 그러나 오늘 저녁 이곳에서 확인한 한 가지 분명한 사실은 현재 나의 기억력은 크게 믿을 것이 못 된다는 것이었다. 크게 못 믿을 것이 아니고 전혀 믿을 수 없는 것이었다. 30년 전이라면 나는 그 수많은 아름답고 사랑스럽고 매력적인 그리고 다 큰 여학생들 사이에 포위된 나이 채 서른이 되지 않은 총각 선생이었다. 나는 이 학생에게, 아니 이 학생 말고도 다른 학생에게도 이상한 내용이 담긴 편지를 써 보냈을 수도 있는 노릇이었고, 시간이 많이 지났다고는 하지만 그 내용이 공개되는 날에는 지금이라도 나를 크게 망신 줄 수 있는 일이었다. 이 여인은 이런 편지가 집에 몇 장 더 있다고까지 말하였다.

나는 봉투 속에 접혀 있는 편지를 그 자리에서 꺼내지 않을 수 없었다. 마음 같아서는 그냥 그 봉투를 가지고 온 여인에게 돌려주고 뭐라고 평계를 대고 그 자리를 모면하고 싶은 심정이었으나 그것도 쉬운 일은 아니었다. 꺼내었으니 또 읽지 않을 수도 없었다. 내가 읽지 않으면 이제는 이 세상 무서울 것이 없는 이 아줌마들이 그대로 지나칠 일도 아니었다. 나는 "에라 모르겠다"라는 심정으로 애써 태연함을 유지하면서 30년 전 교실에서 학생들 앞에서 영어 교과서 읽듯 편지를 읽기 시작하였다.

편지의 시작은 그런대로 교사가 여학생 제자에게 보낸 편지 치고는 지극히 평범한 것으로서, 세상을 밝게 보고 앞을 보고 살되 너무 멀리 보지는 말라는 나 특유의 설교로 이루어져 있었다. 그런데 신기하고도 다행스럽게도 그 밑에 다음과 같은 영시 한 편이 눈에 들어왔다. 나는 우선 크게 안심이 되었다. 만년필로 또박또박 적혀 있는 이 영시는 그 밑에 나의 번역문도 붙어 있었다. 나는 내가 글씨를 잘 쓴다는 사실을 이때 새삼스럽게 확인하였다. 나는 "아이고 이젠 살았구나" 하는 안도의 한숨과 함께 자신 있는 목소리로 편지를 읽어 내려갔다.

The Arrow and The Song

H. W. Longfellow

I shot an arrow into the air,

It fell to earth, I knew not where;

For, so swiftly it flew, the sight

Could not follow it in its flight.

I breathed a song into the air,

It fell to earth, I knew not where;

For who has sight so keen and strong,

That it can follow the flight of song?

Long, long afterward in an oak

I found the arrow, still unbroken;

And the song, from beginning to end,

I found again in the heart of a friend.

화살과 노래

H. W. 롱펠로

나는 허공으로 화살 하나를 쏘았네,

그 화살 어느 곳에 떨어졌지만

나는 그곳이 어딘지는 알지 못했네,

너무나 빨리 나는 그 화살

나의 시선으로 따라갈 수 없었기에.

나는 허공에 노래를 하나 불렀네,

그 노래 어느 곳에 떨어졌지만

나는 그곳이 어딘지는 알지 못했네,

누가 시력이 제아무리 좋다고 하나

노래가 날아가는 것을 따라갈 수 있겠는가?

먼먼 훗날 나는 찾았다네

참나무에 부러지지 않은 채

박혀 있는 나의 화살을.

한 친구의 가슴속에 처음부터 끝까지

고스란히 남아 있는 나의 노래도.

시 낭독이 계속되는 동안 여인들은 마치 교실에 앉은 학생들처럼 조용히 경청하였고 다 끝나자 일제히 박수를 쳤다. 박수는 쳤지만 그 편지의 내용이 그들이 기대하였던 것에 못 미쳐서인지 약간 실망한 분위기였다.

내가 어떤 계기로 이 시를 이처럼 정성스럽게 적어 번역까지 붙여 이 학생에게 보냈는지는 전혀 기억이 나지 않았으나, 이제 와서 돌이켜 생각해 보니 내가 그때 이 학생에 관심을 갖고 많은 격려를 하였다는 사실은 분명하였다. 이 여인은 지금까지 자기는 이 편지를 결혼을 하고 나서도 잘 간수하여 왔다고 말하였다. 이런 편지를 가져와 여러 사람들 앞에 불쑥 내놓아 순간적이나마 나의 간을 졸이게 만들었던 여인은 편지를 도로 달라고 하더니 정성스레 접어 봉투 속에 밀어 넣고는 핸드백 속에 다시 조심스럽게 집어넣었다. 그 여인은 자기가 꿈 많고 고민도 많던 외로운 여고생이었을 때, 부모 이외의 다른 중요한 사람으로부터 어떤 관심이 필요하였을 때, 자기에게 관심을 가져 주고 이와 같은 격려의 편지를, 그것도 한두 장이 아니고 여러 장 써서 보내 준 데 대하여 진심으로 감사를 한다고 거듭 말하였다. 우리는 다시 한번 마음껏 웃고 헤어졌다.

밤늦게 차를 몰아 집에 돌아오면서 나는 핸들을 잡은 채로 다시 한번 그 「화살과 노래」를 읊조려 보았다. 그리고 그 편지를 그토록 오랫동안 간직하고 있는 그 졸업생을 생각해 보았다. 이제야 차츰 희미한 안개가 걷히듯이 천천히 망각의 저 밑바닥으로부터 교복을 입은 한 여학생의 얼굴이 떠올라 조금 전 그 중년 여인의 얼굴과 포개져 살아났다. 맞다. 그 여학생이었다. 그 여학생은 키도 몸집도 아주 작아 교실에 앉을 때나 줄을 설 때 언제나 맨 앞이었다. 항상 수줍어했고, 남 앞에 나서지 못하는 학생이었다. 여러 면에 있어서 다른 학생들보다 훨씬 뒤에 처지는 학생이었다. 나는 내가 한때 교사로서 어떤 학생에게 그렇게 편지를 손수 써서 보내줄 만큼 부지런했고 정열적이었다는 사실에 놀라지 않을 수 없었다. 지금에 와서 생각해 보면 도저히 믿을 수 없는 일이었다. 그리고 보니 시에 나타난 시인처럼 나도 한때는 나의 학생들에게 좋은 '노래'도 불러 주었으나 그런 사실을 까맣게 잊고 있었다. 그런데 그 노래는 나의 옛 학생의 마음속에 고스란히 남아 있었으며 그것을 오늘 밤 다시 발견한 것이었다. 나는 대단히 기분이 좋았다.

그런데 이런 행복한 기분은 그 시절 내가 쏘았을 '화살'을 생각하는 순간 갑자기 사라지고 대신 불안하고 초조해지는 것이었다. 확실히 나는 그 시절 오늘 밤 내가 확인한 바와 같이 학생들을 칭찬하고 격려하는 '노래'만 부른 것은 아니었다. 그 상처받기 쉬운 학생들의 가슴을 아프게 만들기에 충분한 많은 말의 '화살'도 쏘았음에 틀림없었다. 그때 내가 무심히 그리고 그 결과를 예측하지 못하고 행한 불친절하고 무책임한, 때에 따라서는 건방지고 오만한 언행은 아마 지금도 어딘가에 "부러지지 않은 채로 참나무에 박혀 있는 화살과"도 같이 그대로 남아 있을 것이다. 오늘 밤 노래 하나는 다시 찾아내었다. 그러나 화살의 소식은 들을 수가 없었다. 도대체 그 화살들은 모두 어디에 있는 것일까? 밤늦게 마신 커피 때문이기도 하였겠지만 그날 밤 나는 잠자리에 들어 쉽게 잠을 이루지 못하고 한참이나 엎치락뒤치락하였다.

[2002년 10월]

낙원

"천국을 만드는 것도 마음, 지옥을 만드는 것도 마음"

— 밀턴의 『실낙원』에서

    낯선 나라를 처음 여행하는 사람은 누구나 그러하듯이 지난해 1월에
있었던 싱가포르 관광 여행에서 나도 여러 가지 흥미롭고 진기한 것들
을 보고 즐기고 또 배웠다. 무엇보다 겨울 추위가 한창인 영하의 서울
날씨에서 불과 6시간 남짓 지난 후 처하게 된 한여름의 기온은 참으로
생소한 경험이며 느낌이었다. 창이 국제공항에서부터 시내 한복판에
이르기까지 어디에서나 볼 수 있는 열대 및 아열대 식물들과 꽃들은
'정원의 도시'라는 이 나라의 별명 그대로였다. 싱가포르는 듣던 그대
로 나라 전체가 하나의 큰 정원 내지 공원인 듯이 느껴졌다. 우리가 알
고 있는 '낙원', 즉 영어의 'Paradise'란 단어가 원래 공원이나 정원 또는
과수원을 의미하는 페르시아 말에서 유래하였다는 사실을 감안하였을
때 나는 글자 그대로 잠시나마 낙원에 들어선 것이 틀림없었다.

여기에 덧붙여 나로 하여금 이 사실을 더욱 실감나게 만들어 준 것은 우연히도 나와 나의 일행이 묵게 된 '샹그릴라'라는 호텔 이름이었다. 이 이름은 영국의 소설가 제임스 힐턴의 『잃어버린 지평선』(*The Lost Horizon*, 1933)이라는 한때 매우 유명했던 소설에서 나온 것으로 나와는 인연이 있는 이름이었다. 내가 우연히 이 책을 손에 넣게 된 것은 지금부터 40여 년 전 대학에 막 입학했을 때 청계천 어느 헌책방에서였다. 영어 실력은 없으면서도 영문과 학생이 되었으니 영어로 된 책을 읽어야지 하는 마음뿐이었던 그때 이 책이 우연히 눈에 띄었다. 손바닥만 한 크기의 별로 두껍지도 않은 허름한 이 책은 뒷장 한구석에 적힌 영문 이름으로 판단해 볼 때 먼저 주인이 ― 틀림없이 당시 한국에 주둔했던 미국 군인으로 간주되는 ― 읽고 내버린 것이 틀림없었다. 영어로 된 책이라고는 별로 가진 게 없었던 나는 당시 표지 그림과 제목에 이끌려 헐값에 사 가지고는 모르는 단어를 일일이 사전을 찾아가며 읽었다. 아니 솔직히 말해서 영어 실력이 짧아 읽다 말다 했다. 그 후 시간이 지나는 동안 이 소설의 등장인물이나 자세한 플롯에 대하여는 거의 잊어버렸지만 신기하게도 이 '샹그릴라'라는 단어만은 선명하게 머릿속에 남아 있었다. 이 책은 비록 앞표지가 떨어져 나가고 중간에 몇 장이 없어진 너덜너덜한 상태이긴 하지만 버리지 않고 지금도 가지고 있다.

소설에서 '샹그릴라'는 티베트 산속 어느 곳 남의 눈에 띄지 않는 곳에 위치한 일종의 지상 낙원으로 묘사되어 있다. 이곳의 사람들은 우리 모두가 바라는 영원한 평화를 누리며 살고 있으며 늙거나 병들거나 죽지 않고 영원히 젊음을 유지하며 살고 있다. 이곳은 전쟁은 물론 현대 문명의 병폐인 복잡함이나 스트레스에서 완전히 해방된 곳이다. 소설 속에서 자신들의 의지와는 관계없이 이 이상향으로 들어가게 된 네 명의 주인공들처럼 나도 나의 기대나 의사와는 관계없이 바로 이 지상 낙원으로 들어온 셈이었다. 세상에는 호텔도 많지만 그 소리나 뜻에 있어서 이보다 더 좋은 호텔도 없으리라 생각되었다. 내가 이 소설을 읽을 때만 하여도 나의 일생에 싱가포르 관광 여행은 물론, 바로 이 이름을 가진 이처럼 화려한 호텔에 투숙하게 되리라고는 꿈에도 상상하지 못하였다. 때때로 인생에는 소설에서처럼 신기한 일도 일어난다.

관광객으로서 잠시 훑어본 싱가포르라는 나라는 글자 그대로 하나의 낙원이었다. 소설 속의 '샹그릴라'처럼 상상의 이상향이 아니라 분명 지도 위에 있으며, 주권과 국토와 국민이 있고 군대도 있는 하나의 나라요 국가였다. 비록 크기로는 우리나라 경상남북도를 합친 정도의 아주 작은 나라이긴 하지만, 이 나라는 분명 우리보다 경제적으로 부유하고 정치적으로 안정되어 있으며, 그 환경의 보존에서도 훨씬 선진국이다. 평화롭고, 깨끗하며, 아름다운 나라이다. 아담과 이브가 살았다는 낙원 에덴동산이 과연 어떠했는지 정확하게 상상할 수는 없지만 내가 싱가포르에서 둘러본 동물원, 식물원, 주롱 새공원, 난초공원 등과 별 차이가 없으리라고 생각한다. 그리고 기온도 영하로 떨어지는 법은 없을 것이다. 낙원이 춥다는 소리는 들어 본 적이 없으니 말이다. 나는 무의식중에 나도 이런 나라에 태어나 살게 되었다면 얼마나 좋을까 하고 상상도 해 보았다.

그러나 나흘간 계속된 여행이 끝날 때쯤 되자, 사계절의 특징이 뚜렷한 우리나라 기후에 익숙한 나로서는 무한정 사방에 펼쳐진 초록색

식물들과 사시사철 거의 변함이 없이 계속된다는 이곳의 한여름 일기에 싫증이 나기 시작하여 지루하다는 느낌을 갖기 시작하였다. 눈 덮인 산과 황량한 들판, 춥고 매서운 겨울바람이 몰아치는 그곳이 그리워지기 시작하였다. 나는 나에게 이미 익숙한 서울의 복잡한 거리와 소음들, 그리고 세상을 떠들썩하게 만드는 커다란 사고와 사건들로 가득 찬 신문이 그리워지기 시작하였다. 우리가 처해 있는 어려운 국내외 현실도 별로 심각하게 느껴지지 않게 되었다. 밀턴의 『실낙원』에서 아담과 이브는 그들의 낙원 에덴동산을 울면서(뒤돌아보고 또 돌아보면서) 떠난 것으로 되어 있다. 그러나 나는 싱가포르를 떠난 비행기가 무사히 인천 공항에 착륙하자 오히려 크게 안심이 되었고 또 기뻤다.

싱가포르에 있는 아름답고 평화로운 공원이나 정원을 거닐면서 나는 자주 아담과 이브가 살았던 에덴동산을 생각해 보았고, 그곳에서 그들의 하루하루의 생활이 어땠을까 하고 상상도 해 보았다. 나는 낙원의 생활이 무척 지루하고 재미없는 생활이었을 것이라는 생각이 들었다. 이상적으로 건설되었고, 아름답게 가꾸어져 있으며, 더할 나위 없이 능률적으로 운영되고 있는 이 공원들은 분명 난초나 나비, 새나 동물들에게는 낙원임에 틀림없었다. 그 꽃이 제아무리 아름답고 그 새가 제아무리 신기하게 생겼다 하더라도 우리 인간은 그 새나 꽃만을 무한정 바라보고 즐거워할 수는 없다. 그곳이 제아무리 먹을 것이 풍부하고 생명을 잃거나 상처를 입을 가능성이 전혀 없는 안전한 곳이라 하더라도, 궁전이 왕이나 왕자들에게 감옥이나 다름없이 느껴지듯이, 그곳이 감옥처럼 느껴질 수 있다.

삶이란 변화, 도전 , 위험, 예측 불허의 행운이나 불운, 우연 등에 항상 노출되었을 때 의미가 있다. 한 장소에 고정되었거나, 그 안전이 백 퍼센트 보장되었거나, 사전에 운명적으로 정하여진 삶은 엄격한 의미에서 삶이 아니다. 아무리 생각해 보아도 아담과 이브는 에덴동산에서 쫓겨난 것이 아니고 그들 스스로의 결정에 의하여 그곳을 떠났을 것이라는 생각이 들었다.

그러나 집에 돌아와 한 삼 개월 지난 지금 나는 또 나도 모르게 싱가 포르에서 잠시 둘러본 그 아름다운 공원으로 틈만 나면 되돌아가고 있는 자신을 발견하고는 놀란다. 특히 가는 비가 촉촉이 뿌리는 가운데 방문하였던 국립 난초정원의 그 아름답고, 조용하고, 평화로운 분위기는 어느덧 나의 마음속에 깊이 새겨져 눈앞에서 아른거리며 떼어 버리려 해도 떼어 버릴 수가 없다. 내 몸과 마음이 지쳐 괴롭고 힘들 때마다, 주위에서 슬프고 개탄해 마지않을 뉴스를 접할 때마다, 너무나 무섭고 끔직하여 상상하기조차 싫은 것을 보거나 예견할 때마다, 내 마음 한구석에 어느덧 확고하게 자리 잡고 있는 이 낙원은 나에게 그곳으로 돌아와 휴식과 평화, 그리고 행복을 누리라고 손짓한다.

그런데 문제는 내 마음속에 터를 잡고 있는 이 낙원은 실제로 싱가 포르에 있는 공원들처럼 견고하지 못하고 너무나 연약하고 민감해서, 호수에 고인 잔잔한 물이 바람이 조금만 불어와도 흔들리듯이, 바깥 세상에서 불어오는 세찬 바람은 물론 내 마음속에서 일어나는 하찮은 기분과 감정에 따라 쉽게 흔들리고, 흩어지고, 깨어진다는 것이 문제이다.

그렇지만 또 한편으로 크게 다행스러운 일은, 비록 쉽게 흔들리고 부서진다 하더라도 이 '마음속의 낙원'은 평화와 행복 그리고 희망의 본래 터전을 다시 찾고, 재생하고, 복원하는 끈질긴 힘도 동시에 가지고 있다는 사실이다. 최근 나는 국내외에서 끊임없이 들려오는 비극적이고도 절망적인 참담한 뉴스 앞에서 낙원을 완전히 상실하고 얼마 동안 실망의 지옥 속에 빠져 있었다. 그런데 바로 어제 오후 유치원 앞에서 나를 발견한 여섯 살 된 손녀가 "할아버지" 하고 커다란 목소리로 외치면서 한달음에 달려와 품에 안겼을 때 잃어버린 나의 낙원은 어느덧 다시 찾아와 나의 마음을 온통 차지하였다. 이제부터 내가 할 일은 다시 찾은 이 낙원을 어떻게 해서든지 오래 붙잡고 놓아주지 않는 일이다.

[2003년 3월]

축구와 셰익스피어

우리나라가 일본과 공동으로 개최하게 된 축구의 올림픽이라 할 수 있는 제17회 월드컵 대회를 위한 범국가적인 준비와 선전에도 불구하고 솔직히 말해서 나는 지금까지 별다른 흥미나 관심이 없이 그저 덤덤하게 지내 왔다. 그런데 그 월드컵이 ─ 그 열광과 흥분이 ─ 갑자기 나를 사로잡게 되었다. 월드컵의 개막을 열흘 앞두고 세계적으로 명성 높은 데이비드 베컴과 마이클 오언 선수가 포함되어 있다는 영국 대표 팀이 도착했기 때문이다.

나는 이들이 인천 국제공항에 도착하는 모습을 TV를 통하여 지켜보면서 지금까지 느껴 보지 못한 각별한 친근감과 흥미를 느꼈다. 외국의 유명한 축구팀이 내한한 일은 물론 이번이 처음은 아니다. 그러나 영국 대표 팀의 내한은 처음 있는 일이며, 이들은 축구의 종주국을 대표하는 영국의 신사답게 검정색 단복에 화이트 셔츠와 넥타이까지 한 정장 차림이었다. 그들은 하나같이 모두 미남으로 보였고, 운동으로 잘 단련된 균형 잡힌 체격, 자신감 넘치는 얼굴 표정과 미소, 그리고 그 밀고 민 나라에서 오랜 비행 끝에 낯선 나라 낯선 공항에 도착하여 보여 주는 그 자유스럽고 여유 만만한 모습에 나는 아주 강렬한 인상을 받았다.

나는 어째서 별다른 이해관계도 없는데 유독 영국 팀에 대하여 이처럼 호의적이면서도 각별한 인상을 받게 되었는가 하고 뒤늦게 곰곰이 생각해 보았다. 영국 팀이라고 특별히 다른 점이라도 있는가? 아니다. 영국 팀은 이번 월드컵 예선을 통과한 32개 팀 가운데 하나일 뿐이다. 영국 팀이 강팀이라고는 하지만 '길고 짧은 것은 대 보아야만 안다'는 우리 속담처럼, 경기는 해 보아야만 안다. 앞으로 영국 팀보다 더 강하다는 팀들이 속속 줄지어 도착할 것이다. 현재 세계에서 축구 선수로는 몸값이 제일 비싼 선수로 알려진 지네딘 지단 선수가 포함된 FIFA 랭킹 1위라는 세계 최강 프랑스 팀도 영국 팀에 이어 한국에 도착하여 우리 팀과 다음 주에 연습 경기를 치르게 되어 있다. 그렇다면 내가 이처럼 영국 팀에게만 각별한 흥미와 호의를 가질 어떤 이유라도 있단 말인가? 따지고 보면 없다. 그런데 어째서?

내가 이처럼 영국 팀에 대하여 품게 된 각별한 정서적 반응의 근거와 이유는 아침 해가 떠오름과 동시에 짙게 긴 안개가 걷히듯이 시간이 좀 지나면서 서서히 명확해지기 시작하였다. 우선 이들이 영어와 영문학의 모국이자 축구의 종주국인 영국에서 왔다는 사실이다. 대학에서 영문학을 가르치는 것을 직업으로 삼고 있는 사람으로서, 그리고 이 지구 상에 있는 수많은 종류의 외국어 가운데서 영어라는 외국어를 배우고 공부하고 가르치는 데 온 정성을 쏟아 온 사람으로서, 또한 어린 소년 시절부터 지금까지 축구를 다른 운동 다 제치고 가장 열심히 했고 가장 잘 알며 가장 좋아하는 사람으로서, 다른 나라가 아니고 바로 영국에서 온 이 특별한 손님들에게 어찌 내가 덤덤하고 중립적이고 뜨뜻미지근한 반응을 나타낼 수 있단 말인가. 지구 상에 영어를 모국어로 하는 영국이라는 나라가 존재하지 않았더라면 나는 지금의 내가 아닌 완전히 다른 사람이 되었을 것이며, 나의 삶도 전혀 다른 방향으로 진행되었을 것이다.

영국이 축구의 종주국이라는 말은 결코 축구라는 스포츠가 영국에서 시작되었다는 의미는 아니다. 영국에서 시작되었을 수도 있고 아닐 수도 있다. 축구는 그 기원이 대단히 오래된 원시적인 스포츠 가운데 하나이다. 그것은 세계 어느 곳에서도 시작될 수 있는 운동이다. 그것이 길거리에서 굴러다니는 조약돌이거나 빈 깡통이거나를 막론하고 우리 인간은 본능적으로 무엇인가를 발로 차기를 좋아한다. 손으로 하는 운동과는 또 다른 재미가 있다.

1863년 영국에서 세계 최초로 FA, 즉 축구협회라는 것이 정식으로 만들어졌고, 지역이나 직장을 대표하는 클럽들 간에 정기적인 경기가 시작되었으며, 현대 축구에 적용되는 경기 규칙이 제정되기 훨씬 전부터 축구는 약간씩 서로 다른 모습을 하고 있었겠지마는 그 원형은 ― 즉 손이 아니고 발로 둥근 것을 차는 놀이는 ― 전 세계 어느 곳에서나 존재하였음에 틀림없다. 축구는 우리 인간의 본성과도 깊은 연관성이 있는 스포츠다.

참으로 축구는 많은 사람들의 사랑을 받고 세계 방방곡곡으로 널리 퍼져 나갈 모든 요소를 갖추고 있다. 우선 경기 규칙이 간단하고 지극히 상식적이다. 축구는 또 언제 어느 곳에서도 그저 빈터만 있으면 할 수 있다. 심지어 좁은 골목길에서도 할 수 있다. 축구를 하는 데는 대단한 훈련이나 별다른 기술을 필요로 하지도 않는다. 그저 발로 차고 달리면 된다. 또 비싼 장비나 도구가 요구되지 않는 돈이 안 드는 운동이다. 필요한 것은 튼튼한 다리와 심장, 그리고 뛰어 놀고 싶어 하는 열정뿐이다.

　옛날, 그러니까 내가 시골 초등학교 학생이던 그리 멀지 않은 옛날, 우리나라가 6 · 25라는 참혹한 전쟁으로 폐허가 되고 우리 모두가 참으로 가난하였을 때, 전국을 두루 찾아보아도 잔디로 덮인 운동장, 소위 론그라운드라는 것이 단 하나도 없었을 때, 프로 축구팀은커녕 그런 말도 없었을 때, 월드컵이라는 것이 있는지 없는지도 몰랐을 때, 그때도 우리는 모두 축구를 좋아했고 또 잘했다. 학교마다 동네마다 축구팀이 있었고, 축구 시합이 있었고, 나름대로 이름난 선수들도 있었다. 우리는 학교가 끝나면 딱딱한 맨땅에서, 허기진 배를 움켜쥐어 가면서도 공을 찼다. 현재 우리가 알고 있는 가죽으로 포장된 축구공은 선수들이나 차 볼 수 있는 사치품이었다. 우리는 적당한 공이 없을 때는 공 비슷한 둥근 것이면 무엇이고 찼다. 심지어 새끼를 공처럼 둘둘 말아서도 찼고, 돼지 오줌통에 바람을 넣어서도 찼다. 신발이 귀하였던 당시 우리는 맨발로도 공을 찼다. 발에서 피가 나는 때도 자주 있었지만 그런 것이 문제가 아니었다. 축구는 당시 우리가 즐길 수 있는 유일한 스포츠요 놀이였다. 따지고 보면 한때 우리는 모두 축구 선수였다.

나는 내가 축구 선수 시절이었던 젊은 날을 되돌아보며 애틋한 회고에 잠겨 본다. 축구 선수라고는 하지만 나는 그저 평범한 선수였다. 그래도 선수는 선수였다. 초등학교 때부터 시작해서 중·고등학교, 대학, 군대 복무, 직장 생활을 거치는 동안 언제 어디에서나 축구 시합이 있으면 사람들은 나를 필요로 하였다. 나는 나의 심장과 다리가 축구가 요구하는 빠르고 격렬한 달리기와 몸싸움을 견디어 낼 수 없게 된 최근까지 축구를 계속하였다. 몇 년 전 이제는 영영 축구하기를 그만두기로 결정하는 날 나는 혼자서 눈물을 흘렸다. 축구에 재미를 붙인 한창일 때는 내가 늙어 더 이상 축구를 할 수 없게 된다면 차라리 죽는 것이 낫지 무슨 재미로 이 세상을 살아갈 것인가 하고 생각한 때도 있었다. 그러나 나는 지금 이처럼 멀쩡하게 살아서 TV 앞에 앉아 우리나라에서 열리고 있는 제17회 월드컵을 꿈을 꾸듯 안방에서 보고 있다. 늙어 가는 데도 축복은 있다. 그 한 가지가 바로 체념이다.

한때 이 나라에서 제일가는 축구 선수가 되어 보겠다는 화려한 꿈을 꾸었던 나는 여러 가지 이유로 그 꿈을 이루는 데는 실패하였다. 나는 대신 영문학 교수가 되었다. 나는 나의 운명을 탓하지 않는다. 윌리엄 셰익스피어를 비롯하여 밀턴, 워즈워스, 테니슨과 같은 천재 시인들을 만났기 때문이다. 이들이 영어로 보여 주고 표현해 주는 세계는 축구의 천재 펠레, 베켄바우어, 마라도나와 같은 뛰어난 선수들이 발로 보여 주는 세계를 구경하는 것만큼이나, 아니 그 이상으로 또 다른 감동과 스릴이 있다. 천재란 어떤 재능을 가지고 어떤 모습으로 우리 앞에 나타나건 간에 우리 보통 사람들이 보고, 즐기고, 감탄하라고 하느님이 보내 준 선물이다.

문학의 천재 셰익스피어는 그의 작품 속에서 우리 인간이 가지고 있는 모든 것, 우리 인간이 알고 있는 모든 것, 그리고 우리 인간이 생각해 낼 수 있는 모든 것을 언어로 표현하고 있다. 나는 월드컵 대회가 열려 온 나라, 아니 온 세계가 축구의 열풍에 휩싸여 있는 이때, 혹시나 셰익스피어가 축구 선수까지야 아니었다 하더라도 나처럼 축구를 즐겨 하여 그의 작품 속에 어떤 흔적이라도 남기지 않았나 하는 엉뚱한 질문을 혼자 하면서 그의 작품들을 다시 한 번 자세히 훑어보았다.

　있었다. 그의 방대한 작품을 통하여 셰익스피어가 단 한 번 축구에 대한 언급을 하고 있다는 사실을 발견하고 나는 내가 월드컵에 선수로 출전하여 결정적인 순간에 골이라도 하나 넣은 듯이 흥분하고 기고만장하였다. 『실수 연발』(*The Comedy of Errors*)이라는 희극 2막 1장에는 성난 두 주인 어른들(이들은 쌍둥이 형제지만 자신들이 쌍둥이라는 사실을 모르고 있다) 사이에서 심부름을 하면서 애꿎게 얻어맞는 드로미오라는 하인이 자신의 신세를 다음과 같이 한탄하는 대목이 있다.

Am I so round with you as you with me
That like a football you do spurn me thus?
You spurn me hence, and he will spurn me hither.
If I last in this service, you must case me in leather.

아니 주인어른은 소인을 무슨 공이라도 되는 줄 아십니까?
이렇게 마구 발로 차니 말입니다.
당신이 나를 발길질하여 그곳으로 보내면

그 사람은 다시 발로 차 이곳으로 보내고 하니,

이놈 이 일을 오래 하려면 가죽옷이라도 입어야겠습니다.

위의 대사만 가지고 판단해 보아도 확실한 것은 셰익스피어가 이 작품을 발표하였던 1594년 이전에 이미 축구라는 것이 영국에 있었으며, 지금 우리가 알고 있는 가죽으로 씌운 축구공도 존재했을 것이라는 사실이다. 셰익스피어가 나처럼 한때 직접 축구를 했는지 하지 않았는지는 확실하지 않지만, 그도 나처럼 한때 축구를 했음이 틀림없다고 믿고 싶다. 왜냐하면 우리는 한때 누구나 나름대로 축구 선수이니까.

[2002년 5월]

노래의 날개

지난여름 시골 고향에서 열린 초등학교 동창회 모임에는 예년과 다름없이 약 50여 명의 남녀 회원들이 참석하였다. 경치 좋고 물 좋은 곳을 골라 여름에 한 번 농번기를 피하여 열리는 이 행사가 이번에는 뜻깊게도 졸업 후 처음으로 모교에서 열렸다. 나도 그랬지만 그곳에 모인 대다수의 친구들은 이미 할아버지와 할머니가 되어 있었다. 내가 40년 만에 처음 찾아간 학교는 물론 옛날의 정들었던 그 학교는 아니었다. 우선 모든 것들이 축소되어 나의 눈에 들어왔다. 새로 들어서고 지어진 현대식 학교 건물과 시설들은 그간의 우리 사회의 변화를 말해 주고 있었다. 학교는 방학 중이라 텅 비어 있었다. 행사를 주관하는 동창회 임원들은 학교 뒤뜰에 서 있는 오래된 느티나무 그늘 아래에 임시로 식탁과 의자를 마련하여 점심 식사를 겸한 음식을 마련해 놓았다. 그처럼 우람해 보였던 느티나무도 세월과 함께 늙어 초라하고 작아 보였지만 그래도 이 느티나무가 이처럼 아직까지 무사히 제자리를 지키고 있다는 사실은 우리 모두에게 커다란 위안이었다. 우리는 이 고목에서 현재 우리 자신의 모습을 보고 있었다.

나는 우연히 지금까지 동창회 모임에 얼굴을 내민 적이 없어 보이는 친구와 참으로 오랜만에 마주 앉게 되었다. 비록 서로 만나지 못한 채 시간이 많이 지났으나 나는 그의 얼굴을 보는 순간 즉각 이 친구를 기억해 낼 수 있었다. 그와 나는 초등학교 6년과 중학교 3년을 함께 학교를 다녔으며, 여러 번 같은 반을 했다. 장난이 심하였던 그는 짓궂은 장난으로 담임 선생으로부터 매도 많이 맞았다. 중학교를 졸업하고 나는 몇몇 운이 좋은 학생들과 고향을 떠나 서울로 진학을 하였으나, 그는 고향에 남은 대다수의 다른 친구들처럼 농사를 지으면서 지금까지 살아왔노라고 나에게 담담하게 말하였다. 따지고 보니 그와 나는 중학교를 졸업한 지 약 40년 후에 다시 만난 것이다.

불같이 뜨거운 태양 아래서 거친 흙과 싸우면서 힘든 육체노동을 해 온 그의 외모는 사무실에서 넥타이 매고 살아온 나에 비하여 훨씬 더 늙어 보였으나 혈기만은 옛날이나 다름없이 왕성하였다. 따라 주는 소주 몇 잔에 얼큰해지자 그는 지난날 나와 함께 보낸 학창 시절을 벅찬 감정이 섞인 큰 목소리로 이야기하기 시작하였다. 나는 이미 까맣게 잊어버린 사소한 사건들을 그는 아주 생생하게 기억하고 있었으며, 같은 테이블에 앉은 다른 친구들도 모두 이 친구의 무용담을 회상 속에서 재미있게 경청하였다.

그런데 지금까지 신바람 나게 자신의 학교 시절의 무용담을 — 주로 여학생들을 골려 준 이야기와 담임 선생을 골탕 먹인 일들을 — 신나게 떠들어 대던 그가 갑자기 하던 이야기를 그치더니, 나에게 밑도 끝도 없이 "야, 너 「아 목동아」 한번 다시 불러 봐" 하고 명령하듯 말하는 것이었다. 이런 자리에서 술기운에 흥이 난 사람이 누가 시키지 않아도 스스로 노래를 부르거나, 다른 사람에게 노래를 강요하는 것은 우리에게는 흔히 있는 일이다. 본래 우리가 노래 부르기를 특별히 좋아하는 사람들이 아닌가? 내가 놀란 것은 이 친구의 입에서 나온 지정곡이 다른 것이 아니고 「아 목동아」라는 사실이었다. 나만이 아니었다. 지금까지 각자의 추억 속에 묻혀서 이 친구의 이야기를 듣고 있던 주위의 친구들도 놀랐다. 이런 자리에서 「눈물 젖은 두만강」이라든가 「울고 넘는 박달재」라면 아무도 놀랄 사람은 없었다.

물론 나는 이 노래를 알고 있었다. 그러나 이 노래를 불러 본 지는 퍽 오래되었기 때문에 이 친구의 입에서 이 노래의 제목이 언급되는 순간까지 이 노래의 존재를 까마득하게 잊고 있었다.

일생 동안 들에서 거친 일만 해 왔고 상스럽고 무례한 말을 거침없이 해 대는 이 친구의 입에서 어떻게 "아 목동아"란 누구 말처럼 "수준 있는" 노래 제목이, 더군다나 외국 노래의 제목이 불쑥 튀어나올 수 있단 말인가? 그런데 나는 곧 이 친구의 요구가 아주 진지하다는 것을 알았다. 그는 내가 이 노래를 부르는 것을 듣고 싶다는 것이었다. 그는 갑자기 낮아진 목소리와 진지한 표정으로 내가 옛날에 자주 선생님들이 시키는 대로 교실에서 학생들 앞에 나와 그 노래를 불렀던 것을 기억하고 있다고 말했다. 사실이었다. 그런 일은 나의 초등학교 시절과 중학교 시절을 통하여 가끔 있었다.

돌이켜 보건대 나는 이 노래를 처음 어떻게 배우게 되었는지 기억이 나지 않는다. 이 노래는 내가 학교에 채 들어가기도 전에 부르게 된 몇 몇의 서양 노래 가운데 하나였다. 나보다 먼저 학교에 들어간 나의 누나가 먼저 이 노래를 어디서 배워 가지고 와서는 집에서 불렀다. 누나는 이 노래가 영국의 민요라고 말했다. 영국이 어디 붙어 있는지, 어떤 나라인지도 몰랐던 나는 나도 모르게 이 노래를 따라 불렀고, 곧 혼자서도 자주 부르게 되었다. 누가 언제 처음으로 우리나라에 이 노래를 들여왔는지, 이 노래에 우리말 가사를 붙였는지는 지금도 나는 모른다. 내가 학교에 들어갈 때쯤 해서 이 노래는 「산타 루치아」 나 「올드 켄터키 홈」 과 더불어 내가 가장 좋아하고 또 잘 부르는 서양 노래 가운데 하나가 되어 있었다. 비록 어린 나이였지만 나는 이런 이국에서 온 노래들의 곡조와 우리말 가사가 나의 마음속에 일으키는 그 멀고 낯선 나라의 이국적인 분위기를 좋아하였다.

따지고 보면 이 「아 목동아」 뿐만 아니고 그 후 지금까지 살아오면서 내가 즐겨 부르고 있는 친숙한 많은 서양 노래들이 최초로 언제 어떤 경로로 나에게는 물론, 우리나라에 들어오게 되었는지 참으로 신기한 일이다. 이 노래들의 대부분은 내가 이 세상에 태어나기 전에 이미 이 땅에 상륙하였음이 틀림없다. 그 먼 나라의 노래가 어떻게 최초로 이 반도에까지 찾아와 우리의 가슴 한구석에 이렇게 끈질기게 살고 있단 말인가? 이들 노래에는 자유롭게 세상을 날아다닐 수 있는 날개라도 달려 있는 것이 아닐까? 이들이 이 땅에 처음으로 도착하였을 때는 텔레비전은 물론 라디오도 거의 없었던 시절이었으며, 외국 여행이란 것이 지금처럼 누구나 할 수 있는 것이 아니라 마르코 폴로와 같이 보통 사람이 아닌 특별한 사람에게나 가능한 시기였다. 노래에는, 좋은 노래에는, 분명 날개가 달려 있나 보다.

나는 친구의 요청을 거절할 수 없었다. 거절할 수 없었다기보다는 오히려 나 자신 오랫동안 불러보지 못한 이 노래를 한번 불러 보고도 싶었다. 두어 잔 마신 소주 기운에 나는 목소리를 가다듬어 노래를 부르기 시작하였다. 놀라운 일은 노래를 청한 바로 그 친구도 함께 부르기 시작하였다는 사실이었다. 우리 두 사람의 노래가 공중에 울려 퍼지기 시작하자 우리 테이블에 있던 친구들도 누가 시킨 일도 아닌데 모두 함께 부르기 시작하였다. 이어 지금까지 다른 테이블에서 먹고 떠드는 일에 정신이 없어 보였던 할머니 동창생들을 포함하여 다른 사람들도 모두 하던 일을 중지하고는 "어, 어디서 이런 고상한 노래가 들려오지?" 하고 의아해하면서 즉시 우리의 즉흥적인 합창에 동참하였다. 우리는 모두 낯설면서도 낯익은, 오래되었으면서도 새로운, 이 노래의 갑작스러운 기습에 놀랐다. 동시에 우리는 모두 이 노래를 처음 불렀거나 처음으로 접하였던 옛날로 자신도 모르게 돌아가 있었다.

아 목동들의 피리 소리들은
산골짝마다 울려 나오고
여름은 가고 꽃은 떨어지니
너도 가고 또 나도 가야지,
저 목장에는 여름철이 오고
산골짝마다 눈이 덮여도
나 항상 오래 여기 살리라

아 목동아, 아 목동아,

내 사랑아.

이 노래의 가장 높이 올라가는 부분인 "나 항상 오래 여기 살리라"에 이르러서는 우리 모두의 목소리와 심장은 터질 듯하였다. 우리는 모두 아름다우면서도 슬픈 감정에 빠졌다.

대단한 합창이었다. 새로운 경험이었다. 이 노래가 이처럼 우리 모두에게 사랑을 받고 있었으리라고는 꿈에도 상상하지 못하였으며, 더군다나 오랜 시간이 흐른 지금에 와서도 그 곡조와 가사를 모두 잊지 않고 있다는 사실이 도저히 믿어지지 않았다. 어린 시절 처음으로 접한 아름다운 예술적 경험의 강력한 힘 때문일 것이다.

내가 기억을 더듬어 두 번째 절을 부르기 시작했을 때는 대부분의 친구들은 가사를 기억할 수 없었기 때문에 합창에서 떨어져 나갔다. 그러나 조용한 가운데 계속되는 노래를 마음속으로 따라 불렀다.

그 고운 꽃은 떨어져서 죽고

나 또한 죽어 땅에 묻히면

나 자는 곳을 돌아보아 주며

사랑한다고 불러 주어요

네 고운 목소리를 들으면

내 묻힌 무덤 따뜻하리라

또 네가 나를 사랑한다면

평화한 잠을 내가 오래 자리라.

노래는 끝났다. 우리는 모두 스스로 박수를 쳤으며 기뻐했다. 그러고는 이내 순간적으로 모두 알 수 없는 슬픔 속에 빠졌다. 참으로 오랜만에 함께 불러 본 이 노래는 우리의 가슴 깊숙이 숨겨져 녹슬어 있던 심금을 건드렸음에 틀림없었다. 우리는 모두 스스로 의아해하고 있었다. 어렸을 때 이런저런 이유로 또는 어떤 계제에 한두 번 들었거나 불러 본 이 이국의 노래가 이처럼 우리의 기억에 선명하게 새겨져 있었으며, 강력하고 끈질긴 힘을 지니고 있는 줄은 참으로 몰랐다.

노래 속에 숨겨져 있는 고향을 떠난 애인처럼 나와 몇몇의 친구들은 오래전에 막연한 희망을 품고 미련 없이 고향을 떠났다. 그리고 나에게 노래를 요청한 친구와 비슷한 처지의 대부분의 친구들은 고향에 머물러 지금까지 살아왔다. 그리고 긴 세월이 흘렀다. 그동안 우리는 모두 늙었고, 그 가운데 몇몇은 이미 죽어 고향의 공동묘지에 묻혔다. 우리는 모두 잃어버린 어린 시절과 젊었던 날을 회고하면서, 우리 모두의 공통적인 운명을 생각하면서 소리 없이 울고 있었다. 나에게 노래를 요청한 나의 친구는 어느새 잠이 들었는지 식탁에 두 손을 얹어 놓고 얼굴을 파묻고 있었다.

[2001년 8월]

캘리코에서

먼 나라에 관광 여행을 하다 보면 우리는 이런저런 유명한 관광지에 들르게 되는데, 그 장소가 우연히도 우리가 평소에 잘 알고 있는 노래의 고향일 때는 정말 자신의 고향에 찾아온 것처럼 기쁘고 친근함을 느끼게 된다. 노래로만 알고 있던 곳에 처음 발을 디디게 된 순간의 느낌은 참으로 유별나다. 여행의 흥분을 한층 더 고조시킨다. 내가 처음 가 보게 된 나폴리, 소렌토, 카프리 섬은 참으로 아름다운 곳이었다. 거기에 첨가하여 이곳이 바로 그 유명한 「산타 루치아」, 「오, 솔레미오」, 「돌아오라 소렌토로」와 같은 노래의 원산지라는 사실은 꿈만 같았고 스릴조차 느끼게 만들었으며, 그곳의 풍경을 한층 더 돋보이게 해 주었다. 하와이에 도착하거나 떠날 때의 흥취는 언제나 「알로하 오에」라는 노래의 이국적인 멜로디 때문에 배가된다.

그리고 때때로 이런 노래들은 그 관광지가 평범하거나 크게 볼 것이 없을 때 그 모자라는 점을 보충, 보완하여 주기도 한다. 내가 본 독일 코블렌츠 남쪽 라인 강변에 있는 그 유명한 '로렐라이' 바위는 내가 태어나 어린 시절을 보낸 고향 양평이라는 고장을 가로질러 흐르는 남한강 가에 있어 여름이면 우리들의 놀이터요 다이빙보드 역할을 하였던 '장수바위'만도 못한 것이었다. 그러나 그것이 그 유명한 '로렐라이' 전설이 서린 바위이고 무엇보다도 내가 좋아하고 즐겨 부르는 노래 「로렐라이」와 연결되어 있다는 사실은 그 평범한 바위를 하나의 신비스러운 기암으로 보이게 만들기에 충분하였다.

　　콜로라도 강도 마찬가지다. 내가 우연히 하룻밤 묵게 된 미국 네바다 주 라플린에 위치한 '콜로라도 벨' 호텔은 우연히도 콜로라도 강가에 위치하여 있었다. 내가 본 콜로라도 강은 그저 물이 흘러가는 세계 어디에서나 볼 수 있는 평범한 강이었으며, 그날 밤에는 하늘에 밝은 달도 떠 있지 않았었다. 그러나 「콜로라도의 달」이란 중학교 때 배운 노래 때문에 그 강은 나에게 그때나 지금이나 아름답고, 낭만적이고, 황홀한 강이 되어 버렸다.

　　노래와 연관된 장소를 한번 다녀온 경험이나 기억이 있는 경우 우리는 그 노래를 더 많은 즐거움을 가지고 부를 수 있고, 더 잘 감상할 수 있다. 그런 노래를 듣거나 부르는 순간 그 노래는 노래로 그치지 않고 당신을 과거에 다녀온 즐거운 여행의 추억 속으로 끌고 가며, 다시 한번 그때의 경험을 생생하게 되새기게 만들어 준다. 위에서 언급한 몇 곡의 나폴리 민요들을 듣거나 흥얼거릴 때면 나는 곧바로 십여 년 전에 다녀온 그 이탈리아 여행을 생생하게 떠올리게 되고, 참으로 아름답던 소렌토 해변의 풍경과 나폴리 항의 잔잔하고 평화롭던 바다를 다시 그리게 되고, 카프리 섬에서 맡았던 그 향기로운 꽃 냄새를 다시 맡을 수 있게 되는 것이다.

며칠 전에 있었던 일이다. 그날의 일과를 마치고 유치원 버스에서 내린 손녀는 마중 나와 기다리고 있는 나에게 항상 그랬듯이 그날 유치원에서 배운 것을 자랑스럽게 늘어놓았다. 새로 노래를 하나 배웠다고 하더니 시키지도 않았는데 서슴없이 노래를 불러대기 시작했다. 듣고 보니 우리 모두가 잘 아는 「클레멘타인」 이란 노래였다.

넓고 넓은 바닷가에 오막살이 집 한 채,
고기 잡는 아버지와 철모르는 딸 있네
내 사랑아, 내 사랑아, 나의 사랑 클레멘타인,
늙은 아비 혼자 두고 영영 어디로 갔느냐.

이 노래의 우리말 가사에 의하면 클레멘타인은 엄마 없이 어부 아버지와 바닷가에서 살고 있는 것으로 되어 있지만 영어로 된 원 가사에 의하면 아버지는 어부가 아니고 광산에서 금을 캐는 광부다. 좀 더 정확하게 말하면 1849년 미국 서부 캘리포니아에서 금이 발견되자 일확천금을 꿈꾸며 서부로 달려간 광부들 가운데 한 사람이다. 이런 사실을 알 리 없는 손녀는 노래가 재미있는지 계속 나에게 불러 주었다. 잘한다고 칭찬을 하면서도 나의 생각은 이 노래의 날개 위에 실려서 지금은 사람이 살지 않는 유령 마을이 되어 버렸지만 한때는 미국의 서부 캘리포니아 최대 은광 타운이었던 캘리코로 날아가 있었다.

1881년 캘리포니아 주 바스토 동북쪽에 위치한 산악 일대에 대량의 은이 매장되어 있다는 소문을 듣고 찾아온 광부 세 사람은 근처에 캠프를 치고 무조건 산줄기를 파 내려가기 시작하였다. 삼 일째 계속 파 들어갔으나 아무런 소득이 없었다. 그러나 나흘째 되던 날 드디어 세 명의 광부 가운데 한 사람이 크게 소리를 질렀다. "찾았다. 나왔다! 은이다! 은이다! 무진장이다!" 다량의 은이 발견되었다는 소식은 삽시간에 퍼졌고, 일확천금을 꿈꾸는 광부들이 너도나도 이곳으로 달려오면서 이 황량한 산간은 갑자기 사람들이 붐비는 마을로 변하였다.

　그런데 한 가지 문제가 있었다. 마을 이름이 아직 없었다. 이 문제를 해결하기 위하여 어느 날 '행크 씨의 술집'에 광부들이 모여 토론을 시작했다. 이때 나온 이름들은 '실버 걸치'(은의 협곡), '실버 캐니언'(은의 계곡), '부에나 비스타'(아름다운 전경) 등이었는데, 열띤 토론 끝에 마침내 '실버 걸치'로 낙착되려는 순간, 마을에서 꽤 유식하기로 알려져 있던 쇼티 피버디라는 노인이 이의를 제기하고 나섰다. 지팡이로 책상을 한 차례 두드리고 나서 그는 입을 열었다. "여러분, 이곳을 '캘리코'라고 부릅시다. 이곳은 보시는 바와 같이 캘리코 스커트를 입고 있는 여자들처럼 아름답지 않소? 바로 그거요. 참 좋은 이름이지요?" '캘리코'라는 면직 옷감의 이름이 지명으로는 좀 어색했지만 피버디 씨의 강력한 주장에 광부들도 어리둥절하여(또 그럴듯하다고 생각하여) 크게 반대하지는 않았다. 마침내 회의를 주관하던 의장이 일어나 장내를 정리하고 엄숙하게 선언하였다. "그러면 이곳의 이름은 '캘리코'로 결정되었음을 선포합니다." 다음 날 아침 J. A. 텔라메터라는 사람이 워싱턴에 이 '캘리코'라는 곳에 우체국을 설치하여 달라는 진정서를 발송함으로써 오늘날 우리가 알고 있는 이 이상한 지명의 캘리코란 마을이 영구한 생명을 갖게 되었다.

캘리코는 불과 16년의 전성기를 누린 후 마을이 생겨났을 때만큼이나 급속하게 쇠퇴하여 그야말로 극적인 운명을 맞는다. 우선 양질의 은광석을 함유한 광맥이 차츰 줄어들기 시작하였으며, 설상가상으로 전성기에는 1온스 당 1불 31센트까지 올라갔던 은 가격이 1896년에 이르자 53센트까지 하락하였다. 수지타산이 맞지 않게 되자 광부들은 물론 사업가들도 더 좋은 광산을 찾아 떠나가 버렸고, 주인이 없어진 집과 상점들은 낮에는 황량한 사막의 모래바람과 뜨거운 태양, 그리고 밤에는 코요테들의 차지가 되어 버렸다.

내가 찾아가 본 캘리코는 3천 5백 명의 주민들이 들끓고 흥청대던 전성기의 광산촌도 아니었고, 그렇다고 완전히 잡초만 무성한 유령의 마을도 아니었다. 캘리코 광산을 최초로 발견하여 이곳에서 광부들에게 뒷돈을 대 주어 실력자가 된 월터 노트 씨의 후손들은 1950년 이 버려진 마을과 부속된 광산 터를 영구히 보존하기 위하여 모두 사들였다. 그러고는 그동안 없어진 건물들과 거리를 정비하고, 나무도 손수 심고 예전에 있던 그대로 집, 상점, 이발소, 술집, 학교, 교회, 묘지 등을 복원하기 시작하였으며, 그 당시 광부들과 마을 사람들이 사용했던 생활필수품들과 장비, 도구들을 심혈을 기울여 수집하였다. 마침내 1996년에 이르러서는 퇴락한 캘리코 마을을 전성기의 영광스러운 모습으로 완전히 복원하여 놓았다.

무시무시할 정도로 뜨거운 사막의 태양 아래 캘리코 마을의 거리를 걸으면서 나는 마치 역사 속을 걷고 있는 듯한 느낌을 받았다. 옛날 그대로 복원된 서부 활극 영화에서나 볼 수 있는 마을의 소박하면서도 엉성하기 짝이 없는 목조 건물들, 버려져 쌓여 있는 은광석 더미, 그리고 수없이 많은 수직 갱도와 거미줄처럼 얽혀 있다는 무수한 터널의 입구 등을 볼 수 있다는 것은 참으로 별난 구경거리였다. 그러나 무엇보다도 나는 이곳에서 살았고, 사랑도 했고, 힘들여 일하다가 죽어 간 그 대담하고, 용기 있고, 억센 사람들의 불굴의 정신을 느낄 수 있었다.

캘리코는 자기의 운명을 바꾸어 놓을 행운을 찾아 소위 '죽음의 계곡'이라고 일컬어지는 사막을 건너 이 낯설고 위험하기 짝이 없는 황량한 서부로 모여들었던 억센 남녀들의 삶을 영구히 기억하기 위하여 세워진 하나의 기념비였다. 이곳에 온 사람들 가운데는 그 꿈을 이룬 사람들도 있었을 것이며, 또 그 꿈이 단지 꿈으로 끝난 사람들도 있었을 것이다. 나는 이유 없이 슬퍼졌고, 흥분하였고, 삶의 무상함도 느꼈다. 이제까지 미국에서 역사적으로 유명하다는 곳도 몇 군데 들러 보았지만 어디에서도 이 캘리코에서 느낀 그런 감정은 느껴 볼 수 없었다.

그때 어디에선가 귀에 몹시 익은 노래의 곡조가 들려왔다. 바로 「나의 사랑 클레멘타인」 이었다. 나는 이 노래야말로 캘리코에 딱 어울리는 노래라고 생각했다. 나는 곡조가 흘러나오는 곳으로 발길을 옮겼다. 이제는 기념품 상점으로 사용되는 '행크 씨의 술집' 앞 나무 마루 위에 한 쉰은 넘어 보이는 남자가 홀로 아주 작고 이제는 오래되어 흔들거리는 오르간을 연주하고 있었다. 그 오르간은 내가 어렸을 때(초등학교 때) 교실에서 본 그런 풍금이었다. 내가 가까이 가 옆에

서자 그 남자는 웃으면서 나에게 눈인사를 했다. 나는 그에게 「나의 사랑 클레멘타인」을 연주해 달라고 부탁하고 그의 연주에 따라 노래를 불렀다.

In a cavern, in a canyon, excavating for a mine,
Dwelt a miner, a forty-niner, and his daughter, Clementine,
Oh, my darling, oh, my darling, oh, my darling Clementine,
You are lost and gone forever, dreadful sorry, Clementine.

이 남자는 노래를 불러 주는 친구가 있는 것에 무척 고무된 듯한 느낌이었다. 나의 노래 실력과 내가 노래 부르는 일에 크게 주저하지 않는 사람이라는 것을 간파하였는지 그는 이번에는 「오! 수잔나!」를 신나게 연주하기 시작하였다. 나도 신나게 따라 불렀다. 그가 크게 기뻐하는 얼굴 표정에 나도 기뻤다. 나는 떠나기에 앞서 피아노 옆에 있는 유리병에 거금 5달러짜리 지폐 한 장을 넣고 그와 악수를 하고 헤어졌다.

손녀가 부른 「클레멘타인」에 떠밀려 다시 다녀온 캘리코 여행은 이제 끝났다. 그런데 이상하게도 그때 오르간을 연주했던 그 남자의 모습은 쉽게 나의 마음에서 사라지지 않고 지금도 어른거린다. 「나의 사랑 클레멘타인」의 가사에는 한 광부와 그와 함께 살던 어린 딸 클레멘타인이 등장한다. 이들은 아마도 캘리코에 살았었는지도 모른다. 그런데 불행하게도 어느 날 아버지의 유일한 낙이요 희망인 클레멘타인이 실수로 물에 빠져 죽는다. 아내도 없는 광부는 삶에 대한 모든 흥미와 희망을 잃고 죽은 딸을 생각하고 또 생각하다가 몸과 마음이 허약해져 마침내 그도 죽어 나란히 교회 묘지에 묻힌다. 지금 이 시각에도 틀림없이 외로운 캘리코, 같은 장소에서 관광객들을 위하여 「나의 사랑 클레멘타인」을 연주하고 있을 그 남자가 자꾸만 노래 속의 클레멘타인의 광부 아버지와 비슷하다는 생각이 드는 이유가 무엇인지 나는 잘 모르겠다. 혹시 그 남자도 비슷한 사연을 간직하고 있는 것이나 아닌지 궁금하기도 하다. 그때 그에게 혹시 딸이 있는지 물어보지 않고 헤어진 것이 아쉽다.

[2004년 1월]

기적

　지난여름 나는 캐나다 서북부에 관광 여행을 다녀왔다. 3일째 되던 날 오후에 가이드가 다음 일정은 북미 대륙에서 가장 유명한 가톨릭 성당이라고 말하였을 때 나는 별로 흥분하지 않았다. 기독교도도 아닌 데다가 큰 성당은 이미 볼 만큼 보았다고 나름대로 생각했기 때문이다. 로마 바티칸에 있는 성 베드로 대성당을 비롯하여 프랑스 파리의 노트르담 성당, 이탈리아 피렌체의 두오모 대성당 등을 이미 둘러보았기에 성당이라고 하면 어떤 것인지 충분히 짐작하고도 남았다. 날씨도 무척이나 더운데 우리가 찾아갈 성당은 꽤나 높은 산꼭대기에 우뚝 서 있었기 때문에 거기까지 걸어서 간다는 것이 싫었다. 그렇다고 일행과 떨어져 혼자 버스 속에 우두커니 앉아 기다리고 있을 용기도 없었기에 그저 대강대강 훑어보고 남보다 먼저 버스로 돌아오리라 마음먹고는 일행을 따라나섰다.

그런데 이 성당을 한 바퀴 도는 동안 나의 마음이 변했다. 캐나다 몬트리올 로열 마운틴 정상에 위치하고 있는 이 '성 요셉 성당'은 둥근 지붕을 한 전형적인 이탈리아 르네상스식 건물이었으며, 이 교회의 원형 돔은 로마 바티칸에 있는 성 베드로 대성당의 돔 다음으로 세계에서 두 번째로 큰 것이라고 하였다. 그리고 이 성당에는 매년 전 세계에서 약 2백만 명 이상의 순례자들이 찾아온다고 하였다. 그런데 약속된 시간이 훨씬 지나도록 나를 이 성당에 서성이게 만들어 이미 버스에 올라앉아 출발만을 기다리고 있는 다른 사람들을 잔뜩 성나게 만든 것은 이 교회의 돔의 크기도 아니었고 방문하는 순례자들의 숫자도 아니었다.

나의 시선을 끈 것은 성당 여기저기에서 볼 수 있었던 수백, 아니 수천 개에 이르는 지팡이와 목발이었다. 어째서 성당 안에 이런 것들이 쌓여 있을까 하는 나의 호기심은 이 목발들이 이곳에 찾아와 안드레 수사를 만난 사람들이 버리고 간 것이라는 사실을 알게 된 순간 하나의 신비스러운 경험으로 바뀌었다. 다시 말해서 이 목발들은 안드레 수사에 의하여 이루어진 기적적인 치료의 증거물 가운데 하나였다. 그런데 이런 기적의 이야기가 성경 속에 있는 이야기가 아니고 불과 수십 년 전 바로 이곳에서 일어난 사실이니, 아무리 둔한 마음의 소유자인 나라고 하여도 쉽게 성당을 떠날 수가 없었다. 내가 여행에서 돌아와 몇 달이 지난 지금 가만히 있지 못하고 이처럼 붓을 들어 새삼 이 이야기를 다시 하는 이유는 이 이야기가 좋은 이야기이기 때문이다. 좋은 이야기는 두 번 들어도 해롭지 않다. 아니 몇 번을 들어도 몸에 좋다.

그렇다면 안드레 수사는 과연 어떤 사람인가? 그는 1845년 캐나다 몬트리올 근처에 있는 조그만 마을에서 열두 자녀 가운데 여덟째로 태어났다. 아버지의 직업은 산에서 나무를 베어 마차 바퀴를 만드는 목수였다. 비록 가난하였지만 화목한 가정이었으며, 부모들은 자식들 하나하나를 하느님이 보내 준 귀한 선물로 생각하고 사랑하였다. 자녀들은 어려서부터 어려운 집안 살림을 돕기 위하여 제각기 노력하였다. 그러나 불행하게도 안드레는 태어날 때부터 몸이 너무 허약했다. 그의 부모들은 아이가 태어나자마자 바로 세례를 받도록 하였으며, 그의 세례명은 알프레드였다. 알프레드에 대한 어머니의 각별하고 지극한 정성과 보호가 없었더라면 그는 유년기를 채 넘기지 못하고 죽었을 것이다.

알프레드가 아홉 살 되던 해 그의 아버지가 불의의 사고로 죽었다. 숲 속에 들어가 일하다가 넘어지는 나무에 깔려 죽은 것이다. 어머니는 어떻게 해서든지 혼자서 자식들을 키우려 했지만 너무나 힘든 나머지 폐결핵에 걸렸다. 할 수 없이 어머니는 자식들을 분산시켜 이 집 저 집 친척들에게 떠맡기는 수밖에 없었다. 끝까지 자기가 데리고 있기로 한 자식은 알프레드 하나뿐이었다. 몸이 허약한 알프레드는 누구에게 도 아무런 쓸모가 없을 것이라는 사실을 어머니는 누구보다도 잘 알고 있었다. 어머니는 폐결핵을 극복하려고 무진 애를 썼지만 결국 43세를 넘기지 못하고 죽었다. 알프레드가 12살 때의 일이었다.

홀로 남게 된 알프레드는 그때부터 살기 위하여 이것저것 손에 닿는 대로 어떤 일이고 해 보았다. 농장 일, 여관집 심부름꾼, 마부, 빵 굽는 일, 구두 수선, 땜장이 일, 대장간 일 등 안 해 본 일이 없었으나 몸이 허약한 탓에 모두 실패였다. 한때 그는 공장 노동자로 미국으로 건너가 4년을 보내기도 하였다. 미국에 가서도 임금이 높은 공장 일은 몸이 허약해서 하지 못하였다.

외롭고 불쌍한 알프레드는 어려서부터 남다른 신앙심을 가지고 있었다. 그는 기도 속에서 무엇에도 비할 수 없는 위안을 얻었다. 특히 그는 성 요셉에 대하여 대단한 정성을 쏟았다. 많은 일에 손을 대고도 번번이 실패하였지만 그는 자신의 아버지로부터 예수의 아버지 성 요셉에 대한 믿음을 물려받았으며, 항상 자기는 성 요셉의 특별한 보호를 받고 있다고 믿었다. 그는 항상 말하기를 "나의 아버지는 요셉처럼 목수였다. 성 요셉은 틀림없이 나에게 알맞은 일을 찾아 주실 것이다"라고 하였다.

미국에서 약 4년을 보내고 다시 고향으로 돌아왔을 때 알프레드는 22살이었다. 고향 마을에서 그를 반겨 준 사람은 태어났을 때 세례를 맡아 준 마을 성당의 안드레 프로방살 신부였다. 알프레드에 대하여 누구보다 잘 알고 있던 안드레 신부는 알프레드가 고향으로 돌아온 것을 반겼으며, 특히 그동안 신앙심이 흔들리거나 깨지지 않고 오히려 아주 성숙해진 데 대하여 몹시 기뻐하였다. 그는 알프레드에게 수사가 되기를 권하였다.

"신부님, 아시다시피 저는 글을 읽을 줄도 쓸 줄도 모르잖아요. 글도 모르는 제가 어떻게 수사가 되겠어요?" 알프레드는 수사가 되기를 간절히 바랐지만 수사회에서 자기를 받아 주지 않을 것을 잘 알고 있었다.

"글 같은 건 몰라도 괜찮다. 너는 기도를 할 수 있지 않느냐?" 안드레 신부는 알프레드를 몬트리올에 있는 '성 십자가 수도회'(Holy Cross Brothers)에 강력하게 추천하였다. 그의 추천서 가운데 마지막 문장은 다음과 같다. "나는 지금 당신들에게 성자 한 사람을 보내니 그리 아시오."

알프레드는 25세가 되던 해 일 년의 예비 수사 기간을 거쳐 마침내 정식으로 수사회의 일원이 되었다. 그는 자기를 추천하여 준 마을 성당 신부의 이름을 따 자기 이름도 안드레로 바꾸었다. 예비 수사로서 그가 한 일은 복도에 물걸레질을 하는 일과 청소, 그리고 다른 사람들의 잔심부름을 하는 일이었다. 그가 이런 일을 하는 동안 보여 준 성실함과 근면함은 남의 모범이 되고도 남았다. 그가 정식으로 수사가 된 후 얻은 자리는 그 수도회가 설립, 경영하는 노트르담 대학의 수위였다. 이 자리에서 그는 40년을 근무하게 된다.

말이 수위지 하는 일은 예비 수사 시절의 연속이었다. 학교 청소, 시설물의 점검과 보수, 사람들을 맞이하고 안내하는 일, 학생 기숙사를 돌며 이런저런 잡다한 심부름과 우편물을 배달하는 일, 세탁물 등을 전달하는 일이었다. 그는 학생들의 이발도 해 주었다. 이런 일을 하는 가운데 필연적으로 안드레는 학생들을 비롯한 각계각층의 마을 사람들과 접촉을 하게 되었다. 안드레 수사는 이런 일들을 하면서 지금까지 느껴 보지 못한 마음의 평온과 행복을 얻은 데 대하여 항상 감사하고 기뻐하였다.

안드레 수사는 그가 기거하는 협소한 사무실 유리창 틀에 조그만 성 요셉 동상 하나를 로열 마운틴의 정상을 향하도록 항상 세워놓았다. 사람들이 그 이유를 물을 때마다 그는 대답하였다. "언젠가 성 요셉은

저 산 위에서 특별한 방법으로 크게 존경받게 될 것입니다."

안드레 수사의 신비스러운 힘이 나타나기 시작한 것은 수위로서 노트르담 대학에 근무한 지 5년쯤 되던 해부터였다. 어느 날 안드레 수사는 학교 위생실에 누워 있는 몹시 열이 나는 학생을 방문하게 되었다. 그는 학생에게 "여봐, 이 게으름뱅이 젊은이, 누워 있지 말고 일어나 나가 놀게!"라고 말하였다. 학생은 처음엔 이 말을 듣고 머뭇머뭇하더니 곧 자리에서 일어나 운동장으로 나갔다. 이 소문이 퍼지자 대학 당국은 안드레 수사를 불러 크게 나무랐다. "안드레 수사, 저 학생은 환자요, 환자. 병이 악화되면 어찌하려고 그러시오?" 안드레 수사는 자기에게 주의를 주는 상사에게 간곡하게 요청하였다. "의사를 불러 한번 저 소년을 검진하도록 해 보십시오. 제가 저 소년의 병을 고친 것이 아니고 성 요셉이 고쳐 주었으니까요." 마침내 의사가 와서 소년을 진단하였다. 자세한 검진이 끝난 후 의사는 말하였다. "이 학생은 환자가 아닙니다. 아주 건강합니다." 이것은 이후 안드레 수사가 임종 시까지 60여 년에 걸쳐 계속한 크고 작은 기적적인 치료의 시작이었다.

안드레 수사의 이와 같은 기적적인 치유 능력이 세상에 알려지기 시작하면서 그가 수위로 근무하고 있는 노트르담 대학에는 각종 환자들이 모여들기 시작하였다. 처음에는 한 사람 두 사람 찾아오더니 나중에는 수십 명, 아니 수백 명씩 한꺼번에 몰려오기 시작하였다. 학교 운동장은 물론 교실, 복도 등이 모두 안드레 수사를 만나 보겠다는 환자들로 가득 차게 되었다. 학부모들은 자녀들 주위에 환자들이 있다는 사실에 크게 불안해하였으며, 이런 사태가 계속되면 자녀들을 전학시키겠다고 위협하였다. 의사들은 의사들대로 안드레 수사를 엉터리 치료 행위를 하는 돌팔이라고 몰아붙였으며, 심지어 당국에 고발하겠다고 나섰다. 이런 와중에 안드레 수사를 가장 가슴 아프게 만든 것은 그를 의심스러운 눈으로 바라보는 동료 성직자들이었다.

마침내 안드레 수사에게는 더 이상 환자들을 만나지 말라는 명령이 떨어졌다. 안드레 수사는 물론 명령에 복종하였다. 그러나 환자들은 그렇지 않았다. 계속해서 몰려왔다. 수사회 지도부에서는 안드레 수사를 몬트리올에서 아주 먼 곳으로 전근 보내는 계획도 아주 구체적으로 수립해 보았지만 마지막 순간에 몬트리올 대주교에 의하여 무산되었다. "안드레 수사로 하여금 자기 일을 계속하게 하라. 그 일이 진정 하느님의 일이라면 계속될 것이요, 그렇지 않은 것이라면 얼마 못 가서 제풀에 중단될 테니까." 평소 대주교는 항상 명령에 복종하는 안드레 수사를 잘 알고 있었다.

해결책은 결국 산 위에 있었다. 안드레 수사는 노트르담 대학 부지인 로열 마운틴 언덕 경사면에 조그만 목조 성당을 하나 새로 짓고 거기에 환자들을 맞겠다는 제안을 하였다. 성 십자가 수도회가 이 제안을 받아들임으로써 대학 당국은 35년 만에 몰려드는 환자들로부터 해방되었다. 순전히 안드레 수사 혼자의 힘과 그의 능력을 믿고 따르는 몇몇 사람들의 헌신적인 노력에 의하여 환자를 맞을 새로운 장소가 산 위에 마련되었다. 이곳에서 안드레 수사는 매일 평균 10시간씩 환자를 돌보았으며, 한 시간에 약 30명에서 40명의 환자를 접견하였다.

치료된 사람들도 있었지만 치료되지 못한 사람들이 더 많았다. 그러나 분명한 사실은 천리만리를 불편한 몸을 이끌고 찾아와 오랜 시간 고통 속에서 지루하게 기다린 끝에 잠깐 안드레 수사를 만나 그의 손을 잡고 축복의 말을 들은 사람들은 하나같이 훨씬 더 기분이 좋아지고 고통도 덜 느끼게 되었다는 것이다. 본디 허약한 체질을 타고났으며 유달리 감수성이 예민하였던 안드레 수사로서는 매일같이 수백 명의 고통 받는 환자들을 만나는 것이 육체적으로나 정신적으로 너무나 큰 짐이었다. 환자를 만나 그들의 이야기를 듣는 안드레 수사의 눈에는 눈물이 마를 날이 없었으며, 샘솟듯 솟는 눈물은 그의 주름진 두 뺨을 타고 줄줄 흘러내렸다.

안드레 수사에게는 큰 꿈이 하나 있었다. 그것은 어린 시절부터 자기에게 무한한 위로와 사랑을 베풀고 돌보아 주었으며 이런 엄청난 능력을 부여해 준 성 요셉을 위하여 모든 몬트리올 사람들이 볼 수 있는 로열 마운틴 꼭대기에 그의 권능에 걸맞은 집을 하나 짓는 일이었다. 안드레 수사의 주장이 받아들여져 시작된 이 성당의 건축은 그 규모가 너무나 크고 또 들어가는 비용도 생각했던 것보다 엄청났기 때문에, 몬트리올 대주교를 비롯한 고위 성직자들은 차츰 공사의 완공에 회의를 느끼거나 의구심을 표시하였다. 그러나 안드레만은 변함없이 항상 결과를 낙관하였다. "나는 아마 나의 생전에는 이 성당의 완성을 보지 못할지도 모릅니다. 그러나 이 성당은 완성됩니다. 어차피 이 공사는 나의 공사가 아니고 성 요셉 자신의 일이니까요."

이 성당의 공사는 당시 전 세계에 몰아닥친 경제 공황의 여파로 헌금이 들어오지 않아 몇 년간 중단 사태를 맞이하였다. 1936년, 그러니까 안드레 수가 죽기 바로 1년 전, 마침내 성 십자가 수도회 간부들이 모여 이 공사를 계속할 것인가 아니면 영구히 포기할 것인가를 결정하는 중대한 회의가 열렸다. 91세의 안드레 수사도 참석하였다. 안드레 수사는 아직도 성당의 완공에 대하여 이런 의구심을 가지고 있는 성직자들의 나약함에 크게 놀라고 속이 상했지만 태연히 항상 유지하던 온화한 얼굴로 조용히 말하였다. "이 일은 우리의 일이 아닙니다. 성 요셉이 하는 일이지요." 그리고 안드레는 무슨 생각에서인지 다음과 같은 말을 덧붙였다. "지금 공사 중인 건물 가운데에다 성 요셉의 동상을 하나 세워 놓으시오. 성 요셉이 비가 맞기 싫다면 틀림없이 머리 위에 스스로 지붕을 만들어 덮을 터이니까요." 다급해진 사람들은 실제로 안드레의 말대로 해 보았다. 그로부터 2개월이 지나자 그동안 들어오지 않던 헌금이 다시 들어오기 시작하여 공사는 재개되었다. 다음 해 1월 안드레 수사는 심장에 이상이 생겨 곧 혼수상태로 들어갔다. 이 소식은 라디오 뉴스를 타고 몬트리올은 물론 캐나다 그리고 북미 전체로 퍼졌다. 병원 당국은 평소 안드레 수사가 부탁하였던 대로 대기하고 있던 환자들로 하여금 혼수상태에 빠진 안드레 수사의 병실에 입장하도록 허락하였다. 그들은 한 사람 한 사람씩 병실에 들어가 그동안 수많은 사람들의 고통을 달래 주던 안드레 수사의 작은 손을 잡는 영광을 얻고 감격하였다. 고통을 받는 사람들의 마지막 행렬이었다. 1937년 1월 6일 오후 안드레 수사는 92세를 일기로 사망하였다. 약 백만 명의 사람들이 로열 마운틴 언덕에 모여 안드레 수사의 서거를 애도하였으며 장례식을 지켜보았다.

"화가는 언제나 가장 작은 붓을 가지고 가장 정교하고 아름다운 그림을 그리지요." 안드레 수사가 평소 즐겨 하던 말이다. 안드레 수사는 아마도 자신의 일생을 이 말로 요약하였는지도 모른다.

안드레 수사가 생전에 말했듯이 오늘날 우리가 볼 수 있는 캐나다 몬트리올 시 로열 마운틴 정상에 우뚝 솟아 있는 '성 요셉 성당'은 안드레 수사가 죽은 지 30년 후인 1967년에 완공되었다. 그는 1982년 교황 요한 바오로 2세에 의하여 '성자'로 공식 선포되었다.

[2004년 1월]

회상

나는 주로 미국의 젊은 학자와 예술가들에게 그 기회와 혜택이 주어지는 NEH(National Endowment for Humanities) 프로그램의 일환으로 1988년 6월 13일부터 8월 5일까지 8주간 미국 일리노이대학 시카고 캠퍼스에서 '미국 문화 비평'이라는 주제로 마크 크럽니크 교수 주관하에 개최되었던 세미나에 참가하는 행운을 누렸다. 이 모임에는 미국 각처로부터 14명의 젊은 교수들이 참석하였으며, 나도 그중 한 사람이었다.

마크 크럽니크 교수는 이 세미나를 주관하는 총 책임자이자 내가 처음 만난 사람이었다. 시카고에 도착하는 날 그는 오헤어 공항에 나와 나를 맞아 주는 친절과 영광을 베풀어 주었다. 사실 밤늦게 낯선 땅의 큰 공항에 혼자 내려 목적지를 무사히 찾아가야 하는 현실 앞에 나는 적지 않게 불안하였다. 공항에 내려서 어떤 교통수단을 이용하여 어디까지 와서 어떻게 하라는 안내문과 약도는 가지고 있었지만 목적지에 가까워지면서 더욱 불안하고 초조하였다. 시카고와 같은 미국의 대도시가 위험한 곳이라는 것쯤은 나도 본능적으로 알고 있었다. 더구나 도착 시간은 밤 12시가 훨씬 넘은 새벽 2시경이었다. 크럽니크 교수는 나를 자기 차에 태워 나의 숙소로 내정된 일리노이 대학교 시카고 캠퍼스 '외빈 숙소'까지 데려다 주었다. 밤늦은 시각이라 그런지 크럽니크 교수도 길을 잘 모르는 것 같았다. 사람의 발길이 끊긴 황량한 시카고 뒷골목을 여러 차례 헤매는 시행착오 끝에 마침내 우리는 목적지에 도착하여 안도의 한숨을 내쉬었다. 외국인으로서 먼 곳에서 오는 나에 대한 크럽니크 교수의 각별한 배려가 없었던들 나는 아마도 세미나에 참석하기도 전에 어떤 큰 사고에 당하였을지도 모를 일이었다.

그는 언제나 부드럽게 말하고 겸손하게 행동하였다. 대단한 학문적 업적과 명성에도 불구하고 그는 뽐내는 법이 없었다. 자필 서명이 들어 있는 그의 저서 『라이오넬 트릴링: 문화비평의 운명』이라는 책을 펼칠 때마다 그의 얼굴과 나에게 베풀어 준 친절에 대한 기억이 새삼스럽게 떠오르고 그리워진다. 지금도 일리노이 대학의 교수로 계시는지, 아직도 그 괴물같이 크고 우악스럽게 보였던 유니버시티 홀 19층에 연구실이 있는지, 아니면 지금은 정년퇴직을 하고 한가하게 낚시질이나 즐기고 계신지, 이제는 말해주거나 알려 줄 사람도 알 길도 없다.

워런 해리스 씨는 나이 마흔 정도의 젊은 학자로서 내가 시카고에 도착한 시각부터 끝나는 날까지 줄곧 함께 '외빈 숙소 212호실'을 함께 사용한 교수였다. 나중에 알게 된 사실이지만 그는 이 시카고 교외에 위치한 명문 사립 대학인 노스웨스턴 대학에서 T. S. 엘리엇을 전공하여 박사 학위를 받았으며, 당시 사우스웨스트 버지니아 대학에서 가르치고 있었다. 그에게 이 거대한 도시 시카고는 고향이나 다름없어 보였다. 구석구석 모르는 곳이 없었고 이 도시에 대해 아는 것도 많았다. 이곳에 도착한 순간부터 세미나의 마지막 날까지 나는 해리스 씨에게 나의 생활은 물론, 생존 자체를 전적으로 의존하지 않으면 안 되었다. 나는 염치 불구하고 그의 소유물인 스푼, 포크, 칼, 컵, 접시, 프라이팬 등을 나의 물건처럼 사용하였다. 그는 나의 무례함과 염치없음을 인내와 관용을 가지고 지켜보았으며, 어디서 저런 무뢰한이 왔나 하며 때론 놀라고 때론 즐거워하며 참아 주는 눈치였다.

그는 식료품을 사러 갈 때마다 나를 그의 오래된 스테이지 왜건에 태우고 갔다. 또한 그는 시카고에서 가 볼 만한 유명한 문화 유적과 행사에 빠뜨리지 않고 동행해 주었다. 그는 나에게 미국식 팬케이크를 만드는 방법을 가르쳐 주었을 뿐만 아니라, 동전을 넣어서 돌리는 세탁기의 사용법도 친절하게 가르쳐 주었다. 그는 우리가 함께 쓰는 숙소를 언제나 깨끗하게 유지하였고 정리정돈에 아주 철저하였다. 그는 식사를 마친 후 내가 접시를 닦겠다고 나서도 굳이 허락하지 않았다. 나의 설거지하는 태도와 청결에 대한 기준이 그의 유난히 깔끔한 성격에 차지 않았기 때문이다.

세미나에서 그는 행동이나 말이 크게 드러나지 않는 평범한 사람이었으나, 개인적으로는 아주 매력 있고 유머 또한 풍부한 사람이었다. 세미나가 개최되는 동안 고향 버지니아에 살고 있는 그의 가족들이 여름휴가차 약 일주일간 그를 방문하였을 때 그가 아내와 두 아들 제러미(8살)와 콜린(10살)에게 보여 준 아버지와 남편으로서의 지극한 사랑과 정성은 참으로 모범적인 것이었다. 그는 낭비하는 것이 없었다. 돈과 시간은 물론 휴지 한 장도 헛되이 쓰는 법이 없었다. 그의 부지런함과 절제하고 절약하는 태도 앞에서 나는 여러 번 얼굴을 붉혀야만 하였다. 나의 주변 사람들이 미국 사람들에 대하여 사치스럽고 낭비가 심하다거나, 또는 도덕적으로 어쩌고저쩌고 하며 비난하는 소리를 들을 때마다 나는 혼자 중얼거린다. "다 그렇지는 않지. 워런 해리스 씨를 보라고."

디어본에 위치한 미시건 대학에서는 멜리타 숌이라는 젊은 여자 교수가 왔다. 지금도 그 여자의 크고 푸른 아름다운 눈과 파도치는 금발이 생생하게 떠오른다. 이 여교수는 아직 미혼이었는데 행동과 태도가 너무나 자연스럽고 자유분방하여 거칠 것이 없었다. 첫날 모임에서 이 여자가 이 세미나의 지도 교수이며 아버지뻘 되는 나이의 크럽니크 교수에게 태연히 담배를 하나 달라고 하여 빼어 무는 것을 나는 옆에서 흥미롭게 바라보았다. 다른 것은 다 잊어버렸지만 이 여자가 세미나에서 발표한 논문 제목만은 세월이 많이 흐른 지금도 잊지 않고 있다. 어찌 그것을 잊으랴! "H. L. 멘켄과 미국 문화의 지속발기증"(H. L. Mencken and American Cultural Priapism)이라는 희한한 제목이었다. 나는 "지속발기증"(Priapism)이란 단어의 뜻을 몰라 다른 사람들이 왜 웃는지 모르다가 나중에 사전에서 뜻을 찾아보고 혼자서 크게 웃었다. 이 여자의 논문 내용은 미국의 유명한 문인이며 대표적 문화비평가로 알려진 H. L. 멘켄이 "지속발기증"에 걸린 환자와도 같이 남성의 우월성에만 치우쳐 여성들의 존재를 인정하지 않았다는 사실을 들어 멘켄과 미국 사회의 풍토가 여성들에게는 불공평하다는 점을 지적한 것이었다. 나는 이 희귀한 병리학적인 용어를 이처럼 사회적 현상의 메타포로 알맞고도 짓궂게, 또한 대담하게 사용한 젊은 여교수의 재치와 용기에 감탄하지 않을 수 없었다. 그런데 지금도 알 수 없는 일은 당시 세미나에 참석한 사람들 가운데 아무도 이 단어의 사용에 대하여 나처럼 진지한 흥미와 관심이나 당혹감을 나타내는 사람은 없었다는 사실이다. 모두들 그저 하나의 의학적 또는 병리학적 단어로 받아들이고 거기에 어떤 다른 해괴한 연상이나 해석은 아예 시도하지 않는 눈치였다. 결혼도 하지 않은 젊은 여자가 하고많은 어휘들 중에서 하필이면 그런 음란한(?) 단어를 공공연히 부끄러움도 없이 사용하느냐고 호통을 치고 싶었던 사람은 용기가 없어 물어보지도 못한 한국에서 온 도덕가 한 명뿐임이 틀림없었다.

캘리포니아 산타바버라에 위치한 캘리포니아 대학에서는 제프리 시걸이라는 젊은 교수가 왔다. 세미나 첫날부터 그는 한국에서 온 나에게 아주 친절하게 대해 주었다. 그는 하루 틈을 내어 미국에서 가장 오래되고 아름답다는 시카고 컵스 야구단의 홈구장인 전설적인 리글리 구장에서 벌어진 시카고 컵스 대 뉴욕 메츠의 경기에 나를 데리고 가 주었다. "야구장에 와서야 비로소 미국에 민주주의가 있음을 느낀다"고 그가 나에게 무심코 한 말을 지금도 나는 기억하고 있다. 그날 그 야구장에 모인 사람들이 만들어 낸 분위기를 경험한 사람이라면 누구나 제프리 시걸 씨의 견해에 동의할 것이다. 참으로 거기에서는 남녀노소, 지위, 신분, 종족, 인종을 모두 초월하여 하나가 되는 평등을 누리고 있었다. 글자 그대로 하나가 되어 홈 팀을 응원하고 있었다.

애석하게도 홈 팀인 시카고 컵스가 경기에 지고 있었다. 내가 앉아 있는 좌석 근처에서 별안간 커다란 고함 소리와 함께 관중 사이에 주 먹다툼이 벌어졌고 그 싸움을 구경하고자 즉시 많은 사람들이 모여들 었다. 싸움에 구경꾼이 모이는 것은 한국이나 미국이나 다름이 없었 다. 싸움은 경찰의 출동과 함께 곧 끝이 났다. 추측건대 홈 팀이 지고 있는 것에 대한 불만이 엉뚱한 곳으로 터진 모양이었다. 이번에는 별 안간 커다란 웃음소리가 뒤쪽에서 터져 나왔다. 뒤돌아보니 누군가가 차마 입에 담기 어려운 상스러운 욕이 적힌 플래카드를 내걸어 이기고 있는 뉴욕 메츠 팀에 대한 야유를 보내고 있었다. 사람들은 좋다고 박 수도 치고 웃고 야단들이었다. 어찌 되었건 그날의 경기는 6 대 2로 홈 팀 시카고 컵스의 패배로 끝났다.

상대방을 압도하는 거구에 더부룩한 턱수염이 눈길을 끄는 스티븐 라인하트 씨는 오하이오에 있다는 웨스트마 전문 대학 교수였다. 그를 보는 순간 나는 곧 영화배우 오손 웰스와 벌 아이브스를 연상하였다. 그는 체격과 대조적으로 어찌나 말을 빨리 하는지 처음에는 도저히 따 라갈 수가 없었다. 세미나가 진행되는 가운데 그의 질문은 항상 날카 로웠고 가시가 돋친 듯하여 상대방을 긴장시켰다. 처음 얼마 동안 나 는 이 사람이 무서워 기회가 있어도 가까이 가지 않고 피했다. 그런데 정작 시간이 흐르면서 미국의 문화와 정치 일반에 대하여 나는 개인적 으로 이분과 가장 많이 솔직한 의견을 교환하였으며, 나중에는 좋아하 게 되었다.

무엇보다도 이분은 솔직해서 좋았다. 그는 세미나에 참석한 다른 미 국 사람들과는 달리 자신의 사생활에 대해 많은 것을 나에게 알려 주었다. 나이는 당시 나와 동갑인 48세로서 이혼을 하여 혼자 살고 있다고 말하였다. 신기하게도 나처럼 왼쪽 귀가 잘 들리지 않는다고 말하기도 하였다. 나도 그렇지만 지금까지 누구에게 자발적으로 이런 말을 해 본 적은 없었다. 내가 이분이 한국 음식을 특히 좋아한다는 사실을 알고 시카고 시내 클라크 스트리트에 위치한 한국 음식점 '서울 하우스'에 초대하였을 때 그는 나온 김치가 어째서 이 정도밖에는 맵지가 않으냐고 대단한 불평을 하였다. 하루하루의 삶을 겁 없이 유감없이 신나게 사는 부러운 사람이었다. 그는 과거에 필라델피아에서 몇 년간 택시 기사 노릇을 한 적도 있노라고 하였다. 그가 지금까지 살았던 도시 목록에는 미국의 웬만한 대도시들이 거의 망라되어 있었다. 기질적으로 한 곳에 나처럼 진드기처럼 쩨쩨하게 오래 머물지 못하는 사람인 것이 분명하였다.

그는 세미나가 진행되는 동안 미군 함정에 의해 격추되어 사망한 이란 국적의 여객기 승객에 대하여 미국인으로서 진지한 애도와 함께, 그런 실수를 저지른 미국의 행위에 대하여 분노를 표시한 몇 명 안 되는 미국인 가운데 한 사람이었다. 그는 한때 공군으로 유럽에서 근무한 적이 있다고도 말하였다. 나에게 이 스티븐 라인하트 씨야말로 자유롭고, 독립적이며, 개인적이고, 항상 움직이고 떠돌아다니며, 추구하고, 의문을 품는, 미국 정신의 생생한 구현이었다. 지금 그는 무엇을 하고 있을까? 어디에 있을까? 궁금한 것은 이뿐이 아니다. 그의 운전 습관이 이제는 좀 나아졌는지도 궁금하다. 내가 지금까지 만나 본 사람들 가운데서 스티븐 라인하트 씨는 난폭한 운전으로는 단연 으뜸이었다.

비록 길지도 않은 8주간의 기간이었지만 그동안에도 일어날 일들은 모두 일어났다. 일리노이 주 오크턴 전문 대학에서 온 마이클 대브로스는 세미나가 진행되는 가운데 새로 집을 사서 이사를 하였다. 부엌을 개조하느라고 바쁘다는 불평을 하면서도 새집을 장만한 만족감과 행복감이 얼굴에 넘쳐 났다. 플린트에 소재한 미시건 대학에서 온 윌리엄 록우드 씨는 7백 달러나 주고 샀다는 새 자전거를 시카고에 도착하는 날 도둑맞고는 울상이 되었다. 그는 자전거를 타고 세미나에 온 유일한 사람이었다. 제프리 시걸의 자동차에는 어느 날 밤 도둑이 들어 고급 스테레오를 떼어 갔다. 어바인에 위치한 캘리포니아 대학에서 온 데보라 윌슨 교수는 새 학기부터는 강의를 줄 수 없다는 대학 당국의 통고를 받고 몹시 의기소침했다가, 다행히 일리노이 주립 대학교에 자리를 얻게 되어 잠시 잃었던 명랑성을 되찾았다. 애슨스에 있는 테네시 웨슬리안 대학에서 온 제프리 포크스 교수는 병이 나서 세미나 도중에 집으로 돌아가야만 하였다. 제인 튜마스 세르나라는 여교수는 지금까지 근무한 조지아 주 베리 전문 대학에서 버지니아 주에 있는 홀린스 대학으로 직장을 옮겼다. 이 여자는 이제부터 자기가 평소에 가르치고 싶었던 '매스커뮤니케이션' 과목을 가르치게 되었노라고 크게 자랑하며 기뻐했다. 뉴욕의 쿠퍼 유니언 대학에서 온 여교수 소니아 세이어스는 세미나 동안에 미국의 유명한 여류 작가이자 철학자인 수전 손택에 관한 평전 집필을 완성하는 업적을 남겼다. 멜리타 솜과 제프리 시걸은 서로 사랑에 빠졌다고들 쑤군대기도 하였다. 이 둘은 세미나 참석자들이 묵게 되어 있는 '외빈 숙소'에서 일찌감치 빠져나가 방을 얻어, 함께 먹고 자면서 공부한다고 했다.

나는 이 세미나에 참가한 사람들 가운데 유일한 외국인이었다. 그러나 세미나가 끝나 갈 때쯤 되어서 나는 나만이 외국인이라는 생각을 고쳐먹게 되었다. 엄격한 의미에서 미국 사람들은 모두가 외국인이라는 느낌이 점점 더 커져만 갔다. 우선 한국 사람의 기준으로 볼 때 미국이라는 땅덩어리는 한 나라가 되기에는 너무 넓다. 미국 사람들이 서로 떨어져 살 수 있는 거리를 최대로 잡아 서울과 부산 정도의 거리로 생각한다면 그것은 너무나 큰 잘못이다. 같은 말을 사용한다 하더라도 수천 마일이나 서로 떨어져 살 때는 우리처럼 옹기종기 모여 사는 사람들처럼 가깝게 느낄 수는 없을 것만 같다. 거기다가 이 세미나에 모인 사람들의 성만 한번 훑어보자. 대브로스, 포크스, 하킨즈, 키비스토, 록우드, 세이어스, 튜마스 세르나, 월하우트, 월슨, 크럽니크, 해리스, 시걸, 숌, 라인하트 어느 하나도 같은 것이 없다. 만약 우리나라 사람 열네 명이 모여 세미나를 열었다고 가정해 보자. 보나마나 거기에는 김 씨와 이 씨가 오륙 명은 될 것이고, 나머지는 최 씨나 박 씨가 차지할 것이다. 미국 사람들에게는 이 성이야말로 가족의 이름이자 그들의 조상의 나라를 지칭한다. 내가 만약 처음부터 나의 이름을 존(John)이나 톰(Tom)으로 고치고 한국계의 후손이라고 처신하였다면 아무도 나를 외국인으로 취급하지 않았을 것이다. 한마디로 미국은 외국인들의 나라다. 존 리(John Lee), 어때요? 미국 사람 같지요?

이와 같은 미국 사람들이 가지고 있는 '외국인성'은 아마도 이들이 지구 상 어느 나라 사람들보다 분명히 더 많이 가지고 있는 외국인에 대한 관용과, 서로 다른 풍속이나 습관에 대한 본능적인 배척이나 비판보다는 폭넓은 포용력 내지 이해력의 근본을 이루고 있다고 생각된다. 그들은 주변에 존재하는 문화적 차이에서 비롯된 다양한 생활 양식이나 습관 또는 사고방식에 대하여 수천 년간 한반도에서 살아온 단일 문화권의 단일 민족처럼 확고한 기준을 가질 수 없기에, 만사에 우리처럼 성급하게 판단하거나 비난하기보다는 마음에 들지 않거나 눈꼴사나운 것이 있어도 이해하려고 노력하고 너그럽게 보아 넘기려고 한다. 예를 들어 이탈리아 사람들의 식사 습관이나 음식이 아랍 사람들의 그것과 같을 수 없을 때 서로 옳다고 주장하기보다는 상대방의 것이 편리하고 실용적일 때는 받아들이고, 자기에게 위험하거나 해를 끼치지 않는 한 그대로 보아 넘기는 타협과 관용의 정신이 생겨나는 것이다. 그러니까 미국 사람들이 아무런 비난이나 반대를 하지 않고 넘어간다고 해서 그것이 꼭 우리가 하는 방법이나 습관을 옳다고 생각하거나 크게 좋아하는 것이라고 여겼다가는 정말 작은 코 다친다.

세미나가 진행되는 동안의 미국 생활은 다 좋았는데 딱 한 가지 도저히 즐길 수 없는 것이 있었다. 미국의 친구들과 어울려 많은 이야기를 나누면서 웃고 즐기기도 하였지만 나는 항상 무엇인가 놓치거나 빼놓은 것이 있다는 공허하고 허전한 느낌을 받았었다. 나는 그것이 무엇인지를 세미나가 끝나고 집에 돌아와서 비로소 깨달았다. 그렇다. 바로 험담, 그것이었다. 나는 8주 동안 누가 이러쿵저러쿵 하다는 험담을 하는 즐거움을 그곳에 있는 아무와도 가질 수 없었다. 누구와 어떤 사람에 대하여 험담을 하자면 상대방을 전적으로 신뢰해야만 가능한데 이것이 말처럼 그렇게 쉬운 일이 아니었다. 나에게 숟가락 젓가락 다 빌려 주고 함께 방을 쓰고 밥도 같이 먹은 워런 해리스 씨와도, 나는 멜리타와 제프리가 사랑에 빠져 동거 생활에 들어간 사실에 대하여 말하고 싶어 입이 간지러워 죽을 지경이었으나 감히 먼저 입을 열지 못하였다. 이 문제에 관하여서는 이 친구도 나를 못 믿은 모양이었다. 험담에는 우정 이상의 공모 내지 음모에 가까운 정신적 유대감이 필요하다. 험담을 나눌 수 있는 친구가 진짜 친구다. 만나서 남북통일이나 세계 평화를 논하다 헤어지는 친구는 진정한 의미에서 친구가 아니다. 이 험담이라는 양념이 들어가지 않은 대화의 요리는 아무리 모양새가 그럴듯하고 양이 풍부하더라도 맛이 있을 수 없었으니 죽을 노릇이었다. 미국 사람들은 이 지구 상에서 험담이라는 죄악에 물들지 않은 가장 순수하고 순진한 사람들이었다. 나처럼 험담꾼들의 본고장에서 태어나 그 진미를 일찌감치 터득하였고, 그것을 지금 이때까지 부단히 실습하여 상당한 수준에까지 이른 사람이 이것 없이 꼬박 두 달이나 지내야만 했다는 사실은 김치를 먹을 수 없었다는 사실과는 비교조차 되지 않는 고문이요 저주였다.

우리의 세미나가 열렸던 건물 '스티븐스 홀' 입구에는 기다랗게 늘여 놓은 듯한 카누 모양의 돌 조각품이 하나 놓여 있었다. 이 조각품은 "작은 배"라는 제목의 소박한 것이었다. 나는 처음 이 제목의 자명함에 실소를 금할 수 없었다. 그러나 사람들의 눈에 잘 뜨이지 않도록 의도적으로 조각품의 뒤쪽에 새겨진 "깊은 바다"라는 또 하나의 제목을 발견하고는 나는 자못 심각해졌다. 이 조각품을 지나면서 나는 우리의 세미나를 그것에 비유하게 되었다. 분명 우리의 세미나는 깊고 넓은 학문의 바다 위에 떠 있는 조그만 배 한 척이었다.

이 배는 분명 요사이 유행하고 있는 각종 '모더니즘'의 첨단 문학 이론의 레이더 장비를 갖춘 막강한 군함도 아니었고, '포스트모더니즘'의

대가들이 승선한 화려한 호화 유람선도 아니었다. 그러나 우리가 탄 배는 작았고 외견상 보잘것없었지만 노련한 선장 밑에 14명의 젊고 유능한 선원들이 타고 있었다. 선장은 배를 잘 인도하였고 우리 선원들은 제각기 있는 힘을 다하여 노를 저었다. 나는 언젠가 이 "작은 배"의 옆을 다시 한 번 지나갈는지는 모른다. 그러나 결코 다시는 이 '미국 문화 비평'이라는 주제의 바다에 배를 띄우고, 젊고 겁 없고 자유분방하고 활기 찬 미국의 선원들과 함께 배를 저어 볼 기회는 없을 것이다. 나의 눈에 눈물이 고이는 것을 느낀다. 모두들 어디에 있는가? 무엇을 하고 있는가? 대답 좀 해 다오!

[1998년 12월]

안개 속으로

서울에 살고 있는 나이 든 사람들이 대개 그러하듯 나도 어린 시절을 시골에서 보냈다. 오랫동안 도시에서 살다 보니 어린 시절 시간을 보낸 자연과는 사뭇 거리가 멀어졌고, 가끔 생각이 나기는 하지만 생각에 머물 뿐 곧바로 잊어버리고 만다. 그런데 금년도 어느덧 6월로 접어들어 새로운 여름이 찬란하게 펼쳐지려는 지금 새삼스레 생각나는 것이 있다. 바로 안개다. 이른 여름날 아침이면 으레 들이나 강가, 산자락, 언덕 위 등 어느 곳에서나 흔히 볼 수 있었던 안개. 그 안개를, 보지 못한 지도 꽤나 오래되었다. 고속도로에서 짙은 안개로 인한 교통사고가 발생하였다는 뉴스를 이따금씩 들으면서도 나는 그동안 이 안개의 존재를 잊고 살았다. 자동차라는 문명의 이기가 생활필수품처럼 된 오늘에 와서 겨울철 낭만의 대명사 격인 눈의 운명이 그리 되었듯 어느덧 여름 안개도 우리의 생명을 위태롭게 만드는 귀찮은 존재가 되어 버렸다.

그렇지 않은 때가 있었다. 여름날 아침이면 나는 으레 남들보다 일찍 일어나 잠자리채를 들고 밤새 초가집 추녀 밑에 쳐진 거미줄을 감아 들이기 위하여 집을 나섰다. 잠자리를 좇아 들판을 지날라 치면 맨발과 정강이는 물론 바지까지 온통 아침 이슬에 젖곤 했다. 아침 해가 떠올라 세상이 밝아짐과 동시에 풀잎에 맺힌 이슬들은 순간적으로 보석처럼 반짝이고는 이내 사라졌으며, 나의 잠자리채에 수집된 거미줄도 그 끈끈함을 상실하였다. 그리고 서서히 안개도 걷혔다.

한때 그곳에는 참으로 안개가 많았다. 특히 여름날 아침에 그랬다. 나는 자주 강둑 위를 걸으면서 이 안개의 구름 속에 파묻히는 경험을 하였다. 지금도 나는 그 신비스러운 경험을 잊을 수가 없다. 그리고 이런 숭고한 경험을 이 세상에 안개라는 것이 어떤 것인지조차도 모르는 나의 아이들에게 설명할 수 없음을 안타까워한다. 자연은 언제나 아름다운 것이지마는 안개에 묻힌 자연은 더욱더 아름답고 신비스럽게만 보였다.

그런데 대단히 유감스럽게도 언제 어디서나 자주 볼 수 있었던 그 많고 흔했던 안개가 이제는 주변에서 쉽게 볼 수 없는 것이 되었다. 한때는 서울 근교에서도 얼마든지 안개를 접할 수 있었다. 그런데 그 안개가 어디론지 자취를 감춘 것이다. 초가집이 있던 자리에 현대식 고층 아파트가 즐비하게 들어선 요즈음 시골의 사정도 크게 다르지 않다는 것이 고향 친구의 설명이다. 그리고 보면 전등의 등장과 함께 우리 생활에서 진정한 의미에서의 밤 — 칠흑같이 캄캄한 밤 — 이 사라져 버렸듯이 안개도 사람들이 북적거리는 것이 싫어 어느 곳으로 도망해 버린 것이 분명하다. 깊은 산속에 홀로 살고 있는 메아리처럼 안개도 고독을 즐기는 모양이다.

안개는 이슬과 더불어 그 부드러움과 잠깐 머물고 쉽게 사라져 버리는 일시성과 연약함 때문인지는 몰라도 자고로 동서양 시인들의 각별한 사랑을 받은 자연물이다. "안개와 같은 인생아, 얼마나 네가 살겠느냐, 밝은 해가 비치면 없어져"라는 노래는 내가 아주 어린 시절 언제 누구에게 배웠는지, 어디에서 읽었는지조차 기억에 없는 노래의 가사이다. "세월이 흐르고 이제 그 이름은 재보다 더 고운 저 안개 속에 스며 있느니"라고 시인 피천득은 사랑을 노래하였다. 인도의 시인 타고르는 "사랑이 그렇듯이 안개는 언덕과 강, 그리고 산의 가슴 위에서 놀면서 아름다움과 놀라움을 가져다준다"라고 적었다. 분명 안개에는 사랑의 속성이 들어 있다.

사랑이 그러하듯 안개는 삭막한 현실을 아름답고 신비스러운 세계로 변화시키는 힘을 가지고 있다. 우리의 시각을 적당히 방해하여 사물의 모습을 희미하게 만들고, 모나고 뾰족하고 딱딱한 모서리를 뭉개어 무디게 만들고, 그 속에 있는 모든 것을 어루만져 감싸 주어 자기 품에 들어온 세계를 현실보다 부드럽고 신비롭게, 또한 아름답게 만든다. 사랑에 빠진 사람에게 구태여 사랑의 의미를 물어볼 필요가 없듯이, 안개 낀 날 아침 일찍 강가에 서서 떠오르는 태양과 함께 들려오는 새의 노랫소리를 들으며 안개의 의미를 물을 필요는 없다. 그저 가만히 보고 듣고 느끼면 그만이다.

그런데 사랑하는 사람을 별다른 이유도 없이 아무런 말없이 훌쩍 떠나 버린 무정한 사람처럼 나는 안개를 뒤로하고 어느 날 고향을 떠났다. 그 후 지난 오십여 년 간 나는 안개를 포함해서 나의 삶에서 안개와 같은 것, 다시 말해서 애매한 것, 분명하지 않은 것, 약한 것, 무른 것, 부드러운 모든 것들을 애써 피하고 멀리하려 노력하면서 지금까지 살아왔다. 젊음에 수반되는 자만심과 오만함을 가지고 나는 만사에 좀 더 분명한 것, 현실적인 것, 그리고 강하고 단단한 것들을 선호했던 것이다. 따지고 보니 안개가 나를 떠난 것이 아니고 내가 안개를 떠난 것이다. 그런 내가 이 여름날 아침 오늘따라 새삼스럽게 나의 주변에서 안개가 사라졌음을 인식하고 슬퍼하는 이유는 무엇일까?

나이와 더불어 안개가 다시 나를 찾아왔기 때문이다. 어린 시절 안개 낀 강가에 서 있을 때 그랬듯이 짙은 안개가 다시 나의 시야를 가리기 시작하였다. 이제 모든 것이 희미하다. 분명한 것이 없어 보인다. 얼마 전까지만 하여도 만사를 분명하게 그리고 선명하게 갈라놓았던 그 경계선들 ─ 옳고 그름, 선과 악, 흑과 백, 사랑과 미움, 친구와 적, 성공과 실패, 만남과 헤어짐, 삶과 죽음 ─ 은 모든 것들이 안개에 덮여 있던 시골 풀밭의 좁은 길처럼 잘 보이지가 않게 되었다. 그리고 이제는 모두 안개 속으로 사라져 희미해져 버린 어린 시절, 지나간 시간과 사건들을 안개 낀 눈으로 회고하고 회상하는 것이 어느덧 나의 중요한 일과가 되어 버렸다.

[2004년 6월]

216

집으로 돌아와서

명품

　최근 들어 나에게는 남의 손목을 훔쳐보는 나쁜 습관이 하나 더 생겼다. 엘리베이터에 들어서거나 전철을 탔을 때 누군가 내 앞에 서 있거나 옆자리에 앉게 되면, 시선은 어느새 그 사람의 왼쪽 손목에 가 있다. 내가 보려고 하는 것은 그 사람이 차고 있는 시계다. 좀 더 구체적으로 말하면 그 시계의 상표다. 상대의 손목이 윗저고리 소매로 완전히 가려져 있을 때는 이 시도를 포기한다. 그러나 그 사람의 움직임과 함께 순간적으로나마 착용하고 있는 시계가 조금이라도 드러나면, 나의 시선은 반사적으로 그쪽으로 향한다.

　이와 같이 약간은 이상한, 저질이고 교양 없고 몰상식하고 정상이 아닌, 좀 심하게 말해서 병적인 호기심이 발동하기 시작한 것은 지금부터 약 한 달 전 나 스스로 일생일대 처음으로 거금을 주고 고급 손목

시계를 구입하고 나서부터다. 물론 지금까지 시계가 없이 살아온 것은 아니다. 나의 손목에는 언제나 시계가 채워져 있었다. 그러나 지금처럼 남의 시계에 대해서는 물론이거니와 내가 차고 있는 시계에 대해 별다른 관심이나 흥미를 가져 본 적은 없었다. 나에게 시계는 시간을 알려 주는 기계일 뿐이었다. 그 이상도 이하도 아니었다. 그런데 이제 꽤 이름이 알려진 비싼 시계를 하나 구입하고 나서부터는 사정이 달라졌다. 시계라고 다 같은 시계가 아니다. 나에게 시계는 이제 시간만 알려 주는 기계가 아니다. 그 이상이 되었다.

내가 이번에 구입한 손목시계는 시계에 대해 좀 안다 하는 사람들에게는 꽤 알려진, 소위 명품에 속하는 것이다. 이것을 사기까지는 오랜 망설임과 함께 아내의 동의를 얻어 내기 위한 끈질긴 설득이 있었다. 그리고 오래전부터 시계의 본고장 스위스에서 이 브랜드의 시계를 한국에 수입하여 판매해 온 친구의 진지한 권고가 있었다. 나의 주머니 사정은 물론이고 실용성 위주의 생활 태도를 잘 알고 있으면서도 이 친구는 만날 때마다 좋은 시계의 필요성을 넌지시 강조하곤 하였다. "시계가 없어서가 아니라 좋은 시계 하나쯤은 가질 필요가 있지." 마침내 지난달 초 나는 무슨 바람이 불었는지 이 친구의 말대로 문제의 시계를 하나 사고 말았다.

이 시계의 구입과 더불어 나의 생활에는 커다란 변화가 일어났다. 우선 가장 큰 변화는 지금까지 없었던, 또는 몰랐던 시계에 대한 새로운 흥미와 관심이 생겨난 것이다. 나는 손목시계라는 것이 비록 크지는 않으나 매우 복잡하면서도 잘 만들어진 완벽한 기계라는 사실을 새삼 알게 되었으며, 주로 금속으로 만들어진 것이지만 그렇게 부드럽고 촉감이 좋을 수 없고, 바라보면 바라볼수록 한없이 귀엽고 아기자기하고 아름다운 물건이란 사실을 깨닫게 되었다. 그뿐인가. 세상에는 나 같은 사람은 엄두도 낼 수 없는 엄청난 가격의 시계가 있다는 사실도 처음 알게 되었으며(그런 것에 비하면 내가 산 시계는 싸구려에 속한다), 시계 산업과 시장이 전 세계에 걸쳐 그처럼 다양하고 널리 분포되어 있다는 사실도 새로 알게 되었다. 그러나 무엇보다 나를 가장 놀라게 한 것은 명품 시계에 대한 사람들의 열렬한 애정이었다. 다시 말해서 이 세상에는 이런 이름난 시계를 가진 사람들, 혹은 그런 시계를 갖고 싶어 하는 사람들이 의외로 많다는 사실이었다. 이름난 비싼 시계를 구입함과 동시에 나는 새로운 세상으로 들어서게 된 셈이었다.

오래전부터 나는 영문 시사 주간지 『타임』과 『뉴스위크』, 월간지 『리더스 다이제스트』와 『내셔널 지오그래픽』을 정기 구독하고 있다. 그런데 이런 잡지들을 받아 페이지를 넘기는 즐거움이 이번 명품 시계의 구입과 더불어 배가되었다고 말한다면 당신은 아마 의아할 것이다. 그러나 사실이다. 전에는 눈에 들어오지 않았던 사진과 글들이 이제는 나를 사로잡기 때문이다. 다른 것이 아니고 바로 명품 시계의 판매를 촉진하기 위한 광고 말이다. 이런 것들이 이들 잡지에 자주 등장하고 있다는 사실은 예전에도 막연하게나마 알고 있었으나 한 번도 눈여겨본 적은 없었다. 그러나 이제는 사정이 다르다. 이것들이 제일 먼저 나의 눈에 들어올 뿐만 아니라 큰 관심과 흥미를 가지고 자세히 들여다본다. 그리고 천천히 감상도 한다. 내가 산 바로 그 시계가 등장하였을 때는 다시 한 번 나의 시계를 쓰다듬어 보면서 가슴 뿌듯함을 느낀다. 지난주에는 너무나 자랑스럽고 기쁜 나머지 하마터면 비명을 지를 뻔하였다. 현재 세계에서 가장 유명한 운동선수 가운데 한 사람이 내가 차고 있는 바로 그 브랜드의 시계를 차고 빙긋이 웃고 있었기 때문이다.

이번에 새로 산 비싼 시계를 차고 있으면 기분이 더 좋을 뿐만 아니라 힘이 생기고 마음의 안정을 느낀다고 말한다면 당신은 아마 나를 비웃거나 경멸할 것이다. 그러나 실제로 그런 것을 어찌하랴. 나의 새 시계는 전에 차던 것들에 비하면 단연 더 두껍고 크다. 시곗줄도 가죽이 아니고 수갑을 연상시키는 묵직한 쇠로 된 고리이다. 나도 처음에는 이것이 좀 무겁고 투박하다고 느꼈다. 하지만 곧 익숙해졌으며, 이제는 그것이 손목에 없으면 오히려 허전하고 불안하기까지 하다.

며칠 전 일이다. 그날도 나는 출근을 하기 위해 운전을 하고 있었다. 그런데 신호등에 막혀 잠시 정지한 사이 나의 왼쪽 손목에 감겨 있는 시계를 보고 가슴이 철렁함을 느꼈다. 그것은 새로 산 그 듬직한 시계가 아니라 시곗줄이 인조 가죽으로 된 예전에 찼던 그 얄팍하고 가벼운 싸구려 시계였다. 사실 이 시계는 그동안 아무런 문제도 일으키지 않고 충실하게 시간을 알려 준 고마운 물건이었다. 그러나 나는 차를 돌려 다시 집으로 돌아가 기어이 새 시계로 바꾸어 차고 출근을 하였다. 새 시계를 차지 않고는 그날 하루의 일을 할 마음의 준비가 부족하다고 느꼈기 때문이다.

그렇다고 해서 내가 외출할 때마다 새로 산 고가의 귀중한 시계를 착용하는 것은 아니다. 이 시계는 주로 예의와 형식을 요구하는 장소나 귀한 행사에 갈 때 동행한다. 술 마시러 나가거나 운동, 낚시, 등산을 갈 때는 손목에서 풀어 정중하게 집에 잘 모셔 둔다. 혹시라도 훼손

되거나 도난을 맞을 염려 때문이다. 격식을 차릴 필요가 없는 장소나 행사에 참석할 때는 서랍 속에 선물로 받은 여러 개의 시계들 가운데서 아직도 배터리가 다 되지 않아 제대로 시간을 맞추고 있는 놈을 하나 골라 차고 나간다. 나의 명품 시계는 넥타이, 와이셔츠와 더불어 상대방은 물론 나 자신에 대한 예의, 존경심, 마음의 준비성 등을 나타내는 하나의 부적처럼 되어 버렸다.

이왕 속물, 바보, 저질이 되어 버린 김에 망신당할 각오를 하고 마지막으로 한마디 더 해야겠다. 나는 이 명품 시계를 차고부터는 과거에 내가 차고 다닌 것과 같은 이름 없는 시계를 찬 사람들에 대하여 우월감을 느끼게 되었다.(여러분, 너무 흥분하지 마시고 나의 변명에 잠시만 귀를 기울여 주시기를!) 나의 이 우월감이란 것은 세상에 존재하는 사물 가운데 진정으로 훌륭하고 좋은 것, 잘 만들어진 것, 가치 있는 것에 대한 깊은 이해와 감상 그리고 애정에서 나온 것이지, 결코 이 세상에 존재하는 흔하고 현실적이고 또한 유용한 물건들에 대한 무시나 경멸에서 나온 것이 아니다. 이 우월감은 내가 일생 처음으로 파리 루브르 박물관에서 레오나르도 다빈치의 「모나리자」 앞에 섰을 때, 바티칸 성당에서 미켈란젤로의 조각 「피에타」를 두 눈으로 직접 보았을 때 느낀 바로 그런 것을 두고 하는 말이다. 나도 이런 진품을 눈으로 직접 확인하기까지는 화집에 나와 있는 사진만으로도 별다른 불만 없이 이들을 즐겼으며, 그것만으로도 충분히 만족하였다.

돌이켜 생각해 보니 이런 명품을 사도록 권유한 친구가 옆에 있다는 것도 나에게는 커다란 행운이다. 이 친구의 은근하고 끈질긴 충고가 없었더라면, 그리고 무엇보다 이 친구에 대한 절대적인 신뢰가 없었더라면 아마도 나의 시계 구매는 이루어지지 않았을 것이며, 이 명품 시계가 가져다주는 찬란한 신세계를 영영 까맣게 모른 채 살았을 것이다.

돈만 있다고 명품을 손에 넣을 수 있는 것은 아니다. 명품의 세계에는 언제 어느 곳에서나 진위를 구별하기 힘든 가짜가 존재하기 마련이다. 엄청난 액수의 돈을 지불하고 손에 넣은 명품이 나중에 가짜로 판명 나는 경우를 우리는 자주 본다. 가지고 있는 명품이 과연 진짜인지 가짜인지 항상 전전긍긍하면서 사는 사람도 있다. 가짜인지 알면서도 진품이라고 우기는 사람도 있다. 가짜 명품(이른바 '짝퉁') 시장이 전 세계적으로 성행하는 것은 어제 오늘의 일이 아니다.

어떤 종교를 믿게 된 사람이 자기의 신앙을 혼자 간직하기에는 그 기쁨과 축복이 너무나 크고 넘치는 나머지 가만히 있지 못하고 남에게 전파하려고 하듯이, 나도 지금 친한 직장 동료 한 사람을 어떻게 해서든지 내가 구입한 것과 같은 시계를 하나 구입하게 하려고 열심히 구워삶고 있는 중인데 아직까지 성공을 거두지 못하고 있다. 이 친구도 부자는 아니지만 마음만 먹으면 하나 장만하기에는 큰 문제가 없을 것 같은데 계속 버티고 있다. 내가 "사람이 좋은 시계 하나쯤은 가지고 있어야지"라고 말문을 열면, 이 친구는 곧바로 자기가 차고 있는 손목시계를 힘차게 나의 코밑에다 흔들어 대면서 말한다. "이 시계가 어때서. 시계란 시간만 잘 맞으면 되는 것 아닌가? 무엇 때문에 그 큰돈을 쓸데없이 낭비한단 말인가? 거기다가 집에 가면 이런 시계가 열 개는 더 있는걸. 아마 내 평생 시계는 사지 않아도 될 거야." 이렇게 말하는 친구를 나는 충분히 이해하고도 남는다. 정확하게 바로 한 달 전, 이 명품 시계를 구입하기 전의 내 모습이기 때문이다. 다만, 이 친구가 나처럼 명품 시계를 하나 구입하기 전에는 그가 모르는 이 새로운 세계를 말로 설명할 수도, 눈앞에 보여 줄 수도 없다는 사실이 안타까울 뿐이다.

[2005년 1월]

노인이 된다는 것

늙었다 — 너는 늙었다
나도 늙었으면 한다
늙으면 마음이 가라앉는단다
피천득, 「나의 가방」

지난 몇 년간 나는 심신에 가해지는 꾸준하면서도 집요한 시간의 공격에 대항하여 소리 없는 격렬한 전투를 벌였다. 나의 마음속에서 벌어진 싸움이었기에 다른 사람들은 전혀 눈치를 채지 못하였을 것이다. 결국 나는 패배를 인정하고 이제부터 노인이 되기로 결심하였다. 금년 나이 64세라는 사실을 감안하여 볼 때 때늦은 감이 없지 않으나 그렇다고 한번 싸워 보지도 않은 채 그대로 순순히 손을 들 수는 없었다. 그간 나름대로 버텨 볼 만큼 버텨 보았다고 생각한다. 이제부터 노인으로 살아갈 생각을 하니 섭섭하면서도 한편으로는 홀가분하다. 그간 깨어졌던 마음의 평화도 일단은 다시 찾게 되었다.

사람들은 대개 노년이란 것이 서서히 찾아오는 것으로 알고 있다. 아니다. 그것은 인생의 어느 순간 갑자기 들이닥친다. 나는 어느 날 거울 속에 비친 내 얼굴을 보고 소스라치게 놀랐다. 웬 낯선 늙은이가 거울 속에서 나를 바라보고 있었다. 자세히 보니 그 사람은 다른 사람이 아니고 바로 나였다. 처음에는 눈을 의심했다. 그럴 수가 없었다. 이 사람이 바로 어머니의 손을 잡고 처음 학교에 입학을 하기 위해 집을 나섰던 그 아이란 말인가? 그가 언제 어느새 반백의 노인이 되었단 말인가? 나의 나이와 그간 심신에 일어난 이런저런 변화들을 놓고 판단해 볼 때 어쩌면 그것은 당연한 일이었다. 그러나 나는 이런 엄연한 사실을 처음에는 쉽게 받아들일 수 없었다. 애써 부정하였다. 그래서 싸움이 시작되었던 것이다.

　노인이 된다는 것은 생각보다 쉬운 일이 아니다. 얼마 전까지 나는 늙는다는 것이 저녁을 먹은 후 공원을 산책하는 것처럼 쉬운 일이라고 생각하였다. 어차피 내려가는 길이니 어슬렁어슬렁 걸어 내려가기만 하면 된다고 생각하였다. 그런데 그게 아니었다. 그것은 사춘기만큼이나 여러 가지 예측하지 못한 신체적, 심리적 어려움과 문제들을 수반하였다. 처음에 나는 크게 당황하여 어찌할 바를 몰랐다. 나는 이유 없이 슬프기도 하였고, 억울하고 분하기도 하였다. 내가 언제 어떻게 이 모양이 되었나 하고 남몰래 울기도 하였다. 그렇다고 완전히 노인이 된 것도 아니었다. 그것은 수없이 반복되는 시행착오, 전진과 후퇴, 부정과 인정이 있은 후에야 비로소 찾아왔다. 내려가는 길도 올라가는 길만큼이나 어렵고 힘든 길이다.

　사춘기를 비롯하여 우리가 겪고 넘는 인생의 모든 단계가 그러하듯이 노년에 이른다는 것 또한 새롭고 놀라운 경험이다. 우리는 누구나 실제로는 아무런 준비가 없는 상태에서 노년을 맞이하게 된다. 우리 주변의 어느 누구도 정확하게 이것에 대하여 말해 주는 사람은 없다. 우리는 우리 선배들이 그랬듯이 차례가 오면 묵묵히 혼자서 이것을 맞이하고 대처해야만 한다. 우리 주변에서 나이 든 사람들이 갑자기 어린아이처럼 어리석게 굴거나, 예측하지 못한 엉뚱한 행동을 한다거나, 심하다 싶을 만큼 억지를 부리는 경우를 종종 보게 된다. 갑자기 직면한 생소한 경험 앞에서 불안하고 초조하기 때문이다. 노년과 사춘기 사이에는 분명 많은 유사점이 있다.

나이가 노인을 만드는 것은 아니다. 다시 말해서 나이가 들었다고 해서 모두가 노인은 아니라는 말이다. 그 사람이 70세이건 90세가 넘었건 나이만 가지고는 진정한 노인이라 할 수 없다. 물론 나이가 체력이나 의욕, 욕망을 현저하게 감퇴시키고 포기하게 만드는 것은 사실이나, 그렇다고 해서 곧바로 노인이 되는 것은 아니다. 이 글의 서두에서 나는 이제 노인이 되었노라고 선언하였지만 그것은 어디까지나 선언에 불과하고 사실은 아직도 젊은 날의 욕망을 떨쳐 버리지 못하고 과거에 연연하는 나이만 든 젊은이임을 솔직히 고백하지 않을 수 없다. 진정한 노인이 되기까지는 갈 길이 아직 멀다. 많은 노력과 수련이 필요한 것이다.

그러나 아무리 그럴듯한 말로 노년을 장식해 보아도 노인이 된다는 것은 기분 좋은 일은 아니다. 자존심 상하는 일이다. 인간 본성에 역행하는 일이다. 사람은 누구나 더 높은 곳으로 오르려 하지 낮은 곳으로 내려가기를 거부한다. 항상 젊고 강하기를 바라며, 일도 오래오래 계속하고 싶어 한다. 정지나 휴식을 거부한다. 이제 나이가 들었으니 그저 편히 쉬라는 말처럼 노인들을 섭섭하고 불쾌하게 만드는 말도 없다. 하산길에 접어든 등산객처럼 내려가는 길에는 어떤 영광도 스릴도 없다. 이래저래 노인들이란 너 나 할 것 없이 누구나 의기소침해 있고 속으로는 성이 나 있는 사람들이다. 노인들이 젊은이들을 미워할 것까지야 없겠지만, 그렇다고 사랑하거나 좋아할 이유도 없다. 노인 잘못 건드리면 큰코다친다.

노인들은 누구나 불평과 불만, 그리고 한탄으로 가득 차 있다. 이들은 모이기만 하면 울타리 위에 모여 앉은 참새들처럼 세월이 가져온 불행과 불운에 대하여 합창한다. 아프지 않던 곳이 갑자기 아프고, 돈이 없어서 서럽다. 세상만사가 귀찮고 재미가 없다. 입맛이 없다. 한여름 나뭇잎들처럼 많았던 친구들도 가을바람에 낙엽 떨어지듯 하나 둘 떨어져 나가고 없다. 자식들은 모두 저희들만 안다. 전화기를 머리맡에 두고서도 안부 전화 한 통 없다. 불효막심하다. 걸맞은 존경을 표시하지 않는다. 한마디로, 살지만 사는 게 아니다. 이 모두가 늙었기 때문이다.

그러나 조금만 이성적으로 관찰해 보면 이와 같은 불평과 불만, 그리고 한탄을 나이 탓으로만 돌리는 데는 문제가 있다. 물론 일반적으로 노년이 개인에게 불행의 원인이 될 수는 있다. 그렇다고 해서 젊음이 행복을 보장하는 것도 아니다. 이 세상에는 질병과 가난에 시달리는 젊은이들도 얼마든지 있다. 오히려 걷잡을 수 없는 욕망에 시달리기는 노인들보다 젊은이들의 경우가 더 가혹하다. 고통을 못 이겨 자살하는 사람들은 노인들이 아니고 대부분 젊은이들이다. 좋은 쪽으로 생각해 보자면 노인들이란 이런저런 고통으로부터 해방된 복된 사람들이다. 결국 중요한 것은 나이가 아니고 그 사람의 성격 내지 성품이다. 분별력이 있고 성품이 원만한 사람이라면 별 부담 없이 노년 생활을 영위할 것이다. 그러나 그렇지 못한 사람이라면 젊음도 노년과 다름없이 큰 부담이 될 것이다. 대개의 경우 늙어서 현명하지 못한 사람은 젊어서도 그렇다.

건강 다음으로 노인들의 최대 관심사는 돈일 것이다. 늙어서는 무엇보다 돈이 있어야만 한다고 말하는 노인들이 많다. 돈이 있으면 노년의 어려움이 크게 감소할 것이라는 기대감 때문이다. 맞는 말이다. 돈 많은 노인이 돈 없는 노인보다 유리함은 부정할 수 없는 사실이다. 실제로 '노후무전'(老後無錢)처럼 딱한 일은 없으며, 노년의 약점을 보충하는 데도 돈 이상의 것은 별로 없어 보인다. 그러나 그것도 어디까지나 어느 정도의 위안이요 보상일 뿐이다. 노년을 덜 어렵게 만드는 것도 결국은 사람의 성품이지 재산이 아니다. 원만한 성격의 사람이라면 가난하다 하더라도 노년이 크게 고통스러운 것만은 아닐 것이다. 반대로 성격이 잘못된 사람이라면 재산의 다소에 관계없이 마음의 평화를 얻지 못한 채 항상 불만과 불안 속에서 살 것이다.

어느 날 한 젊은이가 당대 그리스의 최고 시인이요 극작가인 소포클레스에게 단도직입적으로 물었다. "선생님은 아직도 여자와 성행위를 할 수 있습니까?" 당시 그가 몇 살이었는지는 정확하게 확인할 길은 없지만 이 엉뚱한 질문에 대하여 소포클레스는 다음과 같이 대답하였다. "젊은이, 참 좋은 질문을 하였네. 나는 이 나이에 와서야 비로소 그 집요한 성욕이라는 미치광이 주인으로부터 해방되는 자유를 얻게 되어 무척이나 기쁘다네." 멋진 말이다. 마음에 든다. 결국 마음먹을 따름이다. 잃었다고 생각하면 잃은 것이지만 얻었다고 생각하면 얻은 것이다. 진정한 노인이란 우리를 괴롭히는 모든 종류의 광적인 감정과 욕망의 폭군들 ─ 정욕, 애욕, 시기심, 질투심, 경쟁심, 명예욕, 식욕 ─ 로부터 해방되어 자유를 얻은 사람들이다. 인생에서 참으로 오랜만에 마음의 평화를 누릴 수 있는 특권을 얻게 된 사람들이다.

　나는 이제부터 마음 단단히 먹고 노인처럼 말하고 생각하고 행동할 것이다. 이런 의식적인 노력이 없이는 나이만 많이 먹은 젊은이로 죽을 것이라는 두려움 때문이다. 젊은이가 노인처럼 행동하는 것도 문제이지만, 노인이 젊은이 흉내를 내는 것도 자존심 상하는 일이다. 어쩌면 이제부터 나에게 부당한 대우가 가해지거나 자존심 상하는 일이 있어도 행복한 노인이 되는 데 도움이 되는 일이라면 몸에 좋은 쓴 약 먹듯이 꿀꺽꿀꺽 삼켜 버릴 것이다. 패전한 군인에게는 선택의 여지가 많지 않다. 주어진 것에 만족할 줄 알아야만 한다. 성내거나 보채 보아도 결과는 마찬가지다. 청춘이 짧듯이 노년도 짧다. 잘못하다가는 진정한 노인 노릇 한번 제대로 못해 보고 이 세상 하직하게 될지도 모른다. 정신 바짝 차려야만 하겠다. 한시바삐 진정한 노인이 되고 싶다.

[2004년 12월]

파티의 끝

    나는 매주 일요일에 있는 등산 모임에 가능하면 빠지지 않으려고 노력한다. 이 모임은 현직에서 은퇴한 일곱 명의 대학 동창으로 구성되어 있다. 얼마 전까지만 해도 구성원이 아홉 명이었는데 3년 전에 한 사람이 세상을 먼저 떠났고, 또 한 사람은 작년부터 몸이 불편하여 참석하지 못하고 있다. 등산이란 원래 대단한 경험과 기술, 체력이 요구되는 힘들고 위험한 스포츠다. 그러나 지금 우리가 매주 하는 것은 엄격한 의미에서 등산은 아니고 일종의 산행이다. 즉 정기적으로 모여 서울 근교의 산에 가서 가지고 간 음식을 나누어 먹으며 웃고 떠들다가 내려오는 일종의 피크닉이다. 우리만 그런가 하고 살펴보니 우리 나이의 사람들은 대개가 그렇다.

    지금은 이 모양이 되었지만 나도 얼마 전까지만 해도 진지한 등산가

요 산악인이었다. 에베레스트나 매킨리 산과 같은 외국의 유명한 산을 등정하지는 못하였지만, 그래도 백두산을 빼고는 남한에서 유명하고 높다는 산은 거의 다 올라 보았다. 숨이 차 헐떡이는 것은 그저 고통스러운 즐거움이었다. 어떤 이유로든 정상을 밟지 않고 하산한다는 것은 크게 자존심 상하는 일이었다. 매번 기진맥진하여 집에 돌아왔지만, 하룻밤만 자고 나면 더 멀리, 더 높은 곳에 가고 싶은 욕망과 에너지로 몸이 근질근질했었다. 그때는 혼자 다녀도 외로움이란 것을 몰랐다. 혼자가 오히려 더 좋았다. 깊은 산속에서 홀로 맛볼 수 있는 그 특별한 고독을 나는 사랑했다. 힘겨운 신체의 투쟁 끝에 산의 정상에 서서 아래를 내려다보는 순간의 경험은 참으로 특별한 것이었다. 나는 어째서 예수가 그 유명한 '산상 수훈'이란 설교를 산 위에서 했는지를 알 것만 같았다.

그러나 이 모든 것은 옛날의 일이다. 나는 이제 등산가나 산악인이 아니다. 그저 가벼운 마음으로 친구들과 어울려 산에 가기를 좋아하는 사람일 뿐이다. 가다가 넓적한 바위나 나무 밑에 있는 평평한 평지만 보면 더 올라가지 말고 앉아 쉬기를 원하는 사람이다. 이제 혼자 산에 가는 일은 별로 없다. 함께 있어 줄 친구가 필요하다. 거친 호흡이 가져다주던 그 고통스러운 즐거움은 이제 말 그대로 고통일 뿐이다. 깊은 산속에서 혼자 맛보던 고독도 옛날의 그 맛이 아니다. 확실히 나이는 사람의 호불호를 바꾸어 놓는다.

또 일요일이 다가온다. 어김없이 P대장으로부터 전화가 온다. 표면적으로는 이번에 오를 산과 집합 시간, 장소를 상기시켜 주기 위함이지만, 진짜 이유는 대원들의 출석을 미리 점검하기 위함이다. P대장은 산행에 관한 한 대단히 열성적인 만큼 독선적이고 또한 권위적이다. 자기가 하자는 대로 따르지 않고 누군가 이의를 제기하거나 고집을 부리면 성도 잘 내고 삐치기도 잘 한다. 그가 쉬자면 쉬어야 하고, 가자면 가아만 한다. 그러나 무엇보다 P대장의 권위와 자존심에 큰 상처를 주는 일은 대원의 불참이다. 이것을 잘 알고 있는 우리 대원들은 그에게 불참을 통고하는 일이 참으로 쉽지 않지 않다. 나는 이번 일요일 산행에 꼭 참석할 것을 약속한다. P대장의 목소리가 급격히 부드러워진다. 나의 확답에 어린애처럼 기뻐하는 P대장의 얼굴이 보지 않아도 눈에 선하다.

매번 산행을 할 때마다 우리는 집단적으로 다짐하곤 한다. 이제 우리 나이에 중요한 것은 돈도 사랑도 명예도 아니고 오직 건강뿐이다, 그러니 건강을 지키는 일을 우리의 관심과 노력의 최우선 순위에 두어야 한다, 그런데 건강을 지키고 증진하는 데는 뭐니 뭐니 해도 등산이 제일이다, 그러니까 주말 등산 모임은 무슨 일이 있어도 꼭 참석하자. 이렇게 거듭 맹세하고 다짐하지만 실제로 모이고 보면 피치 못할 사정으로 언제나 한두 명의 불참자가 생기게 마련이다. 그런데 우리의 P대장은 결석자가 생기는 것이 마치 대장에 대한 무시 내지 도전이거나 아니면 자신의 리더십 부족으로 생각되는지, 그냥 넘어가는 법이 없다. 대원들이 불참을 통고할 때마다 그가 대장 노릇 "못해 먹겠다"는 말을 열 번, 아니 스무 번도 더 했다는 사실을 나는 잘 알고 있다.

대장은 내가 참석하겠다고 철석같이 약속을 해 놓고도 마지막 순간에 불참을 통고한 과거 전력을 잘 알고 있다. 그는 전화를 끊지 않고 이번에는 명령보다 무서운 유혹의 그물을 던진다. 그는 애써 태연한 목소리로 이번 산행에는 프랑스산 고급 코냑이 한 병 있다는 것만 알고 있으라는 말을 남기고 전화를 끊는다. 산에 갈 때마다 우리는 으레 배낭 속에 막걸리나 인삼주와 같은 알코올음료를 넣어 가지고 다닌다. 가끔은 외제 위스키도 가져온다. 그런데 프랑스산 고급 코냑이라면 분명 보통 일이 아니다. 술을 크게 즐기지 못하는 나에게도 평범한 유혹이 아니다.

대장은 그 코냑을 가져오는 친구가 누구인지 밝히지 않았지만 나는 대략 짐작이 간다. 지난 두 주일 동안 부인과 함께 해외여행을 하고 돌아온 S임에 틀림없다. 그는 혼자서(아니 마누라와 함께) 그런 좋은 시간을 가졌으니, 또한 여행 때문에 연거푸 두 번이나 산행에 불참을 하였으니 대장의 분노와 대원들의 질투 어린 비난을 어떻게든 진정시키고 풀어 줄 방도를 강구하였을 것이다. 과거에도 누군가 바로 이런 방법으로 지은 죄를 씻은 적이 있었다. 아니다. 이 S라는 친구는 본시 마음이 선량하고 인정이 많은 착한 사람이다. 틀림없이 그는 야자수가 늘어선 시원한 와이키키 해변을 마누라와 손을 잡고 걸으면서, 같은 시간 고국에서 용광로 같은 여름을 나느라 죽을 고생을 하고 있을 친구들이 불쌍하다고 느꼈을 것이다. 그래서 귀국길 기내에서 우리를 생각하면서 거금을 들여 그 귀한 술을 한 병 샀을 것이다.

어쨌든 이번 산행은 흥겨운 파티가 될 것이 틀림없다. 채 맛보지도 않은 코냑의 향기에 벌써 코끝이 짜르르하다. 마개는 자기가 따야 한다느니, 처음 맛은 꼭 자기가 보아야 한다느니, 이런 술은 이런 방법으로 마셔야 한다느니 등등, 코냑 한 병을 놓고 벌어질 대원들 간의 승강이가 눈에 선하다. 술기운에 기고만장하는 대원들의 얼굴이 하나하나 떠오른다. 특히 술을 좋아하는, 좀 더 정확히 말해서 지나치게 좋아하는 M의 얼굴이 떠오른다. 그가 코냑 한 모금을 목구멍 아래로 천천히 흘려 보내면서 지을 얼굴 표정이 눈에 선하고, 다 넘긴 다음 토해 낼 그 환희의 감탄사가 들리는 듯하다.

문제의 코냑이 있었던 지난주 등산 모임은 대원 전원이 참석하는 성황을 이루어 오랜만에 P대장도 흐뭇한 표정을 지었다. 그런데 그 흐뭇함은 정작 코냑의 마개를 따는 순간 사라지고 말았다. M이 마시기를 거절하였기 때문이다. 우리 산행의 분위기를 띄우는 데 없어서는 안 될 M이, 술이라면 사양을 모르던 M이, 다른 술도 아닌 프랑스 보르도산 코냑을, 단 한 모금도 마시기를 거절한 것이다. 그는 애써 평상시의 쾌활함을 유지하면서 자기는 위장에 이상이 생겨 2주일 후 수술을 받게 되었다고 술을 권하는 친구들에게 이해를 구하였다. 처음에는 아무도 이 친구의 말을 믿으려 들지 않았다. 예전에도 그가 자주 그랬듯이 보나 마나 전날 술을 너무 많이 마셔서 그 후유증으로 속이 불편한 정도로 알았다. 그러나 이 친구의 얼굴과 목소리에서 특유의 명랑성과 활기가 사라지고 없다는 사실이 사태의 심각성을 일깨워 주었다. 아무도 감히 그것이 어떤 수술이냐고 자세히 묻지 못하였다. 우리는 애써 아무 일도 아니라는 듯이 서로 위로하고, 격려하고, 예전처럼 크게 웃고 떠들려고 애썼다. 그러나 모두가 공허하고 헛된 일이었다.

우리는 대충 파티를 끝내고 하산을 서둘렀다. 산을 내려오는 동안 아무도 입을 열려 하지 않았다. 제각기 생각에 잠겼다. 그 화려하던 여름은 어느새 쓸쓸한 가을에 자리를 비켜 주고 있었다. 우리는 산을 내려와서 으레 하게 되어 있는 나머지 스케줄을 생략하고 모두 헤어져 곧장 집으로 돌아갔다. 그날은 다음 등산에 대한 P대장의 언급도 없었다. 집에 돌아와 샤워를 하고 평소보다 일찍 잠자리에 들었지만 그날따라 산행을 한 후 언제고 그렇게 쉽게 찾아오던 잠도 오지 않았다.

나는 혼자 생각에 잠겼다. 앞으로 M이 등산에 나오지 않아도 산행은 가능할 것이다. 그러나 그 모임은 지금까지의 그 흥겹고 재미있는 모임은 아닐 것이 분명했다. M이 당분간, 아니 어쩌면 영구히 술을 입에 대려고 하지 않을지도 모를 일이다. M이 술을 마시지 않아 맨송맨송하게 앉아만 있게 되고 하늘을 찌를 듯하던 기백이 없어진다면, 우리가 매주 함께 누렸던 그 자유분방하고 거리낌 없던 이야기와 산골짜기를 뒤흔들던 웃음소리는 이제 사라질 것이 분명했다. 과연 우리의 파티는 이렇게 끝나고 마는 것인가? 때가 오면 사랑도, 젊음도, 생명도 한순간에 별수 없이 끝나고 만다는 부정할 수 없는 사실을 이처럼 순순히 고개 숙이고 받아들여야만 하는 것인가? 감고 있는 눈에 눈물이 고이고 있었다. 하루 일에 지친 아내는 오늘따라 코까지 골면서 자고 있었다.

[2005년 9월]

어느 무명 화가를 생각하며

우리는 잘 알려진 예술 작품을 감상할 때 항상 그 작품의 이름과 작품을 만든 작가를 기억한다. 「모나리자」 하면 레오나르도 다빈치를, 「이삭 줍는 사람들」이나 「저녁 기도」 하면 밀레라는 프랑스 화가의 이름을 떠올리며, 「생각하는 사람」이란 조각 앞에서는 로댕이란 조각가를 상기한다. 문학이나 음악을 비롯한 다른 예술 분야에서도 마찬가지다. 『돈키호테』하면 세르반테스라는 스페인의 소설가가, 오페라 「라보엠」 하면 푸치니라는 이탈리아 작곡가가 따라 나온다. 두 가지를 다 기억하지 못할 경우는 말할 필요도 없고, 이 중 하나만이라도 생각이 나지 않으면 우리는 약간 당황하거나 불안해한다.

그런데 현실적으로 이 두 가지를 항상 기억하는 것은 이런 방면의 일을 필요에 의하여 또는 직업적으로 해야만 하는 사람들이 아니고서는 도무지 쉬운 일이 아니다. 일일이 기억할 수도 없고, 설사 기억했다 하더라도 시간의 경과와 함께 잊히기 때문이다. 또한 경주 석굴암이나 파리 루브르 박물관에 있는 사모트라케의 「승리의 여신상」, 밀로의 「비너스」처럼 작가의 이름은 아예 처음부터 없고 작품 제목도 후세 사람들이 편리한 대로 붙여 놓은 위대한 예술품도 허다하다. 다행스러운 일은 이름이나 제목과 관계없이 예술 작품은 존재하며, 우리 같은 보통 사람들은 작품 제목이나 작가 이름에 구애받지 않고 큰 어려움이나 불편 없이 얼마든지 좋은 예술품을 즐기고 감상할 수 있다는 사실이다. 중요한 것은 작품 자체이지 작품의 제목이나 작가의 이름이 아니기 때문이다.

나의 방에는 풍경화 두 점이 걸려 있다. 수채화 같기도 하고 유화 같기도 한데, 아무래도 유화인 듯하다. 복제품이기 때문에 구별이 쉽지 않다. 가로 40센티미터, 세로 30센티미터 정도의 이 그림 두 점은 사용된 색채나 화법으로 보아 한 사람의 작품임이 분명하다. 물론 제목도 모르고 화가의 이름도 알려지지 않은 소위 무명 화가의 작품이다. 그러나 중요한 사실은 이것들이 지금까지 내가 살아오는 동안 돈을 주고 산 유일한 그림이며, 나와 함께 살아온 지 어언 30년이 넘었다는 것이다. 지금까지 나는 이런저런 이유로 대여섯 번 이사를 했으며, 그때마다 적지 않은 물건들을 내다 버려야만 했는데 이 그림 두 점은 항상 살아남았다. 정년퇴직이 1년 남은 지금, 나는 일생의 마지막 이사를 한 달 앞두고 있다. 현재 나의 사무실과 집에는 그동안 생겨난 가구들, 기념품들, 책들, 그리고 벽걸이용 장식품들이 적지 않은 분량이며 이들 사이에는 살아남기 위한 치열한 경쟁이 소리 없이 진행 중이다. 대부분이 탈락의 위기에 처해 있다. 그러나 이 그림 두 점은 이미 경쟁을 끝낸 상태다. 이들은 나의 이삿짐 목록에 포함될 것이 확실하며, 적어도 내가 살아 있는 한 나와 함께 있을 것이 분명하다.

지금부터 약 30여 년 전 미국 펜실베이니아 주에 있는 빌라노바대학교 대학원에서 영문학을 공부하던 1972년 가을 어느 날, 나는 당시 고등학생이었던 하숙집 주인아주머니의 아들 존을 따라 소위 '거라지 세일'(Garage Sale)에 처음 가보았다. 이웃에 살던 사람이 이사를 가면서 쓰던 물건들을 헐값에 팔아넘기기 위한 세일이었다. 미국에 건너오고 처음으로 미국 사람들의 살림살이를 아주 가까운 거리에서 속속들이 들여다본 별난 경험이었다. 그 집 앞마당에 펼쳐 놓은 잡다한 물건들은 모두가 쓰던 물건이었고, 붙어 있는 가격들은 거저 주는 것이나 다름없는 헐값이었으나 가난했던 당시 나의 눈에는 모두 탐나는 물건이었다. 돈만 있으면 몽땅 사서 집으로 보내고 싶었다. 나는 집에 두고 온 어린 딸들을 위해 인형과 장난감 몇 점 그리고 그림책을 골랐다.

구경을 마치고 돌아가려는 순간 나의 시선이 우연히도 한구석에 포개어 놓은 그림 두 점에 머물렀다. 이들은 1센티미터 정도 두께의 코르크 비슷한 나무판 위에 부착되어, 투명한 비닐로 덮여 있었다. 그림 뒷면 상단 중앙에는 못에 걸도록 조그만 구멍이 얕게 패어 있었다. 들어 올리자 그 무게가 너무나 가볍게 느껴졌다. 가격표를 보니 하나에 1달러. 2달러를 주고 두 점을 모두 샀다. 화가의 이름이나 작품 제목 같은 것은 물론 알 바 아니었다.

길이 아스팔트로 포장되어 있지 않은 점이나 어디에도 자동차가 보이지 않는다는 점만 보더라도 이 두 그림에 그려진 집들의 모습과 거리 풍경은 미국이 지금처럼 부자도 아니고, 기계 문명으로 번잡하지도 않고, 대부분의 일이 기계가 아니고 사람의 손으로 이루어지던 시절의 한가롭고 평화스러운 시골 마을 모습이었다. 한 그림에는 멜빵이 달린 작업복을 입은 농부가 허름한 창고 옆에 놓여 있는 마차를 향해 천천히 말을 끌고 가는 모습과 마을을 가로질러 흐르는 개울 위로 집같이 지붕이 덮인 목조 다리가 그려져 있다. 비슷한 배경의 다른 그림에는 부부인 듯 보이는 나이 든 남자와 여자가 오래된 둥근 탁자를 힘을 합쳐 어떤 건물 안으로 옮기는 다정한 모습도 보인다. 수리가 필요한 모양이다.

이 두 그림은 하나같이 사용된 색채가 밝고 화려하다. 주로 노란색과 붉은색이 이상적인 배합과 조화를 이루고 여기에 고동색과 검은색이 적절하게 곁들여져 지난 세기 미국의 조용하고 평화로운 작은 시골 마을의 한껏 무르익은 가을 정취를 강렬하게 드러낸다. 마을을 가로지르는 길 양쪽에 늘어선 오랜 수령의 웅장한 나무들은 단풍으로 물들어 불타는 듯하며, 낙엽으로 뒤덮인 길 위로 긴 그림자를 드리우고 서 있다.

나는 이 그림을 거의 매일같이 바라보면서도 이것이 위대한 작품이라고 생각한 적은 한 번도 없었다. 세상에 1달러짜리 위대한 그림이 어디에 있겠는가? 그러나 그것이 문제가 아니다. 나는 처음 이 그림을 보았을 때도 그랬고, 지금도 변함없이 이 그림이 가져오는 평온함을 사랑한다. 그리고 이 그림은 내가 자신감과 희망으로 가득 차 있던 젊은 시절을, 한때 경험한 미국 생활을, 그리고 내가 2년간 머물면서 집처럼 느꼈던 미국 펜실베이니아 주 버윈, 버윈 애비뉴 700번지의 집과 그 동네, 가족처럼 나를 대해 주었던 주인아주머니 버지니아 페이어스 여사, 딸 데보라, 아들 존의 얼굴을 떠오르게 한다. 모두들 어찌 되었 는지 이제는 알 길이 없다.

30년이 훌쩍 넘게 그림을 덮고 있던 비닐이 차츰 낡아 모서리 부분 부터 찢어지기 시작한 것을 최근에 발견하고 나는 어떤 조치를 취해야 겠다는 생각에 그림을 벽에서 떼어 내 처음으로 앞뒤를 자세히 살펴보 았다. 그림 왼쪽 하단에 조그맣게 쓰여 있는 지 체리포(G. Cherepor) 라는 화가의 이름도 새롭게 확인하였다. 그림 뒤쪽에는 지금까지 무심 히 지나쳐 버린 상표도 하나 붙어 있었다. 여기에 적혀 있는 문구들을 종합하여 판단해 보건대, 이 그림은 이 화가가 어떤 전람회에 출품하 여 상을 받은 작품들 가운데 하나가 분명하다. 이런 상품을 제조하여 판매하는 회사가 화가로부터 이 그림의 사용권을 얻어 필요한 만큼 복 제하여, 나처럼 가난하지만 그림을 사랑하는 사람들이 싼값으로 살 수 있도록 대량으로 보급하였을 것이다.

며칠 전 나는 이 그림 두 점을 잘 아는 표구점에 가지고 가 거금을 들여 그림에 알맞은 액자를 주문하였다. 비닐 포장을 걷어 내고 유리 를 끼웠으며, 벽에 걸기 위한 장치도 새로 달았다. 이제는 그림을 못의 머리에 정확하게 끼우기 위해 고생할 일은 없어졌다. 우아한 액자 속 에 넣고 보니 같은 그림이지만 훨씬 더 고상하고 품위가 있어 보였다. 진작 이렇게 하지 않은 것을 후회하였다.

오늘 아침 나는 이 그림을 바라보면서 이처럼 오랜 세월 나와 함께 하면서 나에게 기쁨을 준 이 두 작품을 그린 화가에 대하여 이런저런 감상적인 생각을 해 보았다. 이 화가는 지금쯤 저세상 사람이 되었을 것이 틀림없다. 여자였을까, 남자였을까? 여자였든 남자였든 이 그림을 그려 전시회에서 상을 받은 후 이 화가는 어찌 되었을까? 타고난 재능을 가지고 그 후 계속 작품 활동을 하여 생전에 꽤나 유명해지고, 화가로서 큰 성공을 거두어 행복한 일생을 마치었는지? 아니면 남다른 재능을 타고난 이 세상 수많은 예술가들의 운명이 그러하듯이 그 역시 화가로서 크고 높은 열망을 이루지 못한 채 어느 시골에서, 혹은 어느 도시 한구석에서 가난하게 살다가 죽었는지? 비참하게 일생을 마치지나 않았는지?

나는 혹시나 해서 이 사람의 이름을 컴퓨터에 넣어 이런저런 방법으로 조사를 해 보았지만 아직까지 아무런 소득을 얻지 못하였다. 이 화가에게 다른 것은 몰라도 그가 그린 그림들 가운데 두 점이(비록 복제본이기는 하지만) 우연히도 가난한 한국 유학생의 손에 들어와, 태평양을 건너 한국까지 와서, 그의 고향과는 전혀 인연이 없는 만리타향에서 이처럼 변함없이 사랑을 받고 있다는 사실을 알려 줄 길이 없다는 것이 안타깝기 그지없다.

[2005년 4월]

인어 공주

    지난여름 나는 북유럽 네 나라(덴마크, 핀란드, 스웨덴, 노르웨이)를 여행하고 돌아왔다. 무사히 여행을 끝내고 집에 돌아온 다음 날 나는 다른 일은 모두 뒤로 미루고 서가에서 안데르센의 동화집을 꺼내 「인어 공주」를 찾아 다시 한 번 읽어 보았다. 생전 처음 덴마크라는 나라에 가서 안데르센의 고향 오덴세를 방문하였고, 수도 코펜하겐 시내 시청사 근처에 앉아 있는 안데르센의 동상도 보았으며, 무엇보다도 코펜하겐 해안 랑겔리니 부두 바위에 다소곳이 앉아 있는 인어 공주의 동상을 보고 난 후 강렬한 인상을 받았기 때문이었다.

    우리나라를 포함하여 전 세계에 어린 시절 이 안데르센이라는 사람이 쓴 동화 몇 편 읽지 않고 어른이 된 사람은 거의 없을 것이다. 나도 어린 시절에 우리말로 번역된 그의 동화 가운데 「성냥팔이 소녀」, 「미운 오리 새끼」 등 몇 편을 아주 재미있고 감동적으로 읽은 기억이 있다. 「인어 공주」도 그 가운데 하나였다. 그런데 「인어 공주」는 읽은 기억은 있으나 그 감동이 분명하지 않았다. 내 기억에 남아 있는 인어 공주 이야기는 젊은 왕자를 사랑한 인어의 슬픈 이야기, 그러니까 좀 황당하고 믿기 어려운 이야기로서 그야말로 하나의 동화였다.

그런데 이번에 다시 한 번 자세히 그리고 천천히 읽고 나서(이번에는 영어로) 「인어 공주」와 안데르센이라는 작가에 대한 나의 느낌과 평가가 근본적으로 변하였음을 고백하지 않을 수 없다. 그것은 단순한 동화가 아니었다. 나는 이야기에 등장하는 주인공 인어의 슬픈 운명과 사랑에 가슴이 아파 몇 번인가 읽기를 중단해야만 했다. 나이가 들면 사람은 더 감상적이 되고 쉽게 가슴이 부서지는가 보다.

안데르센의 「인어 공주」에 나오는 인어는 깊은 바닷속 궁전에 사는 15세 된 지체 높은 공주 신분으로서 어쩌다가 인간의 세계에 눈을 떠 인간이 되고 싶어 하며, 인간의 사랑을 받고 인간들처럼 죽은 후 그 영혼이 죽지 않고 영구히 살기를 염원하게 된다. 이 별난 인어의 염원은 우연히 16세 된 지상의 왕자를 만나 사랑에 빠지게 되면서 생겨난 것이다. 그 사랑 때문에 인어는 지금까지 태어나 자란 바다 밑 궁전과 사랑하는 가족들을 떠나며, 엄청난 고통을 견디어 내는 대가를 치르고 인간의 형상을 갖게 되지만, 결국에는 사랑의 즐거움과 고통 속에서 죽음을 맞이한다.

그런데 이 불쌍한 인어가 인간의 모습으로 다시 소생하여 생전에 소원했던 대로 인간들의 무한한 사랑을 받으면서 영원불멸의 삶을 살고 있다는 사실을 이번 덴마크 여행을 통하여 알았다. 내가 찾아갔을 때

인어 공주는 소녀 모습의 예쁜 청동 조각상이 되어 조그맣고 평탄한 화강암 바위에 앉아 바다를 응시하고 있었다. 코펜하겐 항구의 길고 오랜 역사에 비하면 인어 공주의 나이는 비교가 될 수 없을 정도로 어리지만 이제 이 조그만 동상은 코펜하겐, 아니 덴마크를 찾아오는 수많은 방문객들과 관광객들에게 빼놓을 수 없는 명물이 되었고, 동시에 예술과 예술가가 누릴 수 있는 불후의 생명을 증명하는 상징이 되어 있었다. 인어 공주 동상을 보고 있노라면 과연 "인생은 짧고 예술은 길다"라는 말이 진리임을 쉽게 터득할 수 있다.

하나의 문학 형식으로서 소위 '동화'라는 것은 아무래도 역사와 전통을 자랑하는 시나 소설, 또는 희곡 같은 장르와 비교하여 볼 때 분명히 불리한 형식이다. 동화란 아직 세상물정에 어두운 어린이들을 위한 글로서 그 내용은 지극히 도덕적이거나 교훈적이다. 다시 말하면 동화란 그저 어린이들을 위한 재미있고 유익한 글로, 다분히 본격적인 문학 작품에는 못 미치는 것쯤으로 가볍게 인식되고 있다. 동시에 동화 작가에 대한 평가도 시인이나 소설가, 또는 극작가에 미치지 못한다. 마치 시나 소설, 희곡을 쓰기에는 재능이 좀 모자라는 사람이 동화를 쓰는 것처럼 인식되어 있다.

그러나 진정으로 훌륭한 작가란 어떤 형식에 구애됨이 없이 자기의 목적을 달성하는 법이다. 진정한 작가는 오래된 묵은 형식을 가지고도 새로운 이야기를 자유자재로 할 수 있는 사람이다. 안데르센이 바로 이런 사람이었다. 그는 동화의 위상을 문학의 어떤 장르보다도 높이 끌어올린 작가였다. 안데르센이 없었다면 동화는 하나의 떳떳한 문학 형식으로서 오늘날의 영광을 누리지 못할 것이다.

안데르센 동화의 진정한 가치는 단순해 보이는 이야기 속에서 문학적 상상력의 깊이와 다양성을 경험할 때 비로소 발견할 수 있다. 다시 말해서 나이가 좀 들어 삶의 희비극성을 어느 정도 경험한 독자라야 작품을 진정으로 이해할 수 있다는 말이다. 모두 합쳐 159편에 달하는 안데르센의 동화는 하나같이 나름대로 아주 잘 만들어진 감동적인 이야기들이다. 독자들에게 잘 알려진 이야기들 외에, 예를 들어 「서츠 깃」 같은 이야기는 순전히 재치 넘치는 장난기로 우리를 즐겁게 해 준다. 「어느 엄마의 이야기」 는 곤경에 처한 어떤 어머니의 처지를 비극적으로 그려 독자들을 감동시킨다. 「충치 아주머니」 , 「행운의 페르 씨」 , 또는 「안네 리스베트 양」 과 같은 이야기들도 한 번 읽고 나면 쉽게 잊히지 않는 개성 있는 주인공이 등장한다. 안데르센의 이야기들은 그 내용이 희극적이든 비극적이든 또는 교훈적이든 간에 위대한 작품만이 가지고 있는 문학적 향기와 미묘한 상상력과 다양성이 충만하며, 어린이들뿐만 아니라 모든 계층과 연령의 독자들에게 사랑을 받고 있다.

작가로서 안데르센의 높은 위상과 작품의 우수성은 언어가 다른 전 세계 각국에 존재하는 독자의 수에서 알 수 있다. 이 세상에는 유명한 책과 유명한 작가들이 많지만 안데르센처럼 시대와 국경을 초월하여 널리 알려지고 연령에 구애됨 없이 많이 읽히고 이해되고 동시에 사랑을 받는 작가는 없다고 말하여도 크게 지나치지 않다. 현재 안데르센의 동화는 2백여 개 언어로 번역된 것으로 알려져 있다. 단테, 셰익스피어, 괴테와 같은 세계적인 작가들의 작품들도 아마 이에 못지않게 여러 나라 언어로 번역되었겠지만 실제로 독자들에게 읽히고 사랑을 받는 면에서는 안데르센에게는 미치지 못할 것이라 확신한다. 예를 들어 우리

나라의 경우만 하더라도 과연 우리말로 번역된 단테의『신곡』을 읽고 진정으로 즐거움을 느낀 독자가 과연 몇 명이나 되겠는가?

요즈음에 와서는 사정이 많이 달라져 인어의 존재를 믿는 사람은 거의 없지만 시대를 좀 거슬러 올라가 중세나 그 이전, 지금처럼 과학이 발달하지 못했던 때 인어는 신화와 전설, 민담과 미신에 자주 등장하였다. 때로는 신비하고 때로는 친근하며 때로는 바람직하고 사랑스러운 존재로서 인어는 인간들에게 알려져 왔다. 반면에 인간과 외모가 비슷할 뿐만 아니라 인간사에 관심이 있고 인간을 유혹하여 위험에 빠뜨리기도 하는 경계의 대상으로 전해지기도 했다. 이런 이유에서인지는 몰라도 코펜하겐 항구 랑겔리니 부두에 인어 공주의 동상이 세워진 이래 많은 전통이 생겨났다. 항구에 들어오거나 항구를 떠나는 선원들은 이 동상이 행운을 가져다준다고 믿어 동상에 꽃다발을 걸어 주고 키스도 한다고 한다. 이 조각상은 아마도 지구 상에서 가장 사진이 많이 찍히는 조각품 가운데 하나일 것이다. 나도 그랬지만 덴마크를 방문하는 사람 치고 이 인어 조각상을 배경으로 사진을 찍지 않고 떠나는 사람은 아마 없을 것이다.

그렇다고 모든 사람들이 하나같이 인어 공주를 사랑하는 것은 아니다. 1912년 동상이 처음 세워진 이래 지금까지 이 인어 동상은 이런저런 크고 작은 수난과 수모를 겪어야만 했다. 페인트 세례를 받는 것은 흔한 일이었고, 팔이 떨어져 나가거나 심지어는 송두리째 물속에 던져진 일도 있었다. 아마도 가장 대표적인 수난은 1964년에 인어 공주 동상의 목이 쇠톱으로 잘려 나간 사건일 것이다. 다행스럽게도 주물 공장에 보관되어 있는 원형 금형 덕분에 동상은 감쪽같이 복원되어 지금의 모습을 하고 있지만, 동상을 새로 만드는 약 한 달 동안 해변에 인어 공주의 모습이 없었다니 항구가 얼마나 삭막하고 쓸쓸했을까?

나는 지금 책상에 두 다리를 걸쳐 놓고 의자에 등을 비스듬히 기대고 앉아 지난여름 생전 처음 방문했던 덴마크의 수도 코펜하겐 항구 랑겔리니 부두에서 언뜻 보고 온 인어 공주를 회상하고 있다. 내가 찾아간 날은 비가 부슬부슬 내리고 있었다. 좀 더 동상 가까이 접근하여 좋은 자리에서 기념사진을 찍으려는 소란스러운 수많은 관광객들에 둘러싸인 채 인어 공주는 그날도 인간과 인어의 세계 경계선에서 꿈을 꾸고 있는 듯 애절한 표정으로 비에 젖어 먼 바다를 응시하고 있었다.

나는 안데르센의 동화 「인어 공주」를 다시 책상 위에 펼치고는 다음 구절 위에서 잠시 시선을 멈추었다. "인어 공주는 항상 그랬듯이 말없이 깊은 생각에 빠져 있었다. 그런데 육지를 보고 돌아와서부터는 그 정도가 더 심해졌다. 언니 인어들이 바다 밑 용궁에서 나가 생전 처음 바다 위로 솟아올라 인간들이 사는 육지를 본 소감이 어떠하냐고 물었을 때도 인어 공주는 아무런 대답을 하지 않았다. 그러나 밤이 되면 인어 공주는 아무도 모르게 용궁을 빠져나와 자기가 구해 준 왕자가 살고 있는 육지를 보기 위하여 다시 물 위로 떠올랐다."

[2009년 4월]

집으로 돌아와서

선원이 드디어 집으로 돌아왔네, 바다에서
사냥꾼이 마침내 집에 돌아왔네, 산에서
— 로버트 루이스 스티븐슨

오늘로서 내가 집에 돌아온 지 정확하게 석 달이 지났다. 이렇게 말하니 당신은 혹시라도 내가 그동안 집을 떠나 멀리 어떤 곳에 상당히 오랜 시간 가 있었느냐고 묻고 싶을 것이다. 그런 일은 없다. 나는 약 20여 년 전 현재 살고 있는 이 아파트로 이사를 온 이래 지금까지 거의 집을 떠난 적이 없다. 나는 나와 비슷한 나이의 이웃 사람들이 그러하듯 아침에는 사무실에 출근을 해서 하루의 일을 마치고, 저녁이 되면 어김없이 집에 돌아왔다. 저녁을 먹은 다음에는 별일이 없는 한 아파트 주변을 산책하고, TV를 좀 보다가 잠자리에 들었다. 그런데 이렇게 영원히 계속될 것처럼 생각되던 이 반복되는 일과는 석 달 전에 갑자기 중단되었다. 내가 정년이 되어 퇴직을 하였기 때문이다.

나에게 정년이 다가오고 있다는 사실은 나보다 주위 사람들이 더 잘 알고 있는 것만 같았다. 그 기한이 삼사년 이내로 접어들기 시작하면서부터는 그것이 마치 중대한 자기 일이라도 되는 듯이 아예 '카운트다운'을 하고 있다는 사실도 알게 되었다. 교정에서 만난 동료들 가운데 어떤 사람은 나를 만나자 아주 걱정스러운 표정으로 정년을 앞둔 심정을 묻기도 하였다. 평소에 나를 별로 좋아하지 않은 또 다른 사람은 헤어지기 전에 기어이 나의 퇴직 연도와 날짜까지 정확하게 알아내고는 크게 안도하는 표정으로 나를 놓아주기도 하였다. 이런 태도나 반응에 대하여 나는 별로 이상하거나 서운하게 생각하지 않았다. 나역시 앞서 퇴직을 한 선배들에게 같은 호기심을 느끼고 비슷한 질문을한 적도 있었으니까.

어느 정도 예측은 했던 일이지만 나의 의사와 관계없이 어느 날 들이닥친 퇴직은 그동안 바위처럼 굳어진 나의 생활 습관과 신체적, 정신적 태도, 심지어 인생관과 세계관에 이르기까지 크고 작은 변화를 가져다주었다. 처음 며칠간 집에 있으면서 나는 갑작스러운 생활의 변화와 낯선 처지에 어리둥절하였다. 나는 애써 지금의 한가한 시간이 행복하다고 생각했지만 실제로는 그렇지 못하다는 것도 알고 있었다. 나는 도무지 나 자신을 실감할 수가 없었다. 마치 유한한 시간에서 무한한 시간으로 갑자기 튕겨져 나온 듯한 기분이었다. 비좁은 공간에서 광활한 자유의 들판으로 떠밀려 나온 듯한 느낌도 들었다. 좋은 것 같기도 하면서 한편으로는 두렵기도 하였다.

그동안 이런 사태를 예측하고 나름대로의 대비를 결코 소홀히 하지 않았는데도, 아침에 일어나 밥을 먹고 나서 갈 곳이 없다는 간단하면서도 엄연한 현실은 얼마간 적잖이 나를 당혹스럽게 만들었다. 당연히 사무실에 가 있어야 할 시간에 집에서 어정거리고 있다는 사실이 도대체 실감이 나지 않았다. 아내 앞에서 어색하기도 하였다. 아이러니하게도 나는 갑자기 새장에 갇힌 한 마리 새가 된 느낌이었다. 말이 나왔으니 말이지만 정작 지금까지 30여 년 이상 나를 가두어 놓았던 새장은 집이 아니고 사무실이었다. 그 새장의 문은 퇴직과 더불어 활짝 열렸고 나는 이제 높고 넓은 푸른 하늘로 말 그대로 '새처럼 자유롭게' 훨훨 날아가기만 하면 되었다. 얼마나 갈망하던 시간이며 자유란 말인가? 그런데 나는 지금 어떤가? 열린 새장의 문 앞에서 오히려 그 새장 속의 생활을 못 잊어 서성이는 한 마리 새의 모습이 아닌가?

돌이켜 생각해 보니 그동안 집을 떠난 적이 없었다고 한 말은 틀린 것 같다. 사실 나는 그동안 참으로 오랜 시간 집을 떠나 있었다. 비록 아침에 출근을 했다가 저녁에 집에 돌아와 잠을 잤다 하더라도, 나의 마음과 정신은 항상 집을 떠나 다른 곳에 가 있었다. 좀 더 구체적으로 말할 것 같으면 나의 사무실과 그곳에서 이루어지는 일에 매달려 있었다. 집이란 실제로는 잠시 머무르는 여관이나 다름없었다. 지금까지 내가 집과 가족들, 집안일, 이웃 사람들에게 별로 관심을 두지 않고 살아온 것은 부정할 수 없는 사실이다. 곰곰이 헤아려 보니 고등학교를 다니기 위해 고향을 떠나 서울로 올라온 이후 지금까지 50여 년간 나는 집을 떠나 있었다. 그동안 나의 황금같이 귀중한 시간과 젊음을 밖에서, 학교에서, 사무실에서 다 보내고, 머리가 허옇게 세어 다시 집에 돌아온 것이다. 내가 내 집에서 편안하지 못하고 남의 집에 들어선 듯 어색한 느낌을 받는 것도 어쩌면 당연한 일이다. 아내가 나를 낯선 사람 바라보듯 하는 것도 이해할 만하다.

다행스럽게도 시간이라는 것은 우리가 생각하는 것보다 훨씬 빠르게 우리를 새로운 환경에 적응시킨다. 이제 겨우 석 달이 지난 지금 나는 집 안의 새로운 룰과 행동 규범에 익숙해졌다. 아침이 오면 나는 예전처럼 큰일을 하기 위해 굳은 각오와 함께 사무실로 달려가는 대신, 아내가 챙겨 주는 물통을 메고 동네 약수터에 가 물을 길어 오는 일로 하루를 시작한다. 군소리 없이 청소도 하고, 쓰레기통을 비우기도 하고, 가득 찬 쓰레기봉투를 일정한 곳에 가져다 버리기도 한다. 손자들을 학교에 안전하게 데리고 가고 데리고 오는 일도 어느덧 나의 몫이 되어 버렸다.

그동안 아내도 한 지붕 밑에 살게 된 나의 존재뿐만 아니라 나를 적절히 부려 먹는 일에도 아주 익숙해졌다. 시도 때도 없이 슈퍼나 시장, 또는 약국에 가서 이런저런 물건을 사 오라고 심부름을 시킨다. 나는 아무런 불만이나 불평 없이 충실하게 그 명령을 이행한다. 쉴 새 없이 걸려오는 전화를(집에 이처럼 많은 전화가 걸려 오리라고는 그전에는 상상도 하지 못했다) 처음에는 내가 먼저 받지 못하게 하더니, 이제는 으레 내가 먼저 받아 공손하게 수화기를 아내에게 넘겨주는 것이 당연한 순서가 되어 버렸다. 내가 전화를 늦게 받거나 목소리가 퉁명스럽게 나오는 날이면 즉시 아내로부터 호되게 야단을 맞는다. 나에게 걸려 오는 전화는 거의 없다.

이제는 집을 지키는 사람도 주로 나다. 아내는 아침부터 외출 준비에 바쁘다. 친구들과 점심 약속이 있기 때문이다. 지금쯤 아내는 좋은 음식점에서 친구들과 만나 신나게 수다를 떨고 있을 것이다. 수다의 내용 가운데는 틀림없이 나처럼 퇴직 후 집에 남아 있는 남편들 흉을 보는 일도 큰 비중을 차지할 것이다. 크게 괘념하지 않는다. 모든 것이 다 한철이니까. 나는 혼자서 점심을 간단하게 해결하고 설거지까지 깨끗하게 해 놓는다. 설거지도 자주 하다 보니 이제는 이력이 붙어 재미있다.

앞서 언급하였듯이 시간이란 것은 참으로 신기한 힘을 가지고 있다. 우리에 갇힌 짐승들이 그러하듯이 어느덧 나도 나의 새로운 울타리 속의 생활과 처지에 잘 적응하고 있다. 생활의 단조로움은 어느덧 나의 몸속 깊숙이 배어들었다. 나는 참으로 오랜만에 집 안의 적막함이 가져다주는 행복을 맛보고 있다. 나에게는 이제 바쁠 것이 없다. 낮잠도 자주 잔다. 하고 싶을 때 산책도 하고, 책도 읽고, 지금처럼 글도 쓰지만 전처럼 어떤 확고한 목적을 갖거나 의무감에서 하지는 않는다. 나는 이제 예전처럼 강렬한 즐거움이나 흥분을 추구하지 않는다. 그런 것들은 이미 해 볼 만큼 해 보았으며, 맛볼 만큼 맛보았다고 생각한다. 주어진 많은 시간도 더 이상 짐이 아니다. 시간을 요리하는 기술을 어느 정도 터득하였기 때문이다. 몸이 아파 누워 있는 친구의 문병은 더 자주 갈 것이다. 가서는 전보다 더 오래 앉아 있다가 올 것이다. 따지고 보면 나에게 주어진 일은 이제 모두 끝낸 셈이다. 남은 날들을 나 자신만을 위하여 쓴다고 해서 누구에게 크게 비난받지도 않을 것이다. 또한 그것이 크게 잘못된 일도 아닐 것이다.

[2006년 4월]

감기와 커피

새해로 들어서면서 나는 지독한 감기에 걸려 보름 이상 죽을 고생을 하였다. 방에서 이불을 뒤집어쓰고 있어도 몸이 춥고 떨렸으며, 머리는 땡하고 사지는 쑤시고 아팠다. 식욕은 싹 사라져 버려 먹는 것이나 마시는 것이 하나같이 소태맛이었다. 누런 콧물이 쉴 새 없이 흐르고 기침과 재채기를 할 때마다 목구멍에서 푸르스름한 가래가 끝도 없이 덩어리로 터져 나왔다. 사람의 몸속에 이렇게 더럽고 구질구질한 것이 이처럼 많이 들어 있다는 사실이 새삼 의아스러웠다. 너무나 괴롭고 신세가 처량하여 차라리 죽고 싶기도 하였다. 지금까지 살아오면서 이루 다 셀 수 없이 여러 번 감기에 걸려 앓아 보았지만, 감기라는 병이 이처럼 무섭고 괴로운 고문인 줄은 이번에 처음 알았다. 아마도 나이 탓인가 보다.

어쨌든 나는 죽지 않고 살아났다. 지금 나는 이번 독감의 회복기 마지막 단계에 있다. 나는 다시 삶의 즐거움과 고마움을 느끼고 있다. 감기로 상실했던 식욕을 위시하여 다른 모든 육체적 정신적 기능도 거의 회복하였다. 오늘은 무엇인가 쓰고 싶은 욕망 내지 의욕조차 느낀다. 그렇지만 당장 이 일에 달려들지 못하고 망설이고 있다. 왜냐하면 즐거우면서도 꽤나 힘든 이 일을 잘 해낼 만큼 건강이 회복되었는지 아직 확신이 서지 않기 때문이다.

나의 건강 상태를 확인할 수 있는 확실한 방법이 하나 있다. 커피다. 커피는 내 건강의 바로미터이다. 오늘 아침 나는 참으로 오랜만에 부엌에 들어가 반신반의하는 심정으로 커피를 끓였다. 감기에 걸려 고생한 지 거의 3주일 만에 처음이다. 커피 맛만 돌아왔다면 만사 오케이다. 그렇지 않다면 아직 완전한 컨디션이 아니다. 좀 더 기다려야 한다. 애석하게도 커피는 나를 실망시켰다. 아니, 커피가 나를 실망시킨 것이 아니고 내가 커피를 실망시켰다.

그런데 보다시피 이처럼 나는 이미 글쓰기를 시작하고 말았다. 때로 운동선수들이 신체적으로 완전한 상태가 아니더라도 경기에 임해야 하듯이, 신문에 칼럼을 가지고 있는 나도 비록 건강 상태가 썩 좋지는 않더라도 또 하나 써야만 하겠다는 어떤 의무감에서 책상 앞에 앉고야 말았다. 마지막으로 글을 기고한 지도 벌써 두 달이 넘었다. 매주는 아니더라도 적어도 한 달에 한 번은 써야 어렵게 얻은 칼럼을 좀 더 오래 유지할 것이 아니겠는가? 하지만 따끈한 커피 한 잔의 축복이 없이 시작된 이 글이 신통할 리 없으리라는 것은 불을 보듯 뻔하다. 잘못되더라도 독자들의 너그러운 이해가 있으리라고 믿는다. 이 글은 지금까지 내가 쓴 수많은 글 가운데서 옆에 김이 모락모락 피어오르는 커피 한 잔이 없이 쓴 최초의 글이니까.

언제부터인지 잘 모르겠으나 이 세상에 존재하는 수많은 마실 것들 가운데 커피는 나의 삶에서 아주 각별한 자리를 차지하고 있다. 행인지 불행인지 나는 담배도 피우지 않고 술도 많이 마시지 못한다. 대신 커피는 아주 즐긴다. 어떤 사람은 커피가 위장에 좋지 않아 멀리한다지만, 나에게 커피는 단순한 기호 식품 이상이다. 커피는 하나의 습관이자 각성제인 동시에, 행운을 가져다주는 부적(符籍)같이 항상 나와 함께한다. 커피 한 잔을 마시는 것은 아침에 눈을 뜨면 제일 먼저 행하는 성스러운 의식이요, 점심을 먹은 다음에는 빼놓을 수 없는 절차요, 대화의 창구이자 우정의 촉매제요, 건강의 바로미터이다. 커피를 마셔야 할 때 마시지 못하면 나는 허전하고 불안하고 불편하다. 커피 잔이 비어 있으면 글을 쓰지 못한다.

커피가 나에게 제공하는 사회적, 심리적 기능과 역할을 다른 많은 사람들에게는 술과 담배가 대신하는 것 같다. 그런데 몸과 마음을 허약하게 타고난 나로서는 술이나 담배에 비해 커피에 대해서는 부정적인 의학적 견해가 거의 없다는 사실에 크게 안도하고 있다. 담배와 술이 우리 인간의 신체에 끼치는 건강상의 해악은 차치하더라도, 나의 경험과 관찰을 통해 볼 때 전자가 가뜩이나 나쁜 실내 공기를 더욱 나쁘게 만드는 것은 확실하며, 후자가 사람의 온전한 정신을 잠시나마 마비시켜 버리는 것은 부정할 수 없는 사실이다. 술 취한 사람은 제정신이 아니다. 우선 자기가 어디에 있는지, 무엇을 하고 있는지도 모른다. 아무 데나 누워 잠을 자고 아무 데서나 소변을 본다. 전철에서는 다른 승객들의 눈총에도 아랑곳없이 너무나 많은 표현의 자유를 누린다. 이런 면에서 보면 커피를 마시는 사람들은 참으로 신사들이다. 커피를 마시는 사람이 어떤 불미스러운 행동을 저질렀다거나 실수를 하였다는 소문을 나는 지금까지 한 번도 들은 적이 없다.

그렇다. 커피를 사랑하는 사람들은 모두 성품이 부드럽고 매너가 세련된 사람들이다. 서울이나 기타 큰 도시에 있는 유명한 커피숍에 가 보라. 우선 커피숍은 깨끗하고 조명이 잘 되어 있으며, 은은한 커피 향기 ― 인간이라면 결코 싫어할 수 없는 천상의 향기 ― 로 충만해 있을 것이다. 여기에 찾아오는 사람들을 보라. 이들은 하나같이 단정하고 우아한 복장을 하고 있으며, 이야기를 하더라도 소곤소곤 부드럽게 하고, 어떤 고상한 생각에 잠겨 있거나 음악을 듣고 있거나 책(아니면 신문이라도)을 읽거나, 그것도 아니라면 조용히 앉아 친구나 애인을 기다리고 있을 것이다. 이 모든 것이 커피 한 잔을 앞에 놓고 가능하다. 서울처럼 거대하고 살벌한 대도시에서 다른 어떤 것을 파는 곳이라면 이런 풍경이 가능할까? 어림없는 일이다. 커피 속에는 분명 살벌하고 무미건조하고 외로운 도시 생활을 부드럽고 낭만적인 문명 생활로 바꾸어 놓는 신비하면서도 강력한 힘이 깃들어 있다.

18세기 말부터 영국의 수도 런던에 찻집(티숍)이 여기저기 생겨나기 시작하였고, 그곳이 바로 '젠틀맨', 곧 영국 신사들의 산실이라는 사실을 영문학을 전공한 나는 어디에선가 읽은 적이 있다. 이런 사실을 상기하면서 나는 최근 서울에 아주 화려한 시설을 갖춘 현대적 감각의 대규모 커피숍들이 우후죽순처럼 생겨나고 있다는 사실을 즐거운 호기심을 가지고 주목하고 있다. 그런데 최근 생겨나고 있는 커피숍에서는 단순히 커피만 파는 것이 아니고 내가 좋아하는 맛있는 과자와 케이크도 팔고 있어 나를 더욱 기쁘게 한다. 더욱 놀랍고 고마운 일은 아무리 오래 앉아 있어도(커피를 주문하지도 않고) 아무도 뭐라고 하지 않는다는 사실이다. 이곳에 가면 맛 좋은 커피를 마실 수 있을 뿐만 아니라 친구와 장시간 자유롭게 이야기를 나눌 수 있고 깨끗한 화장실도 사용할 수 있다. 학생들은 여기서 숙제도 하고 나이 든 사람들은 신문을 읽으며 시인은 시상을 가다듬고 비즈니스맨은 상담을 한다. 이 모든 것이 커피라는 간단하면서도 신비스러운 매개체를 통하여 가능하다. 나는 커피에서 인류의 밝은 장래를 본다. 커피 없는 세상을 상상해 보라!

나는 과연 이 세상에서 커피라는 것이 발견되어 지금처럼 널리 애용되지 않았더라도 인류 문명이 지금 우리가 알고 있는 현재 모습으로 발전하였을까 혼자 생각해 본다. 다른 분야는 그만두고라도 예술 분야를 보자. 과연 커피의 신비스러운 힘이 없이도 그 훌륭한 작품들이 만들어졌겠느냐 하는 것이다. 예술가들 중에는 새로운 영감을 얻고 작품화하는 데 커피보다는 술의 힘을 빌리고 의지하는 사람들도 많다. 그러나 술은 너무나 비싼 대가를 요구한다. 술 때문에 건강을 잃거나, 정신을 잃고 미쳐 버리거나, 가정을 망치고 아내나 자식들을 굶게 만들거나, 결국은 스스로 목숨을 끊은 시인과 화가들이 자고로 어디 한두 사람인가? 비록 술보다는 효력이 떨어질지 모르지만 커피는 이런 예술가들의 광기를 건강하고 건전한 창조력으로 변화시켜 이들로 하여금 보다 많은 작품을 생산하도록 도와주는 긍정적인 역할을 한다. 커피를 애호하는 시인이 술을 선호하는 시인보다 더 오래 산다는 것은 엄연한 사실이다.

이제 이 글도 끝낼 때가 되었나 보다. 내가 지금까지 커피에 대하여 지나친 칭찬을 하였다든가 좀 과장된 말을 했다면 그것은 분명 서두에서 말했듯이 커피의 은총이 없이 이 글을 시작하였기 때문일 것이다. 그런데 지금 나는 별안간 커피 한 잔을 마시고 싶은 강렬한 욕망이 불현듯 일어남을 느낀다. 몸의 컨디션이 좋아졌다는 신호다. 감기에서 완전히 회복되었다는 확실한 증거이기도 하다. 나는 부리나케 부엌으로 달려가 새로 커피를 끓인다. 그리고 참으로 오랜만에 따끈한 커피 한 모금을 조심스럽게 목구멍으로 흘려 넘겨 본다. '아, 이 맛! 바로 이것이다!'

이제 모든 것이 제자리로 돌아왔으니 지금까지 온전치 못한 정신으로 지껄인 커피에 관한 모든 헛소리들은 다음과 같은 간단하지만 바위처럼 견고하고 시공을 초월한 진리 하나만 남기고 모두 취소하겠다. '이른 아침 잠자리에서 일어나자마자 마시는 한 잔의 진한 커피는 언제나 나의 몸속에 남아 있는 잠을 쫓아내고 하루의 일을 시작하는 데 필요한 맑은 정신을 가져다준다.'

[2007년 12월]

매미

지난여름, 전례 없이 많이 내린 지루한 장맛비와 계속되는 열대야, 축축한 습기에 더해 나를 괴롭힌 빼놓을 수 없는 것 한 가지는 바로 매미들의 울음소리였다. 본래 매미란 한적한 시골의 나무 위에서 여름 한철 노래하면서 보내는 곤충으로 알려져 있다. 그런데 요즈음은 매미들도 시골을 떠나 도시로 이주를 한 모양이다. 아파트가 밀집한 서울 한복판에서도 매미 소리에 귀가 따가울 지경이니 말이다. 이 매미들은 또 전등 때문인지 공해 때문인지 낮과 밤을 구별하는 감각을 상실한 듯하다. 새벽부터 울기 시작하여 한낮은 물론 늦은 밤까지 그칠 줄을 모른다. 아파트 주변 나무는 말할 것도 없고 창틀의 철제 방충망에도 달라붙어 귀가 따갑도록 울어 댄다.

그런데 어느 날 세상이 별안간 조용해졌다. 그 시끄럽던 매미들의 울음소리가 거짓말처럼 갑자기 뚝 그쳐 버린 것이다. 눈에 띄던 안 띄던 간에 내가 매일 지나가는 아파트 주변의 나무에 붙어 있던 그 많던 매미들이 어느 날 아침 모두 약속이라도 한 듯이 집단적으로 사라진 것이다. 나는 작년 여름, 재작년 여름, 아니 해마다 여름이 물러가기 시작하는 이맘때가 되면 언제나 그랬듯이 어떻게 이런 일이 하룻밤 사이에 일어날 수 있는지 궁금해 죽을 지경이다. 높은 위치에 있는 누구의 명령으로 일사불란하게 이루어진, 마치 극도의 보안이 유지된 군사작전에 의한 부대 이동 같다. 그 많고 흔하던 매미들이 도대체 하룻밤 사이 모두 어디로 갔단 말인가?

우리는 매미가 어떻게 생겼는지 잘 안다. 매미는 몸에 비해 비교적 큰 두 개의 투명한 날개가 달린 곤충이다. 수놈은 배에 달린 두 개의 얇은 막을 진동시켜 우리가 알고 있는 매미 특유의 울음소리를 낸다. 매미는 크기와 생김새, 색깔, 울음소리, 나타나는 시기 등에 따라 참매미, 말매미, 잠매미, 쓰르라미 등 종류가 매우 다양하며, 메뚜기, 방아깨비, 베짱이, 여치 등과 더불어 곤충 분류학상 소위 동시류(同翅類)에 속한다. 그러나 세상만물이 다 그렇지만 실제로 우리는 매미에 대하여 알고 있는 것보다 모르는 것이 훨씬 더 많다.

매미는 유충, 다시 말해 굼벵이로 땅속에서 아주 긴 세월을(어떤 사람은 15년이라고 하고, 또 어떤 사람은 12년, 또 다른 이들은 7년이라고 한다) 보내고 매미로 탈바꿈을 하고 나서는 참으로 짧은 생애를(종류에 따라 15일 또는 한 달 아니면 3개월) 살고 죽는 것으로 알려져 있다. 그러나 매미에 대한 이 같은 지식은 부정확하고 지극히 상식적인 추측에 근거한 것들로, 대부분 누구로부터 얻어들은 것이다. 확실한 것은 거의 없다.

매미는 일생 동안(비록 짧은 일생이지만) 아무것도 먹지 않는다는 사실을 아시는지? 그 말은 사실인 듯하다. 그간 나는 주의 깊게 관찰해 보았는데 매미가 작은 벌레 같은 것을 잡아먹으려 한다거나 무엇을 먹고 있는 현장을 본 적이 없다. 도대체 매미에게 입이 달려 있는지조차 의문이다. 이처럼 일생 동안 아무것도 먹지 않으면서도 그처럼 큰 소리로 노래를 부른다는 사실이 놀라울 뿐이다. 이런 의미에서 매미야말로 지구 상에서 가장 훌륭한 가수다. 이들은 노래를 부르기 위하여 태어나 노래만 부르다가 죽는다. 사실인지 아닌지는 알 길이 없으나 이들이 먹는 것은 아침 이슬뿐이라고 한다.

여름 한철 우리 주변 어디서든 흔히 볼 수 있는 곤충이지만 이 매미는 여러모로 대단히 신비스러운 존재이다. 나타나는 것도 사라지는 것도 신비스럽다. 우리 인간을 비롯한 지구 상의 모든 생물들이 그러하듯이 매미들도 흙에서 와서 흙으로 돌아간다. 그런데 내가 의아하게 생각하는 것은 어린 매미, 그러니까 새끼 매미를 지금까지 단 한 마리도 본 적이 없다는 사실이다. 또 죽은 매미들을 볼 수 없다는 사실도 꽤나 놀라운 일이다. 매미가 어느 날 집단적으로 없어지는 것을 보면 모두 한꺼번에 죽었을 터이고, 죽었다면 시체들이 가을 낙엽처럼 여기저기서 발견되어야 할 것이다. 그런데 이따금씩 한두 마리가 병이 들었는지 땅 위에 떨어져 버둥거리는 것은 본 적이 있지만 집단적으로 죽은 매미들의 흔적은 어디에도 없다. 어느 정해진 날, 정해진 시각, 모두 떼를 지어 바다로 날아가 자살을 감행하나? 아니면 우리가 모르는 곳에 이들만의 지정된 비밀 공동묘지라도 있는 걸까?

시골에서 초등학교를 다니던 어린 시절 나는 한때 매미를 잡으려고 무척이나 애를 쓴 적이 있다. 길고 긴 여름 방학이 시작되면 으레 우리에게는 곤충 채집이라는 거창한 이름의 방학 숙제가 부과되었다. 잠자리, 나비, 딱정벌레, 풍뎅이, 메뚜기, 방아깨비, 여치, 벌, 사마귀 등 우리는 눈에 띄는 곤충이면 어느 것이건 앞다퉈 잡았다. 그러고 나선 핀으로 잡은 곤충의 등을 찔러 벽이나 상자 위에 고정시켰다. 그러면 곤충들은 등에 핀이 꽂힌 채 제자리에서 빙빙 돌다가 결국은 죽어 버렸다. 개학을 해서 채집한 곤충들을 학교에 가져갈 때쯤 되면 이 표본들은 ─ 아니 곤충의 시체들은 ─ 부패하여 지독한 냄새가 났다. 돌이켜 보니 그것은 곤충 채집이란 미명하에 무식하고 무책임하고 인정머리 없는 교사들의 명령으로 철없는 아이들이 자행한, 아름답고 죄 없는 불쌍한 곤충들에게 가해진 무차별 학살이었다.

매미는 단연 이 곤충 채집의 주요 대상 가운데 하나였다. 매미를 잡아 표본을 만들어 온 아이들은 그렇지 못한 아이들의 부러움과 시샘의 대상이었다. 그런데 매미는 아주 약고 민첩해서 결코 잡기 쉬운 상대가 아니었다. 매미는 주로 강가에 늘어선 높다란 미루나무나 늙은 느티나무, 또는 개울가 뽕나무 위에 있었다. 나는 감히 미루나무나 느티나무를 기어 올라가는 것은 엄두도 내지 못하고 주로 개울가 뽕나무 밭으로 갔다.

뽕나무 위에서는 매미들이 귀가 따갑게 울어 대고 있었다. 나는 바로 이때가 매미들을 공격하기에 알맞은 때라는 것을 경험으로 알고 있었다. 그러나 매미들도 만만치 않았다. 내가 접근하면 매미들도 일제히 노래를 중단했다. 그러면 나는 숨을 죽이고 놈들이 다시 노래를 시작하기를 기다렸다. 그러나 녀석들은 내가 가 버리기를 기다리는 눈치였다. 잠시 인내력의 시합이 진행되다가 내가 포기하고 자리를 뜨기가 무섭게 매미들은 조롱이라도 하듯이 다시 힘차게 합창을 시작했다. 이들은 내 인내력의 한계를 꿰뚫어 보는 것 같았다. 어느 해 여름 내 또래 가운데 몸이 아주 다부지고 나무를 잘 타는 소년이 매미를 잡으려고 강가에 서 있는 키 큰 미루나무 위로 기어 올라갔다가 그만 떨어지면서 다리가 부러져 영영 불구가 되었다. 다리를 저는 이 친구는 지금도 나의 시골 고향에 살고 있다.

유난히도 더웠던 지난여름 나는 참으로 오랜만에 다시 한 번 매미잡이가 되었다. 일곱 살 된 손자 녀석이 느닷없이 매미를 잡아내라고 조른 탓이었다. 알고 보니 같은 유치원에 다니는 친구 하나가 자기 할아버지가 잡아 준 매미들을 상자에 넣어 와 자랑을 한 모양이었다. 나는 흔쾌히 그러마고 대답하고 상가에 가서 자루가 기다란 매미채와 잡은 매미를 넣을 조그만 통을 하나 샀다. 그렇게 우리는 매미채는 어깨에 메고 매미를 잡아 넣을 통은 손에 들고서 마치 전쟁터에 나가는 군인이라도 된 양 기세등등하게 가게를 나섰다.

매미는 생각보다 쉽게 잡혔다. 아파트 공원에 늘어선 나지막한 벚나무 위에서 신나게 노래하는 매미를 발견하면 살금살금 다가가 매미채 끝에 달린 그물을 살며시 가져가기만 하면 되었다. 매미는 영락없이 그물 속으로 들어가 푸드덕거렸다. 신이 난 것은 어린 손자만이 아니라 나도 마찬가지였다. 그런데 나는 매미들이 이처럼 쉽게 잡히는 데 놀랐다. 요즈음 매미들은 이처럼 모두 바보인가? 지능이 둔해졌나? 아니면 그동안 내가 약아졌나? 나는 어린 시절 고향의 그 뽕나무 밭 생각이 났다.

어느덧 통 속에는 열 마리도 넘는 매미가 들어찼다. 손자 녀석은 즐겁고 신이 나서 어쩔 줄 몰라 했다. 녀석은 이 매미들을 집에 가져가 금붕어나 햄스터처럼 애완동물로 기르고 싶어 했다. 불행하게도 손자는 이 매미란 동물을 위한 먹이가 세상에 없다는 사실을 모르고 있었다. 손자를 설득하여 잡은 매미들을 한 마리 한 마리 모두 날려 보내도록 만드는 데는 시간이 좀 걸렸다. 대신 나는 손자가 좋아하는 아이스크림을 사 주기로 하였다.

참으로 멋진 여름이었다. 그 많던 비, 견디기 힘들었던 더위, 그리고 매미들의 노랫소리가 다시 그립다.

[2007년 9월]

어느 할아버지의 블루스

정년퇴직한 내가 요즈음 집에서 맡아 하는 중요한 일 가운데 하나는 여섯 살 먹은 손자를 돌보는 일이다. 자식을 돌보는 일이야 마땅히 어미와 아비가 담당해야 하지만, 요즈음 어미들은 직장에 나가기 때문에 이 세상에서 가장 힘들면서도 공 없는 그 일이 할머니 몫으로 떨어지는 경우가 아주 많다. 시집간 나의 딸도 아침 일찍 출근을 하기 때문에 하나밖에 없는 아들의 양육은 당분간 할머니, 다시 말해서 나의 아내 몫이 되어 버렸으며, 나 또한 아내가 이런저런 이유로 불가피하게 자리를 비워야 할 경우에는 그 자리를 대신해야 하는 처지가 되었다.

사실 나에게 할당된 일이란 일이라기보다 하나의 과정에 불과하다. 손자의 하루 스케줄에 따라 행동하면 그만이다. 유치원에서 운영하는 버스의 시간에 맞춰 지정된 시간, 지정된 장소에 나가 손자를 태워 보내거나 맞이하여 집으로 데려와 할머니나 제 어미가 돌아올 때까지 같이 있어 주면 된다. 아비는? 아비는 어미보다 항상 더 일찍 출근해서 밤늦게 집에 돌아온다.

내가 이렇게 간단한 듯 말하니 손자를 돌본 경험이 없는 사람들에게는 혹여 이 일이 쉬워 보일지도 모르겠지만, 정작 이 일에 조금이라도 경험이 있는 사람은 이 일이 생각보다 힘들고, 복잡하고, 민감한 일이라는 사실을 뼈저리게 느끼고 있을 것이다. 손자를 돌보는 일은 생각보다 훨씬 고되고 손이 많이 가는 일이다. 정신적, 육체적 능력과 정서적 안정성을 요구하며, 무엇보다 인내심과 집중력을 필요로 한다.

임무가 부여된 날 나는 아침 일찍부터 바짝 긴장한다. 친구와의 점심 약속이나 저녁 약속은 모두 취소다. 유치원 버스가 출발하고 도착하는 시간을 숙지하여 머릿속에 기억해야만 하고, 유치원 이외에 태권도, 미술 학원, 피아노 레슨 등 손자 아이의 스케줄 시간을 잊거나 혼동해서도 안 된다. 그동안 나는 건망증으로 인하여 두서너 번 임무 태만의 죄를 저질렀으며, 그때마다 손자 녀석의 할머니인 나의 아내와 어미인 딸로부터 호된 질책을 받았다. 이들은 이구동성으로 나의 쇠퇴해 가는 기억력과 부족한 사명감을 개탄하였으며, 귀한 손자를 돌볼 수 있는 특권을 박탈하겠다는 으름장을 놓기도 하였다. 이럴 때마다 나는 내가 저지른 용서받지 못할 과실에 대하여 손이 발이 되도록 싹싹 빌면서 용서를 구했으며, 이런 일이 다시는 없을 것이라고 다짐을 하였고, 앞으로는 더욱더 임무에 충실하겠노라고 맹세하였다. 두 사람은 크게 자비라도 베푸는 듯이 나를 용서해 주었다.

이들의 주장과 우려에도 충분한 이유가 있다. 내가 만약 지정된 시간과 장소에 나가 기다리지 않아 어린 손자가 혼자 길거리를 이리저리 방황하다가 실종된다거나, 괴한에게 납치된다거나, 차에 치인다거나 하는 일이 발생하면 어찌하겠느냐는 것이다. 맞는 말이다. 우리는 지금 아담과 이브가 살았던 에덴동산에 살고 있는 것이 아니다. 언제 어떤 일이 벌어질지 모르는 대도시 서울에서 살고 있다. 특히 아무것도 모르는 어린아이들에게는 한층 더 위험한 곳이다. 그저 만사에 주의와 조심, 그리고 경계가 제일이다.

일단 손자를 집에 데리고 들어오면 그날 임무의 가장 중요한 부분은 완료한 셈이다. 나는 소파에 느긋이 기대 TV를 켜 내가 좋아하는 프로를 보면서 시간을 보내고 싶지만 그게 뜻대로 되지 않는다. 손자는 어른인 내가 보아도 비싸 보이고 신기한 장난감이 무진장으로 있음에도 거들떠보지 않고 나에게 자기와 함께 놀아 주기를 요구한다. 나는 짜증이 나지만 내색을 하지 않고 요구에 기꺼이 응하는 척한다. 손자는 외아들이다. 같이 놀 형제나 자매가 없다. 이 큰 아파트에 덩그러니 나와 손자 둘뿐인 것이다. 요즈음은 내가 어렸을 때와 달라서 밖에 나가도 함께 놀 친구들도 없다. 손자 녀석의 처지가 좀 안쓰럽기도 하다.

손자는 나에게 생전 처음 들어 보는 카드 게임을 하자고 조른다. 할 줄 모른다고 발뺌을 하면 가르쳐 줄 테니 하자고 한다. 하기 싫지만 따라 하는 수밖에. 이때 한 가지 알아 두어야 할 사실은 너무 일방적으로 져 주거나 이기면 안 된다는 것이다. 녀석은 아주 영리하여 너무 쉽게 져 주면 자기를 무시한다고 화를 내고, 너무 일방적으로 이겨도 고약해져서 심술을 부린다. 게임에서 연달아 패하여 심사가 뒤틀리면 엉뚱한 시비를 걸기도 한다. 서로 눈감아 주기로 합의한 지난주의 일을 어미에게 일러바치겠다는 것이다. 사실 그런 일이 있기는 있었다. 나는 TV에서 중계하는 유로 2008 축구 준결승전을 보기 위하여 어미가 엄격히 금지한 전자 오락기인 닌텐도를 무려 두 시간이나 하도록 내버려 둔 적이 있다. 나는 손자 녀석의 위협에 굴복하여 이놈의 비위를 맞추기로 한다. 어떻든 좋지 않은 이야기가 저의 어미의 귀에 들어가면 나의 변명은 통할 리가 없고 또 한바탕 소란이 벌어질 테니까. 이래저래 할아버지는 슬프다.

아파트 안에서 할 수 있는 게임이나 놀이에 싫증이 난 손자는 밖에 나가 놀고 싶다고 한다. 이 말을 듣는 순간 나의 가슴은 철렁 내려앉는다. 나는 손자가 자전거를 타려고 한다는 것을 알고 있다. 그런데 문제는 바로 그 자전거다. 녀석은 최근 뒷바퀴에 조그만 보조 바퀴가 있어서 넘어질 염려가 없는 자전거에서 보조 바퀴를 떼어 냈다. 이 이륜 자전거는 속도가 엄청나며 어느 때고 옆으로 쓰러지기 쉽기 때문에 어떤 사고가 날지 아무도 모른다. 누구와 충돌할 수도 있고, 넘어져 다칠 수도 있으며 피가 날 수도 있다.

자전거를 타다가 넘어지기라도 하여 팔꿈치나 정강이에서 피라도 나는 날에는 만사가 끝이다. 모든 책임은 이 할아버지에게 떨어진다. 어떻게 아이를 돌보았기에 이 지경을 만들었느냐고 책임 추궁이 추상같을 것이다. 타다 넘어진 손자의 잘못은 당연히 없고 책임은 고스란히 이 늙은 할아버지 몫이다. 그렇기 때문에 최선의 방법은 녀석이 자전거 위에 올라앉아 있는 동안 한시도 자전거에서 손을 떼지 않는 것이다. 꼭 붙잡고 있어야만 한다. 달릴 때도 마찬가지다. 노쇠한 나의 다리와 심장에 무리가 가는 것을 무릅쓰고서라도 자전거 꽁무니를 잡고 함께 달려야만 한다.

　나는 손자에게 자전거 타기 대신 그네, 미끄럼틀, 목마, 시소, 정글 짐 등 다양한 놀이 기구들이 있는 아파트 근처 놀이터에 가서 노는 것이 어떻겠느냐고 슬쩍 제안해 의외로 성공하는 경우도 가끔 있다. 영리한 손자는 내가 달리는 자전거의 꽁무니를 붙잡고 달리기에는 너무 늙었다는 사실을 본능적으로 알아차리고 큰맘 먹고 나를 봐주는 것이다. 나는 안도의 한숨을 내쉰다. 놀이터에 가면 무엇보다 또래 아이들이 많기 때문에 내가 거들어 주지 않아도 어울려 잘 논다. 나는 놀이터 근처의 벤치에 앉아 놀이터의 풍속도를 감상하면서 자기 또래의 다른 아이들과 뒤섞여 놀기에 여념이 없는 손자에게 가끔 시선을 주어 소재를 확인하기만 하면 된다.

　벤치에 앉아 아이들이 즐겁게 뛰노는 모습을 바라보면서 어느덧 할아버지가 되어 버린 나 자신을 생각하며 자못 심각한 명상에 잠긴다. 어째서 나는 고마움을 모르고, 나의 사랑에 무관심하고, 아주 냉정하고, 자기 고집만 내세우는 이 손자라는 존재 앞에서 이다지도 부드럽고, 너그러우며, 참기 잘하고, 연약하고, 겁을 내고, 벌벌 떨고, 굽실거리고, 아첨마저 하는 존재가 되었단 말인가? 참으로 알다가도 모를 일이다. 나는 나의 자식들에게는 이렇지 않았다. 물론 자식들을 끔찍이 사랑했지만 자식들에게 나는 쉽게 화도 냈고 야단도 쳤다. 자식들에 대한 아버지로서의 사랑은 다분히 교육적이고 이성적이고 상대적인 것이었다고 한다면, 현재 할아버지로서 손자에 대한 사랑은 가히 비교육적이고 맹목적이고 일방적이라고 말할 수 있다. 그 이유는 아무리 생각해 보아도 알 수가 없다.

벤치에서의 명상은 날개를 펴고 멀리 날아가 내가 어린 손자였던 시간으로 돌아가기도 한다. 나도 한때는 손자였다. 하지만 할아버지에 대한 기억은 없다. 내가 태어나기 전에 돌아가셨기 때문이다. 손자로서의 나의 기억은 오직 할머니에 대한 것뿐인데, 내가 기억하는 할머니는 이미 백발의 머리에 허리는 몹시 굽었고 이도 몇 개 없었다. 걸음을 옮길 때는 언제나 지팡이에 의존하셨다. 주위를 둘러보면 손자나 손녀를 데리고 나온 신식 할머니들도 여럿 눈에 들어오는데, 하나같이 정정하고 건강해 보이고 좋은 옷을 입고 있다. 이미 오래전에 돌아가신 나의 할머니 같은 분은 아무리 보아도 없다.

별안간 누추한 옷을 입고 힘들여 걸음을 옮기시던 할머니가 보고 싶다. 할머니도 손자였던 나를 내가 지금 손자를 사랑하듯이 본능적으로, 맹목적으로, 일방적으로 끔찍이 사랑하셨을 것이 분명하다. 그러나 할머니의 그 사랑은 나로부터 아무런 보상이나 보답을 받지 못하고 지나가 버렸다. 나는 할머니에게 고맙다는 따뜻한 말 한마디 한 기억이 없다. 오히려 할머니의 하얀 머리와 굽은 허리를 보고 웃었으며, 할머니를 싫어하였고, 할머니가 가까이 오면 피했다. 나의 눈에는 오직 엄마와 아빠뿐이었고 할머니는 안중에 없었다. 할머니는 한 지붕 밑에서 함께 살기는 하였지만 어디까지나 무언가 거추장스러운 존재였다.

이제 와서야 나는 비로소 가난한 집안에서 할머니가 느꼈을 어려움과 외로움, 그리고 소외감을 조금이나마 이해할 수 있을 것 같다. 가슴이 아프고 눈물이 고인다. 소녀가 자라나 할머니가 된다는 사실을 나는 그때 몰랐다. 태어날 때부터 할머니와 같은 사람이 따로 있는 줄로만 알았다. 할머니에 대한 무지와 배은에 대한 벌을 지금에 와서 여섯 살 먹은 손자로부터 톡톡히 받고 있나 보다. 그래도 싸다.

[2008년 7월]

초원의 빛

며칠 전 밤늦게 TV를 틀어 채널을 돌리다 보니 한 곳에서 「초원(草原)의 빛」이라는 옛날 할리우드 영화가 상영되고 있었다. 나는 우선 반가웠다. 오랜만에 보게 된 나탈리 우드와 워런 비티의 젊고 청순한 얼굴을 보는 것만도 큰 즐거움이었다. 나는 어느새 영화에 빠져들었다. 영화를 보면서 계산을 해 보았다. 따져 보니 내가 이 영화를 처음 본 것은 1962년, 그러니까 지금부터 정확하게 46년 전이었다. 나는 당시 21세의 영문과 2학년 학생이었다. 그때 나는 첫사랑의 여인을 동반하고 있었다. 추억에 잠겨 영화를 보는 동안 나는 나도 모르게 희망과 두려움으로 가득하던 젊은 시절로 돌아가 있었다.

오래전에 이미 한 번 감동적으로 본 적이 있는 영화를 다시 본다는 것은 한때 크게 유행했던 팝송을 당시 가수의 음성으로 다시 듣는 것과 같이 새로운 경험이다. 이런 일은 잠시나마 우리를 이미 지나가 버린 그 옛날로 데리고 가 그 영화나 노래에 얽힌 추억이나 사건들을 상기시켜 준다. 나는 나탈리 우드와 워런 비티의 젊고 아름다운 모습에 재삼 감탄하면서도, 한편으로는 이 영화에서 고등학교 학생으로 등장했던 나탈리 우드는 이미 사망하여 이 세상에 없고(43세의 한창 나이에 보트 사고로 익사했다), 워런 비티는 아직 죽었다는 소식이 없는 것을 보면 살아 있음이 분명하지만 이미 70이 넘어 지금 나처럼 멍청한 늙은이가 되어 있을 것이라는 엄연한 사실에 마음이 씁쓸하였다. 늙으면 플라톤도 허수아비라 하지 않던가.

내가 처음 「초원의 빛」을 보았을 때는 TV도 없던 시대였다. 당시는 극장(영화관)에 가서 영화를 보는 것이 유일한 오락이었고 가장 쉬운 문화 체험이었다. 서부 활극을 비롯한 할리우드 영화들은 나의 상상력의 세계를 넓혀 주고 또 사로잡았다. 누가 시키지 않아도 나는 그 수많은 남녀 배우들의 이상스럽고 긴 이름들을 줄줄 외었으며, 이들의 액션과 패션을 흉내 냈다. 시간이 많이 흐른 지금에 와서는 대부분 기억에서 사라졌지만, 몇몇 영화는 이런저런 이유로 기억 속에 남아 있다. 「초원의 빛」도 그 가운데 하나다.

그런데 영화를 보면서 나는 새로운 사실에 직면하게 되었다. 어차피 한 번 본 영화를 또다시 보는 일이기에 나는 영화 내용을 잘 알고 있다고 생각했다. 그런데 그게 아니었다. 웬걸, 완전히 새로운 영화나 다름없었다. 한 장면 한 장면이 낯설었고, 대사는 물론 영화의 진행을 전혀 예측할 수 없었다. 이 영화에 이런 장면이 있었던가? 이런 사건도 있었던가? 심지어 이 영화가 이렇게 끝나던가? 끝까지 예측할 수 있는 것이 하나도 없었다. 확실한 것은 이 영화를 옛날에 한 번 보았다는 사실 뿐이었다. 참 기억력처럼 믿을 수 없는 것도 없다. 특히 나이 든 사람의 경우는 더 말할 필요도 없다.

그래서 나는 좋은 일 하는 셈 치고 이 글을 읽는 독자들을 위하여, 아니 이 영화를 이미 본 사람은 물론 아직 보지 못한 사람을 위하여, 그 내용을 간단하게 요약하여 소개하기로 한다.

「초원의 빛」은 1920년대 미국 캔자스 주 작은 시골 마을에서 고등학교에 다니는 사춘기의 두 젊은 남녀의 사랑과 성장에 관한 이야기다. 버드 스탬퍼(워런 비티 역)와 윌마 디니(나탈리 우드 역)는 서로 만나 사랑에 빠진다. 두 젊은이는 곧 성에 눈을 뜨게 되며 지금까지 모르던 정신적 육체적 동요를 겪게 되고, 동시에 부모들의 편견과 기대, 사회적 제약과 계급의 차이에 직면한다. 비교적 부유한 상류 계급에 속하는 버드의 아버지는 아들에게 시골 처녀 윌마 말고 이왕이면 "다른 종류의 여자"를 고르라고 충고하고, 윌마의 어머니는 딸에게 결혼과 섹스는 순전히 아기를 낳기 위한 방편이라고 가르친다. 이 와중에 윌마는 정신 병원에 입원하게 되고, 버드는 아버지의 권고에 따라 마지못해 고향을 떠나 예일 대학교에 입학함으로써 이들의 사랑은 끝난다. 1929년 미국에 불어닥친 경제 공황은 주식 시장의 폭락을 가져오고 버드의 가정은 경제적으로 몰락한다. 몇 년이 지난 후 둘이 다시 마지막으로 만났을 때 윌마는 약혼자를 만나러 뉴욕으로 가는 길이었고, 버드는 이미 결혼하여 아기 하나를 둔 지극히 평범한 가장이 되어 있었다. 이들은 서로의 처지를 받아들이고 헤어져 제각기 갈 길을 간다. 사랑의 환희와 슬픔, 삶의 시련과 고통을 통하여 인간은 성숙하고 지혜로워진다는, 문학 작품에서 자주 다루어지는 주제가 이 영화에서도 아주 분명하게 잘 묘사되어 있다.

영문학, 그 가운데서도 시가 전공인 나에게 이 영화는 아주 각별한 요소를 가지고 있다. 그것은 매우 인상적이고도 효과적으로 영시가 등장한다는 사실이다. 이 시 구절은 처음에는 첫사랑의 환희와 심리적 불안에 빠진 윌마가 영어 시간(우리에겐 국어 시간)에 선생님의 지시에 따라 교실에서 낭독하며, 두 번째로는 두 사람이 마지막으로 만나 헤어질 때 누군가가 낭송하면서 자막이 뜬다. 이 구절은 영문학도들에게는 비교적 잘 알려진 윌리엄 워즈워스의 「불멸의 시」(Immortality Ode) 11개의 연 가운데 열 번째 연으로서 영화의 제목 「초원의 빛」(Splendor in the Grass)도 여기에서 따온 것이다.

처음 이 영화를 보았을 때만 해도 이 시가 누구의 시인지, 제목이 무엇인지, 내용이 무엇인지도 몰랐지만 그냥 멋있고 좋아 보였으며, 함께 영화를 본 전공이 다른 애인에게 이 시에 대하여 애써 무엇을 아는 체 설명하느라 큰 고생을 하였던 것으로 기억된다. 그간 열심히 공부하고 노력하여 꿈에 그리던 영문학 교수가 되어 이 시를 수도 없이 읽었고, 학생들에게 가르쳤고, 한두 편의 학술 논문도 쓴 나로서는 이 시를 46년 만에 이 영화에서 또다시 만나게 되었다는 사실이 벅찬 감동이자 새로운 경험이었고, 대단한 인연으로 느껴졌다.

독자들이여, 이 시를 여기에 이처럼 반복하여 소개하는 나의 심정을 너그럽게 이해하고 용서하여 주시기를. 나는 이 시가 참으로 좋은 시라는 것을, 진리라는 것을, 아름답다는 것을 잘 알고 있다. 이렇게 좋은 것을 혼자 누린다는 것이 마음에 걸려 독자들과 나누고 싶은 간절한 심정에서 이 일을 하는 것이다. 특히 요즈음처럼 경제가 어렵고 많은 사람들이 절망에 빠져 있는 이런 때, 사람들이 뚜렷한 이유도 없이 걸핏하면 목숨을 끊는 일이 잦은 이런 시기에, 우리는 더욱더 이런 시를 읽어야 한다고 생각한다. 공부한 것이라고는 이것밖에 없는 나로서는 이렇게 해서라도 좋은 일 하고 사람들을 위로하고 안심시키고 싶다. 시는, 좋은 시는, 삶에 큰 위로가 된다. 용기를 준다. 희망을 준다.

What though the radiance which was once so bright

Be now forever taken from my sight,

Though nothing can bring back the hour

Of splendor in the grass, or glory in the flower;

We will grieve not, rather find

Strength in what remains behind;

In the primal sympathy

Which having been must ever be;

In the soothing thoughts that spring

Out of human suffering;

In the faith that looks through death,

In years that bring the philosophic mind.

한때 그처럼 찬란했던 광휘는

이제 너의 시야에서 영원히 사라졌다 하더라도,

이제는 아무도 초원의 빛을, 꽃의 영광을

되돌려 주지 않는다 하더라도,

슬퍼하지 말라.

오히려 뒤에 남은 것 속에서,

옛날에도 있었고, 앞으로도 있을 영원무궁한 태초의

인간 본성 속에서,

고통에서 샘물처럼 솟아나는 부드러운 추억 속에서,

죽음을 꿰뚫어 볼 수 있는 신념 속에서,

우리에게 철학적 지혜를 가져다주는 세월 속에서,

힘과 위로를 얻으라.

영화가 끝났을 때는 이미 밤도 깊어 자정이 훨씬 지나 있었다. 나는 거실의 TV 앞에 혼자 앉아 있는 나 자신을 발견하였다. 처음 얼마 동안 같이 보던 아내는 별로 흥미가 없었던지 한참 전에 자리를 뜨고 없었다. 나는 순간 외롭고 쓸쓸했다. 그리고 이내 좀 멋쩍고 엉뚱한 생각에 빠졌다. 내가 만약 이 영화를 처음 같이 본 첫사랑의 여자와 결혼을 했더라면 그 여자도 지금의 나의 아내처럼 나 혼자서 이 영화를 보도록 남겨 두고 먼저 잠을 자러 들어갔을까? 나는 참으로 오랜만에 나의 옛 윌마 생각을 해 보았다. 나는 그때 그 여자를 볼 때마다 가슴이 뛰었다. 나는 그 여자와 함께 있으면 행복하고 자랑스러웠다. 한때 그 여자는 나의 전부였다. 당시 내가 그 여자 아닌 여자와 결혼한다는 것은 있을 수 없는 일이었다. 그러나 나는 다른 여자, 지금의 나의 아내와 결혼하였으며 아내는 남편이 이런 생각을 하며 적막한 거실에서 눈을 멀뚱멀뚱 뜨고 앉아 있다는 사실은 아랑곳없이 태평스럽게 잠들어 있다. 순간 나는 공연히 아내가 미워지고 나 자신에게 화가 났다. 그러나 이내 평소의 평온을 되찾았다. 다행스럽게도 나는 이제 노인이다. 별 다른 희망이나 두려움도 없는 노인이다. 노인이 된다는 것도 한편으로 는 큰 축복이다. 차가운 축복이다.

[2008년 10월]

5

해바라기와 구두

요즘 뭐 하세요?

"요즘 뭐 하세요?"

대학에서 정년퇴직을 하고 나서부터 얼마 동안 나는 이 질문을 수도 없이 받아야만 했다. 언제 어디서고 제자나 친구, 현직에 있거나 은퇴한 선후배 동료 교수들을 만나면 예외 없이 "요즈음 무엇 하느냐?"가 인사였다. 퇴직 전에도 자주 들어온 질문이지만 퇴직을 하고 나서 들으니 좀 당혹스러웠다. 솔직히 말해서 별로 좋게 들리지 않았다. 퇴직에 따른 변화된 사회적 위상과 그에 따른 나의 상실감과 무력감을 새삼 강조하고 상기시켜 주는 듯한 말로 들렸기 때문이다. 뭐라고 대답은 해야 하는데 적당한 말이 쉽게 나오지 않았다. 이제는 집에서 논다거나 쉰다는 말은 하기가 싫었다. 무어라고 얼버무리면서도 항상 좀 찜찜했다.

그러나 이것도 잠시, 시간이 좀 흐르면서 나는 곧 이 질문에도 익숙해졌다. 아직도 이 물음은 가장 먼저 또 가장 많이 나에게 건네지는 질문이자 인사말이다. 나는 이들이 내가 현재 무엇을 하고 있는지에 대해 관심이나 흥미가 없다는 사실을 잘 알고 있다. 그래도 질문한 사람 체면을 생각해서 한마디 한다. "하긴 뭘 해요, 놀지." 이 말 한마디면 족하다. 모두가 만족하고 행복하다. 이제는 나도 이 질문을 갓 퇴직한 후배 교수들을 만날 때면 자주 써먹는다. 알고 보면 아주 편리한 인사말이다.

그러나 소수이기는 하지만 아주 진지하게 나의 퇴직 후의 생활에 대하여 알고 싶어 하는 사람들도 있다. 이들은 대개가 이제 막 정년퇴직을 하였거나 정년을 몇 년 안 남겨 놓은 후배 교수들이다. 나의 부지런하고 규칙적이었던 생활 태도에 대하여 비교적 잘 알고 있는 이들은 진정으로 현재 나의 생활에 대하여 한마디 듣고 싶어 한다. 정년퇴직을 앞둔 이들은 마치 대학에 갓 입학한 신입생들처럼 앞으로 닥쳐올 새로운 생활에 대하여 희망과 기대, 동시에 걱정에 가득 차 있다. 겉으로는 태연하고 자신 있어 보이지만 속으로는 그들 앞에 놓인 무수한 한가한 시간과 막연한 가능성 앞에서 불안하고 초조하기만 하다. 이들은 이제부터 새롭게 시작되는 세상을 슬기롭게 대처할 어떤 방법이나 지혜가 필요하다. 이들이 이 문제에 관한 한 인생의 선배 격인 나에게서 한 수 배우고 싶어 하는 것은 지극히 당연한 일이다. 이들은 나로부터 "하긴 뭘 해요, 놀지" 이상의 대답을 듣고 싶어 한다.

개인에 따라 차이는 있겠으나 최근에 와서 정년퇴직의 개념은 사회적, 경제적 그리고 과학적 변화와 발전에 의하여 엄청난 변화가 생겼다. 준비된 경제력과 신체적 건강, 늘어난 평균 수명, 다양한 활동 기회 등은 사람들로 하여금 퇴직 후 집에서 할 일 없이 놀거나 한가한 시간을 보내도록 내버려 두지 않는다. 놀기는커녕 오히려 지금부터 더 정열적으로 무엇인가 하려는 듯하다. 지금까지 해 온 일에 지쳤다거나, 무거운 짐을 어깨에서 내려놓게 되어 홀가분하다든가, 이제부터는 한가하고 여유 있게 살아가겠다는 생각은 아무도 하지 않는 듯하다. 이들은 마치 또 다른 새로운 경주를 시작하기 위하여 출발선 상에서 몸을 풀고 있는 장거리 선수들 같다. 이들은 하나같이 흥분해 있고 무엇인가 해 보겠다는 의욕과 정열로 가득 차 있다.

5년 전 정년퇴직을 앞두고 풀이 죽고 기가 꺾이고 막연히 초조하고 불안해했던 나의 모습과 달리, 이들은 모두가 자신만만하고 새로운 계획과 구체적인 스케줄로 가득 차 있다. 어떤 사람은 이제부터 본격적으로 탱고 춤을 배우겠다고 한다. 또 누구는 사진을 공부해 보겠다는 계획이다. 그림을 그려 보겠다는 친구도 있다. 색소폰이나 트럼펫과 같은 악기를 하나 새로 배우겠다는 친구도 있다. 세계 오지를 여행하여 위대한 여행기를 하나 쓰겠다는 사람도 있고, 이제부터 중국어를 공부해 보겠다는 사람, 라틴어를, 심지어 희랍어를 새로이 시작해 보겠다는 사람도 있다. 한마디로 말해서 지금까지 하고는 싶었으나 직장 일에 얽매여 하지 못했던 일을 이제부터 본격적으로 달라붙어 해 보겠다는 각오다. 심지어 새로 사업을 크게 벌여 지금보다 더 많은 돈을 벌겠다고 공언하는 사람도 있고 또 성공하는 사람도 있다. 그 열성과 각오가 대단하다. 나처럼 한가하게 게으름을 피워 보겠다는 사람은 어디에도 없다. 다시 말해서 이제는 정년퇴직 같은 것은 없는 시대다.

나도 지금까지 "요즈음 무엇 하세요?" 하는 질문에 웃으면서 "하긴 뭘 해요, 놀지"라고 대답해 오고 있지만 실제로는 그렇지 않다. 꽤나 바쁘다. 퇴직 전과 차이가 있다면 학교에 가서 학생들을 가르치는 일이 없어진 것뿐이다. 이것 말고는 지금까지 해 오던 일의 연속이요 계속이다. 아침에는 어김없이 일찍 일어난다. 오히려 전보다 일찍 일어난다. 커피도 손수 끓여 하루에 어김없이 세 잔은 마신다. 아침마다 면도도 정성 들여 깔끔히 하고, 친구도 만나러 나가고, 병원에 입원한 친구 문병도 간다. 결혼식에도 가고 장례식에도 간다. 제자들 주례도 선다. 주말에는 친구들과 등산을 간다. 예전처럼 책도 읽고, 글도 가끔 쓴다. 영문 잡지들도 계속 구독해 읽고 있다. 신문도 보고, TV도 본다. 저녁을 먹은 후에는 아파트 주변으로 산책을 나선다. 유니세프에 아직도 매달 적은 액수나마 기부도 한다. 현재 양평초등학교 제40회 동창회장이기도 하다. 다시 한 번 반복하건대 내가 퇴직을 한 후 하지 않는 일은 학생들 가르치고 월급 받는 일뿐이다. 이것 빼놓고는 달라진 것이 하나도 없다. 아, 그러나, 정년퇴직 전과 후가 이렇게 다르다니!

이제 이처럼 아무리 부산을 떨어 보아도 다 부질없는 일이다. 이미 사람들은 내가 할 일 없는 사람이라고 단정해 버린 것 같다. 하는 일이라고는 집에서 하루 종일 소파에 앉아 TV의 채널이나 돌리면서 꾸벅꾸벅 졸고나 있다고 생각한다. 한껏 할 수 있는 일이라고는 손자나 손녀 학교에 데려다 주고 데려오는 일이라고 생각한다. 저 사람 지루해서 죽지나 않을까 염려도 할 것이다. 지금쯤 생활도 아주 게을러지고 불규칙해졌을 것이라고 생각한다.

아니다! 아니다! 그렇지 않다. 나는 아침 5시에 일어나려고 꼭 알람을 맞춰 놓고 잔다. 직장에 다닐 때는 낮잠도 잤지만 요즈음은 낮잠도 자지 않는다. 시간이 아까워서이다. 밤늦게까지 TV를 보는 일은 옛날 일이다. 다음 날 할 일을 생각해서다. 그러나 이처럼 부지런을 떤다 한들 무슨 소용이 있단 말인가. 다 필요 없는 일, 헛된 일이다. 만나기만 하면 "요즈음 무엇 하세요?" 하고 묻지만 실제로는 아무도 내가 무엇을 하고 있다고 생각하지 않는다.

정작 더 기막힌 일은 어느덧 나에게 "요즈음 무엇 하세요?" 하고 물어보는 사람조차 없다는 사실이다. 최근 들어서는 어디를 가 누구를 만나도 이런 인사조차 하지 않는다. 이제 이런 형식적이고 의미 없는 질문일망정 건네 줄 값어치조차 나에게는 아예 없어진 것이다. 나는 이제 완전히 잊히었다. 아직 살아 있다 해도 그만, 이미 죽었다 해도 그만이다. "요즈음 무엇 하세요?"라는 질문을 매 맞듯이 맞고 기분 언짢아하던 때가 그립다. 바로 5년 전이다. 아무도 없어 쥐 죽은 듯이 조용한 집에 혼자 있게 되면 나는 혼자 중얼거린다. "당신 지금 무엇을 하고 있소?" 내가 묻고는 내가 대답한다. "하기는 뭘 해. 놀지."

[2011년 4월]

『리더스 다이제스트』와 나

    오늘 아침 나는 문득 그동안 상당히 오랜 기간 내가 무엇인가 중요한 일을 잊고 있었다는 사실을 깨닫고는 약간 당황했다. 잠시 생각해 본 결과 매달 정기적으로 배달되는 영문 월간 잡지『리더스 다이제스트』를 읽어 본 지가 꽤나 오래되었다는 생각이 퍼뜩 들었다. 부리나케 방 한구석에 수북이 쌓여 있는 묵은 잡지들을 확인해 본 결과, 아니나 다를까 지난 4개월 동안 이 잡지가 배달되지 않았다는 사실을 확인할 수 있었다. 나는 순간 화가 불끈 났다. 그러나 곧 이 잡지의 일 년 단위 정기 구독 기간이 이미 오래전에 끝나 버렸다는 사실을 상기하고는 성난 마음을 일단 진정시켰다.

    그러나 한번 흔들린 마음은 쉽게 가라앉지 않았다. 나는 이 사실을 쉽게 받아들일 수가 없었다. 아니, 내가, 다른 사람도 아닌 바로 내가,

다른 것도 아닌 『리더스 다이제스트』를 4개월씩이나 읽지 않았다? 그 뿐만 아니라 그런 사실조차 그동안 모르고 지냈다? 구독 연장 신청도 하지 않았다? 이제 나는 『리더스 다이제스트』의 독자가 아니다? 있을 수 없는 일이었다.

나에게는 어떤 좋지 않은 일이 일어날 때마다 습관적으로 해 오는 나쁜 버릇이 하나 있다. 그것은 사고의 책임을 나 아닌 다른 사람에게 떠넘기는 것이다. 나는 우선 이 잡지의 한국 판매를 담당하는 서울 지국의 여직원을 떠올렸다. 그동안 이 여직원은 나의 정기 구독 만료일이 다가오면 어김없이 전화를 걸어 이 사실을 상기시켜 주었으며, 동시에 기간 연장을 하도록 권유하였다. 그런데 무슨 연유에서인지 이번에는 이 여자로부터 전화가 없었다. 전화가 없었는지, 내가 전화를 받지 못했는지, 이분이 직장을 그만두었는지는 알 수 없으나 결과는 마찬가지였다. 결국 이 여자 때문이었다.

아니지. 이 여자 책임이 아니지. 결국 내 책임이지. 이런 중대한 사고가 발생하였는데도 그 사실을 까맣게 모르고 그동안 태평스럽게 살아왔다는 사실 하나만으로도 책임은 나에게 있었다. 옛날 같았으면 어림도 없는 일이었다. 단 한 번이라도 제 날짜에 잡지가 배달되지 않으면 야단법석이 났다. 만약 그런 일이 일어난 경우에는(지금까지 서너 번 그런 일이 있었다), 나는 성난 목소리로 즉시 회사에 전화를 걸어 담당 직원에게 신속하게 사고를 신고하고, 강력하게 항의하고, 사과를 받아 내고, 즉시 재배달을 요구하였다. 마치 『리더스 다이제스트』를 읽지 않고서는 무사히 그 달을 살아갈 수 없다는 듯이.

이 세계적으로 그 이름이 널리 알려진 잡지, 그 기발한 창업 정신과 편집 방법에 있어서 유일무이한 잡지, 그 내용과 세계관에 있어서 건전하고 유익한 영문 월간 잡지,『리더스 다이제스트』. 이 잡지는 영어를 공부하고, 영어 실력을 더 향상시키고 세련시키고, 또 영어를 가르쳐야만 하는 나에게는 단순한 잡지가 아니었다. 항상 새롭고 어려운 단어, 각종 새로운 구절과 숙어, 용법, 구문과 문장, 잘 만들어진 모범적인 문단과 이런 것들이 모여 종합적으로 만들어 내는 유익한 동시에 흥미진진하고 때로는 감동적인 일화, 실화, 이야기, 수필, 또한 예술의 경지에 이른 정교한 삽화와 사진, 그리고 철학적인 만화, 이 모든 것들로 가득 차 마치 밤하늘의 별들처럼 빛을 발하는 이 조그맣고 귀여운 보석 상자와 같은『리더스 다이제스트』.

대학에서 교수로 재직하는 동안 나는 이 잡지를 교재로 사용하여 큰 재미를 본 사람이기도 하다. 매년 한 학기 나에게는 '영어 강독'이라는 좀 애매한 과목이 배당되었다. 글자 그대로 영어를 많이 읽어 영어 실력을 향상시키기 위한 과목이었다. 교수들이 적당한 교재가 없다고 항상 고민하고 투덜대는 과목이었다. 나는 주저하지 않고『리더스 다이제스트』를 교재로 선택하였다. 그 속에 들어 있는 다양한 읽을거리들이 가져다주는 흥미와 생동감 넘치는 영어는 학생들은 물론 나에게도 항상 새로운 도전이었다. 지금도 가끔 길을 가다가 생각지 않은 곳에서 나와 함께 교실에서『리더스 다이제스트』를 읽었던 졸업생들과 만난다. 어느 졸업생은 나의 영어 강독 과목을 수강한 후 이 잡지에 반하여 졸업 후 지금까지 이 잡지를 계속 정기 구독하고 있다는 말도 했다.

나의 일생에서 아주 귀하고 중요한 사람이나 물건들이 처음 어떻게 나와 인연을 맺게 되었는지는 대부분 분명하지 않다. 이『리더스 다이제스트』만 해도 그렇다. 다만 분명한 것은 그 인연이 참으로 오래되었다는 것이다. 내가 대학에 입학한 후부터였다고 생각된다. 그때도 어떤 교수님(나의 기억이 틀리지 않다면 당시 우리 사범대에 출강하셨던 서울대 문리대 영문과 김명수 교수님)이 나처럼 '영어 강독' 시간에 이 잡지를 교재로 썼던 것으로 기억한다. 이렇게 시작된 나와 『리더스 다이제스트』의 친밀한 관계는 지금까지 50년이 넘게 계속되어 내려온 것이다. 그런데 나도 모르게 이 잡지가 무려 4개월간이나 배달이 끊어진 것이다. 환장할 일이다. 펄펄 뛸 일이다.

그런데 나는 지금 어떻게 하고 있나? 놀라지 말라. 지난 수십 년간 이 잡지의 충실한 애독자로서 쌓아 올린 공로가, 권리가, 애정이 이처럼 무참히도 무너지고, 박탈당하고, 무시당하였음에도 불구하고 나는 지금 아주 애매모호한 태도를 취하고 있다. 아주 뜨뜻미지근한 반응을 보이고 있다. 무사태평이다. 이 심각한 사건이, 아니 사고가 발생하였다는 사실을 인지하고 나서도 또 두 달이 지나갔다. 그러나 그동안 나는 이 엄청난 손해와 손실에 대한 보상이나 배상을 받아 내기 위한 알맞은 그리고 신속한 어떤 행동이나 조치를 취한 것이 없다. 전처럼 나는 당장 회사에 전화를 걸어 담당 직원에게 호통을 치기는커녕, 배달 사고가 났다는 사실조차 알리지 않았고, 강력한 항의를 하지도 않았다. 아예 전화를 걸지 않았다. 그냥 시간을 흘러보냈다. 도대체 어쩌다 내가 이 모양이 되었단 말인가? 나 자신도 모를 일이다.

솔직하게 말해서 나는 이런 일이 일어나리라는 것을 이미 알고 있었다. 어쩌면 이렇게 되기를 속으로 은근히 바라고 있었다고 말해도 크게 틀린 말은 아닐 것이다. 좀 더 정직하게 털어놓자면 나는 이런 일이 일어나도록 내버려 두었다. 나는『리더스 다이제스트』서울 영업소의 정기 구독 담당자인 그 여자가 또 구독 기간을 연장하라는 전화를 걸어오지 않기를 속으로 간절히 바라고 있었다. 한때는 꾀꼬리 같았던 이 여자의 애교 넘치는 목소리도 더 이상 부지런함, 즐거움, 새로운 지식, 모험과 성공의 세계로 인도해 주는 고마운 복음의 소리로 들리지 않는다. 오히려 그것은 이제 사기 싫은 물건을 사라고 귀찮게 졸라 대는, 하기 싫은 일을 계속하라는 강요처럼 들린다. 얼마 전부터 나는 이 잡지에 대한 젊은 날의 열정이 세월과 함께 현저하게 줄어들었다는 사실을 느끼고 인정하게 되었다. 사실 나는 나와 오랜 세월을 함께한 다정한 벗하나와 또 이별을 해야겠다는 생각을 구체적으로 하고 있었다.

드디어 때가 왔다. 사과도 익으면 제풀에 나무에서 떨어지듯이 이제 이 잡지도 내 손에서 떠날 때가 된 것 같다. 나도 늙었다. 이 잡지에 대한 나의 수그러져가는 정열을 다시 타오르게 하기에는 내가 너무 늙었다. 오늘따라 서재 한구석에 수북하게 쌓여 있는 이 잡지들이 예전처럼 대견스럽지도, 아름답지도, 든든해 보이지도 않는다. 이제 이것들은 나의 글쓰기에 도움이 되는 새로운 지식과 중요한 자료의 창고도 아니고, 영감의 원천도 아니다. 그저 헌 잡지 더미일 뿐이다. 등에 오래 매달려 있던 무거운 짐을 벗어놓기라도 하듯이 나는 이제부터『리더스 다이제스트』를 매달 읽지 않고 더 자유롭고 행복하게 살 것이다. 젊음은 갔다. 힘도, 정열도 갔다. 꺼져 버린 사랑의 불꽃처럼 다시 살려 낼 길이 없다. 억지로 살려 낼 필요도 없다.

[2010년 7월]

어떤 책을 마지막으로 읽으면서

전공이 영문학이다 보니 읽게 되는 책들도 주로 영어로 된 것들이 많다. 현재 내가 읽고 있는 책만 해도 그렇다. 『널리 알려진 영 수필』 (*English Familiar Essay*)이라는 제목의 이 책은 미국 노스웨스턴 대학 영문과의 W. F. 브라이언 교수와 R. S. 크레인 교수가 영문학사상 유명한 수필을 선별하여 모아 놓은 두툼한 수필집이다. 1916년 출판되었으니 사람으로 말하면 수명이 올해 94세인 셈이다. 현재 내가 가지고 있는 책들 가운데서 제일 오래된 책이다. 이 책이 나의 수중에 들어온 때는 1960년, 내가 대학에 갓 입학한 해였다. 그러니까 이 책은 지난 반세기 동안 나와 함께 살아온 셈이다.

나는 이 책을 학교 근처 길가에서 헌책들을 벌여 놓고 팔던 상인으로부터 산 것으로 기억한다. 당시는 외화가 부족하여 지금처럼 수입이 자유롭지 못한 때였고 복사기도 없었던 시대였기 때문에 영어 원서를 구하기가 아주 어려웠다. 중년이 약간 넘어 보이는 이 상인은 비록 남루한 복장이었으나 어딘가 퍽 교양 있어 보였다. 그가 파는 헌책들 가운데는 신기하게도 항상 영문학에 관한 귀중한 원서들이 몇 권 포함되어 있었다. 이 사람으로부터 그때 산 책이 이 수필집 말고도 두서너 권은 더 있었던 것으로 기억되는데 현재 나에게 남아 있는 책은 이 수필집뿐이다. 나의 나이를 감안하여 볼 때 지금쯤 그 상인도 아마 이 세상 사람은 아닐 것이다. 이 책을 읽으면서 새삼 그때 그 사람이 생각난다.

내가 부족한 영어 실력을 가지고 이 책에 수록된 영수필 가운데 한두 편을 처음으로 읽었을 때를 나는 지금도 선명하게 기억하고 있다. 참으로 난감했다. 너무 어려웠다. 그러나 나는 이 책에 수록된 작품 하나하나가 모두 영문학사에 길이 빛나는 대단한 명성을 누리고 있는 수필가들의 작품이라는 사실에 가슴이 설레었고, 그저 이런 대가들의 작품을 감히 영어로 읽고 있다는 사실만으로도 가슴이 뿌듯하였다. 나는 마음속으로 "나중에 다시 읽어 보면 되겠지" 하고 다짐하면서 스스로를 위로하였다. 실제로 그 후 지금까지 나는 틈틈이 필요에 의하여 자주 이 책을 꺼내 읽었다. 시간이 흐르면서 어려운 부분들도 조금씩 더 분명해졌다.

그런데 어느덧 세월이 많이 흐른 지금 나는 이 책을 마지막으로 읽고 있다. 나는 처음에는 이 엄연한 사실을 분명하게 인식하지 못하고 있었다. 그러나 페이지를 한 장 두 장 넘기면서 나는 이번이 이 책과의 마지막 만남이 될 것이라는 엄숙한 사실을 서서히 깨닫기 시작하였다. 이 책을 이번에 읽고 나서 서가에 꽂아 놓으면 앞으로 내가 이 책을 지금처럼 다시 꺼내 읽어 볼 기회나 필요는 없을 것이 여러모로 확실하다.

내가 이런 것을 가르치던 대학을 떠난 지도 이미 여러 해가 지났다. 이제 가르쳐야 한다는 현실적인 목적이 없으니 책을 읽는다는 것이 전처럼 신이 나지 않는다. 관중 없이 운동 경기를 하는 것 같다. 순전히 나만의 만족을 위하여 책을 읽는 것은 가능한 일이지만(또 어쩌면 현재 내가 누릴 수 있는 유일한 낙이기도 하지만) 아무래도 구체적인 목적이나 필요가 없고 보니 과녁 없이 화살을 날리는 일이나 마찬가지로 재미가 덜하다. 사람이 어떤 일을 하든지 그것이 좀 더 의미 있고 효과적인 것이 되려면 어느 정도의 의무감과 현실적인 목적이 있어야 한다. 독서도 예외는 아니다. 여기에 나이에 수반하는 전에 없던 신체적 증상들이 나타나고 있다. 우선 허리가 아파 한자리에 앉아 있기가 쉬운 일이 아니다. 시력도 문제다. 활자를 좀 들여다보면 눈이 가물거리고 침침해진다. 독서의 진도가 너무 느리다. 지하철역 높은 계단을 올라가는 노인처럼 나도 책을 읽으면서 중간에 너무 자주 쉰다. 책상 앞에 앉기만 하면 꾸벅꾸벅 졸음이 온다. 집중이 되지 않는다. 무엇을 읽고 나서도 무엇을 읽었는지 도무지 기억이 없다. 같은 부분을 두서너 번 읽은 후 뒤늦게 이 사실을 알아차리고는 혼자 계면쩍어 웃기도 한다. 책만 손에 들고 읽는 척하는 것이지 독서라는 맹렬한 지적 활동과는 거리가 멀다. 어쩌다 내가 이 모양이 되었는지 알다가도 모를 일이다. 모두가 이제는 책 읽기를 그만두라는 신호다.

설상가상으로 나의 이 노후한 몸처럼 지금 읽고 있는 이 책도 이제는 너무 늙었다. 알고 보니 사람만 늙는 것이 아니다. 책도 늙는다. 견고하던 커버는 이제 책의 몸통에서 떨어져 나와 그 역할을 제대로 하지 못하고 건성으로 매달려 있다. 종이도 세월이 오래 흐르다 보니 바싹 마르고 낡아서 걸핏하면 찢어지거나 부서진다. 그래서 책장을 넘길 때는 마치 엄마가 잠든 아기 자리에 눕히듯이 아주 조심하지 않으면 안 된다. 그동안 찢어진 곳을 여기저기 스카치테이프로 땜질을 해 놓았는데 이제는 그 테이프마저도 붙여진 자리에 붙어 있지 않고 떨어져 나오고 있다. 이래저래 이 책을 읽는 것은 이번이 마지막이다.

어떤 책을 '마지막으로' 읽는다는 사실은 지금까지 해 보지 못한 또 하나의 새로운 경험이다. 나는 지금까지 책과 더불어 살아오면서 나에게 이런 시간이 닥쳐오리라는 생각은 해 본 적이 없었다. 책은 언제고 읽을 수 있는 것이었다. 지금 읽지 않으면 나중에 읽으면 되는 그런 편안하고 편리한 존재였다. 책은 언제나 나를 기다리고 있는 에반젤린이요 솔베이지와 같은 존재였다. 독서에 관한 한 시간은 언제나 무한한 것이었고, 늘 나의 편에 있다고 알고 있었다. 그러나 이제 보니 그게 아니다. 세상에 그런 것은 없다. 책과도 이별을 할 때가 온다.

이 책 가운데서 현재 내가 읽고 있는 수필은 찰스 램의 「어린 굴뚝 청소부 예찬」이다. 이 수필은 그동안 여러 번 교실에서 학생들에게 가르치기도 하였기 때문에 나에게는 아주 친숙한 작품 가운데 하나다. 그러나 이번 읽으면 앞으로 또 다시 이것을 읽을 기회나 차례가 오지 않을 것이라는 생각을 하니 감회가 새롭다. 나는 서두르지 않고 마냥 천천히 읽고 있다. 그 뜻이 분명하지 않아도 그냥 적당히 넘겨 온 부분을 이번에도 그냥 지나가면 영구히 미궁으로 남게 된다는 생각에 일일이 사전을 찾아보고 그 뜻을 확인한다. 내가 특별히 좋아하는 부분이

나오면 예쁜 꽃이나 아름다운 경치를 감상하듯 그 자리에 오래 머문다. 지금은 거의 사용되지 않는 아주 희귀한 단어라서 작은 사전에는 없을 때는 마지막으로 큰 사전에서 그 뜻을 다시 한 번 찾아본다. 줄과 줄 사이나 페이지의 여백 여기저기에 남겨 놓은 밑줄이나 낙서 속에서 나는 지난날 나의 젊음과 정열의 잔해를 본다.

그래도 이 수필집의 운명은 서가에서 나의 마지막 손길을 기다리고 있는 다른 책들에 비하여서는 행복한 편이다. 서가에는 그동안 나와 함께 살아온 책들이 아무 일 없다는 듯이 조용히 늘어서 있다. 그 가운데는 손도 못 대고 지금까지 태평스럽게 읽기를 뒤로 미루어 온 것들도 꽤나 된다. 이들 가운데 과연 몇 권이나 내가 마지막으로나마 한 번 읽고 지금처럼 정중하게 작별을 고할 수 있을지 모르겠다. 오늘따라 나는 이들 앞에서 미안하기도 하고 이유 없이 불안하고 초조하기만 하다.

[2010년 7월]

해바라기와 구두

나는 서양 미술에 관하여 전문가는 아니지만 그림은 퍽 좋아한다. 그림에 관한 책도 좋아하고 전시회에도 자주 가는 편이다. 내가 지난 주 목요일 오후 찾아가 본 빈센트 반 고흐의 작품 전시회 '신화 속으로의 여행'은 새로운 경험이었으며, 어렵게 그리고 짧게 한세상을 살고 간 한 천재 화가의 삶과 예술에 관하여 잠시 생각해 볼 수 있는 좋은 기회였다. 나는 반 고흐라는 사람이 서양 미술사에 이름을 남긴 유명한 화가라는 사실은 익히 알고 있었지만 실제로 이 사람이 한국에서도 이처럼 많은 팬들을 가지고 있을 것이라고는 미처 생각하지 못하였다. 내가 광화문에 위치한 서울시립미술관을 찾은 날에는 어찌나 많은 관람객들이 몰렸는지 나는 반시간이 지나도록 입장을 못하고 전시실 밖에 서서 입장 순서를 기다려야만 했다.

뱀처럼 기다랗게 늘어선 사람들 사이에 끼어서 입장을 기다리는 동안 나는 이 전시회에서 보게 될 그림들에 관하여 미리 추측을 해 보았다. 미술관 입구에서 공짜로 나누어 주는 인쇄물에 나타난 대대적인 선전 문구에도 불구하고 나는 정작 우리들에게 잘 알려진 반 고흐의 유명한 작품들은—예를 들어 그의 「감자 먹는 사람들」 같은 것은—이 전시회에서는 볼 수 없을 것이라고 생각했다. 이런 대작들은 이미 오래전에 세계의 유명한 미술관이나 개인 수집가들에 의하여 수집되어 소장되어 있으며, 이 귀중하고 동시에 엄청난 가격을 가진 그림들을 잠시나마 빌려 온다는 일은 결코 쉬운 일이 아니기 때문이다.

이런 사실을 감안하더라도 어쨌든 그 유명한 고흐의 그림을 서울에서 직접 볼 수 있다는 사실 앞에서 나는 잔잔한 흥분을 느꼈다. 나는 지금까지 이런저런 계기로 해외여행을 하는 동안 세계적으로 유명한 미술관이나 박물관에서 고흐의 작품들 가운데 몇몇 이름난 그림들을 이미 본 사람이다. 나는 이번 전시회에 대하여 애써 큰 기대를 갖지 않으려 하면서도 혹시나 고흐의 그 유명한 「구두」 그림이 이번에 전시된 작품들 가운데 끼어 있지나 않을까 하는 막연하나마 실은 아주 큰 호기심을 품고 있었다. 그것은 고흐가 신었던 것으로 알려진 검은색의 더러워 보이고 다 해어진 구두 한 켤레—구두끈은 제멋대로 풀어지고 헝클어져 있는, 지금 우리 기준으로는 내다 버리기 일보 직전에 있는 듯이 보이는 그 낡은 구두—그림을 혹시 이번 전시회에서 직접 볼 수 있지나 않을까 하는 기대였다.

나는 이 고흐의 「구두」를 오래전에 미술에 관한 책에서 처음 사진으로 보았으며, 그 후 이런저런 미술 서적에서 여러 번 보았다. 그리고 볼 때마다 점점 더 이 그림을 좋아하게 되었다. 그런데 불행하게도 이 그림의 진품(원본)을 볼 기회는 아직까지 없었다. 나의 기대는 이번에 전시되는 67점의 고흐 작품들 모두가 고흐의 작품을 전 세계에서 가장 많이 수집, 소장하고 있다는 고흐의 모국 네덜란드의 수도 암스테르담에 위치한 고흐 미술관에서 왔다는 사실에 그 근거를 두고 있었다. 그리고 바로 이 「구두」 그림이 이 미술관의 소장품이라는 사실도 나는 이미 알고 있었다.

짐작한 대로 전시된 반 고흐의 작품들은 나에게는 두서너 점을 제외하고는 모두가 새롭고 생소한 것들이었다. 대부분이 고흐가 처음 화가로 출발하여 어떻게 발전 내지 변화하여 갔는가를 보여주는 초기 작품들이거나 습작들처럼 보였다. 미술을 전공한 사람들이나 고흐 그림의 전문가들에게는 이 작품들이 고흐의 미술을 보다 잘 이해하는 데 더할 수 없이 귀중한 기회를 제공하겠지만, 나처럼 이미 잘 알려진 것, 유명한 것, 그래서 무엇인가 눈에 확 들어오는 것을 보고자 찾아온 사람에게는 그렇지 못하였다. 다분히 교육적인 전시회였다.

물론 나는 화가 고흐의 천부적 재능과 독창성 그리고 그의 미술사적 중요성을 책에서 읽어 잘 알고는 있지만 솔직히 말해서 그의 그림들은 (몇몇 작품을 제외하고는) 나의 취향은 아니다. 고흐보다 더 좋아하는 화가들이 무수히 많다. 무엇보다 그의 지나치다 싶게 강렬한 색채, 특히 노란색은 나를 불안하게 만든다. 그의 그림들은 나에게 지극히 불행했던 그의 생애와 항상 불안했던 정신 상태, 그리고 비극적인 삶을 상기시켜 준다. 그의 그림들은 나를 즐겁게 하기 전에 먼저 무엇인가 생각하게 만든다. 그의 그림 앞에서 나는 이유 없이 심각해진다.

그런데 그의 「구두」 그림은 그렇지가 않다. 그의 「구두」에서는 다른 그림에서 발견하기 어려운 안정감을 느낄 수 있다. 사실성과 실용성이 들어 있다. 진지한 삶의 무게를 느낄 수 있다. 이 그림에는 삶에 대한 그의 진지한 태도, 노력, 인내심 등과 같은 긍정적 요소가 들어 있다. 고흐의 이 「구두」 앞에서 나는 흔들렸던 마음의 평온을 되찾는다. 무엇보다 보잘것없는 헌 구두 한 켤레가 그렇게 멋지고 아름다울 수가 없다. 역시 대가의 솜씨다.

고흐라고 하면 우리는 우선 그의 해바라기 그림을 연상한다. 그런데 고흐가 해바라기뿐만 아니라 구두를 그리는 일에도 각별한 관심과 흥미를 보여 구두를 그린 그림을 여럿 남겼다는 사실은 흥미로운 일일 뿐만 아니라 주목할 만한 일이다. 고흐는 해바라기 그림을 여럿 남겼듯이 구두 그림도 여럿 남겼다. 내가 알고 있는 것만 해도 다섯인가 여섯이 된다. 고흐가 그의 현실에서 얻을 수 없었던 사랑과 삶의 활력을 해바라기 꽃에서 보았고 또 그것으로 표현하고자 했다면, 자기가 매일 신고 벗는 구두에서 ─ 특히 다 해진 헌 구두에서 ─ 또 하나의 자기 모습을 보았을 것이다. 그에게 구두는 현실적으로 긴요하고 고마운 물건이었을 뿐만 아니라 가난, 고통, 절망, 노력, 인내의 상징이었다. 고흐의 미술에서 구두는 해바라기 꽃과는 이상적인 대조를 이루며, 이상으로 기울기 잘하는 그의 정신을 현실로 바로잡아 주는 대상물이기도 하였다. 나는 혹시나 내가 마음에 둔 그 「구두」 그림이 있나 하고 두루 찾아보았으나 허사였다. 짐작하였던 대로 그 그림은 없었다.

많은 사람들에게 고흐의 생애는 그의 그림 이상으로 흥미로운 관심의 대상이다. 고흐는 짧은 일생 동안 비참할 정도로 가난하였으며, 사회의 관습이나 도덕과는 거리가 먼 사람이었다. 한마디로 그는 불행한 외톨이였다. 생전 그는 화가로서 아무런 성공을 거두지 못하였다. 그는 수없이 많은 그림을 그렸지만 정작 살아 있는 동안 팔려 나간 작품은 단 한 점뿐인 것으로 알려져 있다. 그것도 그에게 그림 재료를 팔았던 사람이 밀린 외상값 때문에 마지못해 사 준 것으로 전하여진다.

고흐는 정서적으로 불안하였으며 때로는 아주 위험할 정도였다. 그는 그가 지극히 좋아하였으며 존경하였던 친구 화가 폴 고갱과 격렬한 말다툼 끝에 흥분한 나머지 면도칼을 들고 그를 죽이겠다고 협박하기도 하였으며(그것도 두 번이나), 이런 사건이 있은 뒤 자신의 이런 미치광이 행동을 뒤늦게 깨닫고는 크게 회개하고 용서를 비는 뜻에서 자신의 귀 하나를 면도칼로 잘라 내는 정신 이상자의 행동을 저지르기도 하였다. 결국 고흐는 이런 정신 상태에서 37세라는 젊은 나이에 권총으로 자신의 목숨을 끊는 비극으로 자신의 생애를 마감하였다.

좀 극단적으로 말해서 고흐에게는 우리가 바람직한 것으로 알고 있는 사회적 또는 윤리적 덕목이나 행실은 전혀 없었다고 해도 과언이 아니다. 그는 오직 그림 그리는 재주와 열정을 타고나 신들린 사람처럼 마음껏 자기의 방식으로 자기가 그리고 싶은 것들을 그리다가 자기 방식으로 죽었으며, 그가 남겨 놓은 그림들은 야속하게도 그가 죽고 난 다음 세상 사람들의 관심과 사랑을 받게 되어 현재 그가 누리고 있는 불후의 명성을 가져다주었다. 그리고 나는 오늘 그 불행한 삶을 살고 간 고흐가 남겨 놓은 작품들을 보고 즐기기 위하여 이곳에 온 것이다.

전시회를 돌아보는 동안 나는 고흐의 그림들 앞에서 마음이 그렇게 가볍지 않았다. 이 작품들 앞에서 즐거워하고 흥겨워한다는 것이 어찌면 죄송스럽기도 하고 잔인하다는 생각조차 들었다. '인생은 짧고 예술은 길다'라는 말은 틀림없는 진리다. 고흐가 죽은 후 백 년이 넘게 지난 오늘 그가 살았던 장소와는 아무런 연관이 없는 수천 아니 수만 리 떨어진 한국의 수도 서울에서 그의 그림을 보겠다고 몰려든 이 수많은 사람들이 그 증거이다. 그러나 그 사람이 생전에 그처럼 어렵고 고통스러운 삶을 살았다면 죽은 후에 얻은 그 명성이란 것이 과연 무슨 의미가 있고 소용이 있단 말인가? 누구를 위한 명성인가? 우리들을 위한 명성인가? 아니면 죽은 고흐를 위한 명성인가? 차라리 고흐도 그림을 그리지 말고(아니, 그 천부적인 재주를 타고나지 말고) 나처럼 평범하게 그러나 행복하게 사는 것이 더 좋지 않았을까? 도대체 누가 그에게 화가가 되라고 했나? 고흐가 이 전시회를 알고나 있을까?

　화가 고흐의 고뇌와 비극적인 생애를 알 리도 없고 관심도 없는 아이들은 그저 부모들과 함께 하루 외출한 것이 기쁘고 즐거워서 아이스크림 하나씩 손에 들고 소란스럽게 떠들면서 미술관 복도를 뛰어다니고 있었다.

[2008년 3월]

노인과 꿈

　별수 없이 노인이 되어 버린 내가 최근에 와서 새삼스럽게 깨달은 사실 가운데 하나는 꿈이 사라졌다는 것이다. 어린 시절부터 시작해서 청년 중년을 통하여 그처럼 자주 꾸었던 꿈 말이다. 요즈음 나는 잠은 자도 꿈은 꾸지 않는다. 꾼다고 해도 전처럼 나름대로 어떤 연속성이나 연관성이 있는 선명한 꿈이 아니고 분명치 않은 단편적인 장면들로서, 잠에서 깨어남과 동시에 기억에서 깨끗이 없어져 버리는 것들이다. 한 편의 신나는 영화처럼(그 내용은 비록 황당하다 하더라도) 어떤 이야기가 있고 거기에 알맞은 인물과 배경이 있는 그런 꿈들은(그래서 깨고 난 후에도 때로는 계속 더 꾸고 싶거나, 다른 사람에게 다시 들려 줄 수 있는) 이제 더는 나에게 찾아오지 않는다. 섭섭한 일이다. 도대체 그 많고 흔하던 꿈이 모두 어디로 가 버렸단 말인가?

돌이켜 보니 그동안 나의 꿈에 가장 빈번히 등장한 소재는 내가 태어나 어린 시절을 보낸 시골 고향의 산천과 연관된 것들이었다. 특히 언제나 유유히 흘러가는 강에 관한 꿈이 많았다. 내가 살았던 초가집은 강이 내려다보이는 언덕 위에 있었다. 철 따라 강은 소년에게 그가 필요로 하는 모든 것을 제공하였다. 소년에게 강은 놀이터요 생활 공간 전부였다. 강은 소년이 모르는 사이 그러나 확실히 그의 의식 깊숙이 흘러 들어갔으며, 소년이 잠을 자는 동안에도 흘러갔고, 소년의 꿈에도 나타났다. 그런데 이 강과 관련된 꿈이 이제는 사라진 것이다.

꿈속에서 나는 자주 강가를 걷고 있었다. 걷다 보면 주인 없는 낚싯대 하나가 받침대 위에 놓여 있고 낚싯줄은 물속에 잠겨 보이지 않았으나 찌는 물 위에 동동 떠 있었다. 갑자기 조용하게 떠 있던 찌가 요란하게 상하로 흔들리기 시작한다. 나는 그것이 무엇을 뜻하는지 잘 알았다. 그냥 지나치기에는 너무나 큰 유혹이다. 나는 나도 모르게 낚싯대를 힘껏 뒤로 잡아챈다. 그리고 휘어지는 낚싯대와 팽팽한 낚싯줄에서 낚시에 물린 물고기의 크기를 직감적으로 느낀다. 물고기는 끌려나오지 않으려고 필사적으로 저항한다. 뭍에 가까워지면서 나는 번쩍이면서 하얗게 빛나는 물고기의 배를 본다. 엄청나게 크다. 마침내 물고기를 뭍에 끌어 올려 놓은 순간 나는 잠을 깬다. 아쉽게도 꿈이었다.

이런 꿈도 자주 꾸었다. 여름철 강에서 고기 잡는 방법에는 낚시 말고도 어항이라는 것이 있었다. 얇고 투명한 유리로 만들어진 커다란 물병 모양의 이 항아리는 물고기들이 들어가기는 쉬워도 나오기는 어렵게 만들어져 있었다. 사람들은 이 어항을 보통 무릎 정도 깊이의 물속에 놓았지만, 헤엄에 자신이 있었던 나는 나의 키보다 두 배 정도 깊은 곳에 어항 자리를 마련하였다. 좀 더 큰 물고기를 잡겠다는 욕심에 서였다.

나는 어항을 한 손에 들고 헤엄을 쳐 강 가운데로 멀리 나가 어항 자리 위에서 곤두박질하였다. 숨을 푹 내쉬면서 호흡을 중단하면 나의 몸은 쉽게 지정된 장소로 내려앉았다. 엄마가 잠든 아기를 조심스럽게 잠자리에 누이듯이 나는 미리 잘 닦아 놓은 자리에 어항을 조심스럽게 내려놓았다. 얇은 유리 어항은 돌에 살짝만 부딪혀도 쉽게 깨어졌다. 어항을 제대로 놓은 것을 확인하고 나서 나는 강바닥을 박차고 다시 물 위로 솟아올라 가쁜 숨을 몰아쉬었다. 강가에 헤엄쳐 나와 얼마를 기다린 후 나는 다시 어항을 건져 올리기 위하여 헤엄쳐 들어갔다.

어항 속에는 어김없이 일정한 크기의 피라미들이 가득 들어가 있었다. 피라미들은 마치 보석 상자 속의 수많은 보석들처럼 저마다 눈부시게 빛났다. 내가 접근하자 본능적으로 위험을 느낀 피라미들은 어항을 빠져나가려고 필사적으로 움직이면서 어항을 잡고 있는 나의 손가락에 부딪혔다. 세월이 많이 흐른 지금도 이 피라미들의 주둥이가 나의 손가락에 부딪히던 그 부드러운 충격을 나는 잘 기억하고 있다. 그 시간과 공간으로부터 멀리 떨어진 지금에 와서 돌이켜 보니 이것이 꿈이었는지 현실이었는지 분명치 않다. 꿈이기도 하였고 생시이기도 하였다.

고향을 떠나 잊고 산 지도 오래되다 보니 자연히 이런 꿈도 이제는 모두 사라져 버렸다. 강도, 내가 살았던 언덕 위의 초가집도, 주인 없는 낚싯대도, 어항 속에 보석처럼 빛나던 피라미들도 이제는 나의 꿈에 나타나지 않는다. 어디 이런 꿈뿐이랴. 새처럼 하늘을 자유롭게 나는 꿈도, 수천 년 묵은 이무기가 살고 있다는 시커먼 바위 동굴 속을 혼자서 탐험하는 꿈도, 끝도 없이 펼쳐진 꽃이 만발한 들판을 노루처럼 달리는 꿈도 이제는 꾸어지지 않는다. 이런 신나는 꿈이 없어진 나의 잠은 더 이상 신기한 모험이나 로맨스의 세계로 인도하는 통로가 아니다. 이제 잠은 단순히 하루의 끝이요, 반복되는 무미건조한 과정이다.

이왕에 꿈 이야기가 나왔으니 말이지만 이 세상에 꿈처럼 신기하고 그 정체가 분명하지 않은 것도 드물다. 아무리 과학이 발달한 시대라고 하지만 우리가 꿈에 대하여 아는 것이나 느끼는 것은 석기 시대 이전 동굴 속의 원시인보다 결코 나을 것도 없고 또 다를 것도 없다. 결론부터 말하자면 우리는 누구나 꿈을 꾸지만 실제로 꿈에 대하여 아는 것은 별로 없다. '꿈보다 해몽이 좋다'는 옛 속담도 결국 꿈과 현실의 거리를 인정하는 말이다. 꿈은 예측할 수도 없고 그 의미를 정확하게 해석할 수도 없다.

그러나 우리 인간은 아주 오래전부터 꿈에 의미를 부여하고 싶어 했으며, 꿈을 논리적으로 분석하고 현실에 맞게 해석하려고 노력하여 왔다. 꿈을 앞으로 닥쳐올 일을(좋은 일이건 나쁜 일이건 간에) 미리 알려 주는 어떤 초자연적인 징조나 예시로 받아들이기도 하였다. 꿈에 돼지를 보면 돈이 생긴다고 한다. 실제로 최근에 어떤 사람은 꿈에 돼지를 보고 나서 복권을 사 일등 당첨이 되어 아주 큰돈을 얻는 행운을 얻었다고 들었다. 나도 돼지꿈을 꾸고 나서 혹시나 해서 복권을 샀지만 본전만 날린 적이 두어 번 있다. 꿈 앞에서 사람들은 누구나 어느 정도 미신적인 존재임을 인정해야만 할 것이다. 꿈은 전적으로 무시하기도 어렵고 그렇다고 믿기도 어려운 현상이다. 참으로 알다가도 모를 것이 꿈이다.

그런데 이 꿈이 최근에 와서 나에게 아주 이상하게, 아니 아주 위험하게 변하였다. 지금까지는 그래도 어떤 내용의 꿈이든 간에 ― 좋든 나쁘든, 희미하든 선명하든 ― 꿈은 꿈으로 끝났다. 그런데 최근 나에게는 아주 새로운 일이 벌어졌다. 며칠 전 나는 꿈을 꾸었다. 요즈음 나의 꿈이 모두가 그렇듯이 앞뒤가 있는 것이 아니고 깨고 나서 기억에 남는 것도 아니었다. 꿈에 어떤 상대를 만났는데 그것이 집에 침입한 강도였는지, 사나운 개였는지, 호랑이였는지, 황소였는지 분명치가 않다. 하여간 이놈은 나를 공격하려는 것이 분명했다. 극도로 긴장한 나는 있는 힘을 다해서 이놈을 오른발로 냅다 걷어찼다. 차는 순간 나는 비명을 지르며 잠에서 깨어 일어나 앉아 두 손으로 오른발을 감싸 쥐었다.

내가 혼신을 다하여 걷어찬 것은 침대 옆 콘크리트 벽이었다. 어찌나 세게 걷어찼는지 나 자신이 놀랄 지경이었다. 발가락이, 특히 엄지발가락이 부러진 것이 분명했다. 그렇지 않다면 이렇게 아플 수가 있단 말인가? 나는 아픈 발가락을 감싸 쥐고는 어린애처럼 징징 울면서 밤을 새웠다. 너무나 아파서 다시 잠을 잘 수가 없었다. 나 때문에 잠을 설친 아내는 별 이상한 사람 다 있다는 듯이 시큰둥한 표정으로 한마디 하였다. "벽이었으니 망정이지 내 옆구리였으면 큰일 날 뻔했수." 나는 심사가 뒤틀렸지만 아내의 말에 동의하지 않을 수 없었다. 이 정도 아픔이라면 아내의 갈비뼈 몇 개는 부러뜨리고도 남을 위력이었다.

나에게는 이제 꿈이 사라졌다는 것이 문제가 아니다. 그것은 아주 사치스러운 푸념이다. 이제는 꿈을 꾼다는 것 자체가 두렵다. 잠이 드는 것도 두렵다. 전에도 꿈속에서 발로 무엇인가를 걷어찬다거나, 주먹으로 때려야만 하는 경우가 종종 있었지만 오히려 그 행동이 현실처럼 이루어지지 않아서 안간힘을 쓰다가 꿈에서 깨어나는 것이 정상이었다. 그런데 요즈음 나의 주먹과 발은 꿈속에서도 현실처럼 자유롭게 날아간다. 이제 나는 꿈조차 통제할 능력을 잃었다는 생각을 하니 한숨이 절로 나온다. 어쩌다 내가 이 모양이 되었단 말인가?

이제 나에게는 꿈과 현실을 갈라놓는 경계선이 없어졌다. 꿈에서도 생시처럼 손과 발이 제멋대로 나간다. 이러다가는 내가 또 무슨 일을 저지를 줄 누가 알겠는가? 우선 침대를 벽에서 멀리 떼어 놓는 조치를 취했다. 동네 병원에 가서 엑스레이를 찍어 보니 다행스럽게도 뼈에는 별 이상이 없다고 했다. 그 사고가 있은 후 아내는 베개를 싸들고 다른 방으로 가 버렸다. 이 모든 불행과 불운의 책임은 전적으로 나에게 있다. 늙었기 때문이다. 심신의 기능이 쇠퇴하였기 때문이다. 그저 사람은 누구나 늙으면 빨리 죽어야 한다. 꿈과 현실도 구별할 능력을 상실한 사람이 더 살아서 무엇 하리.

[2010년 12월]

산이 부르는 소리

2011년 11월 3일 오전 10시 서울대학병원 장례식장에서는 한국이 낳은 세계적인 산악인 박영석 씨(48세)와 그의 동료 두 사람을 위한 특별한 장례식이 거행되었다. 시신이 없이 엄수된 장례식이었다. 이들은 히말라야 산에 있는 해발 8,091미터 높이의 안나푸르나 봉의 등정에 나섰다가 10월 18일자로 실종되었으며, 국내외 구조대가 10일간 수색을 벌였으나 성과가 없었다. 이들은 크레바스(얼음 계곡이나 빙하의 갈라진 틈) 속에 추락하였거나 눈사태를 만나 그 아래에 파묻혀 있는 것으로 추정된다. 장례식에는 유가족들을 위시하여 수많은 산악인들과 관련 단체들이 거의 모두 참석하였으며, 국내의 모든 매스컴에서는 이 장례식을 이례적으로 상세히 크게 보도하였다. 내가 알기로 지금까지 있었던 산악인 장례식 가운데 대대적인 매스컴의 조명을 받은 가장 큰 장례식이었다.

　나는 산악인 박영석 씨의 이번 조난 사건을 그가 자신만만하게 출발하는 모습부터 시작해서 실종되었다는 소식, 구조 작업의 진행, 그리고 마지막 장례식에 이르기까지 부러움과 의아함, 불안, 초조, 안타까움이 뒤섞인 심정으로 TV와 신문을 통하여 자세히 지켜보았다. 우선 나는 어째서 박영석 씨가 구태여 이번 등산을 시도하였는지가 의문이었다. 내 생각으로는 그럴 만한 이유나 동기가 분명하지 않았다. 그가 이번에 등정하고자 했던 안나푸르나 봉은 이미 15년 전인 1996년에 그가 정복한 산이었다. 한 번이면 되지 않았을까? 보도된 바에 의하면 박영석 씨와 그의 일행은 이번 등정에서 안나푸르나 정상을 남쪽 면으로 오르는 루트를 새로이 개척하겠다는 나름대로의 야심 찬 목표가 있었다고 한다. 지금까지 사람들이 시도해 본 적 없는 새로운 루트를 개척하여 한국 산악인 전체의 명예를 드높이고 등산가 박영석 씨 개인의 이름도 남기겠다는 숭고한 목표가 그에게는 있었다. 그러나 따지고 보면 그럴듯하지만 얼마나 무모하고 허망한 구실인가? 이 모험에 따르는 고통과 어려움, 그리고 이런 등산에 항상 수반하는 죽음의 가능성을 박영석 씨 자신이 누구보다 더 잘 알고 있었을 터인데 말이다.

　더구나 산악인으로서 박영석 씨는 이미 더 이상 바랄 것이 없을 정도로 성공을 거둔 사람이다. 국내는 물론 전 세계를 통하여서도 그가 지금까지 이룩한 기록을 깨뜨릴 산악인은 없다고 해도 과언이 아니다. 그는 소위 산악인으로서는 최고의 명예인 '그랜드 슬램'(Grand Slam)을 달성한 사람이다. 그는 이미 전 세계에서 최단 시일 내에 히말라야 8천 미터 이상의 고봉 14개를 정복한 기록을 수립하였으며, 여기에 더

하여 세계적으로 가장 높다는 산 7개 모두를 정복하였으며, 도보로 남극과 북극에 도달하는 전무후무의 기록을 세웠다. 그의 이 전무후무한 기록과 초인간적인 업적을 인정하여 정부에서는 이미 오래전에 그에게 스포츠 분야의 인사에게 수여하는 최고 최대의 명예인 청룡훈장을 수여한 바 있다. 그러나 그는 이것으로 만족하지 않았다.

이번 비극이 일어나기 전 그가 평소 주변 사람들에게 자주 하였다는 어록의 일부가 신문에 보도되었다. 이것들은 그의 심적 내면을 잘 나타내고 있을 뿐만 아니리 불길함도 내포하고 있다. "나는 이처럼 살아 있다는 사실에 감사한다. 나는 등산 중에 함께 간 동료들을 여럿 잃었다. 나는 운이 좋았다. 산악인은 산에 갈 수 있는 동안 산악인이다. 탐험가는 탐험을 하는 한 탐험가이다. 동물원 우리에 있는 호랑이가 진짜 호랑이일 수가 없듯이 집에 있는 산악인은 산악인이 아니다. 나는 죽을 때까지 산에 갈 것이다." 이런 말에서 우리는 그가 지금까지 이룩한 엄청난 업적에 만족하고 있지 않을 뿐만 아니라, 평범한 일상생활에도 만족하지 못하고 있음을 알 수 있다.

실제로 박영석 씨에게 평범한 일상생활은 그가 30세 되던 1993년 한국인으로서는 최초로(그리고 동양인으로서도 최초로) 지구 상에서 가장 높은 산인 히말라야의 에베레스트 산 정상에 오름과 동시에 끝났다. 그때부터 그의 생활은 평범할 수가 없었다. 그는 유명해졌다. 명예와 돈도 생겼다. 그는 등산에 관한 한 하나의 전설 내지 신화처럼 되어 버렸다. 그러나 무엇보다 그를 우리 보통 사람들과 다른 사람으로 만든 것은 해발 8,848미터 고도에서 그 사람만이 체험한 그 무엇이었다. 그가 지구 상에서 하늘과 가장 가까운 장소에서 폐 속으로 들이마신 공기, 손으로 만져 본 눈, 그가 그곳에서 눈과 귀를 통하여 보고 들은 바람 소리와 변화무쌍한 구름의 모양은 평범한 우리들이 이 아래 전철역이나 시장에서 보고 듣고 느끼는 것과는 전혀 다른 것이었다. 그는 우리와는 전혀 다른 사람이 되어 버렸다.

그에게는 항상 산이 부르는 소리가 들려왔다. 이 소리는 너무나 분명하고 강력해서 거부하거나 대항할 수가 없는 것이었다. 몸은 집에 있으면서도 그의 마음이나 생각은 언제나 먼 그곳에 가 있었다. 자신의 체력과 용기를 시험하고, 호흡의 한계를 체험하고, 근육과 에너지와 열량을 소진할 수 있는 그곳으로 달려가고 있었다. 상상을 초월하는 추위와 위험, 그리고 언제 닥칠지 모르는 죽음이 있는 곳에 가 있었다. 그에게는 일상의 평온함이 오히려 불안하고 불편하게 느껴졌다. 산이 부르는 이 소리는 그로 하여금 모든 것을 ─ 사랑하는 아내의 따뜻한 품도, 자녀들의 사랑스러운 얼굴이나 미소도, 친구들과의 허물없는 술자리도 ─ 무정하게 저버리게 할 만큼 너무나 강력하고, 매혹적이고, 유혹적인 것이었다. 그는 이제 그만하라는 가족들과 친구들의 충고와 간청에 귀가 먹어 있었다. 모두가 산의 부름 때문이었다.

박영석 씨는 아늑한 아파트에서 여름에는 시원한 에어컨 바람 속에서, 겨울에는 따뜻한 난방 속에서 게으름을 피우면서 한가하게 늙어 가기를 거부하였다. 그는 모험을 그만두고 편안하게 쉬기를 거절하였다. 그는 젊음이 제공할 수 있는 즐거움과 고통의 술잔을 저 맨 밑바닥에 남아 있는 진짜 앙금까지 마시고 싶어 했다. 그는 때로는 동료들과 함께, 때로는 혼자서, 신나게 즐기고 신나게 고생하기를 갈망하였다. 모험을 그만두고 쉰다는 것, 이제 종착지에 도달하여 더 갈 곳이 없다는 것, 쓰지 않아 몸과 마음에 녹이 슨다는 것, 사용하지 않아 빛이 나지 않는다는 것, 이것이 그에게는 그 얼마나 견디기 어려운 일이었겠는가? 그는 단지 유명해진 것으로는 만족할 수 없었다.

한창 나이에 실종되어 사망한 것으로 추정되는 불세출의 산악인 박영석 씨의 죽음에 심심한 애도를 표하면서 나는 당년 48세라는 그의 나이에 관심을 가지고 잠시 생각해 본다. 만약에 박영석 씨가 50세만 지났더라면 이번의 모험을 시도하지 않았거나, 가족들이나 주변 사람들의 만류로 그만둘 수도 있지 않았을까? 48세란 나이는 박영석 씨처럼 보통 이상의 강인한 체력을 타고났으며 자존심이 대단한 사람으로서는 모험을 그만두기에는 참으로 애매하고 어려운 나이라고 생각된다. 계속하기엔 조금 늦었고, 포기하기엔 약간 이른.

박영석 씨는 어쩌면 산악인으로서는 전성기를 넘긴 사람이었다. 그는 스스로 잘 알고 있으면서도 이 사실을 인정하거나 받아들이기 어려웠을 것이다. 그는 그의 일생에 아주 중대한 순간에 처해 있었다. 이번 원정이 그에게 마지막 등정이 될 수도 있었다. 그가 이번 등정에 성공하고 무사히 귀환하였더라면 아마 그도 나처럼 평범한 늙은이로서 노년에 따르는 시시껄렁한 즐거움에 만족하면서, 크고 작은 슬픔과 괴로움과 외로움에 시달리면서 하루하루 지루하게 늙어 갈 수 있었을 것이다. 그가 부럽기도 하다.

[2011년 11월]

새처럼 자유롭게

나에게는 하늘 높이 날아가는 새를 바라볼 때마다 "새처럼 자유롭게"라는 문구를 떠올려 혼자 흥얼거리는 버릇이 있다. 간단하고 평범한 문구이지만 참 좋은 비유라고 생각된다. 우리 인간들이 아주 오랜 옛날부터 자유롭게 하늘을 훨훨 날아 언제고 가고 싶은 곳에 갈 수 있는 새의 처지를 부러워하고 동경하였음은 쉽게 이해할 수 있다. 교통수단이 지금처럼 발달하지 않았을 때는 더욱 그랬을 것이다. 이 문구는 우선 아름다운 그림 한 폭을 나에게 가져다준다. 날개가 없는 나도 어느덧 한 마리 새가 된 기분이다. 잠시나마 세상의 근심과 걱정으로부터 해방되는 자유도 맛본다.

"새처럼 자유롭게"는 나의 오랜 염원이었다. 그것은 나의 어린 시절부터 시작해서 젊어서는 물론 나이 들어 퇴직을 한 지금까지 꾸준히 계속되어 온 꿈이기도 하다. 몇 년 전 마침내 정년퇴직을 하였을 때 나는 지금부터는 오랫동안 나를 구속하고 속박하여 온 모든 일, 의무와 책임으로부터 해방되어 글자 그대로 하늘을 나는 새처럼 자유롭게 살게 되었다고 기뻐했다. 오래도록 기다리고 갈망하여 온 자유에다가 지금까지 살아오는 동안에 터득한 삶의 지혜를 가지고 나는 새처럼 자유롭고 행복하게 살아 보리라 굳게 마음먹었다.

그런데 지금 나는 어떠한가? 솔직히 말해서 기대하였던 만큼 그렇게 자유롭지도 않고 행복하지도 않다. 전보다 더 자유롭지도 않고 더 행복하지도 않다. 우선 전보다 외롭다. 하루 종일 집에 있어도 걸려 오는 전화 한 통 없다. 그렇다고 딱히 내가 전화를 걸 곳도 없다. 하루하루가 따분하고 지루하다. 뭐 재미있다거나 신나는 일이 하나도 없다. 그 좋은 내용의 책들도 예전처럼 즐거움이나 위안을 주지 못한다. 나는 나도 모르게 많은 시간을 지난 일을 회상하는 데 보내고 있다. 그 결과는 항상 우울하다. 자주 이유 없이 불안하다. 늙어 가는 것이 서럽다. 죽음이 두렵기도 하다.

나는 지금 대단히 혼란스럽고 실망이 크다. 도대체 이게 뭐란 말인가? 그렇게 갈망하던 자유를 얻었는데 어째서 나는 이 모양이란 말인가? 그동안 그렇게 열심히 읽은 책들은 다 무슨 소용이 있단 말인가? 지식은 모두 어디 갔으며 쌓인 지혜는 어디 있단 말인가? 나이가 들면 현명해진다고 누가 말했나? 멀쩡한 거짓말이다. 진정한 자유란 무엇인가? 행복은 또 어디에 있는 것인가? 자유와 행복은 별개의 것인가? 누구의 말대로 이 모든 것이 내가 늙었기 때문인가? 모든 것이 결국 다 나이 탓인가?

울적한 심사를 달래기 위하여 나는 산책을 나선다. 점심을 먹은 후 약 한 시간 집에서 멀지 않은 곳에 흐르는 양재천을 따라 걷는다. 십여 년 전만 해도 이 개천 물은 너무나 오염이 심하여 악취가 심하였고 생명의 흔적조차 없는 완전히 죽은 물이었다. 그러나 그동안 수질이 많이 개선되어 이제는 물고기들이 떼를 지어 헤엄쳐 다니는 하천으로 다시 살아났다. 개울물만 좋아진 것이 아니라 하천변을 따라 만들어진 산책로도 걷기에 너무나 편리하고 쾌적하다. 이 길을 따라 걷다 보면 집을 나설 때 나를 괴롭혔던 그 잡다한 생각들이 어느덧 씻은 듯이 사라지고 나는 다시 삶의 여유와 기쁨을 맛본다. 여름내 무성하게 자란 갈대들이 이제 모두 하얗게 꽃을 피워 가을바람에 흔들리면서 춤을 추는 모습은 더할 수 없이 아름답다.

하천이 생명을 되찾고 시냇물에 물고기들이 살기 시작하니 언제부터인지 이것들을 먹이로 하는 여러 종류의 새들이 개울 주변에 모여들기 시작했다. 주로 야생 오리들이다. 가끔 다리가 기다랗고 주둥이가 노란 해오라기도 눈에 뜨인다. 이들은 처음에는 사람이 가까이 오면 놀라 멀리 날아가 버리더니 요즈음에 와서는 경계심을 늦추고 사람을 별로 무서워하지 않는다. 지금까지 항상 멀리서 하늘을 나는 새들을 바라보며 "새처럼 자유롭게"만 흥얼거려온 나는 이 산책길에서 개울가에서 생활하는 오리나 해오라기를 가까이서 오래도록 마음껏 바라보는 즐거움도 누린다.

그런데 이 새들을 관찰하다 보니 지금까지 내가 막연히 새들에 대하여 가졌던 생각이 크게 잘못되었음을 알게 되었다. 그것은 이들이 결코 자유롭거나 한가하지 않다는 사실이다. 새들은 항상 아주 바쁘다.

부지런히 몸을 움직여 늘 무엇인가를 하고 있다. 자리에 한가하게 가만히 있는 법이 별로 없다. 언제나 어떤 일에 몰두해 있다. 먹이를 찾아 개울 여기저기를 쑤시고 다니고, 무엇인가를 먹고, 새끼들을 끌고 다니고, 하늘로 날아올랐다가는 또 내려앉기도 하고, 털을 다듬고 하느라 쉬는 법이 없다. 잠시 졸거나 쉬면서도 어떤 위험이나 적으로부터의 공격에 대비하여 경계 태세를 늦추는 법이 없다. 알고 보니 이들은 하늘을 나는 데도 결코 자유롭지 못하다고 한다. 이들에게 허용된 공간은 지극히 제한되어 있으며, 이 제한된 범위를 넘는 경우는 극히 드물다는 것이다.

허공을 나는 새가 아니고 이처럼 개울가에 내려앉아 생활하는 새들을 바라보면서 나는 지난날 항상 바쁘게 살았던 나의 모습을 본다. 한때 나도 이 새들처럼 쉴 새 없이 일했다. 그때는 지금처럼 자유롭지 못했지만 분명 지금보다 더 행복했다. 나는 지금 너무 긴 휴가를 얻고 있다. 흔들의자에 비스듬히 누워 너무나 많은 시간을 닥쳐올 미래를 생각하면서, 이미 지나간 과거를 돌이켜 새김질하면서 — 따뜻한 햇볕을 받으며 주로 잠을 자면서 시간을 보내는 늙은 개처럼 — 그간 나는 나도 모르게 나태해지고 게을러졌다. 이제 보니 나에게 지금 필요한 것은 정신과 육체를 바쁘게 만들고 피곤하게 만들어 줄 일이다. 활동이다. 새처럼 말이다.

나는 산책을 일찍 끝내고 발걸음을 재촉하여 집으로 돌아왔다. 집에 도착하기가 무섭게 나는 책상 위에 놓인 나의 워드 앞에 앉았다. 오늘따라 나는 그간 느껴 보지 못한 어떤 에너지가 나의 몸속에서 솟아남을 느낀다. 이상한 흥분도 느낀다. 이런 마음의 상태로 워드 앞에 앉아 본 지도 퍽 오래되었다. 나는 지난 몇 달 동안 글쓰기에 손을 대지 못하였다. 마음속으로 나는 이제 더는 글을 쓰기도 싫고, 쓸 수도 없고, 쓸 필요도 없으며, 더 써 보아야 예전의 수준에 이르지 못한다는 자포자기의 심정과 자기 위안에 빠져 있었다. 그런데 지금 나는 또 글을 쓰려고 하고 있다. 나는 이제부터 당분간 과거에 그랬던 것처럼 나 자신을 육체적 정신적 집중 속에 몰아넣는 고통과 고뇌를 당할 준비가 되어 있다. 나의 이 글쓰기 작업은 얼마간이나마 나의 행복을 방해하였던 자유로부터 나를 해방시켜 줄 것이며 결과적으로 나를 다시 "새처럼 자유롭게" 만들어 줄 것이다.

[2011년 10월]

음악회에 다니면서

매년 초가 되면 나는 KBS 심포니 오케스트라에 적지 않은 액수의 돈을 보내 좌석을 새로 예약하고, 매달 그곳에서 보내 주는 프로그램을 우편을 통하여 받고 있다. 이 사실을 알고 있는 주위 사람들은 아마도 내가 음악에, 특히 서양 고전 음악에 남다른 정열과 사랑, 그리고 깊은 조예가 있다고 생각할지도 모를 일이다. 그랬으면 얼마나 좋으련마는 실제로는 그렇지 못하다. 그러나 신앙심은 별로 깊지도 않으면서도 매주 일요일에는 꼬박꼬박 교회에 나가는 사람이 있을 수 있는 것처럼, 나도 매달 서울 서초동 예술의 전당에서 개최되는 정기 연주회에는 가능한 한 빠지지 않고 참석하고 있다. 따져 보니 내가 KBS 교향악단과 인연을 맺은 지도 어언 30년이 넘는다.

이처럼 내가 음악회에 가기 시작한 것은 처음부터 음악이 좋아서가 아니라 베토벤, 슈베르트, 모차르트, 브람스, 바흐, 바그너, 말러 등과 같은 유명한 음악가들의 이름 때문이었다. 도대체 이 사람들이 무슨 업적을 남겼기에 이처럼 대단한 명성을 누리고 있는지가 궁금했다. 특히 그 교향곡이라는 것이 그랬다. 초창기 그것을 끝까지 듣는 일은 목사님의 지루한 설교만큼이나 큰 고통이었다. 처음 얼마 동안은 고통 정도가 아니고 정신적 신체적 고문이었다. 한 악장도 아니고 네 악장이 끝나기를 기다리자니 몸부림이 나고 죽을 지경이었다. 한마디로 너무 길었다. 다행스럽게도 이제 와서는 이런 시련을 모두 이겨 내고 가벼운 마음으로 참고 견딜 만한 경지에는 도달하였다.

나는 음악적인 감각이나 재능은 별로 타고나지 못했다. 지금까지 살아오면서 이 세상에 있는 수많은 악기들 가운데서 어느 하나를 다루지 못한다는 사실 한 가지만 보아도 알 수 있다. 피아노만 해도 그렇다. 나에게도 피아노를 배울 기회는 있었다. 그러나 나는 일찌감치 포기하고 말았다. 우선 악보를 읽거나 이해할 수 없었으며, 악보에 따라 두 손이 움직여 주지 않았다. 아무리 노력하고 집중해도 두 손이 제각기 제멋대로 놀았다. 결국 얼마 동안 시도해 보다가 초보 단계에서 그만두고 말았다. 지금에 와서 나는 이 사실을 크게 후회하고 안타깝게 생각한다. 나이 들어 혼자 집에 있게 되는 시간이 많은 이때 피아노를 연주할 수 있다면 얼마나 즐겁고 큰 위안이 될 것인가! 시력이 나빠져 책 읽기가 어려워지니 더욱 그렇다. 노인이 되어서는 어린애처럼 무엇인가 혼자 가지고 놀 수 있는 장난감이 필요하다.

나에게 예술 가운데서 음악, 특히 오케스트라를 위한 교향곡은 이해하기가 너무 어려운 대상이다. 문학이나 미술, 또는 조각과 비교해서 음악은 항상 풀지 못하는 퍼즐(수수께끼)이다. 이해하지 못하니 즐기지도 못한다. 순전히 소리로 이루어진 이 작품들을 좀 더 잘 이해하고 감상하려고 부단히 노력하고 있지만 그 일이 그리 쉽지가 않다. 예술 작품이란 어느 분야를 막론하고 그 본질은 신비스럽고 경이로운 것이지만 눈에 보이지 않고 들리기만 하는 음악은 더더욱 그렇다.

그런데 놀랍기도 하고 부럽기 한량없는 일은 이 음악에 남다른 감각(특히 청각)을 타고나 멜로디 속에서 모든 것을 듣고, 보고, 느끼고, 상상할 수 있는 사람들도 많이 있다는 사실이다. 이 사람들은 순전히 소리만 듣고도 계절을 구분할 수도 있고, 색깔도 구분할 수 있으며, 그 속에서 세상만사 인간의 희로애락을 모두 느낄 수 있는 듯하다. 새들의 노래, 푸른 하늘에 흘러가는 흰 구름, 굽이치는 강물, 숲을 스쳐 가는 바람, 바람에 흔들리는 나뭇잎들을 듣고 본다. 그러나 나는 아직 이런 경지에는 들어서지 못하였다. 이런 경지에 들어서려면 아직도 갈 길이 아주 멀다고 느낀다.

이런 처지에 있는 내가 매년 나의 얼마 되지 않는 용돈에서 적지 않은 액수를 선뜻 떼어 내어 KBS 교향악단에 보내고, 매달 한 번 열리는 정기 연주회에 빠지지 않고 참석하는 이유는 언젠가는 나도 이런 경지에 도달할 것이라는 막연한 기대 때문이다. 처음부터 신앙심이 깊어 교회에 가는 사람이 얼마나 되겠는가? 다니다 보면 없던 신앙심도 생기는 법이다. 시인 소월이 「팔벼개 노래」 에서 노래하였듯이, "첫날에 길동무/ 만나기 쉬운가, 가다가 만나서/ 길동무 되지요" 같은 이치로 아직 나는 음악의 그 큰 축복과 즐거움을 잘 모르고 있지만 언젠가는 나에게도 이런 은총이 주어질 것이라고 굳게 믿고 있다.

이 은총의 서광은 이미 서서히 나타나고 있다. 나는 음악 자체는 아니더라도 음악회가 열리는 그날 그곳에 모인 사람들이 만들어내는 그 분위기를 무척 좋아한다. 나는 그곳에서 다른 세계와 다른 사람들을 본다. 이곳에 모인 사람들에게는 여유와 낭만이 있다. 모두가 부드럽고, 예의 바르고, 여유로워 보인다. 거기에는 평화와 질서가 있다. 연주가 계속되는 동안의 고요함 속에서 나는 종교적 경건함을 경험한다.

종교 이야기가 나왔으니 말이지만 이 교향악단의 연주를 보고 있노라면 나는 나도 모르게 어느 종교의 의식에 참가하고 있다는 생각을 자주 한다. 아닌 게 아니라 종교와 예술 사이에는 그 기원이나 역사, 목적이나 효과, 그리고 형식이나 절차에서 유사점 내지 공통점이 존재한다. 예를 들어 오케스트라를 지휘하는 지휘자는 권위나 역할로 보면 종교 의식을 주관하거나 이끄는 고명한 목사나 승려와 다름없다. 지휘자는 그날의 의식을 진행함에 있어서 누구도 범할 수 없는 절대적인 권위를 누린다. 지휘자의 지휘봉을 따라 일호의 착오도 없이 일사불란하게 움직이는 오케스트라 단원들의 손놀림 속에서 나는 기적 아닌 기적을 본다.

위에서 슬쩍 언급하였듯이 내가 한 달에 한 번 음악회에 가는 것은 기독교 신자가 매주 교회에 나가는 것과 유사하다. 신자들이 경건한 태도와 복장으로 일요일이 오면 교회에 가듯이, 음악회에 가는 날이면 나도 복장과 외모에 꽤나 신경을 쓴다. 아무리 더운 여름이라도 이날만은 흰 와이셔츠에 넥타이를 맨다. 교회에 가기 싫어하는 남편을 어떻게 해서라도 교회에 끌고 가는 아내처럼, 나는 집안일에 지쳐 이 핑계 저 핑계 대면서 가기 싫어하는 아내를 꼭 대동한다. 그리고 이날만은 택시를 타지 않고 내가 손수 경건한 마음으로 운전을 한다. 교회에 가는 사람들이 두툼한 성경책을 손에 들고 가듯이, 나도 얄팍한 그날의 프로그램을 꼭 챙긴다.

나는 예술의 전당 구내에 있는 우아한 양식당 '모차르트'에서 저녁을 먹기 위하여 일찌감치 출발한다. 이곳에 오면 주문도 내가 하고 돈도 매달 타 쓰는 나의 용돈에서 지불한다. 이런 일은 대단히 예외적인 일이다. 왜냐하면 다른 경우에는 예외 없이 아내가 주문하고 지불하게 되어 있기 때문이다. 그 이유는 간단하다. 그동안 내가 번 돈은 퇴직과 함께 몽땅 아내의 소유가 되어 버렸으며, 이제 모든 경제 활동과 이에 따른 결제 행위는 전적으로 아내에게 위임되었기 때문이다. 그러나 오늘 이곳에서만은 내가 지불하는 것을 고집한다. 오늘은 특별한 날이기 때문이다.

사람들이 성당에 가면 고해 성사를 하여 마음을 가볍게 하듯이, 나에게도 이 음악회와 관련하여 좀 부끄러운 일이기는 하나 이 기회에 털어놓고 싶은 비밀이 있다. 그것은 우리 부부의 좌석의 위치가 지난 20여 년 동안 변함없이 예술의 전당 콘서트홀 1층 E블럭 22열 1번과 2번에 나란히 있다는 것이다. 좀 더 구체적으로 설명하자면 오케스트라가 위치한 무대에서 가장 먼 맨 뒤에 있으며, 반면에 뒤 출입구에서는 가장 가까운 곳, 즉 들어서면 바로 코앞이다. 우리가 이 끝 좌석을 선호하여 차지하고 있는 이유는 가격이 싸고 출입이 용이하다는 이점 이외에, 편안히 눈을 감고 쉬기가 좋다는 점이다. 나는 연주가 시작되기가 무섭게 눈을 감고 휴식에 들어간다. 고된 하루 일에 지친 아내도 마찬가지다. 말이 휴식이지 잠을 자는 경우가 대부분이다. 나도 모르게 코를 골 때도 있다. 그러나 좌석이 맨 뒤에 있기에 다른 감상자들의 눈에 덜 띄는 유리한 점이 있다. 음악은 주로 꿈속에서 듣는다.

음악회에서 연주가 끝나기가 무섭게 서둘러 자리를 뜬다는 것은, 마치 교회에서 예배가 끝나기가 무섭게 목사님이나 다른 신도들에게 인사도 없이 집으로 돌아가는 것이나 다름없이 예의에 어긋나고 상식에 위배되는 일이다. 연주가 모두 끝나고 나서도 청중은 자리에 앉아 지휘자에게 열광적으로 박수를 치고(그것도 여러 차례), 독주자가 있는 경우는 앙코르 곡의 연주도 요청하고, 듣고 또 박수를 치고(더 열광적으로 여러 차례), 마침내 오케스트라 단원들이 모두 자리를 뜨고, 무대가 텅 빈 것을 확인하고, 장내에 꺼졌던 조명도 들어와 통로가 환하게 밝아졌을 때 비로소 자리에서 일어나 천천히 여유 있게 걸어 나가는 것이 음악회의 예의요 상식임을 나는 잘 알고 있다.

그런데 나는 연주가 끝나기 무섭게, 때로는 3악장이 끝나고 4악장이 시작되기 바로 전에 자리를 떠 다른 사람들보다 먼저 지하 주차장으로 달려가 제일 먼저 차를 뺀다. 조금만 더 지체하였다가는 지하 주차장의 매연 속에서 삼십 분에서 한 시간 이상 꼼짝없이 갇혀야만 하는 고통을 겪어야만 하기 때문이다. 내가 이처럼 매번 부끄러운 행동인 줄 뻔히 알면서도 음악회의 신성한 에티켓을 뻔뻔스럽게 위반하는 것은 나의 몰상식한 이기심에 그 책임이 있지만, 또 한편으로는 빠져나가기 쉬운 유리한 좌석 위치가 가져다주는 특권과 유혹 때문이기도 하다. 해마다 좌석의 위치를 변경해야지, 변경해야지 하면서 못하고 지금에 이르고 있다. 새해에는 꼭 실행에 옮길 각오이나 과연 그럴지는 역시 의문이다. 진정한 음악 애호가로서의 길은 이래저래 기독교인이 천국에 이르는 길만큼이나 멀고도 험하다.

[2011년 6월]

헬싱키 추억

　요즈음 나는 비행기를 타고 오랜 시간 여행을 하는 것이 힘이 들어 장거리 해외여행을 거의 포기한 상태다. 돌이켜 보니 지금까지 그런대로 해외여행도 할 만큼은 한 셈이다. 무엇보다 나는 세계에서 크고 유명하다는 도시들 가운데 몇몇 곳을 잠시나마 방문하였다는 사실을 내 일생에서 큰 자랑이요 축복이라고 생각한다. 조용한 시간 집에 혼자 있다 보면 나는 종종 나도 모르는 사이 예전에 한 번 방문한 적이 있는 이 도시들을 하나하나 기억 속으로 불러들여 그곳으로 다시 여행을 떠나고 있는 자신을 발견한다. 어쩌다가 TV나 라디오, 신문이나 잡지에서 내가 한 번 다녀온 경험이 있는 도시에 관한 어떤 작은 언급이나 소개를 접하게 되면 나의 눈앞에는 순간적으로 그 도시에 있는 명소나 유적지, 유명한 건축물, 기념물 등이 떠오르고, 상상 속에서나마 잠시 즐거웠던 그 시간을 되살아 본다. 행복한 추억이야말로 나이 든 사람에게는 돈 다음으로 귀중한 자산이다.

오늘 아침 나는 책상 위에 놓여 있는 라디오의 리모컨을 무심히 눌렀다. 다이얼을 항상 KBS FM으로 고정해 놓은 라디오에서는 마침 프로그램의 담당 여자 아나운서가 핀란드 태생의 작곡가 시벨리우스 (1865~1957)의 「핀란디아」를 소개하고 있었다. 나는 '시벨리우스'라는 소리에 순간 귀가 번쩍했다. 그리고 자리에 앉아 장중하게 울려 나오는 이 곡을 이전 어느 때보다 큰 흥미와 집중력을 가지고 끝까지 들었다. 만약 지난해 여름 헬싱키를 여행하였을 때 그곳에 있는 '시벨리우스 공원'을 거닐어 보지 않았더라면 아마 나는 이 곡을 다 듣지 않고 중간에 다른 일을 시작하였을 것이다.

우리들 — 34명으로 구성된 북유럽 관광단 — 이 노르웨이를 거쳐 핀란드의 수도 헬싱키에 도착하여 여기저기, 이것저것을 구경하고 난 후 어느 공원으로 안내되었을 때는 모두 시큰둥했다. 좀 심하게 말해서 볼 것이라고는 아무것도 없는 빈터였다. 그러나 나는 이 공원이 '시벨리우스 공원'이라는 사실에 조용히 흥분하고 있었다. 시벨리우스라면 노르웨이 출생의 그리그와 더불어 내가 알고 있는 유일한 북유럽 출신의 작곡가가 아닌가. 그의 「핀란디아」 일부는 합창곡으로 고등학교 음악 교과서에 실려 있었고, 음악 시간에 배워 부른 노래들 가운데 하나이기도 하였다. 나는 내가 어른이 되어 핀란드의 수도 헬싱키까지 와서 특별히 그를 기념하여 조성된 이 공원을 걷게 되리라고는 꿈에도 생각하지 못하였다. 가벼운 흥분을 느끼지 않을 수 없었다.

지금 책상 위에 느긋하게 다리를 걸쳐 놓고 앉아 다시 회상해 본 시벨리우스 공원은 위에서 언급하였듯이 지극히 평범한 공원이었다. 그러나 그 속에는 선명하게 기억에 남는 기념물이 하나 있었다. 그것은 수백 개의 크고 작은 흰 금속 파이프로 이루어져 거대한 파이프 오르간을 연상시키는 조각품으로, 공원 한쪽에 있는 푸른 전나무 숲 속에 거대한 나무처럼 서 있었다. 이것을 바라보고 있는 동안 숲 속에서 핀란드의 국가나 다름없다는 「핀란디아」가 장엄하게 울려 나오는 듯했다. 이제 와 돌이켜 보니 이 공원은 핀란드가 낳은 세계적인 작곡가에 대한 핀란드 국민들의 변함없는 사랑과 감사의 적절한 표현이라고 생각된다.

시벨리우스 공원 내의 거대한 파이프 오르간 모양의 조각품에 대한 기억은 공원에서 멀지 않은 곳에 서 있는 또 하나의 잊을 수 없는 기념물로 자연스럽게 이어진다. 그것은 올림픽 스타디움 앞에 서 있는 청동상이다. 달리는 남자의 모습으로 영원히 정지된 이 청동 조상의 주인공이 바로 파보 누르미(1897~1973)라는 사실을 확인하였을 때 나는 또 흥분하지 않을 수 없었다. 올림픽 대회 3회 연속 출전(1920년 앤트워프, 1924년 파리, 1928년 암스테르담), 중장거리 종목에서 금메달 9개, 은메달 3개를 휩쓸어 "날으는 핀란드인," "달리기의 제왕," "달리는 인간 기계" 등의 별명을 얻은 파보 누르미는 핀란드가 낳은, 아니 세계가 낳은 전무후무한 육상 선수였다. 나는 아주 어렸을 때 그의 이름을 처음 들어 본 후 희미하게나마 그 이름을 기억하고 있었다. 이제 이처럼 세월이 많이 흐른 뒤 헬싱키까지 와서 바로 이 전설적인 인물 앞에 서게 되자 나는 참으로 감개무량하였다.

사실을 말하자면 내가 헬싱키를 기억하게 된 것은 지난해 여름 헬싱키를 여행하기 훨씬 전인 1952년으로 거슬러 올라간다. 그것은 제2차 세계 대전이 끝난 후 처음 개최된 제15회 올림픽 대회가 바로 핀란드의 수도 헬싱키에서 열렸기 때문이었다. 그때 나는 열두 살 먹은 시골 소년이었다. 당시 우리나라는 6 · 25 전쟁의 참화가 극에 달한 때로 정부는 부산으로 피난을 가 있었고, 끊임없이 터지는 포성을 어디서나 들을 수 있었다. 전쟁으로 국토는 잿더미로 변하였고, 수많은 사람들이 죽고 부상을 당하던 시기였다. 국민들 모두가 헐벗고 굶주리던 때였다. 참으로 암담하고 암울한 시기였다.

그러나 지구 상 어느 곳에서는 희망과 평화, 풍요와 환희를 누리고 있었다. 헬싱키라는 이상하게 들리는 낯선 이름의 도시에서는 우리가 겪는 고통은 아랑곳없이 제15회 올림픽 대회가 열리고 있었다. 올림픽 대회 뉴스는 라디오와 신문을 통하여(당시 우리에게 텔레비전은 아직 없었다) 어김없이 우리들에게도 전달되었으며, 우리의 귀와 눈을 사로잡았다. 그때도 우리는 지금과 다름없이, 아니 그 이상으로 올림픽 뉴스에 흥분하고 열광하였다.

참으로 놀라운 일은 우리가 이 전쟁의 포화 속에서도 이 대회에 참가하였다는 사실이다. 우리는 당당히 6종목에 21명의 선수(여자 선수 1명 포함)와 20명의 임원으로 구성된 선수단을 파견하였다. 입장식에서 우리 선수단은 대회 메인 스타디움을 가득 메운 7만여 관중들로부터 가장 열광적인 환영을 받았으며, 특별히 그 자리에서 당시 핀란드 대통령은 참가를 해 준 우리 선수단에게 감사의 표시로 핀란드 정부가 수여하는 '최고 문화체육 훈장'을 수여하였다. 우리는 69개국이 참가한 이 대회에서 권투와 역도 종목에서 동메달 한 개씩을 얻어 종합 순위 37위를 기록했다.

누르미 동상을 뒤로하고 올림픽 스타디움 옆에 세워진 72미터 높이의 전망대 꼭대기에서 내려다본 경기장은 예상하였던 대로 텅 비어 있었고, 조용하고, 평화롭고, 아름다웠다. 그러나 나에게는 아직도 관중의 함성이 들려오는 듯하였다. 그리고 58년 전 모든 어려움을 무릅쓰고 이 멀고 낯선 이곳까지 와서 고군분투하였던 우리 선수들의 모습이 눈에 보이는 듯했다. 아직도 우리 선수들이 남긴 흔적이 어디엔가 남아 있을 것만 같았다. 나는 가슴속에서 무엇인가 뜨거운 것이 솟아오르는 것을 느꼈다.

오늘 아침 시벨리우스의 「핀란디아」로 시작된 나의 헬싱키 여행도 이제 음악과 함께 끝나고, 나는 지금 혼자서 책상 앞에 앉아 있다. 나는 그동안 우리가 이룩하고 성취한 것에 대하여 감사하고 있다. 나는 우리 스스로가 너무나 자랑스럽고 대견스럽다. 한때 외국에서 보내 주는 구호물자로 살아야만 했던 참담한 과거를 뒤로하고, 전쟁으로 무참히 파괴된 잿더미 위에 우리는 이제 지구 상에서 정치적으로 가장 자유롭고 경제적으로 가장 활기차고 부강한 나라를 건설하였다. 1988년에는 서울에서 제24회 올림픽 대회도 성공적으로 개최하였다. 헬싱키 대회 당시 서울 구경도 못하였던 12세 시골 소년은 무사히 죽지 않고 살아남아 이처럼 이제 칠십을 넘긴 노인이 되었다. 운 좋게 그동안 해외여행도 여러 번 다녀왔으며, 헬싱키를 비롯하여 세계에서 유명하다는 큰 도시들도 구경하는 행운도 누렸다. 조용히 돌아보니 나에게는 감사할 일이 너무 많다. 이제 해외여행을 더 못한다 하여도 좋다. 이 정도면 족하다. 어떤 유감도, 여한도 없다. [2010년 9월]

수락

요즈음 나에게는 덩그러니 집에 혼자 있는 시간이 많아졌다. 그도 그럴 것이 성장한 자식들은(딸 셋) 이미 모두 결혼하여 집을 떠났고, 함께 살았던 노모도 91세로 몇 년 전에 돌아가셨기 때문에(부친은 6·25 전쟁 중 내가 열 살인가 되었을 때 폐결핵으로 돌아가셨다), 집에는 이제 우리 부부만 남게 되었다. 그런데 요즈음에 와서는 아내도 예전처럼 집에 있지 않고 자주 이런저런 이유로 외출을 하여 친구들을 만나 점심은 물론 저녁까지 먹고 들어온다. 아내는 자기가 집에 없어도 내가 냉장고 속에 준비된 음식을 잘 찾아 먹고 설거지까지 깨끗이 해 놓는다는 사실을 잘 알고 있다. 나의 처지만 그런 것이 아니고 내 나이 또래 남자들 대다수가 그런 것 같다.

나도 이제는 텅 빈 집에 혼자 남아 있는 단조로운 생활에 꽤나 익숙해졌다. 처음 얼마간은 이처럼 하루 종일 빈집에서 혼자 시간을 보내는 일이 이상하고 거북스럽게 느껴지기도 하였다. 이런 경험은 아주 어렸을 때 학교나 바깥에서 놀다가 아무도 없는 집에 홀로 돌아왔을 때 느꼈던 바로 그런 정적과 고독감과 비슷하였다. 그런데 요즈음 내가 겪고 있는 이 정적은 그 성격이나 강도에 있어서 어린 시절 엄마가 돌아올 때까지만 잠시 기다리면 없어지거나 깨어져 버렸던 그런 종류의 것이 아니다. 이것은 시간이 가면 갈수록 더 증가하고 심화될 그런 것이며, 아마 내가 죽을 때까지 끈질기게 나를 따라붙을 것이다. 나는 이 고요함의 무게를 감지한다. 이 속에서 내가 지금 소리 없이 눈에 보이지 않게 죽어 가고 있다는 생각을 하면 고요함이 두렵기조차 하다.

아무도 없는 집 안에 혼자 앉아 주변을 둘러보니 나의 시야에서 사라진 사람들은 나의 직계 가족들만이 아니다. 내가 알고 있는 멀고 가까운 친척 어른들도 거의가 이미 이 세상 사람들이 아니다. 또 초등학교, 중학교, 고등학교, 대학교를 통틀어 나를 가르쳐주었고 내가 좋아했던 선생님들도 이제는 거의가 돌아가셨거나 소식이 끊기어 만나 뵐 기회가 없다. 이제 내가 어떤 어려운 일에 처하였을 때 상의하거나 도움을 청할 어른은 주변에 없다. 새삼 놀랍고도 슬픈 일이다. 이제는 싫으나 좋으나 나 홀로 살아가야만 한다. 나는 자주 나 자신이 차가운 겨울바람을 맞고 서 있는 고목에 아직도 붙어서 바람에 떨며 버티고 있는 잎사귀들 가운데 하나라는 생각이 든다. 이제는 내가 떨어질 차례다.

이따금 쥐 죽은 듯한 실내의 정적이 갑자기 울리는 전화 벨소리에 깨어진다. 그와 동시에 나의 가슴은 아플 정도의 기쁨과 기대감으로 한껏 뛴다. 그러나 이 즐거움도 수화기를 잡는 순간 깨어진다. 전화는 좋은 땅을 사라는 부동산업자의 권고거나, 아니면 어느 정당 어느 후보를 지지하느냐고 묻는 여론 조사거나, 그것도 아니면 구형 핸드폰을 신형으로 교환하여 주겠다는 여자 판매원의 권유이기 일쑤이다. 이제는 하루 종일 집에 있어도 나를 찾는 전화는 거의 없다. 세상이 더 이상 나에게 용무가 없기 때문이다. 따져 보니 이제 내가 누구에게 해 줄 수 있는 일은 하나도 없다. 손자 손녀들조차도 이미 다 커 버려 이들을 돌보는 일도 이미 끝났다. 그처럼 흔하고 많던 나를 찾는 전화가 모두 어디로 사라졌는지 새삼 궁금할 때도 있다. 한때 어떤 전화 한 통이 삶의 방향을 바꾸어 놓는 일도 종종 있었다. 그런 전화는 이제 있을 리 없다. 이제 모두 옛날 이야기다.

어제 아침 일찍 잠에서 깨어난 나는 갑자기 외출을 하고 싶은 충동에 사로잡혀 오랜만에 외출 준비를 하였다. 중요한 사람을 만나 중요한 일을 처리해야만 하는 사람처럼 특별히 평소에 아니하던 샤워도 하고, 정성 들여 면도를 하고, 장롱에서 양복과 와이셔츠와 넥타이도 챙겨 거울 앞에 섰다. 그런데 생각지도 않았던 어려움에 봉착하였다. 넥타이를 매는 데 어려움을 느꼈다. 눈 감고도 맬 수 있었던 넥타이가 영 뜻대로 매어지지 않아 당황스럽고 화가 났다. 넥타이를 매어 본 지도 꽤나 오래되었기 때문이었다. 오랜만에 외출을 하겠다는 거창한 계획과 의욕은 넥타이와 실랑이질을 하는 사이 현저하게 감소하였다.

실제로는 특별히 만날 사람도, 딱 부러지게 할 일도 없다는 사실 앞에서 나는 슬며시 외출을 포기하고는 그냥 집에 있기로 하였다. 새장 안의 안일함과 편안함에 길든 한 마리 새처럼 나는 이제 게을러지고 허약해져 버렸다. 밖에 나가 사람들을 만나는 일이 두렵고 귀찮아졌다. 지하철의 높고 또 가파른 계단을 올라가고 내려가는 일은 나의 무거워진 다리로서는 감당하기에 벅찬 일이다. 외출은 이제 나에게 힘든 일이요, 큰 모험이다.

양복 이야기가 나왔으니 말인데 사실 요즈음 나는 부쩍 양복을 입고 외출을 하고 싶다. 그런데 이제 나에게는 이런 기회가 좀처럼 생기지 않는다. 이제 나에게는 양복을 입도록 되어 있는 결혼식이나 생일잔치(회갑연 아니면 고희연), 정년퇴임식, 논문 봉정식 등에 오라는 초대장도 오지 않는다. 심지어 장례식에 오라는 통지도 없다. 내가 아는 사람들은 거의 모두가 자녀들을 결혼(출가)시켰고, 부모들의 환갑잔치나 고희연도 모두 지났을 뿐만 아니라, 자기 자신들도 회갑은 물론 고희도 지난 사람들이다. 부모들 장례도 이미 모두 오래전에 치른 상태다. 이런 행사가 없으니 정장을 할 기회가 좀처럼 없다. 대단히 섭섭한 일이다. 양복장 속에 그대로 걸려 있는 멀쩡한 양복과 깨끗한 와이셔츠, 고급 넥타이를 볼 때마다 지나간 세월이 그립다. 이 옷들도 나처럼 소리 없이 집 안에서 늙어 가고 있다. 항상 입기에 편한 캐주얼만 입는데도 이제 싫증이 난다. 양복을 입고 출근하는 젊은이들이 부러울 때가 있다.

누구나 일생에서 언젠가는 고독과 단조로움 속에서 보내야만 하는 때가 찾아온다. 싫어도 피할 수 없는 고통스러운 한 과정이다. 그렇지 않다고, 그럴 리가 없다고 말하거나 생각하는 사람도 있을 것이다. 그러나 때가 오면 누구나 예외 없이 시간이 가져오는 그 억울하고 때로는 굴욕적인 항복 조건을 수락하여야만 한다. 다행스럽게도 나는 지금까지 무사히 인생의 모든 단계를 거쳐서 이제 그 마지막 단계에 도착하였다. 나는 넓은 세상에 나가 큰 도시도 여럿 보았고, 높은 산에도 올라가 아름다운 경치도 내려다보았다. 이제 무사히 하산하여 집에서 쉬고 있다. 나의 여행은 끝났다. 나는 당연히 외롭고 심심할 때다. 고독과 정적에 만족할 때다. 아니 오히려 감사할 때다.

그러나 이런 엄연한 현실에도 불구하고 나의 가슴은 아직도 틈만 나면 밖에 나가 무엇을 찾아보라고 속삭인다. 아직도 늦지 않았으니 죽치고 집에 있지만 말고 밖에 나가 무엇을 찾아 해 보라고 끈질기게 나를 유혹한다. 가슴은 나이를 모른다. 세월이 흘러도 가슴은 믿을 것이 못 된다. 다행스럽게도 무거워진 나의 다리가 말을 듣지 않는다. 다리가 무거워진 것이 천만다행이다. 싫어도, 가슴이 아파도 때가 오면 계절의 끝도, 사랑의 종말도 수락하여야만 한다. 어느덧 저녁이다. 어두움이 찾아올 시간이다. 어차피 올 것이라면 부산 떨지 말고 조용히 오도록 내버려 두자.

[2012년 1월]